« PAVILLONS »

Collection dirigée
par Maggie Doyle et Jean-Claude Zylberstein

DU MÊME AUTEUR
chez le même éditeur

LE DÉSERT DES TARTARES
BÀRNABO DES MONTAGNES
suivi de
LE SECRET DU BOSCO VECCHIO
L'ÉCROULEMENT DE LA BALIVERNA
L'IMAGE DE PIERRE
UN AMOUR
EN CE MOMENT PRÉCIS
LE K
LES SEPT MESSAGERS
LES NUITS DIFFICILES
LE RÊVE DE L'ESCALIER
POÈME-BULLES
NOUS SOMMES AU REGRET DE...
MYSTÈRES À L'ITALIENNE
LE RÉGIMENT PART À L'AUBE
PANIQUE À LA SCALA
BESTIAIRE MAGIQUE
NOUVELLES INQUIÈTES
ŒUVRES, coll. « Bouquins »
(t. 1, t. 2)

DINO BUZZATI

NOUVELLES OUBLIÉES

traduites de l'italien par Delphine Gachet

ROBERT LAFFONT

Titre original : I RACCONTI DIMENTICATI

Traduction française : Éditions Robert Laffont, S.A., Paris, 2009

ISBN 978-2-221-10616-7

Préface

Dino Buzzati (1906-1972) est l'un des auteurs majeurs du XXe siècle européen. Sa production littéraire et artistique se caractérise par son étendue comme par sa diversité. Pour ne parler que de la seule littérature, Buzzati a abordé des genres très différents : du roman à la nouvelle en passant par le théâtre, la poésie, la bande dessinée. Cette œuvre littéraire a su séduire le public français, qui demeure attaché à cet écrivain : c'est ce qu'a montré l'accueil réservé aux publications récentes, commémorant le centenaire de la naissance de l'écrivain. À cette occasion, les Éditions Robert Laffont ont voulu rééditer l'intégralité des œuvres narratives publiées par Buzzati de son vivant. Publiées... et traduites ? Une pièce manquait au puzzle.

Nouvelles oubliées. Le volume qui porte ce titre est un recueil de nouvelles inédites en français. Il n'a pas d'équivalent dans l'édition italienne, et il n'avait donc pas, non plus, de titre. *Nouvelles oubliées* est celui qu'on lui a donné, d'abord par commodité. Puis le temps a passé, et le titre est resté. Sans doute parce que Buzzati ne l'aurait pas renié, lui qui fait évoquer à l'un de ses personnages « le cauchemar du temps qui passe, qui court, qui file » (« Gens de l'angoisse »).

Ces nouvelles oubliées sont un triomphe, modeste, sur le temps qui anéantit l'homme mais auquel les textes résistent : les plus anciens d'entre eux ont été proposés pour la première fois aux lecteurs italiens il y a plus de soixante-cinq ans. Mais ces textes n'avaient pas encore franchi la barrière des Alpes et n'avaient pas encore accédé, en France, à cette nouvelle vie offerte par la traduction.

On sait pourtant que le public français a toujours fait bon accueil à l'œuvre de Buzzati et ce depuis 1949, l'année où il découvrait son roman le plus célèbre, *Le Désert des Tartares*. Les Éditions Robert Laffont sont restées fidèles à Buzzati et ont publié une très grande partie de son œuvre en traduction française : les romans d'abord, puis les recueils de nouvelles à partir de 1960. Pour les volumes de nouvelles les plus tardifs, les éditions françaises ont suivi de quelques années les éditions italiennes, en reprenant la structure des recueils originaux (*Le K*, *Les Nuits difficiles*, *Le régiment part à l'aube*).

Restent les premiers titres. Comparons :

— en Italie, *I sette messaggeri* (1942), *Paura alla Scala* (1949), *Il crollo della Baliverna* (1954), *Sessanta racconti* (1958), soit quatre recueils ;

— en France, *Les Sept Messagers* (1969), *Panique à la Scala* (1989), *L'Écroulement de la Baliverna* (1960), soit trois recueils.

Manque *Sessanta racconti* et c'est ici que se trouve la clef de l'énigme. Comme l'indique le titre, *Sessanta racconti* comporte en effet soixante récits dont certains sont repris des recueils précédents et d'autres paraissent en volume pour la première fois.

Or, c'est en fait ce dernier recueil qui a été traduit en français, en trois volumes plus minces auxquels ont été donnés les titres des trois premiers volumes italiens (*Les Sept Messagers, Panique à la Scala, L'Écroulement de la*

Baliverna), sans pour autant qu'il y ait concordance dans les tables des matières... Paradoxalement, c'est donc *Sessanta racconti* qui a été traduit, quand les trois premiers volumes ne l'étaient que partiellement, puisque dix-neuf textes furent « oubliés » par la traduction.

Les choses, on l'aura compris, sont complexes. Et davantage encore si l'on ajoute qu'à ces dix-neuf textes sont venues s'adjoindre huit nouvelles issues du recueil *Esperimento di magia* (1968), elles aussi inédites en France...

Aujourd'hui, ces textes sont enfin disponibles pour le plaisir des lecteurs français. En rassemblant tous les textes narratifs parus en volume du vivant de l'auteur et non traduits en français, ces *Nouvelles oubliées* apportent au puzzle la pièce qui manquait.

Nous avons fait le choix de classer ces nouvelles selon l'ordre chronologique de leur publication en volume : la période couverte est large puisqu'elle s'étend sur plus de vingt-cinq ans ; de 1942 (*I sette messaggeri*) à 1968 (*Esperimento di magia*). Dans les nouvelles issues de *I sette messaggeri*, le lecteur retrouvera l'Afrique que Buzzati a connue durant la Seconde Guerre mondiale où, en tant que journaliste, il fut correspondant de guerre et envoyé spécial. À l'autre bout de l'échelle du temps, *Esperimento di magia* propose des textes d'une tonalité très différente : citons « L'autre Venise », texte poétique qui nous fait découvrir une Venise insolite que seul révèle le crépuscule. Mais le lecteur rencontrera aussi des thèmes qui ont hanté l'écrivain tout au long de sa vie, de son œuvre : au moment où vient d'être réédité *Le régiment part à l'aube* – tout dernier recueil, posthume, de fragments écrits par un Buzzati qui se savait au seuil de la mort – il est frappant de découvrir que les questions du temps, de la mort, du messager qui vient signifier qu'il est l'heure de partir obsèdent déjà l'auteur de ces *Nouvelles oubliées*.

Nous pouvons toutefois repérer certains axes qui donnent à ce recueil sa tonalité particulière. Ainsi cette fascination pour la vie militaire, qui du *Désert des Tartares* au *Régiment part à l'aube* constitue une clef majeure pour entrer dans l'univers de Buzzati. Fascination qui façonne toute son œuvre même s'il a parfois cherché à la mettre à distance : pour Buzzati, la vie militaire devient l'allégorie ultime de la destinée humaine, tant sur le plan individuel (l'ennemi, cet éternel absent des combats buzzatiens figurant le destin de chacun) que sur le plan collectif (l'armée, sa hiérarchie, son mode de fonctionnement, ses rituels, etc. représentant la société, les rapports sociaux qui déterminent et parfois brident les aspirations individuelles). Dans « Élégance militaire », le lieutenant épuisé par la trop longue marche de sa troupe triomphe de la mort qui s'avance mais qui ne saura l'anéantir. *In fine*, elle révélera qui il est véritablement.

Dans « Fausses nouvelles » ou « Un homme très sensible », c'est la lâcheté, la défaillance humaine, l'instant d'égarement, l'erreur même minime qui compromet une vie, une carrière, une réputation. La vie militaire, dans ce qu'elle a de strict, d'exigeant, d'inexorablement réglé, sert alors de révélateur, pour mieux nous confronter à ce dont le quotidien de la vie civile nous détourne. Dans « Dîner de guerre », le conflit entraîne la ruine, la dégradation, la destruction du monde extérieur représenté par la maison du personnage. Mais, cette déliquescence, cet abandon, cet effondrement traduisent la désespérance du personnage, l'attente qui le ronge, le mine, le dissout. Et l'ennemi, ici, porte le nom de la femme qui a « déserté » sa vie.

Le questionnement autour de la présence de Dieu, de la croyance et de la religion apparaît comme une autre veine importante de ce recueil. On sait que le Diable est une figure majeure de la galerie des personnages de Buzzati : il se manifeste ici dans une longue nouvelle, « Le grenier », qui revisite l'épisode biblique de la tentation, du fruit défendu – la pomme. Mais le personnage soumis à la tentation est à présent un peintre et l'interrogation sur le pouvoir du Malin rencontre celle sur l'« inspiration » de l'artiste.

Les nouvelles que l'on pourrait appeler « chrétiennes » (mais pas toujours orthodoxes !) appartiennent surtout au premier Buzzati. Peu à peu, l'écrivain se détache de l'éducation religieuse qu'il a reçue, quand le doute, l'interrogation sur l'existence de Dieu ou d'un dieu, sur la possibilité d'un au-delà, d'une vie après la mort restent au cœur de son œuvre. « Le sacrilège » met en scène un enfant, incarnation de l'innocence, qui se découvre le péché d'être superstitieux, et les conséquences dramatiques qu'aura cette révélation. « De nouveaux amis bien étranges » nous conduit à reconsidérer l'idée que nous nous faisons du paradis ou de l'enfer ! Dans « Procès pour idolâtrie », texte d'une actualité étonnante, Buzzati imagine ce que serait un monde soumis à la dictature de l'athéisme. Et dans « Le Mausolée », ce sont jusqu'aux idoles humaines qui disparaissent.

Enfin, plusieurs nouvelles laissent entendre la voix de l'écrivain et, sous le couvert d'un récit, nous livrent quelques indications sur ses « laboratoires » secrets. On remarquera la tonalité particulière, et assez peu habituelle chez Buzzati, des textes qui laissent place à un certain lyrisme, à une forme d'émotion, voire de sentimentalisme. « Orage sur le fleuve » est une fable aux accents mélancoliques : le cadre bucolique d'un étang participe de cette évocation teintée de tristesse. De même la nuit, qui ouvre souvent sur les territoires du fantastique (« La nuit », « La douleur nocturne »...), peut aussi être la source d'un épanchement poétique : depuis le train qui l'emporte, le soldat-narrateur de « Nuit après nuit » regarde l'obscurité tomber sur la ville, et les fenêtres qui s'allument... Lyrisme facile auquel cède l'écrivain encore jeune (le texte paraît dans le tout premier recueil de nouvelles) ? Comme en réponse, quelques décennies après, « Leçon de poésie » revendique le droit du poète à s'emparer d'un sujet aussi « banal » qu'une fenêtre éclairée dans la nuit de la ville.

Et puis, pour répondre à ceux qui disent qu'il écrit « toujours des choses mélancoliques et sombres (alors – dit-on – que la vie est après tout assez plaisante) » (« Le retour du croquemitaine »), Buzzati fait de ces textes et de son travail d'écrivain la matière même de ses nouvelles. Dans « Histoire interrompue », nous voyons combien les personnages du récit ébauché par le narrateur mais jamais achevé se sont transformés, combien l'auteur lui-même a changé, rendant impossible la reprise du texte interrompu. « Le retour du croquemitaine » est une quasi-démonstration : le narrateur-écrivain, créateur omnipotent de son univers de papier, s'essaie sous nos yeux à mettre sur pied une histoire heureuse, mais... peut-être ressemble-t-il trop au philosophe de la nouvelle « Gens de l'angoisse » pour y parvenir !

Nous avons voulu frayer quelques chemins dans la forêt des nouvelles que le lecteur découvrira dans ce volume, en insistant sur ce qui pourrait constituer la particularité de ce recueil dans l'œuvre de Buzzati. Mais nul ne saurait épuiser la richesse de ces textes, la diversité des mondes, des situations, des personnages qu'on y rencontre. Rien que pour les personnages : des soldats et des colonels ; des rois, des nobles, des bourgeois, des paysans ; des hommes et quelques femmes ; des jeunes et des moins jeunes ; des gens d'hier et d'aujourd'hui ; des gens d'ici-bas et ceux d'un autre monde ; et même quelques animaux. Bienvenue sur la « planète Buzzati ».

Delphine GACHET
Janvier 2009

Nouvelles extraites de
I sette messaggeri, Mondadori, 1942

Élégance militaire

Au moment de partir nous étions pâles et laids, nous n'avions pas eu le temps de nous raser, le brouillard avait noyé le bois, il faisait froid, on buvait du café. Devant moi avançait le lieutenant Carlo Custoza, commerçant dans le civil, et à ses côtés le lieutenant Beppe Molo, qui exerçait le même métier. Ils ne marchaient pas comme doivent marcher des militaires : ils ne se tenaient pas bien droits, ils avaient les mains dans les poches. « Tu me les brises ! » disait l'un et l'autre répondait : « Je m'en fiche de la commission, je m'en fiche, je me débrouille tout seul ! » Ils parlaient de tissus, de ballots entiers de tissus qui, à cette heure, étaient stockés dans un entrepôt du centre-ville, de grosses pièces de toutes les couleurs, entassées les unes sur les autres dans les rayonnages adéquats ; et ils laissaient tout cela derrière eux, puisque nous allions de l'avant.

Ces deux-là discutaient de tant d'autres choses du même ordre, que je ne pourrais pas rapporter car je n'étais pas assez attentif. Mais il y avait des expressions qui revenaient souvent comme « couillonnade », « va te faire voir », « tu t'es bien fait pigeonner ». Et moi, pour être sincère, je les regardais d'un mauvais œil bien qu'au fond ce fussent de bons camarades.

Les remparts de la ville maintenant derrière nous, un

peu de soleil pointant à l'horizon, un mauvais goût dans la bouche... et le dépôt de tissus devenait à chaque pas plus lointain car lui restait immobile, dans l'entrepôt du 14 via Lorenzini, alors que nous, au contraire, nous avancions au pas de route – c'est comme ça qu'on l'appelle – le long du chemin boueux, tout droit vers la bataille.

Ils disaient : « majoration », « détaxe », « lettre du comm. Scortace du 10 septembre ». À l'évidence, les lieutenants Custoza et Molo se connaissaient bien dans le civil ; ils ne se rendaient pas compte que désormais le monde des affaires semblait de plus en plus mensonger et éloigné, plus étranger à chaque minute qui passait. Ni l'un ni l'autre ne s'étaient rasés, ils marchaient les mains dans les poches, et leur vue suscitait un certain agacement bien qu'ils eussent des bottes comme il faut, des pantalons d'une coupe impeccable, des casques coloniaux d'une forme élégante et qui devaient probablement coûter fort cher. Maintenant, toutefois, la conversation des deux lieutenants était entrecoupée d'intervalles de silence : ils n'étaient plus frais et dispos comme aux premiers instants. Pour tout arranger, il s'était mis à pleuvoir, si bien que tous les soldats avaient dû enfiler leur capote.

Des sons gutturaux sortaient des capuches des soldats qui marchaient courbés, traînant leurs bottes toutes neuves, et laissaient brinquebaler leur fusil comme des besaces, leur beau fusil modèle 37. La plupart d'entre eux avaient les yeux rivés au sol, fixés sur les talons du camarade de devant qui se soulevaient en alternance, pris dans de monstrueuses gangues de boue. Vraiment, le Gouvernement avait pris grand soin de cette jeune troupe. C'était un plaisir pour les yeux que de voir le cuir souple des chaussures, semblable à celui dont on fait les gibernes, du cuir de toute première qualité, indéniablement. Les casques avaient encore une odeur de neuf, et leur forme classique restait intacte même sous la pluie : les décorations de cocardes tricolores plissées à la main étaient resplendissantes. Et pourtant tous marchaient indifférents à la présence de ce que l'on appelle d'habitude le destin, et qui s'était révélé à moi, avant notre départ, sous la forme d'un cheval mystérieux galopant seul sur l'esplanade de la caserne.

Personne donc, à part moi, ne semblait savoir que le régiment n'était pas sorti pour accomplir une manœuvre ordinaire, mais qu'il allait marcher longtemps, jusqu'au rebord du haut plateau et peut-être au-delà encore, se mettant à descendre vers les dernières terres de l'orient, là où les pierres deviennent brûlantes comme des marrons grillés.

Custoza et Molo se taisaient maintenant, oublieux de leur condition militaire, attendant seulement que le colonel donne l'ordre de s'arrêter, leur accorde un peu de repos, puis ordonne de faire demi-tour pour rentrer. Entretemps la pluie avait cessé, si bien qu'une fois les capotes enlevées, les boucles, les anneaux, les ardillons des beaux ceinturons purent librement scintiller dans le soleil.

Nous marchâmes la journée entière, toujours en direction de l'est, et au fur et à mesure que la probabilité d'être obligés d'établir un campement nocturne se faisait plus certaine, les visages prenaient une expression mauvaise. Et le soir, autour des feux, on n'entendit ni chanson ni éclat de rire.

Le lendemain matin, ils ne se rasèrent pas, ni le lieutenant Custoza ni Molo, tous les deux abrutis de sommeil, comme je devais l'être moi aussi. Quand parvint l'ordre de continuer à progresser vers l'orient au lieu de rebrousser chemin, aucun des deux ne dit mot, mais par la suite, alors que le régiment s'était déjà mis en marche, j'entendis l'un d'eux (je ne saurais dire lequel car je me trouvais trop loin) marmonner une longue série de jurons. Ils parlèrent encore affaires, mais peu. À l'évidence, ils commençaient à comprendre que les tissus, les grandes pièces rangées dans les rayonnages adéquats, les préoccupations de leur monde, s'éloignaient progressivement, à chacun de leurs pas, restant à l'arrière du régiment qui progressait. Nous étions arrivés au pied du haut plateau, là où se délitent les nuages, là où resplendit le soleil immobile, presque au zénith et quasi éternel. Les arbres n'étaient plus grands et touffus, mais tourmentés, secs et magnifiques (comme à l'intérieur des parcs très anciens, au-delà de la porte tellement redoutée).

Peut-être à cause de la chaleur grandissante, peut-être à cause de la fatigue, je ne ressentais plus la présence de ce que nous avons coutume d'appeler le destin et je me demandais si d'aventure je ne m'étais pas trompé, si le cheval aperçu sur l'esplanade n'était pas, à cette heure, simplement enfermé comme tous les jours dans son écurie. Custoza et Molo – chose que j'attendais depuis longtemps – avaient dégrafé le col de leur uniforme, renonçant au style militaire imposé par le règlement, sans même essayer de résister à la tentation. Les soldats, bien sûr, les imitèrent et ils traînaient les pieds, se salissant mutuellement en soulevant des nuages de poussière, tandis que le bord arrière de leur casque, imbibé d'eau et maintenant chauffé par le soleil, commençait à gondoler.

De cette façon, nous marchâmes pendant dix-sept jours, entrecoupés par deux haltes, toujours sans rien savoir de notre destination. Le rebord du haut plateau n'était plus, derrière nous, qu'une vague ligne fort lointaine, presque invisible à travers la brume. Les lieutenants Custoza et Molo avaient laissé tomber leurs sempiternelles discussions d'affaires et ne faisaient plus les fiers, peut-être s'efforçaient-ils d'être comme les autres, de simples officiers subalternes d'un régiment en marche, qui n'avaient pas pris un bon bain depuis des temps immémoriaux.

Nous marchions sur une espèce de piste, au plus touffu du maquis, au milieu des cris d'invisibles bêtes et aux quatre coins de l'horizon (exception faite de la ligne tremblante du haut plateau) nous n'apercevions que des cônes de rocher et de terre jaunâtre, qui se dressaient çà et là sur la plaine et n'abritaient aucune créature. Ces cônes, bien que d'une hauteur moyenne, exprimaient des choses obscures et inquiétantes que nous ne parvenions pas à comprendre, même en les considérant avec la plus grande attention. Comme nous les observions, les regards ne rasaient plus le sol, à hauteur des talons du camarade de devant, mais balayaient l'espace autour de nous avec inquiétude : nous avions l'impression d'avoir vu des ombres suspectes se glisser derrière les buissons d'épines. Les journées se confondaient dans notre souvenir, trop semblables les unes aux autres, car le paysage que nous traversions demeurait immuable. Cette monotonie prit fin au bord d'une large vallée pierreuse et peu profonde, où le régiment fit une halte vers dix heures du matin. C'était le lit d'un ancien torrent, désormais à sec, et qui coupait normalement notre route. Sur le bord opposé, qui semblait se trouver au moins à cinq kilomètres de là, s'élevait une barrière de matériaux hétéroclites : roches, dalles et petits dômes jaunes, à perte de vue.

Alors le colonel qui commandait le régiment, sans descendre de sa selle, étudia la carte géographique pour y repérer le vallon. « Je vois, dit-il, il nous faut le traverser. » Il n'en dit pas plus, mais sa voix avait une intonation particulière, comme si elle cachait beaucoup d'autres choses que le colonel ne pouvait pas nous communiquer. À ce moment-là, ce qu'on appelle communément le destin flotta de nouveau dans l'atmosphère environnante, et cette fois-ci tous, sans exception aucune, s'en aperçurent, puisqu'ils cessèrent de murmurer et se mirent à regarder intensément vers la rive opposée du vallon désert, en direction des roches semblant barrer le passage. Alors seulement, après tant de jours, je les observai et je vis qu'ils avaient changé, que le cuir de leurs chaussures, en dépit de son excellente qualité, était fendillé de minuscules craquelures, que la toile des uniformes n'avait pas résisté aux épines et, dans bien des cas, pendouillait en lambeaux, que les casques s'étaient déformés, prenant des allures curieuses, que le soleil avait rongé le vernis des fusils, le cuir des gibernes, les courroies des sacs à dos. Et pourtant, au bord de cette vallée inconnue, je ne parvenais plus à voir de dos courbés, de visages chafouins ou fatigués, de genoux de plomb. Les soldats, sous le soleil ardent, se tenaient droits et silencieux, avec dignité, comme si une voix avait pénétré dans l'obscurité de leur âme.

Le colonel fit un petit signe et le régiment commença à descendre vers le fond de l'*uadi,* au son des cliquetis de gamelles. Le maquis venait buter contre l'étendue de roche totalement désolée et beaucoup furent stupéfaits – mais pas moi qui avais bien compris – d'entendre la voix d'un soldat qui s'était mis à chanter : c'était le fusilier Stefano Capasso, fils de Stefano, classe 1916. Il avait perdu son chapeau et se protégeait la tête d'une sorte de fez confectionné avec une vieille chemise. Son pantalon présentait trois grandes déchirures, à cause des fourrés pleins d'épines. Ses chaussures n'avaient plus de chaussures que le nom, c'étaient des choses bizarres, indéfinissables. La grande majorité des soldats n'avait rien à envier au soldat Stefano : ils étaient tous dans un état déplorable, mais, malgré tout, ils se mettaient à chanter les uns après les autres, peut-être parce qu'ils sentaient s'approcher l'heure dudit destin.

On arriva au fond du petit vallon, l'eau faisait défaut, les pieds rougissaient au contact des pierres brûlantes, j'entendis les lieutenants Custoza et Molo discuter d'une voix calme, échanger des propos justes et humains. « Tu veux un peu de cognac ? disait l'un. Il en reste encore dans ma fiole. » Et l'autre : « Merci, mais il vaut peut-être mieux attendre. » À présent ils avaient ôté leurs mains de leurs poches, ils avançaient à pas lents mais militaires, les épaules hautes rejetées en arrière. La botte gauche de Custoza était fendue tout du long sur l'arrière, une manche s'était entièrement décousue, il aurait ressemblé à un vagabond si, de ses traits, n'avait pas commencé à émaner un charme extraordinaire. Au fur et à mesure que nous avancions vers le chaos de roches, la beauté venait progressivement le transformer, une beauté objective, je veux dire par là que tout regard humain pouvait la constater avec certitude. Et, avec une joie indescriptible, je me rendais compte que tous autant que nous étions, nous aussi, dans les flots de poussière jaune de midi, nous subissions le même sort, bien qu'à un degré moindre.

D'une espèce de grotte rougeâtre, sur le versant opposé, nous parvint le claquement caractéristique d'un coup de fusil, et au même moment Custoza se pencha un peu en avant, portant une main à son ventre. Immédiatement après, il se redressa de toute sa hauteur, dépassant tous ses camarades, bien qu'il fût, d'ordinaire, de petite taille. Son front était ceint d'un merveilleux turban de soie rouge, où brillait une émeraude. En marchant il faisait onduler les draperies de son manteau d'un blanc immaculé, comme dans les très anciennes fables.

Nous marchâmes encore vers l'orient, dépenaillés et assoiffés, traversant le désert saturé de pièges. La plupart du temps nous chantions ou nous discutions de choses plaisantes, que nous aimions, de notre terre lointaine, de la mer, de certains jardins. Le tintement des gamelles avait fini par cesser, on n'entendait plus que le bruit rythmique de nos pas. La fièvre faisait briller beaucoup d'yeux, certains soldats arboraient des plaies bandées, derrière nous le sol était jonché de lambeaux de tissu et de cuir. Mais je voyais autour de moi des soldats d'une stature extraordinaire, revêtus d'uniformes brodés d'or, de bandes molletières de toutes les couleurs, de lances et d'épées d'argent pur. Ils regardaient droit devant eux, en souriant, et leurs barbes resplendissaient dans le soleil.

Orage sur le fleuve

Les roseaux aquatiques, les herbes de la berge, les petits bosquets de saules et les grands arbres, ce dimanche de septembre comme tous les autres, virent arriver le monsieur d'un âge avancé habillé de blanc.

Il y a des années de cela – seuls les troncs les plus vieux s'en souvenaient encore vaguement – un inconnu avait commencé à pêcher dans cette anse solitaire du fleuve où les eaux sont calmes et profondes. Tous les jours fériés, à la belle saison, il revenait avec ponctualité.

Un jour, il n'était plus venu seul ; il avait amené un enfant qui jouait entre les plantes et avait une petite voix claire. Lentement, les années avaient passé : le monsieur de plus en plus fatigué, l'enfant de plus en plus grand. Et pour finir, un dimanche de septembre, le vieux ne vint pas. Le jeune homme arriva seul, et se mit à pêcher, seul.

Et le temps continua à s'écouler. Le jeune homme, qui revenait de temps à autre, perdit sa voix limpide, commença lui aussi à vieillir. Lui aussi revint un jour accompagné d'un enfant.

Une longue histoire à laquelle le bois tout entier est attaché. Le second enfant devint grand, et l'on ne vit plus son père. Tout cela devint un souvenir confus dans la mémoire des plantes. Depuis quelques années, les pêcheurs sont de nouveau deux. Déjà le mois dernier, en compagnie du monsieur vêtu de blanc, l'enfant est venu, il s'est assis, sa petite canne à la main, et a commencé à pêcher.

Les plantes sont contentes de les revoir ; plus encore : elles les attendent toute la semaine dans l'immense ennui du fleuve. Cela les distrait de les observer, d'écouter les paroles de l'enfant, sa voix fluette qui retentit si bien entre les feuillages, de les voir tous les deux immobiles, assis sur la berge, tranquilles comme le fleuve impassible, tandis qu'au-dessus passent les nuages.

Un insecte volant a raconté que le père et le fils habitent dans une grande maison, sur le col voisin. Mais le bois ne sait pas exactement qui ils sont. Il sait cependant que la roue tourne, que tôt ou tard le vieux monsieur lui aussi ne pourra plus revenir et laissera le jeune garçon venir seul.

Aujourd'hui encore, à l'heure habituelle, on a entendu le bruit des feuilles que l'on foule. On a perçu un pas qui s'approchait. Mais le monsieur est arrivé seul, un peu courbé, un peu amaigri et las. Il s'est dirigé vers la petite cabane à demi cachée derrière les frondaisons, où, depuis des temps immémoriaux, est entreposé le matériel de pêche. Cette fois-ci, le monsieur reste plus longtemps que d'habitude, à farfouiller parmi les vieux objets, dans la cahute silencieuse.

Maintenant tout est immobile et calme ; la cloche de l'église voisine a cessé de sonner. Le pêcheur a enlevé sa veste ; assis au pied d'un peuplier, la canne à la main, la ligne trempant dans l'eau, il forme une tache blanche sur l'arrière-plan vert. Dans le ciel, il y a deux grands nuages, l'un en forme de museau de chien, l'autre de bouteille.

Le bois s'impatiente parce que le petit garçon n'arrive pas. Les plantes aquatiques, les autres fois, s'agitaient exprès pour effrayer les poissons et les envoyer vers le petit pêcheur. Mais là c'est agaçant de voir cet homme seul, avec son visage fripé et blême. Pourtant, même si les poissons ne sont pas au rendez-vous, l'homme ne montre aucun signe d'irritation. Tenant fermement sa canne, il regarde autour de lui lentement.

Les roseaux au bord du fleuve s'intéressent maintenant à une grosse poutre carrée. Elle s'est prise dans les herbes et en profite pour raconter son histoire ; elle explique qu'elle était une pièce d'un pont, qu'elle en a eu assez de ce travail pénible, que, de rage, elle a cédé sous le poids, faisant s'écrouler tout l'édifice. Les roseaux l'écoutent avec attention, puis ils murmurent quelque chose, propageant autour d'eux un bruissement qui se répand à travers la prairie jusqu'aux branches des arbres, et que le vent diffuse.

Le pêcheur maintenant lève la tête, il regarde autour de lui comme s'il avait entendu lui aussi. Venus de la cabane voisine retentissent deux ou trois petits coups secs, d'origine mystérieuse. À l'intérieur, une vieille mouche s'est retrouvée prisonnière. Elle est perdue et tourne, indécise, à travers la pièce. De temps à autre, elle s'arrête et écoute, attentive. Ses compagnes ont disparu. Qui sait où elles sont parties. Bizarre, cette atmosphère lourde.

La mouche ne se rend pas compte que c'est l'automne, elle se cogne de tous côtés. On entend les légers bruits sourds que fait son corps dodu en heurtant la petite fenêtre. Au fond, il n'y a aucune raison que les autres soient parties. On aperçoit à travers les carreaux un nuage d'orage.

L'homme a allumé un cigare. De temps à autre au-dessus des branches s'élève un filet de fumée bleutée. Désormais le petit ne viendra plus, l'après-midi est trop avancé. La mouche a finalement réussi à s'échapper de la cabane. Le soleil a disparu derrière les nuages. Il y a quelques instants, le vent a poussé la poutre, il l'a dégagée des roseaux, l'entraînant vers les eaux libres. Le récit est resté inachevé. Le bout de bois s'éloigne, condamné à pourrir en mer.

L'orage se prépare, mais le pêcheur n'a pas bougé, toujours immobile, le dos appuyé contre le tronc. Du cigare, qui est tombé encore allumé sur l'herbe, s'échappe de la fumée que le vent emporte. Les nuages devenus noirs laissent tomber un peu de pluie. Çà et là, sur l'eau, se forment des cercles qui vont peu à peu s'agrandissant. Dans la cabane voisine se font entendre de nouveau, avec plus d'insistance, ces coups inexplicables. Dieu sait pourquoi l'homme ne s'en va pas. Une goutte est tombée juste sur le tison du cigare et l'a éteint avec un petit chuintement.

Par une déchirure du ciel, vers l'occident, tombe une lumière froide et blanche de coupe-gorge. Le vent frappe les arbres et fait jaillir des troncs des bruits puissants ; il agite aussi la veste blanche toujours accrochée à une branche. Maintenant les grands arbres, les petits bosquets de saules, les herbes de la berge, les plantes aquatiques commencent à comprendre. On dirait que le pêcheur s'est endormi, bien que des coups de tonnerre approchent, venus du fond de l'horizon. Sa tête est inclinée en avant, le menton appuyé sur la poitrine.

Dans l'eau, les herbes immenses se mettent alors à bouger pour effrayer les poissons et les faire partir, comme les autres fois, vers la ligne du pêcheur. Mais la canne, que personne ne tient, s'est doucement inclinée ; le bout a déjà plongé dans l'eau. En butant contre l'obstacle, le courant paisible se ride tout juste un peu.

L'homme qui faisait l'important

Le docteur Antonio Deroz commença à perdre de son humilité vers la fin de l'année, au moment où la saison sèche régnait sur la basse plaine, l'écrasant de son poids de soleil. Antonio Deroz était un médecin nouvellement arrivé à l'hôpital et dont la période d'essai devait s'achever fin février. C'était un médecin dévoué et rigoureux, mais personne ne l'avait pris au sérieux, peut-être justement à cause de son attitude d'homme modeste qui se sent habituellement inférieur, toujours serviable, ne s'asseyant jamais si quelqu'un d'autre était debout. Je le rencontrai plusieurs fois lors de mes passages en ville, mais j'ai beau essayer, je ne me souviens plus de son visage.

Son humilité disparut progressivement en l'espace de quelques jours durant lesquels, cependant, il parut dépérir, son visage devenant de plus en plus émacié. Il était mince, de taille moyenne. Quand le professeur Dominici, parasitologue, le fit demander pour qu'il lui fournisse certains médicaments, Deroz fit répondre qu'il n'avait pas le temps. Ce furent ses mots et cela parut incroyable car, jusqu'à présent, un simple sourire bienveillant du professeur Dominici suffisait à le faire rougir de contentement. (L'avis donné par Dominici avait beaucoup pesé lors de son recrutement sur le poste de l'hôpital ; et pour le remercier, le jeune médecin lui apportait régulièrement des moustiques, des tiques, des poux. Mais généralement sans aucun succès. Le scientifique recevait cela comme un dû et, de surcroît, se moquait de Deroz avec force boutades très techniques, lui faisant comprendre qu'il perdait son temps pour rien. Il jetait un rapide coup d'œil aux insectes, puis renversait les petits tubes de verre : toutes les bestioles tombaient par terre, et il les écrasait sous son pied.)

Dominici, quand on lui rapporta la réponse, crut à un malentendu et envoya de nouveau le serviteur noir solliciter Deroz. Cette fois-ci il reçut un petit billet sur lequel était écrit : « Cher professeur, les flacons que vous demandez sont vides. Je suis désolé de ne pas pouvoir venir vous trouver, mais j'ai trop de travail. Au revoir. » Le professeur dut prendre sur lui pour sourire (bien que personne ne le vît), il déchira le feuillet. Ce satané Deroz avait-il perdu l'esprit ? Conclure son message au professeur Dominici par un simple « au revoir » ? Il allait se charger, lui, Dominici, de rétablir la distance à la première occasion. Et dire que la carrière de ce jeune homme était entre ses mains. Il suffisait d'un petit mot glissé à l'inspecteur de la Santé, une phrase lancée comme si de rien n'était. Ou était-ce que Deroz se sentait mal ? Qu'il avait contracté de la fièvre ?

Non, il n'avait pas contracté de fièvre. Le soir, au moment où le soleil s'apprêtait à disparaître derrière cette désolation rocheuse qu'était l'horizon, le docteur Deroz arriva au café Antinea tout habillé de blanc, portant chemise de soie et cravate, ce qui n'était jamais arrivé. Il s'assit à une table, croisa les jambes, alluma une cigarette et se mit à scruter le mur de la maison d'en face (dont les volets étaient fermés) comme s'il se parlait à lui-même et qu'il abordait des sujets plaisants. Car un sourire illuminait son visage fatigué.

« Deroz ! Pourquoi n'êtes-vous pas venu ? » lui cria tout à coup le professeur Dominici, surgissant dans son dos en compagnie de deux amis.

Il tourna à peine la tête, sans manifester l'intention de se lever, et dit simplement : « Je ne pouvais pas, professeur. Je ne pouvais vraiment pas. » Puis il se remit à fixer le mur de la maison d'en face qui l'avait fasciné jusqu'alors.

« Qu'est-ce qui vous passe par la tête, Deroz ? répliqua vertement le professeur. Vous croyez que c'est une façon de répondre, ça ? Vous vous rendez compte ? Répondez : vous vous rendez compte ? » Et ses deux amis regardaient le jeune homme d'un œil peu bienveillant, savourant par avance son humiliation.

À ce moment-là seulement Deroz se leva, et il le fit lentement en s'appuyant d'une main à la table vernie de rouge sur laquelle était écrit « Buvez le bitter Leopardi ». Puis il se mit à rire sans impertinence, du rire complice et jovial de celui qui sait apprécier la plaisanterie. Il tapa sur l'épaule du scientifique avec une certaine énergie. « Imaginez-vous que j'ai cru un instant que vous parliez sérieusement. Mais asseyez-vous, je vous en prie, je peux vous offrir un apéritif ?

— Mais, enfin... je ne peux... je ne p... » bredouilla Dominici interdit et machinalement il prit une chaise, imité par ses deux amis. Il avait dû se passer quelque chose pour que Deroz osât le traiter de la sorte. Et si on lui avait confié un poste à haute responsabilité ? Était-il judicieux de lui donner une leçon maintenant ? Ne valait-il pas mieux attendre un peu ?

Il fit comme si de rien n'était. « Je voulais vous prévenir, Deroz », et il avait retrouvé le ton pontifiant qu'il utilisait d'habitude et qui produisait généralement un certain effet, « d'ici quinze jours, il faudra relever les indices spléniques aux puits d'Allibad, vous devrez me faire le plaisir de...

— Dans quinze jours, le coupa Deroz, je ne serai plus là. Ou, plus exactement, je serai assez loin.

— Ah bon, vous partez ? demanda l'autre, agréablement surpris. Vous rentrez en Italie ? Vous nous abandonnez, alors ? »

Le jeune médecin sourit avec une amertume mêlée de compassion : « Oh non, pas en Italie ! Rien qu'un voyage, un petit voyage plutôt long. » Et il passa sa main droite sur son front comme s'il se sentait épuisé.

Dominici se rembrunit à nouveau : il ne s'agissait donc pas d'un rapatriement, d'une punition, d'une exemption de service ; c'était peut-être un voyage officiel alors, une mission en bonne et due forme.

« C'est le Gouvernement qui vous confie une mission ? Vous ne m'en aviez rien dit, Deroz, dit-il alors sur le ton d'un reproche affectueux, sous-entendant qu'au nom de leur amitié, il aurait dû être informé le premier d'un tel secret.

— Une mission, c'est ça, répondit Deroz d'un ton évasif. On peut dire que c'est une mission. Instructions d'une autorité supérieure... »

Dans le ciel passaient deux gros nuages que les derniers rayons du soleil éclairaient encore, alors que déjà la terre se couvrait d'ombres. Ils avaient des formes assez communes mais, des bords inférieurs, pendaient des franges noires qui de temps à autre se répandaient sur la surface du monde.

« Je ne veux même pas le savoir, répliqua Dominici piqué au vif. Mais de quel côté ? Vous pouvez nous dire au moins de quel côté ?

— Je ne le sais pas encore précisément, dit Deroz en regardant le professeur droit dans les yeux d'une manière presque insolente. Mais je crois que ce sera plutôt par là-bas. »

Les trois autres le regardaient avec stupéfaction. Alors il se leva, s'avança et s'arrêta presque au milieu de la route, pour que les maisons ne fassent pas obstacle à son regard et, lentement, il montra du doigt les terres septentrionales, le désert, les plaines infranchissables. Il resta figé ainsi, la main droite tendue, extraordinairement blême dans les reflets ternes des lampes du café Antinea.

« Ah, une mission dans le désert ? » Dominici insistait, se prosternant littéralement aux pieds de Deroz avec la mesquinerie qui le caractérisait. « Une inspection comme on en fait tant, n'est-ce pas ? Et quelqu'un du service des Inspections viendra avec vous ? »

Deroz secoua la tête : « Non, non, dit-il, je crois bien qu'il faudra que j'y aille tout seul. »

À peine eut-il prononcé ces mots qu'il chancela comme si une créature invisible, courant dans la rue, l'avait heurté. Il faillit tomber par terre, mais il se ressaisit et revint s'asseoir à la table.

Le lendemain, au palais du Gouvernement, Dominici chercha à sonder le terrain. Mais personne ne savait rien du voyage de Deroz. L'inspecteur de la Santé fit notamment cette remarque : « Il me semble un peu perdu, ce jeune homme. J'ai bien peur qu'il ne résiste pas. Il y en a beaucoup d'ailleurs qui ne supportent pas ce climat. » Des mots bien sentis qui réconfortèrent Dominici : d'ici peu – pensait-il – cet effronté recevrait la leçon qu'il méritait.

Dans l'intervalle, l'attitude de Deroz empirait, il finissait par être franchement hautain. Il ne saluait presque jamais le premier, faisait semblant de ne pas entendre quand on lui parlait ; le soir, il restait chez lui pour remplir des caisses en bois, de celles qui servent pour un voyage en caravane.

Et pour finir, par un après-midi d'une chaleur étouffante, il vint trouver le professeur Dominici pour prendre congé. Il était, plus que jamais, tout de blanc vêtu et s'appuyait sur une canne. Il traînait les pieds : on aurait dit deux limaces. Dominici pensa qu'il voulait se donner un genre.

« Professeur, je viens prendre congé, dit-il. On ne m'a pas encore donné mon ordre de mission mais je crois que je partirai cette nuit, un peu avant l'aube, à cinq heures et demie, je pense.

— Ça ne m'intéresse pas, répondit Dominici. Gardez-les pour vous, vos secrets. Et bon voyage... » Il fit entendre un petit ricanement, persuadé désormais que ce fameux voyage n'était qu'une stupide plaisanterie.

On entendit tousser, une seule fois, dans le bureau plein de graphiques et d'instruments, puis la voix tranquille du docteur Antonio Deroz : « Professeur, pourquoi ricanez-vous ? Ne faites pas ça, je vous en prie. »

Il fit demi-tour, alla jusqu'à la porte, en s'appuyant sur sa canne : ou il faisait exprès ou il avait réellement du mal à tenir debout. « Sale imposteur ! murmura Dominici entre ses dents, prenant garde de n'être pas entendu.

— Vous avez dit quelque chose, professeur ? demanda Deroz en s'immobilisant sur le seuil.

— Si j'étais à votre place, j'attendrais, répondit l'autre pour remuer le couteau dans la plaie. Vous n'êtes pas en forme, je vous assure. Vous avez un visage cadavérique aujourd'hui, vraiment cadavérique.

— Vous croyez vraiment, professeur ? Vous repousseriez votre départ si vous étiez à ma place ? Eh, mais vous êtes remarquable, professeur, vous savez tellement de choses ! » C'est ainsi que Deroz commenta les propos de son interlocuteur, sans aucune rancœur. Il disparut derrière le battant de la porte, le bruit de ses pas mal assurés s'éteignit peu après.

Puis commença la nuit, période de ténèbres relativement brève à l'échelle de l'évolution des mondes, mais plutôt importante dans les circonstances actuelles ; nuit que ne rassérénait pas la lumière de la lune mais uniquement le faible scintillement des étoiles constellant par myriades la coupole des cieux. Elle passait placidement au-dessus de la petite cité coloniale, au-dessus des déserts alentour, au-dessus des mystérieux cimetières des montagnes (mais une fenêtre, dans la maison du docteur Deroz, était restée allumée). Il fallut attendre que sonnent cinq heures du matin pour s'apercevoir que quelque chose avait changé : à cette heure-là, en effet, on entendit un pas qui s'approchait de la maison et voilà que, dans la lumière jaune des réverbères, se détacha la longue silhouette du professeur Dominici.

Il n'était pas seul, toutefois ; ses deux amis l'accompagnaient. Et tous trois avaient l'intention de rire aux dépens de l'homme qui disait partir pour de grands voyages et faisait l'important alors que, très certainement, il était tout simplement ivre, affalé dans un fauteuil, cherchant à oublier les misères de la vie.

Ils s'approchèrent donc de la maison, bien qu'entre les murs endormis l'écho de leur pas résonnât effroyablement. Tout était d'une immobilité réconfortante. Un chien errant dormait sur le seuil d'une porte. Aucun camion ne se trouvait là dans l'attente d'un départ, aucun véhicule chargé de vivres, de caisses et de médicaments, rien de ce dont on a besoin pour une expédition traversant les déserts. Cela ne faisait plus de doute : le voyage de Deroz était une invention ridicule, qui allait se retourner contre lui et le couvrir de honte.

Côté rue, les fenêtres étaient fermées et éteintes : de l'autre côté, en revanche, il y en avait une d'allumée. Il faut prendre en compte le fait que, juste derrière la maison, le maquis commençait, si bien qu'en poursuivant dans cette direction, tôt ou tard on atteignait la rêche solitude des déserts ; et leur mystère, en quelque sorte, venait mourir au pied du bâtiment, comme une vague sur un rocher.

S'étant aperçu qu'une des fenêtres était allumée, le professeur Dominici fit le tour de la maison et, se haussant sur la pointe des pieds, il regarda par la grille... Sans demander la permission, il s'enhardit à jeter un œil à l'intérieur de la maison, souillant la nuit pure qui était venue de si loin, à pas de merveille, et s'était enfermée là pour apporter au jeune homme, et à lui seul, un peu de réconfort.

La présence de la nuit était cependant un phénomène trop subtil pour que Dominici pût le percevoir. Mais il vit Deroz allongé dans un fauteuil (comme il l'avait prévu), apparemment endormi. Au-dessus de lui, sur le mur, était accrochée une tête d'antilope naturalisée ; mais, là où s'étaient trouvés les yeux, il manquait les habituelles billes de verre, de telle sorte que les orbites vides donnaient la désagréable sensation d'être pensives. Le jeune médecin était enveloppé d'un peignoir de soie et de nombreux moustiques volaient autour de sa tête, sans s'arrêter mais sans jamais oser le toucher : tant son prestige s'était accru au cours des dernières heures.

Ce détail concernant les moustiques échappait bien sûr au professeur Dominici qui jubilait sans retenue, se promettant de rire à gorge déployée. « Mais regardez-moi ce clown ! » s'exclama-t-il à voix basse, persuadé que Deroz avait tout simplement pris une bonne cuite. Et, alors qu'il se penchait vers le sol dans l'intention d'y ramasser un caillou et de le jeter à l'intérieur de la pièce, l'un de ses acolytes le saisit par le bras avec effroi.

En effet, la porte de derrière venait de s'ouvrir et, on ne savait comment, le docteur Deroz en personne était sorti de la maison. Il était vêtu de blanc comme tous ces derniers jours mais, sans doute à cause d'un curieux effet d'optique, il paraissait très différent de l'image qu'on avait de lui, même en tenant compte de l'obscurité. Les contours de sa silhouette, en raison d'une espèce de phosphorescence, échappaient à une perception précise, comme s'ils avaient l'immatérialité de la fumée.

Tout d'abord Dominici pensa que le médecin, s'étant aperçu de la présence de visiteurs indésirables, essayait de s'éclipser pour éviter les moqueries. C'est pourquoi il se mit à crier : « Deroz, Deroz, où fuyez-vous comme cela ? » Mais sa voix s'étiola de la façon la plus misérable qu'il soit car le jeune homme, au lieu de se retourner en s'entendant appeler, se dirigeait vers le maquis, du pas dédaigneux qui était maintenant le sien et avec une ferme détermination : il ne traînait plus les pieds ni n'utilisait sa canne. Un sentiment indicible émanait de lui et Dominici lui-même en fut suffoqué car il avait enfin compris qu'il assistait bien là à un véritable départ pour le fameux voyage, que Deroz ne rebrousserait jamais chemin mais qu'il continuerait indéfiniment à pied vers le nord, en direction des lointains les plus reculés, semblable à un mendiant ou à un dieu.

Il s'en allait seul, entre les toiles d'araignée des acacias couverts d'épines, pâle silhouette, en direction de ces villes que nous ne connaissons pas, mais un halo de génies bienveillants le suivait, cortège miséricordieux qui lui murmurait à l'oreille des mots gentils et des qualificatifs honorifiques : « Par ici, à droite, je vous en prie, Excellence ! Attention à cette ornière. Comme Son Excellence est agile ! » Quant au professeur Dominici, dès qu'il vit disparaître la silhouette équivoque, il entra avec une frénésie toute policière dans la maison. Où, bien entendu, il retrouva étendu sur le fauteuil, sous la tête de l'antilope pensive, le corps corruptible du docteur Deroz, trop fragile et à la fois trop encombrant pour pouvoir accompagner son maître dans ce long voyage.

Le mémoire

Grâce à un intermédiaire, Teodoro Berti, le paysan, réussit à acheter au comte Andrea Petrojanni, son ancien patron qui l'avait licencié, la terre appelée Praloro, d'une superficie de vingt et un hectares. Berti n'était animé d'aucun esprit de vengeance ni d'aucun désir de revanche envers le richissime comte. Pour lui, une seule chose importait : pouvoir revenir à Praloro, l'endroit où il était né et où il avait vécu pendant quarante-cinq ans. Petrojanni, quant à lui, se mit en tête que c'était un acte de représailles : Teodoro, pensait-il, s'était installé au beau milieu de ses terres en tant que propriétaire, d'égal à égal, et allait lui causer tous les ennuis possibles ; c'est pourquoi il se mit à le détester et ordonna à ses employés de ne le fréquenter sous aucun prétexte. Peut-être qu'en proposant une somme plus élevée, il aurait pu racheter Praloro ; mais il avait l'impression que c'était ce que Berti voulait, sans parler de l'inconvénient de devoir nouer avec le paysan, même par l'intermédiaire d'intendants et de notaires, de nouvelles relations d'affaires. C'est ainsi que la demeure princière des Petrojanni, le comte lui-même, ses proches parents, ses domestiques, tout ce qui gravitait autour d'eux, devint pour Berti plus inaccessible que jamais. Au fil du temps Berti en conçut un vague sentiment de culpabilité, comme si l'affront involontairement fait au vieil homme ne pouvait espérer de pardon et qu'il fallait craindre, tôt ou tard, un châtiment cruel.

La même route reliait à la départementale la parcelle de Teodoro et le domaine Petrojanni. À un moment donné, cette route était coupée par un passage à niveau, surveillé par un garde-barrière. Il arrivait fréquemment que l'on dût s'arrêter devant les barrières fermées dans l'attente d'un train, côte à côte, les charrettes rustiques de Berti touchant presque le superbe carrosse qui emmenait vers la ville voisine le comte, ou la comtesse, ou leurs enfants et hôtes. Invariablement, pour exprimer son mépris, on fermait les rideaux de la voiture pendant que les paysans remettaient en silence le chapeau qu'ils avaient ôté en signe de respect. Au demeurant, faute d'un quelconque centre d'intérêt commun, l'immense propriété Petrojanni et la terre de Teodoro menaient leur vie chacune pour soi, ce qui permettait d'éviter toute dissension ou tout litige.

Un jour on apprit que, à l'échéance des vingt premières années d'exercice – c'est-à-dire deux ans plus tard –, les Chemins de Fer allaient suspendre le service de garde au passage à niveau. Par la suite, donc, la surveillance de celui-ci incomberait aux usagers. La nouvelle préoccupa beaucoup Teodoro. Puisque le passage n'était utilisé que par les Petrojanni et les Berti, il y avait deux solutions : ou bien le comte, feignant d'ignorer l'existence de son ex-métayer, allait s'occuper directement lui-même de la question, sans se soucier le moins du monde des besoins de Praloro, générant ainsi toutes sortes de difficultés pour que les charrettes et le bétail des Berti puissent passer, ou bien la tâche, sur ordre des autorités compétentes et sans qu'un accord réciproque soit nécessaire, allait devoir être assumée par les deux parties, sans discrimination. Ce qui semblait encore plus dangereux : comment exclure la possibilité que le comte fasse en sorte que survienne un grave accident, dont la responsabilité aurait été partagée entre eux deux ? Presque toujours, dans ce type d'accidents, les dommages et intérêts, quand il s'agissait de vies humaines, se montaient à des dizaines, voire des centaines de milliers de lires. Pour le comte, ce serait une paille, mais pour Teodoro cela signifierait la ruine : il serait contraint de vendre Praloro, les bêtes, les outils, les meubles, et encore cela ne suffirait-il peut-être pas.

Il était primordial de se mettre d'accord à l'amiable, d'arriver à conclure une sorte d'armistice, voire la paix. Maria, la femme de Teodoro, en avait conçu une telle frayeur qu'elle parlait déjà de vendre Praloro et d'aller s'installer ailleurs. En attendant, de jour comme de nuit, à quelque trois cents mètres de là, les trains passaient sur la voie ferrée en faisant un boucan d'enfer.

Teodoro, qui ne pouvait pas s'adresser aux métayers ni aux intendants du comte – ils n'auraient même pas daigné lui répondre –, en parla avec le garde-barrière, un vieux copain, le priant de bien vouloir tâter le terrain auprès de quelqu'un de la maison Petrojanni. Quelques jours plus tard, le garde-barrière lui dit qu'il avait pu demander des informations à Gervasi lui-même. Gervasi était l'intendant du comte et, en pratique, c'était lui qui gérait toute la propriété. Il lui avait répondu que rien ne pressait, et s'était même mis à rire, comme s'il avait deviné de qui venait cette question.

Décidé à dépenser, s'il le fallait, quelques dizaines de lires, Teodoro s'était alors rendu en ville pour demander conseil à un avocat. Lorsque celui-ci avait compris que la requête, bien que tout à fait régulière, pouvait laisser croire à une certaine hostilité envers Petrojanni (non pas qu'elle menaçât de quelque manière les intérêts du comte, mais parce qu'elle cherchait à prendre les devants sur la présumée inimitié de ce dernier), l'avocat n'avait pas voulu s'en charger, il s'était même presque offusqué de l'audace du paysan.

L'idée d'un avenir catastrophique, le sentiment de se trouver isolés, faibles et ignorants dans un monde hostile, riche et instruit, créèrent à Praloro un très lourd climat de cauchemar, presque de désespoir. La dernière chance de salut était de s'adresser par écrit à Gervasi, ou, mieux encore – c'était ce que soutenait Teodoro quand tous ceux de sa famille étaient d'un avis contraire –, au vieux comte Petrojanni en personne, qui avait la réputation d'être un homme juste bien que faible et donc facilement manipulé par sa perfide épouse. Mais, bien entendu, personne, ni les avocats en ville, ni le curé, ni les maîtresses d'école, ne voudrait se charger de l'ingrate tâche de coucher sur le papier les demandes de Berti, au risque de s'attirer les foudres de cet homme, si puissant dans la région, qu'était le comte : un jour ou l'autre il identifierait sûrement l'auteur de la lettre.

On en était là lorsqu'un soir, tandis que la famille de Teodoro, une fois le dîner fini, s'était réunie à la cuisine dans un silence pénible, Piero, le septième fils, déclara qu'il allait écrire, lui, à Petrojanni. Piero avait dix-sept ans ; frappé par la polio dans son enfance, il était resté infirme ; c'était le seul membre de la famille à ne pas travailler. Bien qu'il vécût pour ainsi dire aux crochets de la famille et que l'on considérât, de surcroît, qu'il était demeuré – personne n'avait pris en considération les excellents bulletins qu'il avait rapportés de l'école –, tout le monde l'aimait bien, ses parents comme ses frères et sœurs. Et comme l'oisiveté avait fini par lui donner des allures de jeune homme délicat, d'étudiant de la ville, Teodoro, au fond, était fier de lui, comme si cela élevait un peu la famille vers le niveau des seigneurs.

« Je veux lui écrire moi-même, répéta Piero pour la deuxième fois, puisque personne ne lui répondait.

— Ça servira à rien, mon cher », dit Primo, le frère aîné âgé de vingt-cinq ans, comme si ce n'était même pas la peine de discuter d'une idée aussi ridicule. Tous les autres restèrent silencieux, y compris la mère qui d'habitude saisissait avec avidité toute occasion de se lancer dans des diatribes ou des récriminations.

Ce soir-là pourtant, la fenêtre de Piero (il avait une chambre pour lui tout seul, ses frères dormaient à deux ou trois dans la même pièce) resta allumée jusqu'à une heure très tardive. Teodoro permettait à son fils infirme, et à lui seul, de garder sa lumière après neuf heures du soir, et tout le monde trouvait normale cette sorte d'injustice. Mais le père savait toujours exactement à quelle heure Piero éteignait, et le lendemain, il lui demanda pourquoi il avait veillé si tard. « Tu as été malade cette nuit ? l'interrogea-t-il, car Piero était souvent sujet à de douloureuses crises nocturnes.

— Non, répondit le garçon, mais j'ai essayé de commencer mon mémoire.

— Quel mémoire ? Qu'est-ce que tu as encore inventé ?

— Le mémoire pour M. le comte, fit Piero d'une voix tranquille, sans éprouver nullement le besoin de se justifier. À propos du passage à niveau. »

Teodoro haussa les épaules, pour lui faire comprendre que ces bêtises l'ennuyaient. Il haussa les épaules, mais une lueur d'espoir brillait déjà dans son cœur.

« Bien, dit-il après s'être demandé s'il devait le réprimander ou non, si tu n'as rien d'autre à faire... mais fais ça discrètement, au moins : on a assez de soucis comme ça, sans qu'en plus on se moque de toi. »

Et il partit aux champs.

Mais quand arriva le samedi, et que se tint à l'auberge la rencontre habituelle avec les quelques amis restés fidèles (c'est-à-dire le garde-barrière, un homme du moulin, le cantonnier et un drôle de type qu'on voyait toujours pêcher dans le coin), Teodoro, dès que la conversation aborda l'éternel sujet du passage à niveau, annonça d'un air mystérieux que son fils Piero était en train de rédiger un mémoire.

« Piero, celui qui est malade ? demanda le type bizarre sans lever les yeux de son jeu de cartes.

— C'est bien ça, celui qui est malade, répondit Teodoro.

— Mais il n'est pas un peu... ? demanda encore le pêcheur et il se toucha le front du doigt, par délicatesse, car il n'avait pas le courage de dire : mais il n'est pas un peu demeuré ?

— Mais oui, renchérit le garde-barrière, il n'est pas un peu... comment dit-on... handicapé ? Tu ne me disais pas qu'il ne comprenait rien ? »

Teodoro ne pouvait pas le nier mais il précisa :

« Et pourtant il est allé à l'école, et il a réussi mieux que les autres.

— D'accord, fit le garde-barrière, mais quand même, s'atteler à un mémoire !

— Eh, ça m'inquiète moi aussi, dit le cantonnier, qui jusque-là était resté silencieux. Un mémoire c'est un mémoire ! » Et il n'explicita pas davantage ce qu'il voulait dire.

Le pêcheur qui faisait équipe avec Teodoro prit la main neuf fois de suite, et en posant les cartes gagnantes il assenait de joyeux coups sur la table, puis il s'écria (et tout le monde s'attendait à entendre une de ses habituelles plaisanteries sur le jeu) :

« Mais tu devrais lui dire de faire attention !

— Qui doit faire attention ? dit Teodoro.

— Ton fils, tiens, qu'il ne te crée pas de problème : tu devrais le regarder de près, ce mémoire. »

Teodoro s'exclama :

« Et comment veux-tu que je fasse ? Tu crois peut-être qu'il va me le montrer !

— Il ne va pas te le montrer... il manquait plus que ça ! dit le garde-barrière qui de toute évidence n'était pas bien disposé à l'égard de Piero. Il veut faire un mémoire, mais une fois écrit, il ne veut pas te le montrer ! Mais c'est vraiment un âne, alors ! »

Teodoro ne dit rien et continua à jouer. Il réalisa qu'il aurait mieux fait de se taire et le lendemain il essaya, mais sans succès, de persuader Piero de lui montrer ce qu'il avait déjà écrit. Piero lui répondit qu'il n'avait pas encore commencé, qu'il était en train d'étudier la question, qu'il devait d'abord consulter quelques livres à la bibliothèque municipale.

Le fait est qu'environ quinze jours après arriva une lettre cachetée adressée à M. Piero Berti et qui portait l'en-tête de la Société Anonyme des Chemins de Fer Portonuovo-Trevo. Cela fit l'objet d'une dispute car Piero ne voulut pas la montrer à ses frères. « Ce sont des renseignements, c'est tout ! » se contentait-il de répéter. Il n'y eut pas moyen de la lire.

Ce petit incident, en tout cas, commença à ébranler jusqu'à la méfiance de Primo, le frère aîné. Après tout, qui sait, Piero avait peut-être plus de capacités qu'on ne le supposait. Pourquoi ne pas le laisser faire ?

La fenêtre du jeune garçon infirme restait allumée au moins jusqu'à onze heures tous les soirs. Les rares journées où il se sentait physiquement bien et où, par conséquent, il était de bonne humeur, il se laissait aller à quelques confidences. Il avait pensé – et tout le monde fut unanime pour reconnaître que c'était une idée pertinente – que la Société des Chemins de Fer elle-même pourrait assurer la surveillance du passage à niveau, moyennant une compensation décente. Le comte Petrojanni et la famille Berti participeraient à la dépense selon des quotas à déterminer, et l'on éviterait ainsi tout risque de mortification, toute responsabilité en cas d'accident. Tout dépendait cependant de la réponse du comte, d'où la nécessité que le mémoire fût élaboré et rédigé avec le plus grand soin.

Ses parents, ses frères et sœurs, tous étaient attentifs à écouter les explications de Piero, à la fois fort étonnés et très admiratifs de l'entendre tenir un discours aussi complexe. Désormais personne ne doutait plus de lui ; bien au contraire, son mémoire concentrait tous les espoirs de la famille. Petit à petit les pensées les plus tristes s'évanouissaient et les femmes se remettaient à chanter dans la maison.

Un mois environ s'écoula et Piero annonça enfin qu'il avait achevé la première page du mémoire, peut-être pas dans une version définitive car il lui semblait que les phrases étaient encore un peu rugueuses et confuses, mais toujours était-il qu'on tenait une bonne base. Comme il refusait de lire son texte, ses proches n'insistèrent pas ; l'une de ses sœurs lui dit même ouvertement qu'à sa place, elle aurait fait la même chose.

Par ailleurs, à l'auberge, Teodoro ne parlait plus du mémoire avec la même timidité craintive que la première fois et même ses amis commençaient à prendre la chose au sérieux. Jusqu'au garde-barrière qui avait pris parti pour Piero, ce qui n'était pas étonnant car si la solution proposée par le garçon était retenue, il avait toutes les chances de garder son travail.

Ainsi la famille Berti tout entière, depuis quelque temps, ne vivait plus que par et pour ce mémoire, si bien qu'on ne s'étonna pas outre mesure le jour où M. Paoletto, le secrétaire de Gervasi, fit son apparition dans la cour de Praloro et demanda à voir Piero. Les deux hommes tinrent conciliabule pendant près d'une heure. Tous les frères étaient arrivés des champs comme par magie et attendaient en silence devant la porte de la maison. Enfin, M. Paoletto sortit, le visage souriant, et fit un signe discret (très discret) en réponse au salut de Teodoro et de ses fils. Dès que l'hôte d'exception eut tourné les talons, tous se précipitèrent auprès de Piero, assis dans sa chambre devant une table couverte de paperasses.

Le jeune garçon n'était pas le moins du monde ému, il

essaya de calmer l'enthousiasme de sa famille en affirmant que M. Paoletto était seulement venu chercher un livre : à la bibliothèque municipale, on lui avait dit que l'ouvrage avait été emprunté par Piero Berti et il était venu se le faire remettre.

« Mais vous avez parlé du passage à niveau ? demanda Teodoro.

— Comme ça, en passant, répondit Piero. M. Paoletto, d'ailleurs, m'a semblé plutôt hostile aux desseins du comte, il n'a pas l'air d'être de ses amis. »

Personne ne sut les détails de la conversation, mais toute la famille fut fermement convaincue que, d'une façon ou d'une autre, la glace était sur le point d'être rompue : le mémoire – dont on n'avait toutefois pas encore réussi à lire ne serait-ce qu'une ligne – serait d'une importance capitale. La confidence que leur livra par la suite le garde-barrière ne fit que renforcer les espoirs des Berti.

Le garde-barrière, en effet, raconta que M. Paoletto s'était arrêté pour discuter avec lui du passage à niveau, des Berti et surtout de Piero.

« Tu veux que je te dise ce que j'en pense ? conclut-il en s'adressant à Teodoro.

— Oui, vas-y, parle ! fit Teodoro.

— Bien, dit le garde-barrière, j'ai eu le sentiment qu'ils avaient peur.

— Peur ? Peur de quoi ?

— Bah... je ne saurais pas te dire de quoi, mais ils ont peur. Je n'en sais rien, M. Paoletto parlait du mémoire, je n'ai pas bien compris ce qu'il disait... »

Utiliser le terme de peur à propos du comte, c'était absurde. Le mémoire devait seulement contenir une proposition raisonnable pour régler la question du passage à niveau. Le garde-barrière, sans aucun doute, avait mal compris, il n'avait pas pris la mesure de l'affaire, mais il devait quand même avoir perçu dans l'attitude de M. Paoletto – représentant plutôt haut placé de l'administration

Petrojanni – un esprit de conciliation qu'on n'aurait même pas osé espérer il y a quelque temps de cela.

Sans se monter la tête, Piero continua à travailler avec ardeur : on ne le voyait pratiquement plus dans les rues du village car il fuyait les gêneurs et leurs questions ; il se rendait souvent à la bibliothèque municipale ou bien il examinait le passage à niveau ou encore il discutait avec le garde-barrière de détails techniques concernant son métier. Cela dura des mois et des mois. Il s'était écoulé presque un an et demi depuis la première alerte quand le garçon, usant de prudentes allusions, laissa entendre aux siens que le mémoire pouvait être considéré comme pratiquement terminé. La première partie avait fait l'objet d'une rédaction définitive, il avait encore quelques hésitations sur le ton de la formule conclusive : valait-il mieux des salutations distantes ou des salutations concises ? Ou fallait-il au contraire s'étendre en remerciements pour mettre le patricien dans de bonnes dispositions ?

Quand il eut annoncé cela, personne n'eut plus le moindre doute sur l'issue favorable que trouverait le problème ; le mémoire avait pris une importance croissante au fil du temps ; il avait acquis, pour ainsi dire, une vie autonome, il dépassait de beaucoup la simple question du passage à niveau (qui pourtant en soi était capitale), il était devenu un motif d'orgueil pour les parents et les frères et sœurs de Piero, presque un but dans leur existence.

Il restait encore sept mois avant qu'on ne mît fin au service de garde-barrière du passage à niveau, et voilà qu'un soir, à l'heure du crépuscule, dans la cour de Praloro, s'arrêta une voiture comme jamais on n'en avait vu de mémoire d'homme. Il en descendit un monsieur inconnu, d'une soixantaine d'années, qui demanda d'un ton tranchant si c'était bien là que résidait un certain M. Piero Berti.

Piero était là, il s'avança.

« Je suis le directeur de la Société des Chemins de Fer, annonça alors ce monsieur avec une intonation qui semblait menaçante. Entrons un moment, je vous prie. J'ai à vous parler. »

Le visiteur, Piero et toute la famille se réunirent dans la cuisine. On offrit la chaise la meilleure au directeur et les autres s'installèrent tout autour pour écouter.

Il prit la parole :

« Voilà de quoi il s'agit : j'ai entendu dire que vous faisiez grand cas, dans cette maison, de la question du passage à niveau, j'ai aussi entendu parler d'un mémoire ou quelque chose de ce genre. M. (il regarda un carnet pour se remémorer le nom), M. Piero Berti, ici présent, m'a écrit plus d'une fois et je comprends vos préoccupations. Je suis venu aujourd'hui pour vous rassurer.

— De bonnes nouvelles, alors, fit Teodoro bêtement, sans avoir la moindre idée de ce dont il s'agissait.

— Très bonnes, je crois », dit le directeur des Chemins de Fer.

Tous se turent pour écouter, mais Piero, d'habitude si pâle, était devenu encore plus blême. Comme personne ne parlait, le directeur poursuivit : « Je suis venu vous dire que vous pouviez être tranquilles. Dans cinq mois, il n'y aura plus de passage à niveau. Les trains ne passeront plus. Dans cinq mois, on inaugure la nouvelle portion qui passe de l'autre côté du fleuve. Il n'y aura plus besoin de garde-barrière, il n'y aura plus de passage à niveau », répéta-t-il en voyant que les Berti ne manifestaient aucun signe de satisfaction.

Teodoro, son épouse, ses enfants étaient tous restés de marbre. Désormais, la disparition du passage à niveau qui, un an et demi plus tôt, les aurait délivrés d'un cauchemar leur paraissait une chose tout à fait déplaisante. S'il en était ainsi, le mémoire de Piero devenait complètement inutile, un dur travail fourni pour rien, un paquet de feuilles bonnes pour la corbeille. Maintenant, à tort ou à raison, ils s'étaient accrochés à cet espoir. La disparition du passage à niveau éviterait simplement les ennuis, le mémoire au contraire aurait pu aller au-delà, leur acquérir les faveurs du comte ; en dehors de l'affaire du train, il leur offrait la possibilité d'un succès, dont ils seraient maintenant frustrés.

« Qu'est-ce que cela veut dire ? demanda le visiteur interloqué devant l'apathie des paysans. Qu'est-ce que cela veut dire ? Vous n'êtes pas contents ? »

Teodoro répondit sans enthousiasme :

« Contents, oui, bien sûr. Mais vous savez que cela change bien des choses ?

— Ah, vous voulez parler du mémoire, du travail de votre fils ? Bien sûr, je comprends. Cela vous fait de la peine, maintenant, d'avoir travaillé pour rien. Mais vous, qu'en pensez-vous ? » demanda-t-il directement à Piero, faisant confiance à son intelligence.

Mais le visage de Piero était devenu terreux, on aurait dit que la vie s'en était retirée. Il parla à grand-peine :

« Oh oui, dit-il, tout rentre dans l'ordre... pourtant...

— Parlez, parlez librement...

— Voilà, ça fait un an et demi que j'y travaille, ce serait dommage de tout laisser tomber comme ça ; et d'autre part, il serait absurde...

— Ça, c'est sûr qu'il serait absurde, remarqua le directeur de la Société des Chemins de Fer avec un petit rire, de ne pas utiliser la nouvelle ligne simplement pour que le mémoire ne soit pas perdu ! Ah, ce serait vraiment une trouvaille magnifique ! » Et il éclata d'un rire qui ne reçut aucun écho dans l'assistance. « Une idée géniale, vraiment ! »

À ce moment-là, prenant son courage à deux mains, Piero dit : « Écoutez, monsieur l'ingénieur, ce n'est pas que je veuille vous faire changer d'avis, mais faites-moi plaisir, je vous en prie : je voudrais vous lire mon mémoire !

— Bien volontiers, mais il faut que je me sauve, mon jeune ami : une autre fois, j'aurai l'occasion de revenir, ne doutez pas de mon admiration... »

Il essaya de s'esquiver, mais y renonça rapidement en voyant l'expression de désolation si amère que prenait le visage de Piero. « D'accord, je vous écoute ! » dit-il, avec une complaisance distraite, tout en se rasseyant.

Piero alla chercher le document, se mit à côté de la fenêtre pour avoir de la lumière et commença à lire d'une voix un peu tremblante : « Monsieur le Comte, depuis maintenant presque huit ans, j'entretiens une correspondance...

— Huit ans ? l'interrompit Primo, son frère aîné. Mais si ça fait juste un an... ?

— Je sais, je sais, expliqua Piero que l'interruption avait contrarié, je le sais aussi bien que toi que ce n'est pas vrai, mais ça fait plus d'effet, j'y ai beaucoup réfléchi, c'est une question délicate, moi aussi je me suis demandé s'il valait mieux mettre trois ans plutôt que huit, mais j'ai opté pour huit. Maintenant laisse-moi continuer. »

Il prit une inspiration et recommença sa lecture : « Monsieur le Comte, depuis maintenant presque huit ans, j'entretiens une correspondance avec l'administration de la Société Anonyme des Chemins de Fer Portonuovo-Trevo pour trouver moyen d'apporter une solution définitive, dans l'intérêt de tous, à la question du passage à niveau (P.N.) se trouvant dans la province de Sant'Elpidio (Trevo) au kilomètre 39 + 127 de la voie ferrée mentionnée ci-dessus. »

Au fur et à mesure qu'il lisait, la voix de Piero retrouvait une certaine vigueur et prenait des accents vifs et humains. Son visage, dans la lumière de l'après-midi finissant, resplendissait d'une foi ardente et presque désespérée.

« Actuellement, continua-t-il lentement, pour utiliser l'heureuse expression synthétique de M. Martandrei, secrétaire en chef de la Commune de Sant'Elpidio, avec qui j'ai eu l'honneur d'échanger de nombreuses consultations épistolaires, je dirais que l'on peut remédier au problème en adoptant l'alternative suivante :

a) responsabilité solidaire des deux parties, dès lors qu'aura été pris l'engagement de rembourser les frais afférents au personnel de garde du P.N. (cf. ci-dessous)

b) responsabilité civile en cas de sinistre – chose qui advient assez fréquemment maintenant que sont en circulation les "trains légers" à très grande vitesse, dont certains (par exemple les trains affectés au transport des marchandises) n'ont pas d'horaire, et compte tenu des brouillards très fréquents et très denses qui sévissent sur la ligne – s'il nous incombait d'avoir la responsabilité des systèmes de fermeture des barrières. »

Le mémoire développait ensuite tous les arguments en faveur de la première solution, excluant d'emblée l'hypothèse selon laquelle, en l'absence d'accord entre les deux parties, l'autorité compétente mettrait d'office en œuvre la seconde.

Partant sur la base de la solution a), le mémoire proposait que quelqu'un se charge de faire le lien avec les Chemins de Fer pour le règlement de la traite périodique et établissait les dispositions nécessaires le cas échéant.

Les parents, les frères et sœurs de Piero étaient médusés de stupeur : c'était, leur semblait-il, un miracle tout à fait prodigieux que ce garçon eût réussi à écrire tout seul quelque chose d'aussi profond et d'aussi parfait.

« Dans le cas où, par impossible, concluait le mémoire, l'un de nous manquerait à l'engagement pris de payer sa quote-part, les Chemins de Fer en la personne de l'ingénieur Falcone, gérant technique, ne prendraient pas immédiatement les mesures pour fermer le P.N. (fermeture qui entraînerait bien des dommages pour nous tous), mais en confieraient la charge aux avocats du Trésor public, accordant ainsi un laps de temps suffisant pour que la partie récalcitrante puisse s'amender ! Mais je ne crois pas qu'une telle chose puisse arriver de la part d'aucun d'entre nous : notre respectabilité ne permet pas d'avoir le moindre doute là-dessus. Je vous serais reconnaissant, monsieur le Comte, d'avoir l'extrême amabilité de me signifier que vous en êtes d'accord. »

Piero avait terminé, il laissa retomber la main qui tenait les feuillets, et resta appuyé sur le rebord de la fenêtre, essoufflé ; les dernières lumières du jour l'éclairaient.

« Magnifique, vraiment magnifique ! » s'exclama le directeur de la Société des Chemins de Fer. Puis il regarda les Berti qui le fixaient en silence, ces visages usés par le labeur, sur lesquels se lisait une imploration avide ; il regarda les cendres dans l'âtre où mouraient les dernières braises, le sol empierré constellé de flaques d'eau, la table où se trouvaient les restes de la polenta, les murs autrefois blancs, maintenant noircis par la fumée, le jeune garçon infirme. Personne ne soufflait mot. Que lui voulaient donc ces gens ? Était-ce Dieu possible ?

« Je comprends, dit à nouveau l'ingénieur. Je ne dis pas le contraire, c'est contrariant de devoir renoncer à tout ce travail, mais qu'est-ce que je peux y faire ? La date de l'inauguration de la nouvelle ligne est déjà fixée, il faudrait en référer au Ministère.

— Oui, mais il suffirait..., bredouilla le garçon et il n'osa pas aller plus loin.

— Dites, dites...

— Il suffirait peut-être, fit Piero, il suffirait que le comte n'en ait pas connaissance, vous pourriez... »

Le directeur de la Société des Chemins de Fer l'interrompit : « Rien à faire, il est parfaitement au courant. »

Tous se turent à nouveau. Il faisait de plus en plus sombre dans la cuisine. Le directeur finit par se lever en poussant un profond soupir.

« Bien, dit-il, vous savez ce que je vais faire ? Je vais

donner l'ordre de repousser l'inauguration, un renvoi *sine die*, cela pourra aller jusqu'à deux ans mais personne ne m'empêchera de décider que, le cas échéant, cette inauguration se fera dans quinze jours. En attendant la question du passage à niveau reste ouverte et vous pouvez envoyer votre mémoire. Je me charge moi-même de prévenir Petrojanni. Vous voyez bien que tout finit par s'arranger, vous êtes contents ? »

Ce furent exactement ses mots et les paysans, au fond, ne s'en étonnèrent pas : Piero, dans la pénombre, fut le seul à sourire.

Ce fut ainsi que le mémoire partit pour le palais Petrojanni, patiemment retranscrit par Piero dans une calligraphie des plus soignées. Piero comme sa famille étaient tellement confiants que personne ne doutait de la réponse. Si le directeur de la Société des Chemins de Fer avait repoussé la date de l'inauguration de la ligne, c'était bien signe qu'il accordait quelque importance au mémoire.

Le premier jour, personne n'espéra la réponse, à partir du deuxième on commença à l'attendre, le troisième jour ne vit arriver que la pluie, le quatrième, M. Paoletto fit son apparition dans la cour, mais il ne portait aucune lettre ni aucun message, il s'était juste perdu en allant à la chasse, le cinquième arriva de nouveau la pluie, le sixième les espoirs n'étaient plus aussi grands, le septième était un dimanche et personne ne risquait de venir, le huitième, tandis qu'il était seul à la maison et que les membres de sa famille travaillaient aux champs, Piero éclata tout à coup en sanglots, le neuvième Piero fut pris d'une forte fièvre, toujours le neuvième mais quelques heures plus tard, arriva une lettre de Gervasi : le comte Andrea Petrojanni – était-il écrit – attendait Piero Berti au palais le matin suivant.

Mais Piero était malade et ne pouvait pas se lever. Il fallait faire dire au comte que le garçon était immobilisé, le comte allait en prendre ombrage, il avait déjà fait de grandes concessions, même Teodoro le reconnaissait. Tout allait à vau-l'eau.

Teodoro en personne, pour la première fois depuis des années et des années, se rendit le matin suivant au palais Petrojanni pour porter le billet d'excuse que Piero avait écrit à grand-peine. Il remit l'enveloppe à un domestique et s'en revint, le cœur chagrin, en dépit de la splendide journée de printemps qu'il faisait.

Vers onze heures, Annetta, l'une des sœurs de Piero, était à la fenêtre de la chambre du malade. De là on pouvait apercevoir le palais Petrojanni en haut de la colline, et la route blanche qui en descendait.

« Ils ont sorti la voiture du vieux », dit la jeune fille pour distraire un peu son frère.

Piero sortit de sa torpeur : « Tu en es sûre ? demanda-t-il en relevant la tête. C'est bien celle du comte ?

— Oui, c'est la sienne. Il a quatre chevaux et deux cochers. Il doit être déjà à l'intérieur, la voilà qui s'en va... »

Le garçon se laissa retomber sur ses oreillers.

« Dis-moi, Piero, s'exclama Annetta, à cette heure-là, d'habitude, il ne sort pas. Tu vas voir qu'il vient chez nous ! Tu vas voir qu'il vient te trouver, toi ! »

Piero ne dit pas : « Sottises ! Qu'est-ce que tu crois ? », bien au contraire il ne répondit rien et son cœur se mit à battre plus fort dans sa poitrine. Il essaya, pour retrouver son calme, de penser à son mémoire qui devait se trouver maintenant au milieu de mille autres papiers sur le bureau de Gervasi, complètement oublié. Mais son cœur battait de plus en plus fort.

La voiture du vieux comte Petrojanni dévala la descente à bride abattue, elle approcha à vive allure de Praloro, déjà on voyait au-dessus des haies un nuage de poussière blanche, on entendait le bruit des sabots des chevaux et le tintement des grelots. « Dans deux secondes, elle est au carrefour ! » cria Annetta.

Maintenant la voiture était toute proche. Allait-elle continuer tout droit vers le passage à niveau, en direction de la ville, ou allait-elle prendre la petite route latérale qui mène à Praloro ? Deux ou trois mètres encore et on allait avoir la réponse.

Cevere

Tous les sept ans Cevere remonte le fleuve sur sa longue pirogue, jusqu'à la grande anse, et s'arrête près du village de Naer pour y embarquer les morts. C'est ce que dit la légende et les Noirs de la région y croient, sans lui accorder trop d'importance. Ils n'éprouvent ni curiosité ni peur, de la même façon que nous autres, nous ne nous préoccupons pas, aux aubes livides de nos villes, des hommes qui viennent enlever les déchets. Si bien que presque personne ne tient compte de ces sept ans ni ne calcule le jour de l'échéance.

Cevere est grand, noir comme la nuit, ni jeune, ni vieux. Personne n'a jamais réussi à apercevoir son visage ; certains disent qu'il a les yeux derrière la tête, d'autres qu'à la vue des êtres humains il se couvre le visage d'une étoffe blanche. Il arrive silencieusement sur sa barque, accoste sur la rive déserte, disparaît dans le maquis pour y chercher les morts. Avant que ne tombe la nuit, il est de retour et les défunts s'assoient deux par deux dans la grande embarcation, et empoignent les rames. Lui reste debout à la proue, armé d'une longue perche qu'il plonge dans l'eau de temps à autre pour rectifier la trajectoire. Puis ils disparaissent au fil de l'eau, en direction du sud, engloutis par l'obscurité.

Un jour j'appris par un ancien du village que Cevere

devait venir cette année-là ; en ce qui concerne le mois et le jour, en revanche, il ne me dit rien. Toutefois, poussé par un vague espoir, je laissai mes compagnons incrédules, et m'en allai, vers dix-huit heures, rejoindre le sommet d'une minuscule colline de pierres rouges, île au milieu de la mer d'épineux, au-dessus de l'anse du fleuve. Tout autour, à perte de vue, c'était une désolation d'arbustes brûlés par le soleil ; au milieu de cette lande jaunâtre, le cours d'eau faisait comme une bande incroyablement verte, bordée d'arbres immenses aux frondaisons abondantes. Sous l'un de ces arbres, au bord de la rive, dans l'ombre, je vis une embarcation vide qui se balançait légèrement.

Mon arrivée à Naer était d'une importance extrême car, après tant de mois sans quatrième partenaire, on allait pouvoir enfin organiser à la vice-résidence une partie de bridge. Il y avait là-bas le vice-résident, le médecin et un individu étrange qui se disait expert des mines, mais dont je me demande encore ce qu'il faisait là, exilé au bout du monde. Ils m'avaient recommandé de ne pas m'attarder, impatients qu'ils étaient de commencer la partie qui allait durer sûrement jusque tard dans la nuit. Mais mon cœur s'était mis à battre la chamade, comme cela arrive au magicien désormais sans illusion et qui voit sortir Satan en personne de son flacon magique. Il régnait un grand silence que ne troublaient pas les cris intermittents des corbeaux, vautours, et autres aigles pêcheurs.

Il n'y avait rien au monde de plus paisible et inoffensif que cette barque abandonnée qui oscillait près de la rive. Et pourtant l'émotion me serra la gorge, car il me semblait qu'elle était la preuve d'une présence surnaturelle. Puis je retrouvai mon calme en pensant : « Et pourquoi donc cette pirogue serait-elle celle de Cevere ? Est-ce que les pêcheurs de la région n'utilisent pas des embarcations semblables à celle-ci ? » Je descendis alors du petit promontoire et, prenant mon courage à deux mains, je me postai sur la rive, dans un entrelacs de verdure, à quelque deux cents mètres en aval de la barque. Le fleuve était d'une couleur jaunâtre, il poursuivait son voyage immémorial, en direction des terres inexplorées, au plus profond du ventre de l'Afrique.

Je me demandai à moi-même : « Tu as peur, peut-être ? Pourquoi es-tu tellement nerveux ? Pire qu'un enfant ! », « Non, c'est pas vrai, répondis-je hypocritement. Il y a mes camarades qui m'attendent, ils doivent déjà être assis autour de la table, ils n'attendent plus que moi. De toute façon, personne ne viendra par ici. » « Balivernes ! répliquai-je. Rien que des balivernes ; le problème, c'est que tu as peur, tu n'es pas né pour des choses de cet ordre-là, voilà la vérité, tu ne devrais même pas être là. » Et déjà tombait l'ombre.

Tout à coup, alors que la pirogue s'était approchée de la berge comme au hasard d'un remous, se glissèrent à bord, du haut de la rive, plusieurs silhouettes humaines. À cause de la distance, je ne pouvais pas bien les distinguer mais elles me semblèrent différentes de ce que nous sommes, peut-être à cause d'une certaine fluidité et d'une certaine inconsistance de leur corps, je n'arrive vraiment pas à l'expliquer plus clairement. Avec inquiétude, elles se pressèrent dans la pirogue, puis se rangèrent mieux, deux par deux, de façon à pouvoir occuper tout l'espace. Lorsqu'elles se furent installées, elles restèrent immobiles. Une émotion indicible étreignait ma poitrine. C'était donc vrai !

Et voilà qu'il fit son apparition. Je ne le vis pas descendre le long de la berge. Quand je l'aperçus, il était déjà debout à la proue, très grand et d'une beauté stupéfiante. Son visage, toutefois, se dérobait à mes yeux ; je le percevais comme une tache luisante, contrastant avec le reste du corps nu et noir comme la nuit. Il ne me vint même pas à l'esprit que ce pût être un homme ordinaire, qui s'apprêtait à partir en barque avec d'autres hommes ordinaires.

C'était lui, Cevere, surgi des profondeurs mystérieuses du monde ; et voilà que maintenant il s'en allait, emportant les morts de ces sept dernières années, rassemblés près du village de Naer. Mais où, où donc ?

Huit rames touchèrent le fil de l'eau, la pirogue s'ébranla avec une lenteur extrême et, entre les deux murailles d'arbres, j'entendis s'élever la voix de Cevere ; elle était extraordinairement profonde, sans joie ni tristesse, se détachant peu à peu des misères de la terre. « Je m'appelle Cevere », disait-il. (Oh ! certes, je ne connaissais pas la langue barbare qui était la sienne et pourtant je comprenais.) « Je m'appelle Cevere, et nous allons vers la terre des grands fleuves, où d'innombrables années passent sans entamer la plénitude de l'homme. »

Alors les morts se mirent à chanter eux aussi, formant un chœur d'une tristesse indescriptible, exprimant le regret des choses de la vie : les habits de soie – disaient-ils –, les nourritures, les rêves que l'on fait la nuit, le lait, les chameaux bien gras, les filles brunes, les rêveries de guerre, le goût du fromage de chèvre, oh ! comme nous les avons côtoyés peu de temps !

« La terre des grands fleuves, répéta Cevere et sa voix se faisait de plus en plus solennelle (je voyais la pirogue grandir sous mes yeux). La loi interdit aux fièvres d'y pénétrer, l'air y est bon à respirer, l'homme n'y est plus persécuté par ses désirs ! » Ainsi chantait-il mais les défunts continuaient à pleurer sur les biens qu'ils avaient perdus, citant toutes les belles choses qu'ils n'avaient pas eu le temps de voir, la mer, les villes des hommes blancs, les princesses étrangères à la peau douce comme de petits oiseaux, adieu, adieu. Avec une fermeté impitoyable, Cevere faisait comme s'il ne les entendait pas, continuant à chanter les félicités immobiles d'outre-tombe. Et très vite ils cessèrent de le contredire ; plus encore : ils se mirent à répéter ses paroles en sourdine.

Il était maintenant tout proche. Bien droit à la proue,

une jambe un peu en avant en signe de domination, tenant dans la main sa longue perche en guise de sceptre. Mais son visage était invisible, caché par un masque d'argent qui le faisait ressembler à quelque sorcier et resplendissait d'une expression d'amer triomphe. Il se trouvait à quelques mètres. Alors la pirogue effleura littéralement la rive sur laquelle je me trouvais, ralentit, comme une invitation à monter, et par les trous du masque les regards obliques de Cevere rencontrèrent lentement les miens.

« Courage ! me dit-il. Saute sur la pirogue ! Tu auras bien le temps d'en descendre, tu serais le premier au monde à tenter l'expérience ! »

« Et puis quoi ! me dis-je en tremblant. Ce n'est qu'une de leurs nombreuses cérémonies. Derrière ce masque se cache peut-être la lèpre. Et puis les trois autres, là-bas, à la vice-résidence, n'ont que trop attendu. » « La peur, une peur abjecte, voilà ce que tu ressens. Ne laisse pas passer l'occasion, après tu en seras fier toute ta vie, un petit saut de rien du tout... Et voilà ! C'est trop tard maintenant ! La barque est déjà partie. »

Seul Cevere daigna m'accorder un regard, ou c'est du moins ce qu'il me sembla. Les défunts, quant à eux, continuèrent à ramer, masse confuse dans la pénombre grandissante. Je vis la pirogue glisser au loin, devenir de plus en plus petite, disparaître enfin derrière les rideaux d'arbres, vers le paradis inconnu des âmes noires. Mais, maintenant que le fleuve retrouvait sa solitude et que la voix inquiétante de Cevere s'éteignait dans le lointain, je me sentis lâchement heureux : j'étais toujours là, sur un territoire géographiquement répertorié, avec ce corps que j'aimais tant, avec ma bonne vieille ombre, et bientôt je serais en train de jouer aux cartes et de plaisanter avec d'autres êtres humains.

Je rejoignis en effet la case de la vice-résidence et je m'assis avec les autres pour commencer la partie. Je déclarai n'avoir rien vu, je me sentais rouge de honte. On distribua les cartes. Le premier – c'était le vice-résident – passa, le second de même. J'avais l'as, le roi et le valet de cœur, l'as et le roi de carreau, l'as de pique, cinq points faciles à gagner. Cevere devait maintenant être bien loin, avec son équipage de galériens fantasmatiques ramant dans le noir : toujours bien droit sur ses jambes, affichant son ténébreux mépris pour les choses humaines. Cinq points faciles, une chance ironique et grotesque. Le médecin, à ma droite, secoua la tête et posa sur la table son jeu de cartes. Tous les trois me regardèrent, attendant ma réponse. Alors, moi aussi je déclarai : « Je passe. »

La douleur nocturne

Vers la périphérie de la ville, dans une cité-jardin, se trouvait la petite villa des jeunes frères Giovanni et Carlo Morro, le premier âgé de vingt ans, le second de quinze. La petite maison était entourée d'un bout de jardin et, même si sur l'avenue devant elle passaient de nombreuses voitures, elle donnait l'impression d'être isolée.

Ce soir-là, un sombre soir de fin d'hiver, Carlo se mit au lit sans manger car il ne se sentait pas bien. Dans la chambre, seule une petite lampe était allumée, dans un coin, et Giovanni alla s'asseoir dans la lumière pour lire en tenant compagnie à son frère. Le bruit intermittent des voitures qui passaient sur l'avenuc nc suffisait pas à meubler le silence. La petite maison était entrée dans la nuit.

Tout à coup, sortant de sa torpeur, Carlo demanda à son frère : « Dis, Giovanni, on a bien fermé la porte ?

— Maria vient de la fermer, répondit son frère. Je l'ai entendue mettre les verrous à l'intérieur.

— Giovanni, insista Carlo après un long silence, pour me faire plaisir, tu veux bien aller voir si la porte est fermée, je sens un courant d'air. »

C'était l'excuse qu'il venait d'inventer. En réalité, pas un souffle n'agitait l'air dans la chambre. Pourtant, le jeune garçon avait une impression bizarre, comme si la porte était restée ouverte. « Elle est fermée, je te dis, répéta Giovanni, mais s'il ne s'agit que de ça, je vais vérifier. »

Le jeune homme se leva, sortit de la chambre et l'on entendit bientôt, dans la pièce à côté, ses pas hésitants jusqu'à ce qu'il ait trouvé l'interrupteur. Peu après, depuis l'antichambre, se fit entendre le bruit caractéristique de la porte que l'on fermait à clef. Carlo, inquiet, se dressa sur son lit.

« Tu as vu : elle était ouverte, tu as vu ? cria le garçon avant même que son frère ne fût rentré dans la chambre.

— Je ne comprends pas, dit Giovanni qui ne semblait pas du tout impressionné. Maria dit qu'elle l'a fermée à sept heures et demie, et pourtant, je l'ai trouvée ouverte.

— Et tu crois qu'elle ne l'avait pas fermée ?

— Mais bien sûr qu'elle ne l'avait pas fermée. Tu voudrais que des voleurs soient entrés ? Elle l'a laissée ouverte quand le livreur de lait est venu, et maintenant elle se cherche une excuse. Allons donc... »

Le garçon se glissa à nouveau sous les couvertures et Giovanni se remit à lire. Tout dans la maison semblait calme et apaisant.

« Dis, Giovanni, fit encore Carlo, qui ne cessait de se retourner dans son lit. Ça se peut qu'il y ait eu quelqu'un ?

— Quelqu'un où ça ? demanda Giovanni distraitement.

— Mais à la porte ! Ça ne peut pas être quelqu'un qui l'a ouverte ?

— Ça suffit, Carlo, fit son frère excédé. Calme-toi, maintenant, et essaie de dormir. Qu'est-ce que c'est que ces histoires ? Cette porte, ça devient une obsession ! »

Carlo, lui, ne réussit pas à garder son sang-froid.

« Il y a quelqu'un, je te jure, il y a quelqu'un qui veut entrer ! s'exclama-t-il d'une voix suppliante. Sois gentil, va voir !

— Mais qui veux-tu que ce soit ? D'où veux-tu qu'il sorte ? Si quelqu'un défonçait la porte, on entendrait forcément du bruit ! Tu dois avoir de la fièvre, voilà tout, mais je suis là... Tu as entendu des pas ?

— Non, fit le garçon, ce ne sont pas des pas, mais je sens qu'il y a quelqu'un.

— Mais où, où ça, bon Dieu ? » Giovanni avait vraiment perdu patience.

Le garçon ne répondit pas, mais il ouvrait de grands yeux dans la pénombre.

« Où veux-tu qu'il se cache ? Allez, dis-le, je vais retourner voir ! insista Giovanni qui commençait à éprouver le besoin de se rassurer lui aussi.

— Il est derrière la porte, qui attend, dit tout bas le jeune garçon. Derrière la porte, je le sais bien. »

Giovanni bondit sur ses pieds, jetant son livre sur la table. « Allons-y, dit-il sur un ton railleur. Allons voir. Comme ça tu arrêteras de trembler comme une fillette !

— Non, non, supplia alors Carlo. Aie pitié de moi, n'ouvre pas la porte, ne lui ouvre pas ; s'il entre, je suis perdu. »

Giovanni ne lui prêta aucune attention. D'un pas contrarié, il sortit de la chambre, traversa le salon sans allumer la lumière, n'alluma pas non plus dans l'antichambre avant d'ouvrir toute grande la porte.

Tenant la molette du verrou à la main, il resta quelques instants hésitant. « Qui est là ? » demanda-t-il instinctivement par précaution, et il s'étonna d'entendre sortir de sa bouche une voix étrangement faible. Personne ne répondit.

« Qui est là ? » répéta-t-il au bout de quelques secondes. À nouveau le silence.

Alors il fit jouer le verrou et tira vers lui l'un des battants de la porte.

« Bonté divine ! » murmura Giovanni, tandis qu'un lent frisson parcourait son corps. Sur le palier, impassible, se tenait un inconnu.

On comprenait à son allure générale que c'était une

personne d'une condition sociale élevée, bien que Giovanni ne réussisse pas à fixer son attention sur un détail vestimentaire quelconque. La couleur de son manteau, quoiqu'il ne fût pas noir, donnait une impression générale de deuil. Il pouvait avoir cinquante ans, mais c'était difficile à dire, parce que son visage sans ride semblait avoir échappé au temps.

Il ne dit pas un mot et, avec un flegme glacial, il fit mine d'entrer. Giovanni se recula et alluma la lumière, se rendant parfaitement compte qu'il était inutile de résister. Non pas que le visiteur fût armé ou particulièrement robuste. Mais c'était comme ça, et il n'y avait rien à faire. De toute façon, et Giovanni le comprit aussitôt, cet individu allait réussir à entrer.

Alors l'homme, sans enlever son manteau, le chapeau à la main, se dirigea à pas lents vers la chambre du garçon. Le frère aîné s'apprêta à le précéder en courant pour prévenir Carlo, mais l'autre lui fit un petit signe, comme pour dire que c'était inutile, que le garçon savait déjà.

« Oh, mon Dieu ! » murmura, avec une résignation douloureuse, Carlo, allongé sur son lit, lorsqu'il vit entrer l'inconnu. Il ne dit rien de plus et laissa retomber sa tête sur l'oreiller. L'homme posa son chapeau sur la commode et, silencieusement, avec beaucoup d'éducation, il s'assit sur une chaise au chevet du lit et se mit à fixer le garçon malade.

Sur son visage, on croyait d'abord voir transparaître un sourire, mais ensuite on lisait dans ce sourire une ironie glacée. Dans ces yeux brillait une force maligne.

Oh, il était inutile de se révolter ! Le garçon le regardait d'un air douloureux, incapable de réagir, tandis que son frère, debout, appuyé contre la commode, observait la scène, triste et muet.

Presque instinctivement, à un moment donné, Giovanni alluma le plafonnier, et dans la lumière vive, on vit que l'homme était en train d'ouvrir une sorte de dossier, qu'il tenait entre ses genoux et qu'aucun des deux frères n'avait remarqué jusqu'alors.

Avec l'une de ses longues mains, l'inconnu tira du dossier un dessin coloré, le déposa tout doucement sur les couvertures du lit, de façon que le garçon puisse l'examiner. Le garçon y jeta un coup d'œil et essaya de détourner le regard, avec une petite plainte. Mais c'était plus fort que lui : quelques secondes plus tard, cédant à une tentation irrésistible, il regardait de nouveau le feuillet.

C'était un dessin incompréhensible, mais qui pourtant exerçait une fascination perfide. Des lignes, des courbes, des taches de couleur, des fragments d'images insensées où dominaient des représentations d'yeux se mêlaient en une danse effrénée et, à les regarder trop longtemps, on les voyait tourner, s'enchevêtrant en un mouvement qui paraissait éternel.

Resté debout à côté de la commode, Giovanni ne pouvait pas le voir. Mais Carlo, lui, était incapable d'en détourner les yeux.

Quinze minutes, peut-être, s'écoulèrent, puis l'inconnu sortit de son dossier un second dessin, presque identique au premier ; mais le maléfice qui en émanait le rendait pourtant complètement différent.

« Ça suffit, ça suffit, implora alors le garçon, mis au supplice. Giovanni, fais-le partir ! »

L'inconnu, accentuant son sourire mielleux, se tourna vers Giovanni et hocha la tête en signe de compassion, comme si seul le frère aîné pouvait le comprendre. Il ne secouait pas la tête comme le font habituellement les êtres humains, on aurait dit un mouvement mécanique. Giovanni resta sans réaction, figé par le chagrin de ne pouvoir venir en aide à son frère.

Presque deux heures passèrent ainsi, dans le silence que creusaient les gémissements du garçon. Puis Carlo commença à s'assoupir d'une torpeur entrecoupée de périodes d'agitation. L'inconnu – entre-temps Giovanni avait éteint le plafonnier – rangea ses dessins (avec stupeur Giovanni ne réussit à distinguer que deux feuilles de papier vierges) et toute son attitude composa peu à peu le tableau d'un homme qui s'apprête à partir.

À trois heures du matin, le garçon sombra dans un sommeil agité. L'homme se leva sans se départir de son flegme et se glissa hors de la chambre, disparaissant dans l'obscurité.

Le lendemain, Carlo ne put davantage quitter son lit. En se disant bonjour, aucun des deux frères n'osa mentionner le premier la triste visite nocturne de la veille, et le crépuscule arriva sans qu'ils aient réussi à en parler. Ce ne fut qu'une fois la nuit tombée que Giovanni dit : « Ce soir, c'est moi qui l'ai fermée, tu sais, la porte. Sois tranquille : personne ne peut entrer. Et tu vas pouvoir passer une bonne nuit de sommeil.

— Oh, c'est inutile ! fit le garçon avec résignation. Ça ne sert à rien de fermer la porte. S'il veut venir, il rentrera quand même.

— Mais ne dis pas de bêtises ! » répliqua son frère en s'efforçant de rire. Pourtant il savait lui aussi qu'il en était bien ainsi.

Dans la petite maison, les heures de la nuit se succédaient sans que rien de nouveau ne se produisît. Le garçon, loin de dormir, retrouvait à chaque instant un peu plus d'énergie, que lui transmettait le souffle frais de l'espoir. Peut-être personne ne viendrait cette nuit, et la nuit d'après non plus, et peut-être jamais plus. Le garçon pensait à ça et il imaginait les jours à venir, l'école, le soleil, le printemps, tout un monde de bonheur. Tout doucement, il finit par s'endormir.

Mais Giovanni continua à veiller, à lire, car il ne se sentait pas du tout tranquille. À travers les fentes des persiennes, il voyait de temps à autre les ombres des plantes du jardin s'agiter bien qu'il n'y eût pas un souffle de vent.

Venus des autres pièces, on entendait le bruit des pendules mais aussi des grincements inhabituels. Et par deux fois il y eut comme un claquement métallique sec, dont on ne pouvait s'expliquer l'origine.

Giovanni lisait une histoire d'amour, mais il ne réussissait pas à détacher son esprit de la chambre autour de lui. Sur l'avenue, les voitures se faisaient de plus en plus rares, le bourdonnement de la ville s'éteignait, vaincu par le sommeil, des pas solitaires retentissaient de temps à autre dans la rue et le cœur de Giovanni se mettait à battre plus fort.

Lui aussi se laissait peu à peu gagner par la somnolence lorsque, tout à coup, il sentit, oh mon Dieu, il sentit avec une précision qui ne laissait aucune place à l'espoir, que la porte de la chambre s'ouvrait doucement.

Il se retourna, résigné, et il le vit. Aussi méthodiquement que la veille, l'homme posa son chapeau sur la commode et s'assit à côté du lit. « Heureusement, pensa le grand frère, Carlo dormait, il ne se sera rendu compte de rien. »

Mais l'homme se pencha avec délicatesse sur le garçon et lui toucha, ou plutôt lui effleura la tête de la main. Carlo sursauta, écarquilla les yeux et poussa une longue plainte.

Alors l'inconnu parla, détachant chaque syllabe.

« Tout le monde dort, dit-il doucement, tout le monde dort maintenant. Dans les maisons voisines, ils se sont tous endormis, et dans la ville entière... Même ton frère, ajouta-t-il après une pause, et il mentait mais Carlo ne pouvait pas voir son frère, debout dans la pénombre, adossé à un mur. Tout le monde dort... répétait-il avec une douceur hypnotique, tout le monde a le droit de se reposer, tout le monde dort, tout le monde dort... »

Il se tut et le grand silence de la nuit retomba. Carlo fut de nouveau gagné par le sommeil.

« Sauf toi... reprit à voix haute l'importun, touchant à

nouveau le garçon qui se réveilla. Tout le monde dort, dort, dort... » continua-t-il à murmurer, comme une litanie. Et dès que Carlo faisait mine de fermer les yeux, il le touchait pour ne pas qu'il s'endorme. Il le touchait avec un geste extraordinairement attentionné, calculé avec une précision mathématique. Et : « Sauf toi... » répétait-il.

« Tout le monde dort sauf moi, pensait le garçon, et ce sera comme ça demain, et après-demain, et pour toujours ? » Un sanglot étouffé résonnait dans la chambre. Giovanni, immobile, restait silencieux, incapable de rien faire.

« À quelle heure viendra-t-il ce soir ? » demandait Carlo depuis son lit ; il n'y avait maintenant plus d'angoisse dans sa voix, seulement une résignation amère. Quinze jours avaient passé depuis la première visite de l'inconnu, et toutes les nuits, avec une grande régularité, il était revenu. Un soir, Giovanni l'avait trouvé assis sur le divan de l'antichambre, en train d'attendre dans le noir, une autre fois il l'avait entendu longuement aller et venir dans la rue avant de se décider à entrer, mais la plupart du temps il se glissait dans la chambre sans qu'aucun signe n'annonçât sa visite.

Cette fois encore, les deux frères l'attendaient. La pendule avait déjà sonné neuf heures. La lampe, au coin, était allumée ; l'histoire d'amour était finie, et Giovanni lisait un autre livre qui parlait de guerre.

« À quelle heure viendra-t-il ce soir ? demandait depuis son lit Carlo que le chagrin consumait maintenant.

— Tu verras, ce soir il ne viendra pas, fit Giovanni pour le réconforter. Hier soir, déjà, il n'est pas resté très longtemps. C'est fini, tu vas voir. Demain tu iras mieux. »

Combien de fois avait-il répété ces mots gentils ? Combien de fois sans résultat ! Alors que toutes les autres maisons de la ville, arrivée une certaine heure, semblaient s'endormir, que les fenêtres s'éteignaient les unes après les autres, et que les rêves envahissaient les milliers d'appartements pour réconforter les hommes fatigués, dans leur villa pénétrait subrepticement le terrible maléfice.

« Tu dis toujours ça, répliquait Carlo. Tu dis toujours ça, mais après, il vient quand même. Oh, Maman ! » Et les sanglots l'étouffaient.

« Ne t'agite pas, tentait alors de le rassurer le frère aîné cherchant d'autres mots. Ne t'agite pas et arrête d'y penser. Même lui, il finira par se lasser. Il ne faut pas y penser, c'est tout, faire comme si rien ne s'était passé...

— Giovanni ! criait tout à coup le garçon en proie à une grande agitation. Giovanni, regarde cette ombre ! Il y a quelqu'un dans le jardin. C'est lui, il arrive, je te le dis !

— Mais calme-toi, pour l'amour du Ciel, le priait son frère. Tu ne vois pas que c'est le vent ? Tu n'entends pas ce bruit ? C'est la tramontane, qui apporte du beau temps.

— Oh non, ce n'est pas vrai, disait le garçon, retombant dans l'état d'abattement qui était maintenant le sien. Le vent ne fait pas ce bruit-là, je le sais, le vent ne fait pas bouger les plantes de cette façon... Et tu n'entends pas, reprenait-il dans un nouvel accès d'agitation, tu n'entends pas ces pas sur le gravier ?

— C'est une obsession ! disait Giovanni. Je n'entends aucun bruit de pas, je te jure. Ce doit être un mulot, c'est tout. Tu sais bien qu'il y en a plein le jardin...

— Il y en avait autrefois, mais maintenant il n'y en a plus. Le chat les a... C'étaient bel et bien les pas d'un homme. »

Il demeura silencieux quelques instants, puis se dressa d'un bond, assis sur son lit, il pencha la tête sur le côté, tendant l'oreille. « Le voilà, le voilà », s'exclama-t-il.

Venu de l'antichambre, en effet, un pas d'homme s'approchait, résonant sur le plancher. Par comparaison avec les soirs précédents, il était inhabituellement rapide. Mais le tout dernier espoir disparut quand la porte s'ouvrit lentement.

« Mais c'est Maria, s'écria d'une voix ragaillardie Giovanni, soulagé de voir la femme de ménage passer la tête par la porte entrouverte. Dieu soit loué ! »

Les deux frères avaient l'impression d'avoir, grâce à elle, gagné un moment de répit. Le cauchemar était différé. Mais pour combien de temps encore ?

Le tic-tac des pendules rythmait l'avancée de la nuit, si laborieuse dans les maisons de la ville. Un coussin jeté par terre, un journal plié sur la table, le plafonnier éteint, les livres alignés sur l'étagère, tout déjà naviguait sur les flots du sommeil. Giovanni lisait, levant les yeux de temps à autre pour se manifester à son frère qui le regardait pensivement. Parfois il éprouvait la tentation de tourner son regard vers la porte qui lui semblait sur le point de s'ouvrir, mais il résistait, par crainte d'alarmer son frère.

Onze heures passèrent, onze heures et demie, toujours personne. Une église au loin sonnait les heures avec mélancolie. Petit à petit, dans la nuit noire, l'espoir commença timidement à renaître. « Il est presque minuit, disait Carlo, qui éprouvait le besoin de se bercer d'illusions. Il n'est jamais venu aussi tard. Si au moins cette nuit il ne restait pas trop longtemps...

— Tu verras, il ne viendra pas. Maintenant, l'heure fatidique est passée », répétait Giovanni pour le rassurer. Il disait cela, mais il était le premier à ne pas y croire. Giovanni ne se faisait absolument pas d'illusions et déjà il pressentait, sans savoir comment, que l'inconnu était tout près.

Minuit sonna et Giovanni regarda son frère. La tête renversée sur l'oreiller, le garçon avait fini par s'endormir et un sourire innocent flottait sur son visage. Juste au moment crucial, il s'était laissé emporter par le tourbillon du sommeil ; juste au moment où l'inconnu s'apprêtait à entrer.

Oui. Désormais Giovanni était sûr que l'homme se trouvait à l'intérieur de la maison. Par-delà les parois de la chambre, il percevait sa présence. Oh, comme il était absurde d'espérer ! Quittant son fauteuil avec mille précautions pour ne pas faire de bruit, Giovanni traversa la pièce, entrouvrit doucement la porte du salon et regarda craintivement.

Tout était exactement comme il l'avait pressenti. La lumière avait été allumée et l'inconnu se trouvait là, assis sur une chaise, immobile, dans la position de celui qui attend. Giovanni le fixa dans les yeux mais les regards de l'autre le fuyaient, ils partaient droit devant lui, à l'horizontale, sans dévier de leur axe.

Il demeura quelques instants sur le seuil, se représentant l'individu qui se levait pour aller tourmenter son frère. Mais l'odieuse créature ne bougea pas d'un millimètre. Alors le jeune homme se retira lentement dans la chambre.

Il ferma la porte et la serrure fit un léger clic ; Carlo, à ce bruit, sortit de son sommeil.

« Où étais-tu ? demanda-t-il aussitôt avec angoisse. Tu es allé voir à côté s'il était là ? Tu l'as vu ? Dis-le-moi.

— Non, répondit Giovanni. Je suis allé boire un verre d'eau. Je n'y pensais même pas, à lui. Maintenant... maintenant il ne viendra plus. »

Une lueur de satisfaction inattendue éclaira le visage de Carlo. « Comme c'est cruel de le tromper comme cela ! » pensa le frère aîné et il s'assit de nouveau pour lire, sans plus dire un mot.

Tic tac faisaient les vieilles pendules de la maison, et les minutes passaient en file indienne, Carlo était sur le point de se rendormir, un camion glapissait au loin. Alors ! Il se décidait à entrer, oui ou non ? Elle s'ouvrait ou elle ne s'ouvrait pas cette porte ? Puisqu'il était là, lui, pourquoi attendait-il encore de l'autre côté ? Pourquoi laisser ses illusions au garçon jusqu'au tout dernier moment ?

Il fallait retourner voir, c'était absolument nécessaire. Giovanni se leva de nouveau de son fauteuil, traversa la chambre sur la pointe des pieds, ouvrit la porte du salon, passa la tête pour regarder.

L'inconnu était toujours à son poste, exactement dans la même position, sur la même chaise, immobile comme tout à l'heure, mais il dormait.

Il dormait. Les paupières avaient complètement masqué le regard glacial et son sourire, son sourire perfide, était mort dans son sommeil. Sa bouche était fermée, inerte, roide, comme scellée.

Il dormait. Mais pas d'un sommeil calme et humain. Sa poitrine ne bougeait pas au rythme de sa respiration ou, si elle palpitait, c'était d'une façon imperceptible. On aurait pu penser qu'il était mort, pourtant cette triste créature ne pouvait pas mourir.

« S'il pouvait rester comme ça toute la nuit ! » souhaita Giovanni en retirant sa tête tout doucement. Mais il n'osait pas encore espérer. Il referma les battants de la porte, à tout petits pas il regagna son coin de chambre, sous la lampe, prit son livre et resta là, immobile, les oreilles à l'affût du moindre bruit.

Mais ne lui parvenaient que les habituels bruits nocturnes de la maison. Les horloges, un gargouillis d'eau dans les tuyaux, un meuble qui se mettait en place en craquant, les persiennes qui parfois gémissaient dans le vent, si fort cette nuit-là. Carlo dormait toujours.

Maintenant, le sommeil descendait irrésistiblement sur lui, Giovanni : il pesait sur sa tête, il tirait patiemment sur ses paupières. Ses yeux voulaient se fermer. Seules ses oreilles restaient en éveil, et écoutaient avidement le silence. Peut-être que l'homme ne s'était pas encore réveillé.

Le bruit des pendules, les craquements irréguliers, la respiration difficile de Carlo, le silence lourd qui pesait partout devinrent peu à peu un unique et léger vrombissement, au rythme régulier, comme un brouillard qui envahissait progressivement la chambre. La lampe parut s'éteindre (les paupières de Giovanni s'étaient fermées, en réalité) et il se sentit emporté doucement dans les profondeurs du sommeil.

Il fut réveillé par une espèce de sentiment d'angoisse, qu'en reprenant conscience il ne tarda pas à identifier. Il se tourna vers le lit de Carlo. À coup sûr la silhouette endeuillée de l'inconnu devait se trouver là, assise sur la chaise, empêchant le malade de se reposer.

Mais rien. Carlo dormait. Personne d'autre dans la chambre. Alors Giovanni sentit qu'il se passait quelque chose de nouveau. Sur le moment il ne réussit pas à comprendre, puis, en regardant par la fenêtre, il remarqua d'étranges bandes blanches sur les persiennes.

L'espérance ! Avec une agitation fébrile Giovanni ouvrit toute grande la fenêtre, il attrapa la crémone des volets, et l'ouvrit d'un seul coup.

L'aube, l'aube était là. Aux confins du ciel d'une limpidité sans égale, entre les arbres nus lavés par le vent, gonflait la lumière du soleil.

« Carlo, Carlo ! » cria Giovanni en se retournant.

Le garçon tressaillit, se dressa sur son lit, regarda autour de lui.

« Qu'est-ce qu'il y a ? Qu'est-ce qu'il se passe ? demanda-t-il, effrayé.

— Voilà l'aube, regarde ! criait Giovanni fou de joie. Voilà l'aube et il n'est pas venu ! »

Ce n'était plus la peine d'aller voir. C'était sûr, tout à fait sûr : derrière la porte, dans le salon, il n'y avait plus personne maintenant. Un jour nouveau était né et l'inconnu avait disparu, emporté par le reflux de la nuit. L'enchantement était rompu. Il ne reviendrait plus jamais.

La ville dormait, ignorante du premier soleil de printemps en train de naître. L'avenue déserte, les fenêtres toutes hermétiquement closes, les maisons encore noyées de nuit.

Un sourire hésitant naquit sur les lèvres du garçon qui descendit seul de son lit et, d'un pas mal assuré, se dirigea vers la fenêtre pour regarder. Les deux frères restèrent côte à côte en silence, étouffant de joie : ils pensaient à la vie qui recommençait, à mille petits bonheurs stupides ; ils burent, agités du même tremblement, le premier rayon de soleil.

Fausses nouvelles

Revenant du champ de bataille, le régiment arriva un soir dans les faubourgs d'Antioco. La guerre, ces jours-ci, avait perdu de sa virulence et l'ennemi envahisseur était encore loin. On pouvait faire une halte : la troupe, au bord de l'épuisement, dressa le camp aux portes de la ville, sur les pelouses, et les blessés furent transportés à l'hôpital.

Pas très loin de la grand-route, au pied de deux grands chênes, on dressa la vaste tente blanche du commandant, le comte Sergio-Giovanni.

« Je hisse le drapeau ? lui demanda l'aide de camp, indécis.

— Et pourquoi tu ne le hisserais pas ? répondit le commandant qui lisait dans ses pensées. Nous n'avons peut-être pas... ? » Mais il ne voulut pas terminer sa phrase.

Au-dessus de la tente flotta donc l'étendard jaune des Sergio-Giovanni, deux épées noires et une hache étaient brodées sur l'étoffe. Devant l'entrée de la tente, on disposa une petite table et un tabouret et le commandant s'y installa pour attendre le dîner. La soirée, qui venait juste de débuter, était chaude, des lumières d'orage frappaient les montagnes dénudées alentour ; sur la route blanche on vit venir un homme marchant à l'aide d'une canne. Il était vieux, il portait des habits d'un autre temps, mais d'une coupe élégante ; grand et glabre, rustique, très altier.

La poussière avait blanchi ses jambes à hauteur des genoux : il devait avoir parcouru un long chemin. Lorsqu'il vit le campement, il regarda attentivement autour de lui puis il s'approcha de la tente du commandant.

Quand il se trouva devant le comte Sergio-Giovanni, il ôta son chapeau d'un geste large : « Excellence, dit-il, si vous le permettez, il faut que je vous parle. »

Le commandant, qui était un homme bien élevé, se leva pour répondre au salut mais l'on voyait bien qu'il était fatigué et irrité. Puis il se rassit, résigné.

« Vous voyez cette montagne ? fit l'inconnu, montrant du doigt un grand cône d'éboulis du côté de l'orient. Je viens de là-bas. Cela fait deux jours que je marche mais, si Dieu le veut, j'arrive à temps. Voilà, Excellence, poursuivit-il après une pause, derrière ces montagnes se trouve le village de San Giorgio. J'en suis le maire, Gaspare Nelius. »

Le colonel, qui n'écoutait que d'une oreille, hocha la tête de haut en bas comme pour dire qu'il avait compris.

« Nous sommes coupés du reste du monde, là-haut, dit encore le vieux et l'excitation joyeuse qui l'animait faisait vibrer sa voix. Mais un jour ou l'autre les grandes nouvelles finissent par arriver. L'autre jour est venu un marchand. "Vous savez, a-t-il dit, que la guerre est finie ? Le régiment des chasseurs fait déjà route vers la plaine, je l'ai vu, de mes yeux vu." "La guerre est finie ?" disons-nous. "Finie pour toujours", répond-il. "Et le régiment, où il va ?" demandé-je. "Il a pris la route d'Antioco, répond-il. D'ici trois jours, il devrait être là-bas."

— Je comprends, mais... » Le comte Sergio-Giovanni cherchait à l'interrompre ; mais l'autre était animé d'une trop grande ferveur :

« Imaginez-vous un peu ce que représente une telle nouvelle pour nous. Vous savez, Excellence, que la seconde compagnie du régiment est formée tout entière par des jeunes de San Giorgio ? Le plus dur est passé, nous nous disons, les soldats vont rentrer, avec leur solde et leurs médailles. Alors nous avons décidé de faire une grande fête. Moi, je descends à Antioco les chercher ; ça y est, la guerre est finie, le commandant... (à ces mots le vieux sourit d'un air affable) les laissera partir. Ils ont fait leur devoir. Deux d'entre eux sont morts, Lucchini et Bonnaz ; il les laissera bien venir...

— Mais, mon brave homme... » l'interrompit le colonel en se mettant debout.

Le vieux lui coupa la parole : « Je sais bien ce que vous allez me dire, Excellence : qu'un soldat, ça ne peut pas partir comme ça, au pied levé. Je l'avais bien compris depuis le début, à vrai dire. Mais ça ne fait rien, ça ne fait rien. Le régiment va bien s'arrêter quelques jours à Antioco. Donnez-leur quatre jours de permission, aux soldats de la deuxième compagnie, laissez-les rentrer quelque temps au pays, quelques heures seulement ; dans quatre jours, je vous les ramène tous, parole d'honneur.

— Mais ce n'est pas ce que j'allais vous dire... tenta à nouveau de glisser Sergio-Giovanni. C'est tout autre chose, la...

— Ne me dites pas non, Excellence, supplia le vieux, pressentant que l'autre était sur le point de répondre par la négative. J'ai marché pendant deux jours, rien que pour ça. Et puis, réfléchissez, à San Giorgio ils ont déjà tout préparé. Simone a érigé une espèce d'arc de triomphe aux portes du village. Il sera encore plus grand que cette tente, de toutes les couleurs, on y accrochera des drapeaux et des fleurs. Au sommet, on mettra la banderole avec écrit... attendez voir, je dois avoir ça quelque part... on y a réfléchi tous ensemble... *Aux héros vainqueurs qui s'en reviennent, San Giorgio fier et reconnaissant...* C'est tout simple mais je trouve que c'est bien dit.

— Mais laissez-moi vous dire d'abord quelque chose... dit le commandant d'une voix altérée. Vous êtes un drôle de type, vous qui...

— Laissez-moi d'abord finir, le pria le vieux suppliant,

et après vous comprendrez bien que vous ne pouvez pas me dire non. Pensez à tous ces pauvres gamins, ça fait deux ans qu'ils font la guerre, ils ont été braves, courageux, imaginez un peu la joie que vous leur feriez. Nous avons fait les choses comme il se doit. La fanfare viendra à leur rencontre ; on fera un grand banquet, j'apporterai les feux d'artifice, Gennari donnera un bal chez lui, il y aura des discours...

— Arrêtez, arrêtez ! cria le commandant exaspéré. Mais vous ne comprenez donc pas que vous gaspillez votre salive pour rien ? Mais qui vous a dit que la guerre était finie ?

— Quoi ? fit le vieux, interdit.

— Non, dit sèchement Sergio-Giovanni d'une voix douloureuse, la guerre n'est pas encore finie. »

Tous les deux restèrent là, quelques secondes, à se regarder en silence. D'étranges doutes traversaient l'esprit du vieux.

« Mais écoutez-moi. » Le maire de San Giorgio faisait une dernière tentative. « Le régiment va quand même s'arrêter quelques jours ici, à Antioco ? Donnez une permission à nos soldats, deux jours même, cela suffira, nous ferons le trajet à marche forcée, nous serons dans les temps malgré tout, ce n'est quand même pas un exploit d'aller d'ici à San Giorgio en une journée.

— C'est impossible. Ce serait impossible même si la guerre était finie, dit le commandant fermement et toujours avec ce ton profondément douloureux. La deuxième compagnie n'est plus avec moi. »

Il s'était trompé, s'il avait cru que cette explication suffirait. Le visage du vieux était devenu livide : « La deuxième compagnie n'est pas là ? Alors je suis venu pour rien ? Est-ce que je pourrai au moins les voir ? Ils sont passés dans un autre régiment ? Dites-moi la vérité, Excellence, dites-moi où ils sont, pour que j'aille vite les rejoindre, allez, dites : mon petit-fils aussi en est...

— Ils sont morts », dit finalement le commandant en regardant par terre.

Un grand silence tomba. On aurait dit que, même dans le campement à côté, tout s'était arrêté. Le vieux sentait son sang battre avec force contre ses tempes. Par-delà les montagnes, la lumière d'orage stagnait encore. L'étendard jaune pendait au-dessus des tentes, flasque.

Le comte Sergio-Giovanni pencha la tête, il semblait accablé, ses mains reposaient, inertes, sur la table.

« Morts... » murmura le vieux pour lui-même d'une voix éteinte. Dans son esprit les pensées tourbillonnaient. Il demeura figé pendant quelques minutes, puis un sourire amer détendit lentement ses lèvres, il releva la tête avec fierté et, d'une voix monocorde, se remit à parler :

« Voilà, voilà, ça devait finir comme ça, parce que c'étaient de braves soldats. Je lui avais bien dit, à Safron... je lui avais dit... Et maintenant, comment je fais pour aller porter cette nouvelle ? Comment je fais pour retourner à San Giorgio ? (Sa voix enflait, pleine d'une colère désespérée.) Pour la Patrie, il faut que je leur dise, c'est la seule consolation. Ils sont morts au combat, ils ont été héroïques. Voilà tout ce qui nous reste. Ce n'est pas vrai, Excellence ? »

Le commandant ne répondit pas, son visage semblait pétrifié.

« L'arc de triomphe, les drapeaux, dit encore le vieil homme avec une ironie acerbe, ça pourra servir pour les funérailles. Les fleurs, on les mettra sur les tombes, on les mettra toutes côte à côte, avec des croix toutes semblables, les plus beaux gars du pays. *Ici reposent les héros de San Giorgio*, en gros, c'est ce qui sera écrit. Aux héros victorieux qui s'en reviennent, répéta Gaspare avec amertume. *San Giorgio fier et reconnaissant*. Ça au moins, Excellence, ça au moins, on nous le laissera ?

— Non, répondit d'un ton aigre et exaspéré le colonel. Ça suffit ! Taisez-vous ! Non, puisque vous voulez tout savoir : non, vous ne pourrez pas parler ainsi, ils ne sont pas morts en héros, ils ont été tués pendant qu'ils fuyaient, c'est de leur faute si nous avons perdu la bataille... »

Il dit tout cela en hurlant pour se libérer d'un poids plus qu'atroce, mais la honte lui fit baisser la tête jusqu'à toucher la table ; peut-être même sanglotait-il, le comte Sergio-Giovanni, mais il le fit en silence, recroquevillé sur lui-même.

Cette fois, toute vie sembla quitter définitivement le vieux.

« Excusez-moi, Excellence, dit-il tout doucement après un long moment de silence, et il pleurait. Vous voyez, moi aussi... »

Mais il ne parvint pas à continuer. Il fit humblement quelques pas en arrière, on le vit s'éloigner à pas traînants, ses bras pendaient inertes le long du corps, d'une main il tenait encore son chapeau, de l'autre il tirait sa canne derrière lui. Il sortit lentement de la tente et se mit à marcher sur la grand-route blanche, en direction des montagnes, pendant que tombait l'obscurité.

Ce n'est que trois jours plus tard que le maire arriva en vue de son village perdu dans les montagnes. Deux cents mètres avant les premières maisons, il vit Jeronimo, l'aubergiste qui, avec l'aide de son cousin Peter, était en train de s'affairer autour de petits piquets plantés sur les bas-côtés de la route ; certainement des préparatifs en vue de la fête. Des morceaux d'étoffe multicolore, qu'on ne pouvait pas très bien distinguer de loin, y étaient accrochés et brillaient dans le soleil de cette magnifique journée.

À un certain moment, en relevant la tête, Jeronimo aperçut le maire qui approchait du village et il se mit à crier pour avertir les autres. Mais il n'y avait que peu de monde dans les parages. Outre Jeronimo, seuls accoururent son cousin, deux enfants de paysans et une femme d'une cinquantaine d'années.

« Alors ? demanda Jeronimo, manifestement joyeux. Tu as réussi à les trouver. Quand est-ce qu'ils arrivent ?

— Et mon petit Max, tu l'as vu ? demanda la femme en même temps. Il va bien ? Ils seront ici aujourd'hui ? »

Le maire, accablé, s'assit sur le bord de la route. Il enleva son chapeau, et resta quelques instants à reprendre son souffle.

« Ils ne viennent pas, dit-il ensuite, doucement.

— Comment ça, ils ne viennent pas ? demanda Giuseppe. Ils arrivent demain, alors ?

— Demain non plus, répondit le maire. Ils ne viennent pas.

— Mais c'est absurde... s'exclama Jeronimo. La guerre est bel et bien terminée. Qu'est-ce que tu veux qu'ils restent faire là-bas ?

— La guerre est peut-être finie, dit Gaspare, mais eux, ils ne viennent pas.

— Mais parle donc, que s'est-il passé ? demanda la femme avec anxiété. Qu'est-ce qu'on t'a dit, alors ? »

Le vieux resta muet un moment, tournant et retournant les mots dans sa tête.

« Ils partent pour la capitale, annonça-t-il enfin. Ils vont servir dans la Garde du Roi. Ils veulent rester dans l'armée. Maintenant, ils ont pris l'habitude. Ils ne seraient plus capables de travailler aux champs...

— Mais... mais... objecta la femme. Ils viendront bien nous dire bonjour ?

— Ils m'ont dit que non, c'est tout, ajouta Gaspare. Ils m'ont dit qu'ils n'auraient pas le temps. »

Entre-temps, un autre homme s'était approché. C'était Simone le menuisier.

« Tu as vu ? cria-t-il en se dirigeant vers le vieux Gaspare. Tu l'as vu fini, l'arc ? Il est bien réussi, non ?

— Tais-toi », lui ordonna à voix basse l'un des enfants présents.

Mais Simone ne pouvait pas comprendre et il poursuivit, tout content :

« Viens vite le voir, Gaspare, j'ai mis au sommet un cheval doré et quand il fera nuit, on allumera les lumières.

— Tu as fait tout ce travail pour rien », telle fut la réponse de Gaspare. « Désormais, ils ne viendront plus. Ils partent pour la capitale, ils entrent dans la Garde du Roi.

— Bon, d'accord, dit la femme, mais on leur donnera bien une permission, ils reviendront quand même pour nous saluer !

— Ils ne m'ont rien dit, expliqua le maire, je n'en sais rien, mais je ne crois pas.

— Mais, enfin, fit le menuisier sous le choc, l'arc... alors...

— L'arc, tu peux le démolir, voilà, répondit Gaspare peiné. Je te l'ai dit, ils ne viennent pas.

— Mais il est solide, tu sais ? Même les couleurs tiendront bien. Pourquoi veux-tu le démolir ? rétorqua le menuisier. On peut attendre encore quelques mois, ça veut juste dire qu'après, quand les soldats arriveront, il faudra redonner un petit coup de peinture.

— Je te le répète, c'est inutile, répliqua Gaspare. Ils ne viendront pas, tu n'as pas encore compris ?

— Mais une lettre ? insistait la femme qui n'arrivait pas à admettre ce que lui disait Gaspare. Mon Max ne t'a pas donné une lettre pour moi ? Il ne t'a rien donné ?

— Rien, dit Gaspare. Ils sont tous devenus hautains, ils avaient presque honte de me saluer. Leur village, ils n'en ont plus rien à faire.

— Oh, ce n'est pas possible ! s'exclama la femme. Qu'est-ce que tu racontes ! Mon Max, hautain... n'importe qui, mais pas lui, il est toujours resté enfant, il m'a toujours écrit quand...

— Lui comme les autres, rétorqua cruellement le vieux. Lui aussi, il est devenu fier, va savoir pour qui ils se prennent. Et c'est exactement pour ça qu'ils ne viennent pas, la guerre leur a donné la grosse tête, je ne voulais pas vous le dire tout de suite pour ne pas vous faire de peine...

— Mais quand je pense... dit le menuisier en secouant tristement la tête, quand je pense que nous avions mis des drapeaux partout sur la place, que nous avions réparé la vieille cloche...

— Ils ont à peine fait attention à moi. » Gaspare remuait le couteau dans la plaie. « "Nous vous attendons, je leur ai dit, vous allez voir comme vous vous amuserez." "À San Giorgio ?" m'a répondu l'un d'eux, je crois que c'était le fils de Filomena, il arborait deux médailles à la poitrine. "Mais c'est même pas la peine d'y penser, il m'a dit, nous devons partir sur-le-champ, et puis quoi encore ?" et il s'est mis à rire. »

Ils formaient un groupe immobile sur la route et ils faisaient sur la poussière blanche une ombre unique qui s'allongeait petit à petit avec le déclin du soleil.

« Voilà ce qu'ils m'ont dit, répéta le vieux avec amertume et les autres désormais se taisaient. Il est inutile de les attendre, ils nc vicndront pas », dit il encore, comme s'il avait peur de ne pas être cru (et tandis qu'il parlait, il les imaginait, sans sépulture, dans une petite vallée déserte, gisant çà et là entre les ronces et les cailloux, un véritable massacre, entre les décombres de la bataille).

Le soleil festif frappait les étoffes multicolores, les drapeaux neufs, le cheval d'or au sommet de l'arc de triomphe. Les jeunes filles, là-bas au village, s'affairaient encore à leurs joyeux préparatifs, elles cueillaient les fleurs pour les soldats, les fleurs, les décorations, le vin, la musique... qui ne serviraient jamais.

« C'est inutile, commenta mélancoliquement Jeronimo, brisant enfin le silence. Ça devait finir comme ça... ils sont trop courageux, le Roi n'a pas voulu les laisser partir, on n'en trouvait plus des soldats comme ça...

— Oui, approuva le vieux, mais ça leur a trop monté à la tête, ils n'auraient pas dû faire ça... » (Étendus face contre terre, ils mordent lâchement le sol, et les corbeaux volent autour d'eux, autour de ces morts sans honneur ; seul le soleil a pitié d'eux, qui réchauffe les dos immobiles, séchant le sang des blessures honteuses.)

Quand descend l'ombre

Le jour même où il venait d'être nommé économe en chef de la firme, il arriva au comptable Sisto Tarra une étrange histoire. C'était un samedi, une tiède journée où brillait un soleil magnifique, et il se sentait dans de bonnes dispositions d'esprit. Le but ardemment recherché pendant tant d'années était enfin atteint, en réalité il pouvait se considérer comme le véritable administrateur de l'entreprise ; mais, plus que cette promotion en elle-même, plus que les avantages financiers, ce qui le remplissait de joie, c'était de voir le triomphe auquel avait abouti son patient travail diplomatique pour détrôner petit à petit le prestigieux Brozzi, son prédécesseur. Pendant des années, sans trêve, il était resté sur le qui-vive pour traquer ses moindres erreurs, en aggraver les conséquences, les rendre plus visibles aux yeux de ses supérieurs. Et il avait été d'autant plus habile qu'il avait toujours pris en apparence la défense de Brozzi, si bien qu'il s'était taillé une réputation d'homme généreux et loyal.

Tarra habitait seul dans une petite maison à deux niveaux, sur une avenue de la cité-jardin, au-delà des portes de la ville. Après avoir pris son petit-déjeuner, il s'était assis dans son cabinet de travail, réfléchissant à la façon dont il allait employer le vide de son après-midi, lorsqu'il entendit, juste au-dessus de sa tête, au plafond, un bruit de pas probablement humains.

Peut-être qu'en des temps reculés, lorsqu'il était encore enfant, ce bruit aurait éveillé en lui de mystérieuses peurs des esprits. Peut-être que par une autre journée, journée de pluie ou journée de fatigue, il aurait pensé à des voleurs et son cœur aurait battu plus fort dans sa poitrine. Mais aujourd'hui il était trop serein, le soleil était trop limpide, les perspectives à venir étaient trop plaisantes. Sisto, avec l'extrême rationalité qui le caractérisait, exclut toute hypothèse néfaste et supposa la présence de rats, de grosses bestioles qui pouvaient imiter des pas humains. Il voulut aller voir quand même.

Il gravit les escaliers, ouvrit la porte, entra dans le grenier abandonné où filtrait par les interstices des tuiles (et par quelques petits soupiraux en demi-lune) une lumière calme et diffuse, il regarda autour de lui et vit un enfant debout occupé à fouiller dans une caisse. « Ce ne sont donc pas des rats, se dit Tarra sans en être le moins du monde perturbé, mais un petit voleur inconnu. » Et il s'apprêtait à l'affronter lorsque le petit garçon tourna la tête, si bien que leurs regards se rencontrèrent.

Sisto s'était immobilisé, cloué de stupeur. Mais il le connaissait, ce garçon, bon Dieu, s'il le connaissait ! Cette coupure à peine cicatrisée sous l'œil, il savait qu'elle résultait d'une chute dans le jardin. Ce petit costume bleu, cette ceinture de cuir brillant, oh, comme il se les rappelait bien ! Et il était en train de se demander où il avait bien pu les voir quand, tout à coup, il comprit : cet inconnu, c'était lui-même. Sisto Tarra, enfant. Personne d'autre que lui, Sisto, à l'âge de onze ou douze ans.

D'abord ce fut juste une impression, mais tellement stupide qu'il y avait de quoi rire. Puis, quand le garçon se fut tourné vers lui, Tarra le reconnut parfaitement, sans erreur possible : c'était vraiment lui, Sisto, enfant.

Tarra n'était pas du genre à se laisser facilement

impressionner. Et pourtant il ressentit tout à coup une grande timidité, comme lorsque le directeur général le faisait appeler pour un entretien. Il lui semblait qu'il n'était plus capable de bouger et il fixait, abasourdi, sa propre image vivante d'il y avait trente-cinq ans.

Il y eut un silence et l'on entendait seulement la respiration de Sisto, les piaillements d'un moineau sautillant sur le toit, un bruit lointain d'automobile, tandis que par les interstices des tuiles et par les petits soupiraux une lumière jaunâtre se diffusait sur les vieux livres entassés dans les coins, sur les miroirs brisés, les lits défoncés, les cadres vides, les rebuts de toute une famille.

Mais, dans l'intervalle, l'expert-comptable Sisto Tarra avait complètement repris le contrôle de lui-même, ce contrôle dont il était d'habitude si fier, et d'une voix froide il demanda (bien qu'au fond de lui-même il le sût parfaitement) :

« Qui es-tu ? Comment as-tu fait pour entrer ici ?

— Les jouets, répondit évasivement l'enfant d'une voix faible et fatiguée, comme celle d'un malade. Ils doivent être dans cette caisse, les jouets.

— Les jouets ? Il n'y a pas de jouets ici ! » fit Tarra dont le courage revenait bien vite parce qu'il commençait à apprécier le côté intéressant d'un tel dialogue pour deux raisons ; tout d'abord, le garçon ne l'avait pas reconnu, ce qui lui donnait à lui, Sisto, un net avantage ; et puis il savourait par avance le moment où lui, Tarra, allait révéler son identité ; et l'enfant resterait abasourdi devant quelque chose d'aussi merveilleux, se découvrant devenu si grand, si riche et si influent.

Mais le garçon insistait : « Mais si, ils sont là ! On les a mis dans cette caisse, j'ai déjà trouvé le Meccano !

— Ah, le Meccano ! répéta Tarra avec la condescendance débonnaire que les personnalités, en public, adoptent hypocritement face à des enfants. Tu l'aimes bien, le Meccano ? »

« Trente-cinq ans, pensait-il pendant ce temps, quel chemin parcouru ! » Il l'avait vraiment bien employée, sa vie ! Quel gouffre séparait maintenant ce petit garçon niais et peureux de lui-même, l'expert-comptable Tarra, solidement implanté dans le monde, respecté et craint, qui traitait sans sourciller des affaires de plusieurs millions. « Quel cadeau spectaculaire recevra cet enfant, pensait-il, dans quelques instants, quand il apprendra comme il a réussi dans la vie ! »

Le petit garçon toutefois continuait à le regarder avec une perplexité méfiante, il ne paraissait plus s'intéresser aux jouets.

« Et Sisto ? demanda-t-il au contraire, toujours avec ces intonations d'enfant malade. Où est-il maintenant Sisto ? Il habite toujours ici ? Tu le connais ?

— Si je le connais ! fit Tarra, souriant de sa propre plaisanterie. Nous habitons ensemble, et depuis pas mal d'années encore !

— Et comment est-il ? Que fait-il maintenant ?

— Oh, c'est devenu quelqu'un d'important, Sisto », et son sourire allait s'élargissant.

« Important ? demanda encore l'enfant dont le visage s'éclairait. Et que fait-il ? Il est devenu général ?

— Général ? Et pourquoi général ? Ça te plairait, à toi, qu'il soit général ? » « Quels goûts stupides, pensait-il en même temps, on voit bien qu'il est encore niais. »

« Oh oui, moi, ça me plairait ! répondit le garçon.

— Bien, continua Sisto d'une voix plus froide. Il n'est pas général, mais il a fait son chemin quand même.

— Il est explorateur, alors ? »

« Quelles sottises ! » pensa encore Sisto, se demandant s'il ne valait pas mieux écourter la discussion. Mais le désir de se faire admirer l'aiguillonnait.

« Non, il n'est pas explorateur, dit-il. Les explorateurs, ça n'existe plus que dans les livres. Mais il y a des choses plus importantes dans ce monde.

— Et que fait-il alors ? Il est ministre, peut-être ? »

« C'est déjà mieux », pensa alors Tarra en voyant l'enfant s'acheminer vers des idées moins puériles. Et il répondit :

« Ministre, pas tout à fait. Mais il a une très bonne position. Tu peux être content de lui. »

L'enfant le regarda avec confiance, attendant ses explications. On entendait plusieurs moineaux piailler sur le toit, une voix de femme en bas dans la rue, le tintement d'une cloche venu d'on ne sait où.

« Il est économe en chef, dit finalement Tarra en détachant les mots. Économe en chef de la firme Troll, la première maison d'exportation d'Italie. »

Le garçon ne sembla pas comprendre. « Économe en chef », cela ne lui disait pas grand-chose. Ses yeux scrutaient toujours ceux de Tarra, pleins d'interrogation, mais ils brillaient peut-être moins, obscurcis par un léger voile de déception.

« Qu'est-ce que ça veut dire ? demanda-t-il. Il fait des comptes, peut-être ?

— Des comptes aussi, admit Tarra, que ce peu de compréhension irritait. En pratique, c'est un des patrons.

— Il est riche, alors ? » Cet aspect de la question semblait plaire au garçon.

« Ma foi, plutôt : oui, il est plutôt riche, répondit Sisto, et le sourire de tout à l'heure reparaissait. En gros, il n'a pas à se plaindre.

— Comme ils doivent être beaux, les chevaux !

— Les chevaux ?

— Je dis qu'il doit avoir de beaux chevaux, s'il est riche. »

L'expert-comptable secoua la tête, comme si la stupidité de ce gamin le démoralisait. Et il dit, pour ne pas se montrer trop dur : « Oh non ! maintenant on n'utilise plus de chevaux. »

Une nouvelle idée, pendant ce temps, était venue à

l'esprit du garçon, qui ne se préoccupa plus des chevaux et demanda :

« Mais raconte-moi, à quoi il ressemble Sisto maintenant ? Comment est-il devenu ?

— Ah, il est devenu grand, répondit Tarra, éprouvant une autosatisfaction de plus en plus marquée pour la présence d'esprit qu'il manifestait. Grand comme moi, à peu près.

— Mais il est beau ? Dis : il est beau ?

— Beau ? Je ne sais pas. Chez les hommes, on ne regarde pas la beauté. Certains disent pourtant que c'est un bel homme !

— Et il porte la barbe ?

— La barbe, non ; deux petites moustaches, un peu comme les miennes. À l'anglaise, disent certains. »

La lumière qui filtrait dans le grenier à travers les interstices des tuiles et les soupiraux en demi-lune, d'abord jaunâtre, était tout à coup devenue grise. Un nuage devait avoir grandi dans le ciel au point de cacher le soleil.

« Et ses prières ? demanda tout à coup le garçon, parlant toujours de Sisto. Il dit toujours ses prières le soir ? »

« Le voilà reparti avec ses inepties », se dit Tarra agacé ; était-il vraiment possible que ce petit soit lui, lui en personne, même trente-cinq ans plus tôt ? Était-il possible qu'il soit si différent ? Cela lui paraissait absurde, presque honteux, d'être la continuité de cet enfant-là.

« Plus maintenant, non, mon cher, répondit-il presque sur un ton de défi rageur. Pourquoi veux-tu qu'il dise ses prières ? À un certain âge, on ne les dit plus. Il n'y a que les femmes...

— Mais il les sait toujours ? Il s'en souvient ?

— Je ne saurais pas te dire... Il faudrait le lui demander, mais ce sera difficile.

— Et si un jour il en a besoin ? Qu'est-ce qu'il va faire s'il en a besoin ?

— Besoin de prières ? Et pourquoi donc aurait-il besoin de prières ? »

Le petit le regarda avec perplexité, comme si on l'avait grondé injustement.

« Et ses enfants ? demanda-t-il. Ils habitent ici ses enfants ?

— Sisto n'a pas d'enfant, fit Tarra sèchement. Qui t'a fourré dans la tête qu'il avait des enfants ?

— Pas d'enfant ? Même pas un seul ?

— Mais non ; forcément, il n'est même pas marié, Sisto. »

On entendait maintenant un nouveau bruit, une sorte de gémissement sourd qui passait comme une vague, d'avant en arrière, sur les tuiles : la voix du vent. Le grenier avait rapidement sombré dans l'obscurité et cela ne pouvait pas s'expliquer par la seule présence d'un nuage devant le soleil, aussi dense et noir fût-il ; il fallait admettre que le soir était bel et bien en train de tomber et que, de façon inattendue, déréglant le cours normal des heures comme cela ne s'était jamais vu, la nuit approchait.

Le garçon avança alors timidement d'un pas, pointant son index sur l'homme, et sa voix devint encore plus faible :

« C'est toi, non ? demanda-t-il avec anxiété. Dis-moi la vérité, c'est toi Sisto ? »

Le petit avait donc fini par comprendre : il s'était rendu compte que ce monsieur proche de la cinquantaine n'était pas n'importe qui, mais bel et bien lui-même, tel que les années l'avaient transformé. La voix du gamin tremblait, pour une raison qui n'appartenait qu'à lui.

La voix du gamin tremblait, l'expert-comptable Tarra au contraire sourit, relevant les épaules pour paraître encore plus imposant.

« Lui-même, en personne, confirma-t-il. Tu ne l'avais pas encore compris ?

— ... avais pas encore compris ?... répéta machinalement, comme en écho, le garçon, sans même entendre le son de ses paroles, les pupilles dilatées dans la pénombre.

— Tu es content, non ? Dis-moi, allez, dis ! Tu es content de cette réussite ? »

Mais pourquoi ce stupide gamin ne souriait-il même pas ? Pourquoi ne se jetait-il pas sur lui pour lui faire la fête ? Peut-être n'avait-il pas encore bien compris ? Ou bien il croyait à une blague et il restait sur sa réserve par peur de la déception ?

Non, l'enfant avait parfaitement compris et il regardait Sisto avec une expression d'intense amertume, comme s'il avait espéré un beau cadeau et qu'il avait découvert une bricole de rien du tout. D'un pas incertain, il s'avançait, traversant le grenier enténébré, vers cet homme qu'il aurait voulu ne pas connaître, il regardait fixement ce visage sec, ces yeux froids de poisson, ces lèvres fines et dures, il examinait le col amidonné qui montait haut, l'épingle de cravate qui représentait la tête d'un lion, le costume noir convenable à l'excès, et il en toucha de la main un morceau.

« Regarde la belle montre, dit Sisto Tarra pour mettre le gamin en confiance, et il sortit son chronomètre de précision. Je l'ai achetée en Suisse, il y a un mécanisme pour faire sonner les heures. »

Il appuya sur un petit bouton et l'on entendit, dans le silence de plomb, tinter un faible carillon métallique. Un, deux, trois, quatre, cinq, six.

Six heures du soir ? Pas possible. Tarra sentit d'obscures palpitations lui serrer la poitrine. Il lui semblait que la discussion avec l'enfant n'avait pas duré plus de dix minutes, mais la montre et l'obscurité envahissante prouvaient que la nuit arrivait. Le soleil avait dévoré sa course, comme par haine envers lui, Sisto. Lorsque la faible sonnerie s'éteignit, on entendit le vent dehors se lamenter en rasant les murs.

« C'est beau, murmura l'enfant sans conviction, en examinant la montre. Mais montre-moi tes mains. »

Il prit dans la sienne la main droite de Tarra, la tira à lui pour mieux la voir, la regarda longtemps. Et cela paraissait inconcevable, une chose très triste, que cette main poilue et massive, ravinée de profonds sillons, aux phalanges saillantes, aux ongles rouges et jaunâtres, ait pu être aussi petite, tendre et blanche que celle de l'enfant.

« Et qu'est-ce qu'il a, ton œil ? » demanda encore l'enfant en levant les yeux vers le visage de Tarra. Sisto, depuis quelques années, à la suite d'une parésie rhumatismale, avait la paupière droite à demi fermée, et cela lui donnait une expression ambiguë.

« Mais si, pourquoi tu le gardes fermé ? insista l'enfant, puisque l'autre ne lui répondait pas.

— Rien, j'y vois très bien », fit Tarra qui sentait monter en lui une colère triste. Comme il faisait noir dans ce grenier ! Et aucun son n'arrivait plus de l'extérieur. Dans les angles tout autour, là où la pente du toit et le sol se rejoignaient, les ombres prenaient par bandes entières possession des lieux.

« Mais quelle malheureuse idée j'ai eue de monter jusqu'ici ! se dit Tarra. Mais pourquoi cet enfant odieux me regarde-t-il de cette façon ? Et qu'est-ce que j'ai à voir avec lui, somme toute ? » Le garçon le détestait, cela se voyait très bien.

« Tu ne m'imaginais pas comme ça, hein ? fit Sisto dans les ténèbres grandissantes, d'une voix rauque, pleine d'inimitié.

— Je ne sais pas, je ne sais pas... » bredouilla l'enfant gagné par la peur, avec un mouvement de recul. Il ne dit rien de plus mais on percevait quand même sa déception.

« Qu'est-ce que tu t'étais mis en tête ? Qu'est-ce que tu croyais que tu allais devenir ? Tu voulais me voir avec un uniforme de général ? Ou avec une mitre d'évêque ? pesta-t-il, mais il essayait toujours de se dominer. Je ne sais pas pourquoi tu fais cette tête-là ! Tu pourrais remercier le ciel, il me semble. Tu n'es pas satisfait, hein ? Elles ne te plaisent pas, mes mains, hein ? »

Il savourait maintenant la joie d'inspirer la peur, de voir l'enfant insolent terrorisé. Mais l'autre avait rapidement fait marche arrière et on ne le voyait pratiquement plus, tant il faisait sombre.

« Sisto ! » Pour la première fois le comptable prononça son propre prénom, qui résonna de manière désagréable et funeste à ses oreilles. « Sisto, où es-tu ?... Je dois te montrer mes timbres, j'ai une collection superbe », ajouta-t-il d'un ton mielleux, pour que l'enfant ne cherchât pas à s'enfuir.

Il traversa le grenier, prenant garde de ne pas trébucher sur les poutres qui passaient au milieu ; arrivé au fond, il se pencha pour explorer les coins assombris, il regarda autour de lui, il se sentait de plus en plus agité. Le garçonnet semblait s'être évaporé.

« Sisto, Sisto ! » fit-il encore, à voix basse car le son de sa propre voix commençait à le mettre mal à l'aise. Mais personne ne répondit. L'image du passé s'était dissoute dans l'ombre, et dans le grenier il ne restait plus que l'expert-comptable Sisto Tarra, quarante-sept ans, assailli par des pensées inquiètes.

Seul, dans le grenier noir. La nuit l'avait surpris comme il n'aurait jamais imaginé que ce fût possible. Il pensa très fort à sa carrière, à sa promotion, à la nouvelle charge qui était la sienne, mais tout cela ne lui disait plus rien. En vain cherchait-il à retrouver la satisfaction qu'il éprouvait quelques heures plus tôt. « Comme ils doivent être beaux, les chevaux, beaux, les chevaux... même pas un seul même pas un seul... » Il entendait encore la voix du gamin qui murmurait tout autour de lui, venue des recoins obscurs. Il lui vint à l'esprit que dehors la nuit était déjà là, dehors l'existence des hommes continuait, des milliers de créatures occupées à vivre, qui ignoraient qui était Sisto Tarra : des hommes et des femmes disséminés à la surface de la terre qui travaillaient et souffraient ensemble, mêlés les uns aux autres pour former des foules, noyés au sein des villes, médiocres et abjects, peut-être, mais pas seuls. Pas seuls comme lui qui avait toujours méprisé leur vie et s'était peu à peu éloigné d'eux en prétendant pouvoir tout faire sans l'aide de personne. Et il commençait à sentir poindre un doute, comme une minuscule lueur : il s'était peut-être trompé sur toute la ligne, il y avait peut-être d'autres choses au monde que la place qu'il occupait au bureau, les fonctions, les salaires, la société anonyme Troll ; des choses qu'un jour, désormais très lointain, il avait entrevues, des bêtises bien sûr, des fantaisies dénuées de sens, et que, entraîné dans le tourbillon du labeur quotidien, il avait laissées partir.

Ce fut tout d'abord un vague sentiment, puis il fut pris d'un désir violent et irraisonné comme une soif qu'il lui faudrait étancher : pouvoir revenir en arrière, redevenir à nouveau enfant, recommencer tout de zéro, et recommencer d'une façon radicalement différente, tout : le métier, les amis, la maison, même les vêtements, même le visage. Et c'était terrible de penser qu'il était désormais trop tard, que l'ombre l'avait surpris et qu'il n'y aurait jamais plus possibilité d'y remédier. Dans la lumière agonisante du crépuscule, celle où lentement la nuit superpose un à un ses voiles, l'expert-comptable Sisto Tarra, avançant à tâtons pour ne pas se cogner contre les poutres, chercha la porte qui lui permettrait de sortir. « Sottises, sottises », murmurait-il en se concentrant sur ces mots pour renouer avec la solide et réconfortante réalité de la vie ; mais cela ne suffisait pas. Il entendit sur les tuiles des petits coups légers, à intervalles de plus en plus rapprochés, une musique paisible : les nuages avaient dû envahir le ciel et il pleuvait.

Le sacrilège

Domenico Molo, douze ans, fils du riche industriel, était assis dans l'église à côté d'un confessionnal et se préparait à énumérer ses péchés. C'était un tiède après-midi de printemps et le sanctuaire semblait presque désert.

Le lendemain devait être un grand jour pour Domenico : celui de sa communion solennelle. Outre l'allégresse poétique du rite, que, petit comme il était, il ne percevait que confusément, il y aurait de nombreux cadeaux, une petite fête à la maison. Une journée de bonheur pur, sans penser à l'école ni aux devoirs. Même la confession à laquelle il se préparait ne lui procurait pas, comme les premières fois, le sentiment pénible de devoir passer un examen difficile. Ses péchés, depuis l'époque de sa confirmation, deux ans plus tôt, étaient toujours les mêmes et don Paolo les connaissait désormais par cœur. De cette façon, Domenico savourait d'avance, en quelque sorte, ce sentiment de mystérieuse légèreté qui faisait suite chaque fois à l'absolution des péchés et, en attendant, il feuilletait distraitement son nouveau livre de messe, cadeau d'un proche parent. Don Paolo était toujours en train d'écouter, derrière la grille, les fautes de Mme Rop, la gouvernante de Domenico, une grande femme sévère d'une extrême piété.

La confession de Mme Rop durait toujours longtemps

et attendre qu'elle soit terminée, les autres fois, mettait le gamin dans un état d'inquiétude grandissante, comme si ces dernières minutes étaient justement celles où les tentations du mal se mettaient soudain à l'assaillir, pour lui rendre plus difficile et mortifiante la confession de ses péchés. Mais, cette fois-ci, Domenico se sentait tout à fait calme, les phrases pieuses de son petit livre lui révélaient une quiétude insoupçonnée, un rayon de soleil tapait sur une partie du buffet de l'orgue, faisant resplendir le visage d'un vieux saint. Il flottait un vague relent d'encens dans les nefs : une agréable odeur.

Tout à coup les yeux du gamin, qui parcouraient le livre de messe, tombèrent sur une espèce de questionnaire, nouveau pour lui, ayant justement trait à la confession. Commandement après commandement, on citait tous les péchés possibles d'un jeune homme.

« As-tu déjà menti ? » demandait par exemple le petit livre. « À qui ? À tes parents ? À tes professeurs ? Pour dissimuler un autre péché ? Pour obtenir une récompense que tu ne méritais pas ? » et cætera.

Ce réquisitoire, tellement serré et minutieux, produisit sur le gamin une impression très désagréable. Il eut peur, s'il le lisait intégralement, de pouvoir se découvrir des péchés qu'il ignorait. « Il vaut mieux ne pas le lire, se dit-il, je pourrai toujours le faire la prochaine fois. » Mais il eut aussitôt l'intuition qu'un tel raisonnement n'était pas très chrétien. Cela serait un acte d'une telle lâcheté qu'il compromettrait l'efficacité de la confession.

C'est pourquoi, dépassant sa réticence instinctive, il se mit à lire le questionnaire depuis le début. Les premières questions le rassurèrent. Elles portaient sur des péchés qu'il avait déjà tous passés en revue lors de son examen de conscience : pour certains, il ne les avait jamais commis, pour d'autres, il s'apprêtait justement à s'en accuser. Il reprit sa lecture avec plus de courage jusqu'au moment où il rencontra la phrase : « Es-tu superstitieux ?

Accordes-tu de l'importance ou crois-tu à ce que disent les rêves ? »

« Superstitieux ? » pensa-t-il, et un imperceptible frisson le fit tressaillir. Domenico, en réalité, n'était pas plus superstitieux que n'importe quel autre garçon ; mais bien sûr, comme les autres, il avait des marottes qui lui étaient bien particulières. Par exemple il se disait : « Si entre ici et l'autre bout de la rue je rencontre un nombre pair de passants, tout ira bien pour moi, si c'est un nombre impair, tout ira mal. » Ou encore : « Si je réussis à marcher sans jamais mettre le pied sur les joints entre deux pavés, c'est bon signe ; dans le cas contraire, mauvais signe. » Mais il était aussi profondément marqué par les rêves qu'il pouvait faire, notamment lorsqu'il s'agissait de malheurs frappant les personnes de son entourage et ses amis.

Jamais il n'avait pensé que de telles faiblesses puissent constituer un péché. Maintenant, l'interrogation sèche et précise du questionnaire lui faisait comprendre que ce devait être une faute grave, en particulier pour un petit garçon. Il tâcha en vain de se convaincre que ce qu'il faisait ne relevait pas de la superstition, qu'il n'avait jamais cru aux rêves : mais plus il s'y essayait, plus son péché lui paraissait grand. Il n'eut cependant pas le temps de trancher. Mme Rop s'était éloignée de la grille, les mains jointes, et elle venait s'agenouiller à côté de lui, en lui faisant un petit signe de tête comme pour lui dire que c'était à son tour. Machinalement, Domenico s'approcha du confessionnal, appuya ses genoux découverts sur la petite marche, joignit les mains. Son cœur battait frénétiquement dans sa poitrine.

Sa bouche prononça les phrases rituelles, dressa la liste des péchés rituels mais Domenico avait l'impression que c'était la voix de quelqu'un d'autre, son esprit était tout entier tourné vers les fautes liées à la superstition, qui lui paraissaient tout à fait honteuses, et il ne trouvait pas le courage de les confesser. Don Paolo, heureusement, ne parut pas remarquer le moins du monde son trouble ; il opinait du chef, d'une manière austère, à chacune des phrases de Domenico, comme s'il faisait provision de matériel pour le sermon final.

Bientôt Domenico eut terminé l'énumération de ses péchés. Alors il comprit que le moment crucial était venu. Il se raidit des pieds à la tête pour dominer sa honte cuisante, il essaya de prononcer la terrible phrase : « Je suis superstitieux. » Mais pas un mot ne sortit de sa bouche. Don Paolo commençait déjà à lui faire ses pieuses recommandations.

Les paroles du prêtre arrivèrent à ses oreilles comme lointaines, privées de sens, monotones. Le visage du gamin était devenu pâle, ses yeux brillaient avec intensité, mais à l'intérieur du confessionnal la pénombre était grande. Pour finir, il entendit la pénitence que le prêtre lui assignait : trois *Pater,* trois *Ave,* trois *Gloria.* Ensemble ils prononcèrent à voix basse l'acte de contrition. Don Paolo le salua d'un sourire et entreprit d'enlever son étole.

Dès que Domenico se retrouva aux côtés de Mme Rop, la conscience de la faute qu'il avait commise jeta un voile de terreur sur son esprit : il avait tu l'un de ses péchés parce qu'il avait honte. Il regarda autour de lui, comme s'il cherchait une aide, un réconfort. Les statues des saints, les hautes colonnes, le Christ pendu au centre de la voûte du presbytère n'étaient plus des images amies, ils semblaient s'être murés dans un mépris impénétrable. Il entendit la voix chuchotante de Mme Rop, en train de discuter avec don Paolo. Un violent désir d'être libéré l'assaillit, ce poids le suffoquait.

Il toucha un bras de la gouvernante.

« Écoutez, madame, lui dit-il, j'ai oublié de dire quelque chose.

— De dire quelque chose à qui ? demanda Mme Rop un peu irritée.

— À la confession, j'ai oublié, fit le gamin. Il faut que je le dise à don Paolo. »

Mme Rop esquissa un sourire malgré elle, se retourna vers le prêtre et lui dit quelque chose à voix basse. Don Paolo aussi sourit avec bienveillance. « Viens, viens alors, fit-il au gamin. Nous sommes là pour cela. »

Domenico retourna au confessionnal comme à une source qui aurait étanché sa soif, il s'agenouilla, fit un signe de croix. « Révérend père, dit-il sans mesurer vraiment le sens de ses paroles tant il avait hâte d'ouvrir son cœur, tout à l'heure il y a quelque chose que je ne vous ai pas dit : je crois que je suis superstitieux.

— Superstitieux ? » demanda le prêtre, étonné de lui voir un tel scrupule.

L'enfant se sentait d'ores et déjà soulagé d'un grand poids. Désormais le plus difficile était fait. La tentation du péché était vaincue. Qu'est-ce que cela pouvait bien faire maintenant, s'il détaillait les circonstances exactes ?

« Parfois je crois en mes rêves, dit-il. Parfois je crois que les choses tourneront mal pour moi si je ne fais pas une certaine chose, ou si la salière se renverse.

— Je comprends, fit le prêtre, sévère. Attention à ne pas verser dans la superstition. C'est un signe d'ignorance, car cela signifie que l'on croit en des puissances occultes autres que notre Dieu. La superstition est bonne pour les peuples primitifs. » Et il expliqua au gamin les ravages de ce péché.

Le parvis de l'église était inondé de soleil, les arbres s'étaient parés de splendides feuilles vertes, les gens qui passaient avaient l'air beaucoup plus joyeux que d'habitude. Le gamin discutait avec sa gouvernante, parfaitement serein, l'esprit complètement libéré. « Quel idiot, pensait-il en lui-même, ça ne devait pas être un si grand péché que ça, cette histoire de superstition. Don Paolo n'y a accordé aucune importance ! » Maintenant seulement il comprenait que tout le monde, et sûrement Mme Rop elle-même, devait être plus ou moins superstitieux. Jusqu'au pape, toujours d'un optimisme inébranlable, qui disait pourtant qu'il ne voyageait jamais le vendredi, bien que ce jour-là les trains fussent à moitié vides et les routes bien moins fréquentées par les voitures. Combien de fois, par ailleurs, ses camarades d'école eux aussi, interprétant certains petits phénomènes aléatoires, prévoyaient qu'ils allaient être interrogés, ou pas, et adaptaient leur comportement en conséquence. Comme il avait été stupide de s'affoler de la sorte !

Et pourtant, à mesure que la soirée avançait, sa sérénité d'esprit se troublait inexplicablement. Le gamin avait comme l'impression que dans la double confession de cette journée quelque chose était resté en suspens, mais il ne parvenait pas à s'expliquer d'où cela lui venait. À neuf heures, après un dîner très animé, en compagnie de son père, de ses frères et sœurs et d'un vieil ami de la maison, Domenico, lorsque fut venu le moment d'aller au lit, eut l'idée de relire le questionnaire des péchés dans son nouveau livre de messe. « De toute façon, pensa-t-il, tous les péchés que je connaissais, je les ai confessés : s'il existe d'autres péchés que j'ignorais, et dont je n'ai pas parlé à don Paolo aujourd'hui, on ne peut pas considérer ça comme une faute. »

Dès qu'il eut sorti le petit livre de la commode où il l'avait rangé, la vérité lui sauta aux yeux dans toute sa tragique grandeur. Il avait certes confessé qu'il était superstitieux, il avait dominé la honte qu'il éprouvait à révéler cette faute, mais il n'avait rien dit au prêtre de sa faute la plus grande : lors de la première confession, il avait tu, poussé par la honte, le péché de superstition.

Il commença à se remémorer chacune des paroles qu'il avait dites à don Paolo. Oui, maintenant il se souvenait : il avait dit exactement cela : « Révérend père, tout à l'heure il y a quelque chose que je ne vous ai pas dit : je crois que je suis superstitieux. »

Tout à l'heure il y a quelque chose que je ne vous ai pas dit. Pourquoi n'avait-il pas dit plutôt : « Révérend père, *tout à l'heure je n'ai pas eu le courage de confesser...* » Une telle formule aurait suffi à l'absoudre. Au lieu de cela, il avait employé une phrase sibylline : « *Il y a quelque chose que je ne vous ai pas dit* », sans en expliquer la raison. Don Paolo avait sûrement cru qu'il s'agissait d'un simple oubli et il l'avait absous au nom de Dieu en tant qu'oubli.

La superstition, la peur de la salière renversée, la croyance aux rêves étaient maintenant aux yeux de Domenico des manquements tout à fait négligeables : presque ridicules. Son âme était entachée d'un tout autre délit.

Assailli par la panique, le gamin élabora, pour se justifier, le raisonnement suivant : « Si le fait que je sois superstitieux n'était qu'un péché véniel, ce qui paraît évident si l'on en croit les paroles de don Paolo, alors le fait de le taire poussé par la honte devrait être aussi une faute sans importance. »

Rien à faire. Le raisonnement n'était d'aucune utilité : Domenico se rappelait parfaitement bien qu'au moment de la seconde confession la superstition lui semblait être une faute très grave, la preuve en est qu'il avait ressenti le besoin de l'avouer. Il n'avait donc pas été de bonne foi.

Il voulut se trouver une deuxième excuse : lorsqu'il était revenu au confessionnal il était *convaincu* – pensa-t-il ou plus exactement voulut-il s'en persuader – qu'il suffisait de confesser sa propension à la superstition, sans nécessité de spécifier qu'auparavant il l'avait tue sous le coup de la honte ; c'était tellement vrai que sur le moment il s'était senti complètement délivré. La difficulté consistait à vaincre la honte, et ça, il l'avait fait. « La phrase : *il y a quelque chose que je ne vous ai pas dit,* pensa le gamin, n'avait pas été calculée. » Peut-être avait-ce été une expression malheureuse – il pouvait le concevoir – mais perverse, non. S'il lui était venu à l'esprit des mots plus précis et plus exhaustifs, assurément il les aurait employés avec tout autant de facilité. Mais c'est là qu'il commençait à douter : était-il vraiment sûr, lui, Domenico, que cela aurait été exactement la même chose ? N'était-ce pas le démon, même s'il ne s'en était pas vraiment rendu compte, qui lui avait soufflé cette façon de dire habilement évasive ?

Le gamin ne voyait absolument aucune issue. Un effroyable péché mortel avait entaché son âme et le lendemain matin il devait s'approcher pour recevoir la communion. Mais comment s'en affranchir ? Aller dire à Mme Rop qu'il devait de nouveau retourner à confesse ? Et de quelle manière justifier cette curieuse exigence ? Il pouvait dire certaines choses à don Paolo. Mais rien qu'à lui, sûrement pas à la gouvernante.

Il ouvrit fébrilement son livre de messe dans une tentative désespérée d'y trouver un quelconque réconfort. Il lut avidement le chapitre concernant la confession, regardant s'il y trouvait la situation dans laquelle il était. Voilà, il avait trouvé : « Celui qui à confesse tait par pure distraction quelque péché mortel et quelque circonstance importante, a accompli une bonne confession. Celui qui par honte ou pour une autre raison non justifiée tait de façon répréhensible un péché mortel ne fait pas une bonne confession, mais profane le Saint Sacrement et se rend coupable d'un grave sacrilège. »

Sacrilège. Le mot éclata comme un orage dans le cœur du garçon. Jusqu'à présent, *sacrilège* n'était pour lui qu'une vague notion théorique, sans aucun lien possible avec sa vie à lui : un crime absurde et terrible, venu du Moyen Âge, plus grave qu'un assassinat, qui devait se produire très rarement dans la vie d'un homme et qui, à l'époque moderne, n'avait peut-être jamais été constaté.

Une faute épouvantable que Dieu n'avait pas l'habitude de pardonner.

Il relut la phrase et il lui sembla entrevoir une possibilité de salut. « Celui qui tait un *péché mortel...* » disait le livre. La superstition ne relevait certes pas de cette catégorie. Et par conséquent le fait de l'avoir tue ne représentait pas un sacrilège.

Le sentiment de réconfort ne dura pas longtemps. En y réfléchissant, il se rendit compte que ce raisonnement était biaisé. Dans le livre, l'hypothèse d'un péché *véniel* tu par honte n'était même pas évoquée ; de toute évidence, on ne jugeait pas possible que l'on puisse avoir honte d'un péché véniel. L'existence de la honte à elle seule impliquait la gravité du péché, que cette dernière soit avérée ou présumée : qu'ensuite le péché soit véritablement mortel ou qu'on l'estime seulement mortel, cela n'avait aucune importance pour le jugement divin. C'était le fait de taire par honte et non la gravité intrinsèque du péché passé sous silence qui profanait la confession.

Il était finalement parvenu à l'avouer, ce péché, c'était vrai ; mais au fond cela restait deux confessions distinctes : exactement comme si deux ans après, par exemple, il s'était accusé de superstition devant le prêtre sans faire la moindre allusion à la confession précédente, au péché commis en se taisant par honte. En somme il avait su se dépasser mais partiellement, pas suffisamment pour pouvoir laver la première faute.

L'idée du sacrilège, à laquelle la nuit donnait des proportions énormes, se transformait lentement en une condamnation sans appel. L'âme de l'enfant, pour la première fois, se heurtait à la pitoyable muraille de la vie. En vain Domenico se disait-il qu'une si grande honte était trop lourde pour un enfant ; à la limite un homme adulte aurait peut-être pu l'endurer ; et il lui semblait qu'il y avait là une injustice profonde. En vain se demandait-il :

pour un instant d'égarement, pour un bref moment de peur, la malédiction de Dieu ?

Le garçon se sentait perdu. Jamais au cours de sa vie entière, croyait-il, il n'arriverait à confesser ce sacrilège. Il en serait sévèrement puni : don Paolo était certes tenu au secret de la confession mais dans un cas aussi grave il jugerait de son devoir d'avertir son père. C'est ce qu'imaginait le jeune garçon. Il lui faudrait affronter le mépris de tous. On l'enverrait certainement en pension. Et ce n'était même pas la peine de penser au merveilleux bateau à moteur que son papa lui avait promis s'il effectuait une bonne année scolaire.

Mais qu'est-ce qu'il en avait à faire, du merveilleux bateau, dans cette nuit de supplice ? « Il faut que je parvienne à me confesser avant de faire ma communion, sinon le péché est deux fois plus grave », pensa le jeune garçon, mais il le disait sans en être véritablement convaincu. Il avait parfaitement compris, Domenico, que dans ce cas il serait aussi obligé de tout avouer à ses proches, et que cela provoquerait un scandale.

Seul au monde, l'enfant s'agitait dans son lit ; personne, vraiment personne, si ce n'est Dieu, ne savait rien de son crime. Le jour suivant, tout le monde allait lui parler avec la même tendresse que d'habitude, son papa lui donnerait la fameuse montre-bracelet, beaucoup d'autres cadeaux lui viendraient de sa famille. Tout cela en vain, en vain, la vie désormais ne pouvait plus rien lui offrir de beau.

Jusqu'au moment où le sommeil miséricordieux le prit dans ses bras et où, vaincu par la fatigue, le jeune garçon demeura immobile, étendu sur son lit, oubliant tout.

Oh, si seulement Pasquale, le domestique, n'était pas venu le réveiller, le matin suivant. Dans la maison depuis très longtemps, Pasquale avait une passion pour Domenico et ce jour-là il mit un point d'honneur à venir le trouver le premier. « Debout. Mme Rop est déjà prête. »

Domenico s'assit vivement dans son lit, il avait l'impression qu'une chose d'une extrême importance avait changé pour lui, en mal. Durant quelques instants, il ne réussit pas à mettre un nom dessus. Puis le sentiment du sacrilège affleura à la surface de son esprit avec une intensité maligne, quand bien même il était loin des horreurs nées de la nuit. Il s'assit sur son lit et vit, plié avec soin sur le dossier d'une chaise, son costume neuf, orné sur la manche gauche d'une bande de soie blanche frangée d'or, symbole de sa pureté présumée.

Il se sentait mieux armé que le soir précédent contre son malheur : la fraîcheur du matin lui avait donné des forces nouvelles. Et il fut heureusement surpris de se sentir fermement décidé à demander une confession supplémentaire. Deux ou trois minutes suffiraient, avant la cérémonie collective. Il irait tout seul trouver directement don Paolo, sans même prévenir sa gouvernante. Oui, il allait affronter la situation héroïquement quoi qu'il en coûtât ; maintenant qu'il y repensait, il voyait bien que don Paolo ne révélerait probablement un tel secret à personne ; peut-être même qu'il ne prendrait pas les choses au sérieux.

Mais alors pourquoi Domenico, mû par cet élan de courage soudain, voulut-il se confier à Pasquale ? Quelle envie insidieuse le poussa à parler ?

« Pasquale, dit tout à coup le garçon, essayant d'adopter un ton badin, est-ce que tu vas te confesser ?

— Toutes les semaines, monsieur.

— Alors dis-moi. Est-ce qu'il t'est déjà arrivé de taire un péché parce que tu avais honte ?

— Oh, je ne saurais dire. J'espère bien que non.

— Mais, ça veut dire, alors, fit Domenico que l'appréhension gagnait de nouveau, que c'est très grave de taire un péché par honte ?

— Bien sûr, monsieur, c'est un péché mortel.

— Pasquale ! s'exclama le gamin (sa maman étant morte quand il avait à peine quelques jours, le domestique était la seule personne au monde avec qui il avait une véritable intimité). Hier, j'ai tu un péché par honte !

— Oh, monsieur, ce ne devait pas être un bien grand péché.

— Si, mais ensuite je suis retourné voir don Paolo et je l'ai confessé.

— Bon, alors il n'y a aucun mal. Tout est rentré dans l'ordre.

— Je lui ai avoué le péché, précisa le garçon, mais je ne lui ai pas dit que je l'avais tout d'abord tu par honte.

— Comme c'est compliqué ! répondit Pasquale en riant, car il commençait à ne plus rien y comprendre. Ça ne sert à rien de compliquer les choses comme ça. Si vous l'avez confessé, n'y pensez plus, monsieur. Qu'est-ce que vous allez vous mettre en tête ? Allez, allez, vite, votre toilette.

— Mais tu es sérieux quand tu dis que ça ne peut pas être un péché mortel ?

— Un péché mortel, et puis quoi ! fit Pasquale, ignorant tout de ce que pouvait être une âme humaine. N'y pensez même plus. Attention à ne pas se laisser aller aux élucubrations dans ce domaine : c'est comme ça qu'on finit par pécher. »

Oh, comme Domenico se laissa volontiers convaincre par cet optimisme sans détour. Certes, Pasquale ne pouvait même pas imaginer que son jeune maître ait pu souiller son âme en commettant une faute grave ; à cet âge-là, pensait-il, tous les enfants sont par principe innocents ; quoi qu'ils fassent, au fond la faute ne leur incombe pas, Dieu ne peut que leur pardonner.

C'est ainsi que la résolution d'aller se confesser avant la communion disparut en quelques instants de l'esprit de Domenico. En son cœur, le garçonnet bénit Pasquale qui avait mis fin au dilemme par tant de bonté et de sagesse populaire. Il s'habilla dans un état de grande excitation. Il courut saluer Mme Rop, l'embrassa sur la joue, chose qu'il ne faisait plus depuis des semaines.

« C'est la communion solennelle qui te rend de nouveau gentil », lui dit la gouvernante, sévère mais ravie.

La cérémonie rituelle à l'église se déroula rapidement entre les rayons denses du soleil qui entraient par les vitraux, les fumées d'encens, et les grondements solennels de l'orgue. Domenico suivit la messe avec une attention scrupuleuse, il osa remercier le Seigneur de l'avoir libéré de son angoisse de la veille, il s'avança plein de componction vers l'autel pour recevoir le Saint Sacrement : ce fut un enfant modèle. Mais, bien qu'il fît tout pour gagner les faveurs de Dieu et des hommes, il attendit en vain la félicité espérée. Il regardait ses camarades et il n'arrivait plus à les considérer comme ses pairs ; il finit par comprendre qu'il les enviait. Il enviait leur insouciance, leur sourire franc, leurs cadeaux, leur journée de fête. Les cadeaux, la réception organisée en son honneur, tout cela avait maintenant pour lui un goût de poison.

Tandis qu'il sortait de l'église en tenant la main de Mme Rop, il commença à avoir des doutes : Pasquale avait-il vraiment raison ? Que savait-il de ces choses-là, lui qui n'était jamais allé à l'école ? Et puis il ne lui avait pas expliqué le problème avec suffisamment d'exactitude. Il y avait fort à craindre que le domestique n'ait pas bien compris. Si, si, c'était même sûr : Pasquale avait dit cela à la légère, juste pour lui faire plaisir, et lui avait été bien trop content de le croire. Dans les mots prononcés par Pasquale il avait cru trouver une excuse, mais celle-ci en fin de compte ne valait rien.

Il arriva chez lui et le monde tout autour de lui semblait noyé dans un épais brouillard. Quel épouvantable secret ! Il avait fait sa communion la conscience chargée d'un péché terriblement grave ; le sacrilège n'en était devenu que plus grand. Il répondit machinalement aux compliments de sa famille, machinalement il sourit, machinalement il avala les gâteaux et les glaces, qui lui donnèrent la nausée. Il se rappela un livre, un roman policier, où l'assassin se faisait passer pour un policier, épousant complètement son personnage. Il lui semblait qu'il faisait la même chose, et même pire. En répondant aux salutations, en mangeant les pâtisseries, en recevant les cadeaux, il ne faisait que tromper son père, Mme Rop, ses amis qui le prenaient pour un très gentil garçon. Oh, s'ils avaient su !

Il vécut la journée tout entière comme un horrible cauchemar. Le soir, il était exténué par la fatigue et par l'interminable mascarade. « Il ne va pas bien, ce garçon, dit Mme Rop à M. Molo, pendant que l'enfant montait se coucher. Il a dû trop manger.

— Oh, non, je vais très bien », fit le gamin dont le visage devenait d'heure en heure plus pâle.

Les jours passaient, qui voyaient se succéder les cours à l'école et les jeux avec les copains dans les heures de liberté, et son tourment ne semblait pas vouloir s'apaiser. Domenico n'avait même plus le courage de s'en référer à son livre de messe, certain d'y trouver de nouvelles formules qui le condamneraient à une peine éternelle. Les devoirs faits en classe, les jouets, les livres d'aventures, les après-midi passés au parc avec ses amis, les virées en automobile avec son père, rien de tout cela n'avait plus pour lui le moindre intérêt. Domenico se laissait porter par le rythme quotidien de la vie, avec comme unique préoccupation de ne pas se trahir. Et le fait est que personne ne sembla s'apercevoir de son angoisse.

Un jour qu'il était entré par hasard dans la chambre de Mme Rop, il aperçut un livre posé sur la table de nuit. *Bref traité de religion* y était-il écrit. Sa première réaction fut un sentiment d'aversion comme si ces pages lui tendaient un piège. En même temps, le livre exerçait sur lui une puissante fascination. Sans s'en rendre compte, il s'en était emparé, déjà il le feuilletait, déjà il cherchait les lignes redoutées.

Une mystérieuse puissance guida ses yeux, les fit s'arrêter à la page 190, glisser jusqu'au passage fatal. « Celui qui se sait en état de péché mortel, était-il écrit, doit accomplir une bonne confession avant de communier. Et s'il venait à recevoir la Sainte Communion en sachant qu'il n'est pas en état de grâce, il recevrait Jésus-Christ mais non point sa grâce, et il *commettrait un horrible sacrilège, se rendant ainsi passible de damnation.* »

Il fut pris d'un tremblement comme jamais il ne l'avait été dans toute sa vie, il laissa tomber le livre par terre, sortit de la chambre et erra sans répit à travers la grande demeure familiale, déserte à cette heure. Les choses les plus chères, les objets les plus convoités, les projets de voyage et de succès les plus audacieux lui étaient désormais odieux. Son esprit aspirait seulement à un moment de repos.

Mais comment faire ? Rien qu'à l'idée de confesser cet épouvantable péché, son esprit se rebellait. Quitte à être durement puni, il ferait tout pour ne pas aller à confesse, lorsque, comme tous les mois, le moment fatidique arriverait. Et le mois d'après pareil ; jamais plus il ne pourrait entrer dans un confessionnal.

Il imagina la suite : je repousserai l'échéance mois après mois, saison après saison, je ne mettrai plus les pieds à l'église (comme du reste le fait mon père), des années entières passeront, et pourtant il viendra bien un jour où je serai obligé de me confesser. Sinon, l'enfer, la damnation éternelle. Il pensa à un chaudron de poix bouillante, et à lui, Domenico, plongé dedans jusqu'au cou ; une douleur atroce à rendre fou, et malgré tout ne jamais s'évanouir, jour et nuit ce supplice atroce, et le lendemain de nouveau, et le jour d'après de nouveau, et encore le jour d'après, toujours comme ça, et jamais, ne serait-ce que pour un instant, une atténuation de la souffrance, et cela pendant des années entières, des centaines d'années, des millions, attendre en vain la mort, toujours comme ça, toujours toujours, pour les siècles des siècles.

Des gouttes de sueur coulaient sur le front du jeune garçon, la fièvre faisait briller ses yeux.

« Voilà, quand je serai à l'article de la mort, conclut-il, alors j'aurai enfin le courage de me confesser. » Et il établit une sorte de pacte avec lui-même, un engagement solennel, la seule voie de salut désormais possible.

Ce projet, conçu avec une volonté de fer, eut pour effet de le tranquilliser un peu. Au fil des années, cela devint même une idée fixe, un appui auquel Domenico pouvait se raccrocher dans les moments où sa peine devenait plus lourde, sa raison de vivre la plus profonde et la plus vivace. La mort, pensée qui correspond si peu aux enfants, devenait ainsi une sorte de solution, bien qu'elle n'eût pour lui aucune réalité. Domenico, comme tous ceux de son âge, considérait que c'était un phénomène étrange et très lointain, qui durant des dizaines d'années ne pourrait pas le concerner personnellement. Il s'était ainsi ménagé une longue trêve, ce qui lui permettait au moins de vivre.

Même lorsqu'il tomba malade, environ un mois après sa communion solennelle, Domenico ne pensa pas sérieusement à la mort. Il se mit au lit en proie à de fortes douleurs abdominales et à une fièvre élevée, le médecin déclara qu'il s'agissait d'une simple colique, il prescrivit un purgatif et du repos. Le jour suivant cependant, la fièvre grimpa encore dès le matin. Les douleurs avaient disparu, mais tous les membres souffraient d'un étrange état d'épuisement.

« Madame Rop, demanda tout à coup l'enfant à sa gouvernante assise au pied du lit, dans la pénombre de la chambre, les mains croisées sur la poitrine, immobile et silencieuse, madame Rop, vous croyez que je peux mourir ?

— Mourir ? fit Mme Rop. Est-ce qu'on dit des choses pareilles à ton âge ? Et puis, dis-moi, cela te ferait peur de mourir ?

— Non, peur, non, osa dire le gamin. Mais, dans ce

cas, je voudrais me confesser. » Et il ajouta avec une certaine hypocrisie : « On m'a dit au catéchisme que l'on va au paradis seulement si on meurt en état de grâce.

— Ça suffit maintenant avec ces bêtises, fit la gouvernante, essaie plutôt de dormir un peu. »

Dans l'après-midi, la fièvre continua de monter. Un bourdonnement sourd emplissait la tête de Domenico, les objets autour de lui tremblaient, comme le font les maisons l'été quand le soleil est de plomb. Il entendit, à travers la porte – mais il n'avait même pas envie d'être avec eux –, le bruit des couverts des siens en train de dîner. Il se laissa passivement examiner par le docteur, et au lieu d'aller faire un tour dehors, ainsi qu'il en avait l'habitude après le repas, il s'assit dans un coin de la pièce comme pour attendre quelqu'un. Il réalisa alors qu'il n'y avait pas un médecin mais deux, il les entendit discuter, il perçut à un moment un mot étrange : péritonite.

« Papa, demanda-t-il alors au prix d'un grand effort car sa bouche était devenue toute pâteuse, papa, tu crois que je peux mourir ?

— Mourir et puis quoi encore ! répondit-il lui aussi. Qu'est-ce qui te passe par la tête ? Ça ira mieux demain. »

Les derniers mots, l'enfant ne les entendit même pas car il avait sombré dans le délire.

Vers onze heures – les deux médecins s'entretenaient avec un troisième dans un petit salon, parlant à voix basse –, vers onze heures M. Molo, qui jusqu'alors avait fait preuve d'un certain optimisme, dit : « Madame Rop, vous n'entendez pas du bruit ?

— Du bruit ? Quel genre de bruit ?

— Comme le bruit d'un oiseau qui battrait des ailes. »

Mme Rop crut qu'il faisait allusion à la mort.

« Non, monsieur, répondit-elle, choquée, je n'entends absolument rien. »

« Tout ça, c'est de la littérature, marmonna-t-elle pour elle-même. Est-il possible qu'avec un enfant dans un état pareil il puisse encore avoir envie de dire des choses pareilles ? »

« Qu'est-ce que vous avez dit ? demanda M. Molo.

— Rien, rien, je ne disais rien », mentit la gouvernante.

Alors M. Molo ordonna au domestique, qui lui aussi attendait dans un coin de la pièce : « Pasquale, pendant que les médecins décident s'il faut l'emmener ou non à l'hôpital, va faire un tour sur le balcon. J'entends toujours ce bruit, il doit y avoir une bestiole quelconque. Un martinet, si ça se trouve ; mais ça m'insupporte. »

Pasquale sortit sur le balcon ; il vit la nuit, les réverbères de la rue, quelques passants : tout était comme d'habitude. Il tendit l'oreille, il n'entendit que le silence de la ville avec en arrière-fond un bourdonnement continuel.

Il revint à l'intérieur et dit : « Il n'y a rien, monsieur, moi c'est pareil : je n'entends rien.

— Comment ça ? fit Molo, alarmé. Et pourtant, maintenant, le bruit est encore plus fort. On dirait vraiment un battement d'ailes. Il doit bien y avoir quelque chose. »

Oh, s'il y avait quelque chose ! Tandis que dans le salon Louis XV les trois médecins étaient en train de discuter pour savoir s'il fallait tenter l'opération ou pas, tandis que Mme Rop regardait avec sévérité les flacons de médicaments et les boîtes de seringues alignés sur la commode, qu'elle considérait comme des dépenses inutiles, tandis que le père comprenait enfin l'épouvantable signification de cet étrange battement d'ailes, la petite tête de Domenico, appuyée sur une pile d'oreillers, s'inclina légèrement sur le côté, s'abandonna à son propre poids, resta immobile.

Voici maintenant une cité immense au bord de la mer, tellement immense qu'elle semble ne jamais finir : des maisons, des avenues et des jardins bien tenus s'échelonnant sur les pentes des collines alentour, aussi loin que porte le regard. Domenico, par un étrange phénomène, se retrouva à mi-chemin d'un escalier et comme il ignorait où il se trouvait, il ne savait pas s'il devait descendre ou monter. Et pourtant tout cela lui semblait naturel, car il se rendait compte qu'il était mort, et n'importe quelle autre aventure ne l'aurait pas étonné outre mesure. Il regarda d'abord ses mains, puis chercha son propre reflet sur une porte vitrée, et il se reconnut, identique, portant ses habits de communion sauf qu'il n'avait pas, sur le bras gauche, la bande de soie blanche.

Une jeune et belle femme, au visage maquillé, descendit l'escalier et vint vers lui.

« Tu viens d'arriver ? lui demanda-t-elle. Oh, pauvre petit, si jeune ?

— Oui, fit Domenico qui prenait lentement conscience de son nouveau statut, et ici, où sommes-nous ?

— Cette cité n'a pas de nom, dit la jeune fille cordialement. On vient ici pour le jugement. Puis nous partirons là où nous devons aller. »

Au mot « jugement » Domenico sentit se réveiller le souvenir impétueux du sacrilège, des épreuves traversées, de la maladie, de la mort inattendue, si soudaine qu'il n'avait pas eu le temps de se confesser. Et le garçon, une fois de plus, se sentit perdu.

« Moi aussi je suis arrivée aujourd'hui, dit encore la jeune femme, voyant que l'enfant ne répondait pas. Mais ça ne sert à rien de faire la tête. Le plus dur est passé. De quoi veux-tu avoir peur, toi qui es si jeune ? Tu seras pardonné, c'est certain.

— Oh, mon Dieu ! » s'exclama Domenico, accablé par l'angoisse. Il éclata en sanglots et s'agrippa à l'inconnue, cherchant de l'aide.

La jeune femme s'assit sur une marche, prit le jeune garçon sur ses genoux, essaya de le consoler, se fit expliquer – cela prit du temps car son corps tout entier était secoué de sanglots – pourquoi il avait tant de peine, puis, pour finir, elle se tut, songeuse, ne sachant que dire.

« Si on sortait, en attendant », proposa-t-elle quelques minutes plus tard et, saisissant la main de Domenico, elle l'entraîna dans l'escalier.

Ils débouchèrent dans une avenue très large, pleine de gens et inondée de soleil. La plupart étaient des hommes et des femmes âgés, les vieux étaient même légion, les enfants très rares. Domenico s'aperçut que plusieurs d'entre eux le fixaient du regard avec curiosité et qu'ils échangeaient même des commentaires, certains secouant la tête en signe de compassion.

La jeune femme, qui s'appelait Maria, bien qu'arrivée depuis quelques heures seulement, s'était très bien acclimatée, elle se mit en devoir d'expliquer au garçon de quel type très spécial de cité il s'agissait. Les habitants étaient tous des êtres humains décédés – leur âme, bien sûr – qui attendaient d'être jugés. D'innombrables tribunaux, dispersés dans la cité sans fin – on les reconnaissait de loin car leurs proportions imposantes tranchaient sur les autres édifices –, fonctionnaient en permanence de l'aube au crépuscule.

Jusqu'au moment où ils entraient dans la vie éternelle, qu'ils soient damnés ou sauvés, les morts gardaient leur apparence humaine, et vivaient encore comme vivent les hommes, dans des maisons semblables à celles qu'ils avaient laissées sur terre, à la seule différence que tout était toujours en ordre, qu'il ne se formait pas de poussière et que rien ne se détériorait à l'usage.

Certains étaient jugés presque immédiatement après leur arrivée, d'autres au contraire devaient attendre. Ils étaient très nombreux à être en attente depuis des milliers d'années – c'est du moins ce que racontait Maria et quand elle avait dit cela, sa voix s'était faite quelque peu mystérieuse – on disait que c'étaient les méchants, les hommes voués au châtiment éternel, à qui l'on accordait une sorte de moratoire sans durée déterminée. Non pas qu'il n'y eût quotidiennement un nombre important de personnes condamnées à la damnation ; mais, c'était un fait établi, on donnait priorité aux âmes saintes ; puis à ceux qui pouvaient obtenir leur salut en purgeant des peines temporaires et pour finir aux cas douteux ; les méchants, c'était bien connu, passaient après tous les autres.

Il n'y avait cependant pas de discrimination nettement établie, d'autant plus qu'on ne pouvait pas anticiper sur le jugement : les exceptions à cette espèce de règle se vérifiaient tous les jours. Les âmes en attente restaient ainsi en proie à un doute perpétuel, elles s'étiolaient dans leur incertitude, elles ne savaient pas s'il valait mieux affronter le verdict fatal ou espérer son report.

La cité avait une allure magnifique, comme aucun homme sur la misérable terre n'aurait pu l'imaginer. Magnifique par ses bâtiments, ses arbres immenses, sa multitude de fleurs, sa mer d'un azur inconnu, son ciel limpide où couraient des nuages blancs aux formes pittoresques qui n'occultaient jamais le soleil. Et pourtant Domenico, que le remords empoisonnait, n'en tirait aucun plaisir, et tout comme lui, visiblement, des milliers d'autres restaient complètement indifférents, assis sur les bancs publics, allongés sur les pelouses ou restant pensivement dans l'encadrement des fenêtres, exprimant tous un ennui infini et l'absence totale d'espoir : c'étaient peut-être les méchants, ceux pour qui l'heure du jugement ne sonnait jamais.

Ils étaient arrivés dans un superbe jardin public regorgeant de fontaines et d'oiseaux. « Asseyons-nous ici, dit Maria en montrant un grand banc à l'ombre. De toute façon, quand notre tour viendra, ils nous appelleront. »

Ils s'assirent et un monsieur d'une cinquantaine d'années, très élégamment habillé, voyant Maria s'asseoir à côté de lui, la dévisagea longuement puis se leva d'un air dédaigneux pour aller s'installer sur un autre banc un peu plus loin, entre deux vieilles pacifiques.

« Pourquoi ? demanda Domenico à sa protectrice. Tu le connais ?

— Jamais vu, répondit la fille, dont le visage s'était renfrogné. Il a agi ainsi parce que je... Il devrait avoir honte, murmura-t-elle pour elle-même, comme s'il n'était pas mort, lui aussi ! »

Domenico ne comprit pas pourquoi le monsieur distingué était parti, mais il se tut, de nouveau absorbé par son propre malheur. Maria le regardait maintenant avec beaucoup de pitié, mais elle ne savait pas comment le consoler, car la faute commise par Domenico, telle qu'il la lui avait exposée, lui semblait vraiment d'une gravité extrême.

« Quand j'étais vivante, dit Maria, histoire de trouver un sujet de conversation, quand j'étais vivante, on m'appelait Mèri. Mais maintenant ça ne ferait pas très sérieux... » et elle esquissa un sourire timide.

Mais Domenico ne semblait pas l'entendre. Il était assis, sans bouger, les jambes pendantes, le regard, qu'avait déserté toute étincelle de vie, fixé droit devant lui.

« J'aurais bien aimé enlever ce rouge à lèvres, continua Maria, pour empêcher le silence de s'installer, et en disant ces mots elle passait un doigt sur ses lèvres, outrageusement rouge carmin. Je l'aurais bien enlevé mais, je ne sais pas pourquoi, depuis que je suis morte, je n'arrive plus à le faire partir, j'ai beau frotter, on dirait qu'il m'est entré dans la peau. »

La fille rit de nouveau, cette fois-ci d'un rire plus affirmé, mais Domenico ne sourcilla pas. Avec une tristesse sans nom, il gardait les yeux rivés devant lui, sans la moindre expression de vie.

Maria fut donc ravie de voir deux hommes, deux représentants frustes du milieu ouvrier, s'asseoir à côté d'eux, tout en discutant avec animation. Peut-être ces deux-là réussiraient-ils à distraire le garçon.

« C'est comme je te le dis, soutenait l'un des nouveaux venus. C'est ça, le châtiment. Rester à attendre pour l'éternité, avec cette peur d'être appelé qui ne vous quitte pas.

— Peut-être bien ! s'exclama l'autre, qui apparemment avait de gros poids sur la conscience. Peut-être bien ! Mais ça serait trop facile, t'appelles ça une punition, toi ?

— Tu dis ça parce que tu n'es pas là depuis longtemps, rétorqua l'autre avec un accent indéfinissable dans la voix. Qu'y a-t-il de pire que cela ? Quelle chienne de vie ! Ne pas avoir une heure de tranquillité, toujours craindre d'être appelé. Je voudrais t'y voir, quarante ans après, comme moi aujourd'hui. Tous les jours les autres qui s'en vont au paradis, tous les jours par milliers et toi tu restes cloué là, à ne rien faire, sans même pouvoir travailler, et minute après minute, cette peur d'être appelé qui te tenaille. Tu comprends ? » Il semblait en proie à une agitation irrépressible. « Et savoir que s'ils t'appellent, tu es perdu, mais personne ne vient, personne ne se souvient de nous, personne dans l'univers tout entier, même Dieu nous a oubliés. Seuls comme des chiens, tu comprends ?

— Ça suffit maintenant ! l'interrompit son compagnon avec colère. Ça suffit maintenant ! J'ai compris. Pourquoi faut-il continuer à se ronger les sangs ?

— Pourquoi continuer... pourquoi continuer... pourquoi continuer... » fit l'autre en s'enfermant petit à petit dans un mutisme de mauvais aloi.

Et les hommes se turent, Domenico se taisait, toujours immobile, et Maria aussi se taisait, qui regardait l'enfant avec pitié, sans se soucier de ses propres péchés ; inconscience pure ou confiance illimitée dans la miséricorde de Dieu ?

Ils restèrent ainsi, immobiles et silencieux pendant de longues minutes sans que cela leur fût particulièrement pénible, car le temps paraissait suspendu ; la conscience des heures qui fuient, qui fuient sans que jamais l'on puisse les rattraper, telle qu'on l'éprouve là-bas sur la terre, leur faisait étrangement défaut.

Finalement, l'un des deux hommes, celui qui attendait depuis quarante ans, prit la parole.

« Dis donc, demanda-t-il tout à coup à l'autre, il ne te resterait pas une cigarette, par hasard ? »

L'autre, sans que son visage farouche et rustre exprimât quoi que ce soit, sortit de sa poche un paquet de *popolari*[1] et le tendit à son compagnon. Tous deux allumèrent une cigarette et se mirent à fumer. Mais celui à qui appartenait le paquet sembla tout à coup traversé d'un soupçon : « Hé, dit-il, plein de ressentiment, tu m'as demandé s'il me restait des cigarettes ?

— Oui, et alors ? fit l'autre.

— S'il me restait des cigarettes ? Pourquoi "restait" ?

— Elle est bien bonne ! fit l'autre. Parce qu'ici on n'en trouve pas. Je pensais que tu avais déjà fini les tiennes. »

L'homme au visage farouche se retourna, furibond : « Comment ? On n'en trouv... »

Il ne put achever sa phrase. Son compagnon lui donna un bon coup de coude dans les côtes, et lui fit un signe de la tête, comme pour lui dire de faire attention, que ce n'était pas le moment de se mettre à brailler. En face, sur l'avenue, deux jeunes hommes en uniforme, deux espèces de pages, se dirigeaient d'un pas rapide vers leur banc.

« Ils viennent chercher l'un d'entre nous, les informa à voix basse celui qui attendait depuis quarante ans. C'est pour le jugement. »

Tous deux devinrent horriblement pâles. Pour l'un d'entre eux, donc, l'heure fatidique était venue. Ils ne pensèrent même pas que ce pouvait être pour la jeune femme ou l'enfant assis à côté d'eux. Et pourtant, c'était bien ça : « Maria Ferri ! Domenico Molo ! appelèrent presque d'une même voix les deux étranges pages. Vite, vite !

1. Nom donné aux cigarettes italiennes Nazionali.

C'est votre tour ! » Et ils disaient cela d'une voix cordiale, comme s'ils leur apportaient une bonne nouvelle.

Maria et Domenico se levèrent et s'avancèrent.

« On est ensemble ? demanda aussitôt la jeune femme à l'un des pages d'un ton étonnamment désinvolte, comme si elle s'adressait à un valet de chambre.

— Non, je suis désolé, dit le messager. Dans deux tribunaux différents. »

Ils furent contraints de se séparer. Le gamin se pendit au cou de Maria, il éclata en un long sanglot, il ne voulait pas la quitter.

« On se reverra après, répétait la jeune femme tendrement. On partira ensemble, tu verras. Je t'attendrai ici. N'aie pas peur. »

Pleurant toujours mais de plus en plus faiblement, le jeune garçon réalisa peu à peu que l'un des pages lui tenait la main pour le faire marcher. Ils étaient sortis du parc et se dirigeaient vers l'un des gigantesques tribunaux, une sorte de tour décapitée, d'une dimension inimaginable, sans toit aucun.

Tout autour de l'édifice était regroupée une foule immense, qui se pressait aux portes, voulant à tout prix entrer. On n'entendait pourtant aucun hurlement déplacé, aucune imprécation, aucune protestation, comme il est de mise dans la vie de tous les jours, seul s'élevait un bourdonnement, le bruissement confus de personnes qui parleraient sans cesse et à voix basse.

Le messager conduisit Domenico devant une petite porte fermée, à laquelle la foule ne prêtait pas attention, il l'ouvrit à l'aide d'une clef, entra avec l'enfant, referma la porte, se mit à gravir un escalier étroit éclairé par de petites ampoules électriques.

L'effort avait déjà mis Domenico hors d'haleine lorsqu'ils débouchèrent à l'air libre dans l'arène de l'immense tribunal. Le gamin se rappela certaines photographies de stades américains où se tenaient de grandes rencontres de boxe ; mais celui-ci était infiniment plus grand ; c'est par millions qu'on devait pouvoir compter les hommes remplissant les gradins qui s'élevaient en pente raide vers le ciel. Pourtant, un grand silence régnait.

Domenico vit, au centre, une sorte d'estrade où était assis, tout seul, un monsieur âgé vêtu d'habits sombres. Face à l'estrade se dressait le trône (on ne pouvait pas employer d'autre mot tant il était royalement solennel), le trône du juge. C'était une personne jeune, avec un visage d'une très grande beauté, vêtue d'un manteau rouge, d'une couleur merveilleuse, comme on n'en connaît pas sur la terre des hommes, qui resplendissait dans le cirque démesuré et semblait l'éclairer plus que le soleil. Deux autres personnages, l'un portant un manteau noir, l'autre un blanc, se tenaient assis aux côtés du juge, mais beaucoup plus bas.

Étrangement, en dépit des proportions gigantesques du tribunal, les voix parvenaient distinctement jusqu'aux extrémités les plus éloignées. Pour le moment, c'était le monsieur sur l'estrade qui s'était levé et qui parlait.

Pendant ce temps, Domenico et le jeune homme en uniforme étaient descendus vers le parterre en s'approchant du centre. Avec stupeur, le gamin reconnut en l'homme de l'estrade le monsieur qui s'était levé avec dédain du banc public sur lequel lui-même et Maria venaient de s'asseoir. Il semblait qu'on était sur le point de le juger. Maintenant Domenico entendait clairement ses paroles.

« Je donnais du travail à deux mille trois cents ouvriers, disait-il d'un ton orgueilleux, pontifiant, modulant ses phrases comme s'il tenait une conférence. Au fond, j'ai travaillé toute ma vie pour eux. Sans moi, ils auraient crevé la faim ; leurs femmes auraient rempli les prisons. Avec la paye que je leur donnais, au contraire, ils vivaient bien. Je crains même d'avoir été trop généreux... » Il eut alors un petit rire entendu. « Bah, par ailleurs je n'avais rien contre le fait qu'ils puissent eux aussi aller se distraire de temps en temps ! »

Il dit cela avec un sourire satisfait et regarda autour de lui, d'abord le juge, puis l'immense foule, persuadé à l'évidence de s'être acquis les faveurs de tous. Mais le juge le fixait sans sourciller et le public ne se montrait pas très bien disposé à son égard. On aurait eu du mal à trouver ne serait-ce qu'un seul sourire de sympathie.

Le monsieur élégant ne sembla pas s'en rendre compte ; son expression de satisfaction continuait à manifester sa certitude d'obtenir un jugement favorable.

« Et puis j'ai toujours fait des bénéfices *extra*, dit-il à un moment, en accentuant le mot *extra*. Sans m'appesantir sur les fonctions plus onéreuses qu'honorifiques », là aussi il eut un petit rire qui semblait machinal, « dans de nombreuses sociétés philanthropiques, j'avais l'habitude depuis bien des années de faire des dons de vingt mille lires. Il n'y a que le vice que je n'ai jamais voulu financer ! » dit-il encore, comme si c'était particulièrement méritoire. Il regarda de nouveau autour de lui. Le juge ne sourcillait pas, les gens le regardaient avec des yeux vitreux.

L'homme pérora pendant quelques minutes encore, jusqu'au moment où, profitant de ce qu'il faisait une pause, se fit entendre une voix au timbre surhumain, une voix ferme et calme, en comparaison de laquelle la voix de baryton du monsieur distingué était un son odieux. « Ça suffit », dit la voix.

Deux sortes d'hommes de peine, semblables à celui qui était allé chercher Domenico, grimpèrent alors sur l'estrade, à côté de l'industriel, et l'emmenèrent, lui faisant descendre l'escalier quand bien même il se démenait de toutes ses forces, faisant signe qu'il avait encore beaucoup à dire. De sa bouche qui s'ouvrait et se fermait à un rythme rapide ne sortait plus aucune voix humaine.

Effrayé, Domenico se tourna vers le messager et lui demanda : « Alors quoi ? Il va en enfer ?

— Je crois que oui, répondit l'autre. D'habitude, c'est mauvais signe quand ça se termine comme ça. Mais allons-y : c'est à ton tour, maintenant. »

Comparé au monsieur corpulent qui l'avait précédé, Domenico, en haut de l'estrade, entouré par la foule innombrable, semblait tout petit, extrêmement faible, sans défense, une petite chose de rien du tout. Il aurait aimé rester debout en signe de respect, mais ses forces l'abandonnèrent et il dut se laisser tomber sur la chaise. Le soleil brillait dans ses cheveux. Les gens, en le voyant, avaient retrouvé un peu de vie, beaucoup souriaient d'un air débonnaire, quelqu'un agita la main en guise de salut. C'était un enfant d'âge tendre – pensaient-ils –, une petite âme pure, et il obtiendrait sûrement son salut.

Le juge lui-même – du moins Domenico en eut-il l'impression – lui fit un sourire doux, tandis qu'il saisissait un gros livre, apporté par un factotum. Puis il se mit à feuilleter le livre, le referma d'un coup sec, dit d'une voix grave :

« Ce livre n'est pas le sien. Vous vous êtes trompé. Ce ne peut pas être le livre d'un enfant.

— Si, si, c'est le sien, dit le factotum. Domenico Molo, douze ans. Il n'y en a pas d'autre. »

Il y eut un long silence. Domenico comprenait les raisons de cette hésitation, et sa toute dernière espérance quittait son cœur.

Puis le juge leva la tête et, en fixant l'enfant, il lui dit : « On a consigné dans ce livre un sacrilège.

— Oui, un sacrilège, confirma le personnage enveloppé d'un manteau noir, l'accusateur, en se levant. Un double sacrilège ; il a profané le Sacrement en taisant par honte lors de la confession le fait d'avoir tu, par honte là encore, à une précédente confession, un péché qu'il croyait mortel ; il a défié la colère de Dieu une seconde fois en recevant la Communion alors qu'il se savait coupable de sacrilège.

— Ce n'était pas un sacrilège, répondit avec beaucoup de dignité l'autre personnage, vêtu de blanc. Le péché qu'il avait passé sous silence n'avait aucune importance.

— Peut-être n'avait-il pas d'importance, fit l'accusateur, mais le fait est qu'il le croyait extrêmement grave, au point de ne pas avoir le courage de l'avouer lors de la première confession. Il avait donc conscience de taire un péché mortel et c'est en cela que consiste la faute grave d'origine.

— Même en admettant cela, dit le personnage en blanc, le défenseur, la faute a été rachetée car tout de suite après, il a su vaincre sa honte, en avouant son péché.

— Ce n'était pas suffisant, répliqua l'autre, ce n'était pas suffisant : il a avoué son péché mais il s'est bien gardé de dire qu'il l'avait d'abord tu par honte.

— À ce moment-là, dit le défenseur, il ne se rendait pas compte de la nécessité de le préciser. De bonne foi il croyait que ce qu'il avait fait suffisait.

— Ce n'est pas vrai. J'en veux pour preuve que tout de suite après il a été assailli par le remords. »

Domenico écoutait le débat sans parvenir à le suivre. Ses yeux effrayés passaient sur la foule et ne rencontraient plus ni sourire ni marque d'affection, bien au contraire, mais des regards débordants d'aversion et de stupeur. Monstrueux, cet enfant fragile qui avait su offenser Dieu d'une telle manière apparaissait monstrueux. Ce devait être – pensait la foule – un garçon terriblement précoce, désormais corrompu jusqu'au plus profond de son âme. Personne n'osait parler, mais en chacun d'eux couvait une sourde inquiétude, un désir de fuite, comme si cela avait été trop cruel d'assister au jugement jusqu'à la fin. Et l'azur du ciel, à l'approche du crépuscule, redoublait d'intensité.

Le défenseur prit à nouveau la parole : « Il aurait tout

confessé le jour suivant, avant la Communion. Il y était alors décidé – disait-il – mais il en fut dissuadé. À cet âge-là, on n'a pas encore une pleine conscience de ses actes.

— Il s'est empressé de suivre le conseil qu'on lui donnait, répliquait l'accusateur. Au fond de lui, il savait très bien que cette excuse n'était pas satisfaisante. Il a cru qu'il pouvait plaisanter avec Dieu.

— Mais ensuite il s'en est repenti, s'exclama le défenseur. La voix de la conscience l'a tourmenté jour et nuit. Et il avait pris la ferme résolution de se racheter, il avait même écrit ce serment dans un petit cahier où il avouait tout.

— Une résolution on ne peut plus vague. Il avait repoussé la confession au moment où il serait à l'article de la mort, parce qu'il était persuadé qu'il mourrait à un âge avancé. Trop facile ! Il savait pertinemment qu'après tant d'années il ne lui en aurait rien coûté d'ajouter un sacrilège à sa confession.

— Mais comment un enfant peut-il penser à toutes ces choses-là ? demanda le défenseur. Une ruse digne de Lucifer chez un enfant ? Il avait repoussé sa confession parce que ce péché lui pesait, ce péché qu'il croyait mortel lui avait enlevé toute force. Mais cette faute, il l'avait déjà suffisamment expiée pendant ses nuits sans sommeil.

— C'est la peur seulement qui le faisait souffrir, dit l'accusateur, et non le remords d'avoir offensé Dieu. Il redoutait l'enfer, et c'est pour cette seule raison qu'il n'était plus en paix. Cela n'est pas assez pour obtenir la rémission des péchés : l'attrition, ainsi que l'appellent les hommes, ne suffit pas. La douleur absolue, la contrition, le regret d'avoir insulté Dieu, tout cela ne l'a jamais tourmenté ne serait-ce qu'un instant. Et le fait qu'il soit... »

Il laissa sa phrase en suspens, il venait de remarquer qu'il se passait quelque chose d'étrange. De l'autre bout de l'arène, tout au fond, juste en face de lui, un homme descendait comme un fou, se frayant de force un chemin dans la foule compacte ; il criait des mots incompréhensibles et tenait dans sa main levée des feuilles blanches qu'il agitait. Fendant la foule d'un pas décidé, il laissait derrière lui une trace visible, un sillage en zigzag tel un canot avançant sur une eau stagnante.

Maintenant que l'accusateur s'était tu, on percevait plus distinctement les paroles criées par l'inconnu. « Doucement ! Doucement ! criait-il. Attendez, attendez une minute ! » Il enjambait les gens assis, poussait à coups de coude les indifférents, se démenant comme un fou et il progressait ainsi vers le centre du tribunal.

Domenico finit par se retourner lui aussi. Et lorsqu'il découvrit qui était cet homme, lorsqu'il le vit s'approcher au pied de son estrade et grimper par le petit escalier, à ce moment-là l'enfant poussa un cri strident.

C'était Pasquale, le vieux Pasquale en personne. Et il avait toujours ce visage sympathique et bon qui était le sien, son sourire franc, et comme toujours il souleva l'enfant de terre et le serra dans ses bras, sans se soucier le moins du monde de la solennité du lieu.

Ce n'est qu'au bout d'un moment que Domenico se demanda comment Pasquale s'y était pris pour le rejoindre. Était-il mort, lui aussi ? Il allait lui poser la question quand il remarqua, tout autour de son cou, une trace régulière entre le violacé et le noir, qu'il ne lui connaissait pas.

« Oh Pasquale, lui demanda Domenico, épouvanté par un terrible pressentiment. Pasquale, qu'as-tu fait ?

— Rien, mon jeune monsieur. C'est un accident », et il riait, heureux. « J'ai fait une mauvaise chute à la cave et une corde s'est enroulée autour de mon cou. Un accident stupide.

— Pourquoi, pourquoi Pasquale ? Que s'est-il passé ?

— Rien, mon jeune monsieur. Je le savais bien, c'est pas faute de l'avoir dit, avec toutes ces cordes qui traînent à la cave, un jour ou l'autre il arrivera un accident. C'est pas faute de l'avoir dit... »

À ce moment-là, il regarda tout autour de lui, sentit un instant la honte l'envahir en voyant les yeux de la foule braqués sur lui ; il posa l'enfant par terre, remit un peu d'ordre dans ses vêtements, brandit les feuilles en se tournant instinctivement vers le juge et dit : « Je suis venu tout exprès, monsieur. Ça ne fera pas un pli, si je n'y vais pas ils vont finir par le condamner, je me suis dit : ils ne peuvent pas savoir. Mais je vous ai porté la confession.

— Quelle confession ? » demanda l'accusateur. Le juge écoutait, immobile.

« Il n'a pas pu se confesser au prêtre, le jeune monsieur, s'exclama vivement Pasquale. Mais il avait tout avoué dans ce cahier. Et je l'ai trouvé dans un tiroir. Je l'ai apporté ici pour qu'il serve de preuve. Vous voulez que je le lise ? »

Le personnage vêtu d'un manteau noir pinça les lèvres en signe de profond mépris : « Nous le savions déjà, cela ne sert à rien, dit-il, cela n'a pas la moindre importance. Cette confession n'a aucune valeur.

— Mais tout est ma faute ! cria Pasquale. C'est moi qui lui ai dit que c'était une broutille ! Je n'avais pas pris cela au sérieux. Ce n'est que quand le jeune monsieur est mort que j'ai réalisé.

— Tu as une part de responsabilité, dit l'accusateur, mais cela ne suffit pas à le disculper. Il a commis deux sacrilèges. Qu'il brûle dans les feux de la géhenne !

— Non, non, monsieur ! protesta Pasquale. Ce n'est pas possible ! Un enfant de douze ans ! Mais vous n'avez donc pas de cœur, vous autres ? Un enfant de douze ans ! Le châtiment éternel pour un enfant de douze ans ! » Il hurlait ces mots, hors de lui et il ne s'arrêta que lorsqu'il s'aperçut que le juge s'était levé.

« Voici venir le soir, dit-il de sa voix surhumaine. Je diffère la sentence à demain. »

Et en effet, le soir tombait. Le soleil n'éclairait plus que les tout derniers rangs du fabuleux cirque, de légers nuages blancs étaient montés dans le ciel, annonçant les ténèbres imminentes. Il y avait dans l'air une grande douceur, mais Domenico ne pouvait pas la sentir.

Pasquale le prit par la main et lui fit descendre l'escalier. En silence, ils se dirigèrent ensemble vers l'une des sorties sans se soucier des gens qui s'écartaient sur leur passage comme s'ils étaient des lépreux.

Pasquale secouait la tête. Tout cela n'avait donc servi à rien ? La nuit même où son petit maître était mort, fou de douleur, il s'était calfeutré dans le cabinet de travail de Domenico, il s'était mis à fouiller parmi les livres et les cahiers qui ne serviraient jamais plus. Il s'était souvenu alors qu'un jour, un jour très lointain, au moins deux ans plus tôt, l'enfant lui avait parlé d'une sorte de tiroir secret qu'il avait découvert dans le secrétaire ancien : secret, façon de parler, car il suffisait de faire coulisser une petite plaque de bois, qui semblait ne faire qu'un avec le reste du meuble.

Qui sait ce qu'il pouvait bien y cacher, le jeune monsieur. Qui sait quels innocents secrets. C'est ainsi que Pasquale avait trouvé le cahier contenant la confession.

Pasquale était très pieux, tous les dimanches il allait à la messe, deux fois par mois il communiait, il avait une confiance sans faille en l'infinie puissance et sagesse de Dieu. Sa foi était naïve et profonde, mais il lui avait paru tout à fait impossible que Dieu ait pu avoir vent de l'existence de ce petit cahier, dissimulé dans la cachette secrète du secrétaire. Non pas que Dieu n'en ait pas eu la possibilité – pensait-il –, assurément Dieu peut pénétrer absolument partout, lire les pensées de n'importe quel homme et probablement même de n'importe quel animal, s'il est donné aux bêtes de penser. Ce n'était pas exactement une question de foi. Mais Pasquale ne voyait pas pourquoi le Seigneur aurait pu éprouver l'envie de jeter un œil sur la minuscule cachette du secrétaire. Et si Domenico, timide comme il l'était, ne parlait pas ? Si son âme était arrivée dans l'au-delà entachée de ce vilain péché ? Il fallait le sauver, il fallait le rejoindre sans perdre de temps. C'est pour cette raison qu'il s'était ôté la vie.

Maintenant seulement, il comprenait combien tout cela avait été vain, et il commençait à s'inquiéter à la pensée que le suicide est condamné par Dieu, que son idée de génie n'avait pu servir à sauver son jeune maître, bien plus : elle l'avait perdu, lui, Pasquale.

Préoccupé par ces tristes pensées, Pasquale ne parlait plus, tête basse il entraînait l'enfant qu'il tenait par la main. Sur le seuil d'une des galeries permettant de sortir du tribunal, il se retourna pour regarder les immenses gradins circulaires, le trône du juge, l'estrade sur laquelle il avait trouvé Domenico ; les lieux étaient désormais complètement déserts. Il ne restait plus qu'eux deux et il n'y avait pas un chat pour les consoler, tout le monde évitait même de s'approcher de Domenico, l'enfant sacrilège. Il n'y avait pas besoin d'attendre le jour suivant – pensaient-ils – pour savoir en quoi consisterait la sentence.

Ils erraient dans la cité, marchant sans but dans les rues, tandis que la splendeur rouge du couchant s'éteignait lentement. Jusqu'au moment où ils se retrouvèrent sur la grève face à la mer qui sentait le sel et la liberté, alors ils furent tous deux saisis d'un regret confus de leur première vie.

Assis sur un parapet, ils restèrent là à regarder. Ils virent arriver un somptueux navire : sa forme évoquait celle des bateaux construits par les hommes mais sa taille était hors du commun. Il était d'une blancheur éclatante, décoré d'une unique ligne bleue courant sur ses flancs, il n'avait pas de nom : les tout derniers rayons de soleil le faisaient resplendir sur le fond sombre de la mer, image vivante de la félicité humaine.

Le grand navire blanc avec son chargement d'âmes

levait l'ancre vers le royaume mystérieux de Dieu, par-delà l'infinité de l'océan. Venues des ponts, on entendait des chansons joyeuses, reprises en chœur, des créatures heureuses lançaient un salut définitif à la vie. L'eau, sur les flancs du bateau, fut agitée de remous. Le bâtiment se mit en marche lentement, sans faire le moindre bruit. Il était doté de quatre grandes cheminées qui, à l'évidence, étaient là seulement pour l'esthétique.

Depuis la rive, tout au bord du môle, un groupe de gens faisait des signes d'adieu. « Au revoir ! » s'enhardissait à crier un grand nombre. D'autres se contentaient d'un « Adieu ! » d'une voix brisée par les larmes. Le bâtiment passa devant eux, il s'éloigna majestueusement sur les flots bleus, devint rapidement plus petit, se perdant vers la frontière ultime de l'horizon.

Tandis qu'il s'éloignait ainsi, Pasquale et Domenico voyaient, sur toute l'étendue de la rive, assis sur des marches, des parapets, ou même allongés par terre, silencieux et tristes tout comme eux, des centaines et des centaines d'hommes et de femmes. Eux n'avaient pas salué ceux qui partaient, ils n'avaient pas agité de mouchoir, ni crié « Adieu ! ». Inconsolables, ils fixaient le navire qui partait vers le royaume de la béatitude éternelle, chaque soir ils revenaient sur le port pour le regarder, pour beaucoup cela faisait déjà des années, ils s'asseyaient en silence et, minute après minute, quand approchait le moment du départ, leur cœur débordait d'amertume et d'envie : ensuite, une fois le navire enveloppé de brumes disparu sur l'océan, ils retournaient à pas lents vers la cité, résignés à passer une autre nuit de solitude et de douleur.

Quand il ne fut plus possible de voir le navire, Pasquale et Domenico se ressaisirent, échangèrent un regard dans l'obscurité. « Quel dommage ! » dit Pasquale et il prit l'enfant par la main, pour continuer leur route.

Ils longèrent la rive par une large avenue plantée d'arbres, débouchèrent sur un des nombreux jardins de la cité, entendirent de la musique. Une charmille formait une sorte de rotonde, ils passèrent la tête entre les arbrisseaux.

Ils virent un pré immense, illuminé par de grands lampadaires électriques et par de jolis petits lampions de couleur, couvert de centaines de personnes qui célébraient une fête. Au milieu, des groupes de jeunes femmes dansaient au rythme des guitares et des violons. La musique comme la danse, toutefois, se révélaient profondément différentes de celles que l'on rencontrait sur terre : elles avaient une très grande légèreté, une suavité et une candeur généralement inconnues des hommes.

Parmi les femmes qui dansaient, Domenico reconnut tout à coup Maria, il comprit qu'elle avait été pardonnée, tant son visage rayonnait de bonheur. De toute sa petite voix d'enfant il cria « Maria, Maria ! » mais s'en repentit aussitôt : il n'en était pas digne.

Maria abandonna ses compagnes, regarda autour d'elle, aperçut Domenico, courut vers lui toute joyeuse. « C'est demain que nous partons ! Oh, imagine un peu, heureux pour toujours ! » Mais elle se tut en voyant les regards désespérés du jeune garçon.

« Je suis content pour toi, trouva-t-il la force de lui dire. Pour moi, ils décideront demain. »

Maria savait, d'après ce qu'elle avait entendu dire, que d'habitude un tel report était mauvais signe ; mais elle se garda bien de le dire. Au contraire, elle voulut l'interpréter positivement, pour redonner courage à l'enfant. Pasquale intervint à son tour pour le réconforter, mais en vain. Désormais Domenico avait sombré dans une ténébreuse semi-inconscience, dans l'attente du supplice éternel.

Pauvre Maria, elle voulait partager sa douleur, prendre sur ses épaules un peu de ce terrible poids, mais désormais cela lui était impossible, désormais son âme était pour toujours condamnée à une joie éternelle. Elle s'étonna seulement, face à cet enfant qui semblait corrompu par le péché de sacrilège, de ne pas éprouver la moindre aversion, comme cela aurait dû être le cas, en toute logique et en toute justice, pour une âme entrée dans la grâce de Dieu.

Pendant environ une heure, les femmes continuèrent à danser, les violons et les guitares à jouer leur musique. Il semblait tout à fait étrange – bien que penser qu'il en fût ainsi ne soit en rien profanation – que ces gens-là, destinés sans plus aucun doute à aller au paradis, éprouvent encore un vague regret des choses humaines, et que jusqu'au dernier moment ils veuillent en profiter scrupuleusement. Tout aussi étrange fut leur envie d'aller se coucher tout de suite après, comme s'ils pouvaient avoir besoin de dormir pour se reposer.

Non pas qu'ils aient eu sommeil, qu'ils aient été fatigués, qu'ils ne se soient pas sentis très bien : ces misères-là n'étaient plus leur lot. Mais c'était la dernière fois qu'ils pouvaient dormir sur un lit, s'endormir humainement, oublier tout, rêver. C'était pour eux le tout dernier sommeil, puis, terminé pour le reste de l'éternité. Le lit sur lequel ils reposaient n'était pas leur lit, celui dans lequel, toute leur vie, ils avaient dormi, aimé, souffert, ou péri, ce n'était pas le lit familier et amical qui avait lentement pris la forme de leur corps ; mais c'était quand même un lit, avec un matelas, un sommier, des couvertures de laine et des draps blancs, un lit comme ceux qu'ont les hommes vivants : par la suite, jamais plus ils n'en reverraient, jamais plus ils ne fermeraient les yeux sous le joug de la fatigue, jamais plus ils n'entreraient dans le mystérieux, et parfois si délicieux, monde des rêves. Voilà pourquoi il était si doux de s'y allonger et de s'endormir sereinement, en sachant que c'était la toute dernière fois.

Tard dans la nuit, Maria et Domenico regagnèrent leur maison provisoire, en compagnie du vieux Pasquale. Durant le reste de la soirée, personne n'avait plus fait allusion au fidèle serviteur. Et pourtant Pasquale s'était sacrifié pour son jeune maître, pour lui il risquait maintenant la damnation éternelle. Mais, avec l'humilité qui avait toujours été sienne, cette fois encore il gardait sa peine au plus profond de lui, sans déranger qui que ce soit : comme s'il ne s'était rien passé d'anormal, comme s'il se trouvait toujours dans la maison de l'ingénieur Molo, il borda les couvertures du lit de Domenico, l'aida à se déshabiller, lui demanda de faire un signe de croix, éteignit sa lumière ; puis il se retira dans sa chambrette, dans un petit recoin au dernier étage. Il s'allongea sur le lit étroit, Pasquale, sans même se déshabiller, et sombra rapidement dans un profond sommeil. Ce ne fut qu'au réveil, à l'heure habituelle, avant l'aube, qu'il eut comme un remords de n'avoir pas dormi si bien que ça, à cause de la menace de châtiment éternel qui pesait sur lui : cela lui parut un manque d'égard vis-à-vis de Dieu, presque une provocation pour attirer sa punition, et pour la première fois il eut véritablement peur. S'étant agenouillé sur le sol, après avoir cherché en vain sur les murs une image pieuse vers laquelle se tourner, il se mit à prier.

Il venait juste de joindre les mains lorsque la porte s'ouvrit et Maria, toute excitée, entra : « Il est inutile que tu pries, lui dit-elle, maintenant cela ne sert plus à rien. Tu n'avais qu'à y penser, le cas échéant, avant de mourir. »

Pasquale se retourna abasourdi.

« Descends plutôt, fit la jeune femme. Domenico a disparu. »

Ils se rendirent dans la chambre de l'enfant et découvrirent en effet le lit vide.

Sur la chaise se trouvaient le costume, les chaussettes, le linge, sur le plancher, bien alignées, les chaussures : tout était exactement comme Pasquale l'avait disposé la veille au soir.

« Domenico ! Domenico ! » appelèrent-ils tous deux, parcourant les couloirs, se penchant dans la cage d'escalier ; mais personne ne répondait.

« Dis, demandait Pasquale à Maria, tu crois que c'est mauvais signe ? Disparaître comme ça, c'est mauvais signe ?

— Je n'en sais rien, rien du tout, répliquait la jeune femme. Ici, en général, on dit que c'est mauvais signe. Mais moi, je n'y crois pas. Il ne peut pas être condamné. Et puis, il n'y avait aucune ombre sur son petit visage.

— Une ombre, quelle ombre ?

— C'est comme cela que ça se passe, dit Maria. Tous ceux qui finiront en enfer ont une sorte d'ombre sur le visage, certains plus que d'autres. Au début je croyais que c'était une superstition, mais j'ai dû me rendre à l'évidence.

— Et lui ne l'avait pas, dis-tu ?

— Non, lui ne l'avait pas, sûr. »

Ils sortirent de la maison et se mirent à arpenter les rues et les jardins alentour, absolument déserts à cette heure-ci. « Domenico ! Domenico ! » appelait Pasquale de temps en temps.

« Domenico ! Domenico ! » Sa voix résonnait dans les rues avec d'étranges échos, on aurait dit qu'elle ne s'éteignait jamais.

Tandis que mourait la nuit et que les maisons, tout comme sur la lointaine terre, devenaient livides, les deux adultes couraient dans toute la ville avec angoisse à la recherche du gamin.

À un certain moment, Maria s'arrêta : « Attends, dit-elle, j'ai cru entendre une voix. »

Venu de très très loin, on entendait effectivement un faible appel qui semblait se rapprocher. Le cœur battant, ils attendirent sans bouger. « Pasquale ! Pasquale ! » Tout à coup, on entendit distinctement, sûrement parce que celui qui appelait avait tourné un angle de rue.

Hélas, ce n'était pas Domenico. Tous les deux le comprirent aussitôt. C'était une voix d'homme, une voix aiguë, emplie d'une allégresse matinale.

Finalement il apparut. C'était un jeune en uniforme, un messager du tribunal. Il annonça : « Pasquale, viens, c'est ton tour !

— J'arrive, j'arrive, fit Pasquale, mais il faut d'abord que je retrouve mon jeune maître. Il s'est échappé de sa chambre ! »

Le messager sourit. « Pasquale, c'est à ton tour, il faut absolument que tu viennes. » Il le dit avec courtoisie, mais, au ton de sa voix, Pasquale comprit qu'il n'y avait plus rien à faire.

« Maria. » Il ne pouvait plus dire que cela. « Charge-toi de le chercher. Trouve-le, par pitié, même si tu dois t'en aller.

— Pars tranquille », lui dit la jeune femme. Le domestique s'éloigna aux côtés du messager dans les rues désertes.

Le tribunal n'avait pas changé depuis le jour précédent, si ce n'est qu'à cette heure matinale il était presque désert. Quelques hommes ensommeillés étaient assis çà et là sur les gradins, petits points dessinant une forme d'entonnoir. Dans le crépuscule bleuté, cependant, le manteau rouge du juge flamboyait de plus belle de sa propre lumière, inspirant un respect surhumain.

« Voilà ton livre, Pasquale, dit le juge lorsque le domestique fut arrivé au sommet de l'estrade. Il n'y aurait pas grand-chose de mal, si tu ne t'étais pas ôté la vie.

— Oui, un suicide ! s'exclama, en se mettant debout, l'accusateur vêtu du noir manteau. Il s'est suicidé et il aurait... »

Le juge lui fit un signe sévère, presque d'agacement, qui lui coupa la parole. L'autre s'assit, faisant comme si de rien n'était, et fit semblant de toussoter.

« Laissez-moi parler, monsieur le juge, supplia Pasquale avec sa voix de tous les jours. Dites-moi, vous devez sûrement le savoir, dites-moi où est parti Domenico, mon jeune petit maître, celui qui, hier au soir...

— Tu t'es ôté la vie, dit le juge parlant haut, d'un ton magnifique, comme s'il n'avait rien entendu. Mais...

— Monsieur le juge, insista Pasquale, écoutez-moi, faites de moi ce que vous voudrez, mais attendez une minute, envoyez chercher...

— Tu t'es ôté la vie, répéta le juge avec une solennité telle que Pasquale fut réduit au silence. Mais sois bénie pour l'éternité, âme simple, amie de Dieu. »

Désarçonné, Pasquale regarda autour de lui, car il sentait qu'il se passait quelque chose d'étrange. Les rares spectateurs s'étaient levés et le regardaient fixement. Dans la pénombre qui précède l'aube, au-dessus de la tête du domestique, s'était tout à coup mise à briller une impalpable couronne de lumière.

Pasquale tomba à genoux, les mains jointes, la tête penchée en avant : il entendit dans les airs un merveilleux son de trompettes qui passait au-dessus de lui et traversait la cité endormie.

Il demeura ainsi quelques instants, confus de recevoir une telle grâce, jusqu'à ce que, relevant les yeux, il osât répéter encore une fois : « Monsieur le juge, pour l'amour de Dieu : où est parti Domenico ?

— Il y a eu une erreur, répondit le juge. Domenico a dû s'en retourner.

— S'en retourner ?

— S'en retourner à la vie d'avant. »

Pasquale comprit alors que Domenico l'avait quitté, qu'il reposait probablement dans son lit à lui, en convalescence, Mme Rop à ses côtés. Il aurait le temps de se confesser – pensa-t-il –, d'effacer le sacrilège qui entachait son âme ; un jour ou l'autre il rejoindrait lui aussi le royaume de la félicité, à bord du merveilleux navire. En même temps, Pasquale pensa qu'il ne le reverrait plus, pendant des années, pendant des siècles peut-être, si son jeune maître devenu grand accumulait les péchés longs à expier. Et, bien qu'il eût conscience que cela aurait dû lui faire de la peine, il ne parvenait absolument pas à en souffrir ; lui aussi désormais avait obtenu son salut, la douleur lui était devenue pour toujours étrangère.

L'enfant sacrilège, pendant ce temps, se réveillait dans un lit qui n'était pas le sien, dans une chambre blanche, une douleur intense lui transperçait le ventre dès qu'il faisait le moindre mouvement. Il ne comprenait pas ce qui s'était passé, il avait seulement le vague souvenir que, la veille au soir, dans la mystérieuse cité des âmes, tandis que, en proie à la terreur, il se tournait en tous sens dans son lit, un individu singulier était entré ; c'était un homme, au visage fier et noble, qui ressemblait à s'y méprendre au juge du tribunal : l'homme lui avait dit quelque chose, faisant allusion à une erreur et lui, Domenico, n'avait plus rien compris.

Maintenant il regardait autour de lui, une douleur aiguë lui transperçait le ventre dès qu'il essayait de plier une jambe mais, s'il restait immobile, il ne sentait rien. Assise au pied du lit, il vit Mme Rop, avec son éternelle expression de sentinelle aux aguets, qui l'observait intensément.

« Il ouvre les yeux », dit quelqu'un à l'autre bout de la chambre. En tournant les yeux, car sa tête était comme clouée à l'oreiller, Domenico aperçut une jeune fille habillée de bleu et blanc et coiffée d'une charlotte blanche : c'était sûrement une infirmière.

« Il ouvre les yeux, confirma Mme Rop. Mais qu'est-ce qu'il nous a fait peur ! » ajouta-t-elle comme si elle était soucieuse de ne pas laisser passer la moindre occasion de faire un reproche, quelle que soit sa nature.

Domenico, à demi hébété, eut un instant l'impression qu'il se trouvait en enfer. Mais cela ne dura pas. Il comprit qu'au contraire il était vivant. Il eut le sentiment qu'il avait été opéré et qu'il se trouvait dans un hôpital. Il n'avait ni l'envie ni la force de parler avec qui que ce fût.

Finalement, au prix d'un gros effort, il réussit à tourner

lentement la tête sur le côté, jusqu'à ce que ses yeux puissent regarder la fenêtre. Il vit à l'extérieur le ciel bleu, les arbres verts et le soleil joyeux qui les faisait étinceler.

En même temps qu'il prenait conscience d'être en vie, Domenico était pénétré d'un sentiment aussi nouveau que profond. Se rappelant ce qu'il avait vu dans la cité du jugement, il s'étonna de n'éprouver aucun soulagement particulier. La damnation éternelle, il l'avait, pour le moment au moins, évitée ; peut-être que cette cité n'avait existé que dans un mauvais rêve ; le moment le plus difficile de la maladie était passé, c'était clair, maintenant il allait commencer à guérir lentement, la mort redevenait une éventualité absurde et lointaine. Il pensa à tout cela, mais malgré tout il se sentait oppressé par un poids persistant, comme lorsqu'on lui donnait à l'école des devoirs trop longs et trop difficiles. Et Pasquale ? – cette pensée le traversa comme un élancement douloureux. Et s'il s'était vraiment tué ?

L'enfant eut beaucoup de mal à ouvrir la bouche, elle était pâteuse de fièvre et de chloroforme ; il réussit à articuler ces mots : « Madame Rop, où est Pasquale ?

— Laisse Pasquale tranquille pour le moment, pense plutôt à guérir. Ne parle pas, il ne faut pas que tu te fatigues. » Telle fut la réponse, mais Domenico entendit l'infirmière susurrer à la gouvernante, croyant qu'il ne pouvait pas percevoir ses paroles : « Il a entendu ? Cela semble tout de même impossible. On dirait qu'il a tout entendu ! »

On dirait qu'il a tout entendu ! Alors c'était vrai : Pasquale n'était plus de ce monde, il s'était ôté la vie pour venir à son secours dans l'autre monde. Pour rien, pour rien. Lui, il était revenu et Pasquale, en revanche, était mort pour de bon, il ne le reverrait jamais plus, il ne viendrait plus le réveiller le matin. Confiné dans la cité des morts, seul au milieu de la multitude des âmes, il attendait maintenant le jugement de Dieu. Pauvre Pasquale, comme il avait été généreux et maladroit !

Alors, bien qu'il ne fût qu'un enfant, Domenico eut pour la toute première fois une vague intuition de ce qu'était la vie des hommes. Différent désormais de ses camarades, différent de ce qu'il était lui-même la veille, il commençait déjà à connaître les terribles échéances de la vie. Aujourd'hui, c'était Pasquale qui était parti, puis ce serait Mme Rop (et même si c'était une créature plus ennuyeuse que la pluie, cela serait quand même une triste journée), puis le tour de son père viendrait, un à un tous ses bons amis le laisseraient toujours un peu plus seul. La terreur du sacrilège avait complètement disparu des pensées de l'enfant : mais il lui restait ce goût amer de la vie qui recommençait, laissant augurer une épreuve aussi longue que pénible.

Nuit après nuit

Je quittai par le train la grande ville au moment où tombait le soir. Je partais pour de lointains rivages où m'attendait la guerre, je partais et je rentrais tout à la fois. Mais sur les rideaux violets des maisons – que la nuit rendait immenses et mystérieuses – resplendissaient des centaines de lumières, fenêtres et vérandas éclairées. Car la vraie nuit de guerre réglementaire n'était pas encore commencée, cette nuit qui en août tombe, et c'est notoire, à vingt et une heures. Ainsi regardais-je ces lumières avec tristesse, pensant à ce qu'elles disaient à mon cœur. Et comme le train traversait les phalanstères des faubourgs, je voyais les maisons éclairées et, ne sachant rien, une femme qui faisait la vaisselle, un homme qui lisait, deux vieilles qui parlaient entre elles, un enfant qui tombait de sommeil assis à une table, d'autres hommes qui jouaient aux cartes, mille vies ! Je voyais aussi, dans les rues obscures, des couples d'ombres immobiles et que l'on pouvait penser heureuses ; et de temps à autre, même, les lumières d'un palais où des majordomes attendaient l'heure dite pour faire tomber les rideaux d'argent. Ainsi la ville continuait à vivre sans rien savoir de moi, de moi elle se fichait complètement, elle ne connaissait pas même mon nom. Elle était emplie d'existences, jeunes ou moins jeunes, d'espérances, de maladies, de faste et de rêves mystérieux. Et de belles femmes çà et là sous les arbres noirs, amour qui fuyait derrière moi et me resterait à jamais inconnu. Elle me laissait partir sans regret ; elle n'avait rien fait pour me retenir, ni un sourire, ni aucune invitation, elle ne m'avait même pas adressé un salut. Pourtant cela me peinait de la quitter, il était triste de s'en séparer, et j'éprouvais de l'amertume en pensant à toutes les choses douces que j'y laissais, les belles journées, les longues et poétiques soirées, les toutes premières illusions, les rues dans lesquelles je la rencontrais d'habitude, les fabuleuses portes cochères pas encore franchies où l'on m'attendait peut-être, les occasions enfin dont on a rêvé et qu'on a laissées passer, sans même essayer : des heures, des jours, des années entières de la vie rapide gaspillés ainsi par lâcheté ou par orgueil. Sur mon existence maintenant derrière moi, je méditais avec la mélancolie qui accompagne ces départs-là, d'autant plus que le futur paraissait incertain comme une vallée inconnue qui attire et fait peur à la fois. Là-bas, en même temps que ces lumières, je laissais les images de ma jeunesse fanée, les soirées paisibles qu'aucun souci ne troublait, les nuits de sommeil, tant de choses enfin dont on ne peut parler.

Mais entre-temps les lumières des maisons se faisaient plus rares, les ombres des jeunes femmes de moins en moins nombreuses, tout comme les visages de mes semblables occupés à profiter de la vie ; tandis que mon train sortait de la ville immense.

Jusqu'au moment où même la toute dernière fenêtre s'éteignit fuyant au loin, où le fracas des rails devint une musique, où au-dessus de la terre enténébrée, de la campagne endormie, des tours solitaires, ne resta plus que la lueur des étoiles. Elle me procurait moins de plaisir que les lumières de la ville car elle ne parlait en rien de la vie plaisante, musiques, amours, enchantements domestiques, secrets du fond des âges. Les étoiles avaient une voix immobile et froide, elles n'avaient aucune compassion pour les faiblesses des créatures.

Je restai cependant là à les regarder, il me semblait qu'elles m'adressaient un appel confus. Ce soir-là, elles n'habitaient pas la nuit sous leur forme astronomique, elles ne se situaient pas à des milliers ou des millions d'années-lumière, elles ne représentaient pas des monstres ou des divinités, ni des ourses ni des scorpions ni des dauphins ni des lyres, elles n'opéraient pas de rotations dans l'univers selon des lois mathématiques, et elles ne se trouvaient pas non plus dans un espace à quatre dimensions : ce soir, il ressemblait davantage à l'espace inexploré des mages de l'Antiquité. Elles avaient oublié, je crois, jusqu'à la force de gravitation, pour redevenir des étoiles pures et simples, des lumières brillant dans le ciel. Elles n'étaient plus, pour cette raison, au cœur de problèmes de physique désespérants sur lesquels on pouvait consumer une vie entière ; en revanche, il émanait d'elles une incitation ténue et personnelle.

Extrêmement ténue, cependant : tandis que j'observais avec attention une constellation ou une autre, il me semblait parfois, en effet, percevoir une espérance nouvelle ; à d'autres moments, non. Évidemment, à la différence du soleil naissant ou de la pleine lune resplendissante, tellement généreux et pathétiques, elles poussaient à aimer non pas les joies de notre monde, mais des choses plus rares et, pour répondre à nos signes, elles exigeaient bien plus de nous. Tant et si bien que j'étais en train de me demander si je ne m'étais pas trompé – peut-être qu'elles étaient réellement trop lointaines et je m'étais fait des illusions en m'imaginant qu'elles pouvaient s'intéresser à moi –, lorsque je m'aperçus que c'étaient là les étoiles de mon enfance, le même flamboiement mythique ; elles avaient scintillé toutes les nuits au-dessus de ma tête et maintenant, ces mêmes étoiles resplendissaient encore sur la mer lointaine qui m'attendait. J'allais les voir au-dessus de ma tête, toujours fidèles, lorsque j'arriverais et que commencerait à tomber le soir. Et à nouveau le soir suivant, et celui d'après, et encore, et encore, éternellement, tant que j'aurai des yeux pour les voir ; plus tard, encore, pour en finir, lorsque l'histoire sera terminée, sur le marbre de ma tombe. Les infatigables, les fidèles sœurs ! Elles, elles ne me laissaient pas partir seul, elles ne s'éloignaient pas de moi à la vitesse où filait ce train nocturne, elles ne me leurraient pas en me faisant miroiter des choses ridicules pour ensuite me dépouiller de mes illusions. Chacune d'elles, si petite soit-elle, était un bien éternel dont personne n'aurait jamais pu me déposséder.

J'en fixais une en particulier, dont j'ignorais le nom, assez grande et magnifiquement belle, d'une couleur bleutée, qui semblait me sourire. Comme les lumières de la ville étaient misérables à côté d'elle ! Elle – me disais-je –, elle ne me trahira jamais ; il suffit que j'aie un soupçon de foi en elle. Sans se faire remarquer, avec une discrétion toute maternelle, elle m'accompagnera silencieusement nuit après nuit jusqu'à l'heure fatidique. Et même à ce moment-là, elle ne renoncera pas à m'escorter, pas même le jour du grand départ. Au-dessus de moi, je la verrai toujours trembloter, cette lumière bénie, tandis que, esprit maintenant désincarné, je m'élèverai lentement dans les sphères.

Nouvelles extraites de
Paura alla Scala, Mondadori, 1949

Escorte personnelle

Hors les murs, à quelques dizaines de mètres de l'ancienne barrière de l'octroi, il y a quelqu'un qui m'attend.

Je le vis pour la première fois il y a des années de cela, quand j'étais enfant. Pour m'amuser, j'avais grimpé sur les vieux remparts de la ville où j'habitais ; de là-haut, je vis un homme vêtu de gris, au milieu d'un pré, qui me fixait avec intérêt. Comme il se trouvait à au moins quatre cents mètres de moi, je ne pouvais pas distinguer s'il était jeune ou vieux, beau ou laid, pauvre ou noble. Il avait à la main une petite canne et on aurait dit qu'il était en train de se promener et s'était arrêté pour me regarder. Pour monter tout en haut de l'enceinte, il fallait escalader un bastion très raide, à demi en ruine. Je m'imaginai donc que l'inconnu me regardait avec une certaine admiration. Flatté, de la main, je lui adressai un signe de salut. Il leva alors son bâton et l'agita doucement, comme pour signifier qu'une vague complicité nous unissait : curieuse impression. Non loin de là, dans les champs autour du faubourg, on pouvait voir des roulottes de gitans. Si bien que je fus pris d'un doute : et si c'était un gitan qui voulait m'enlever ? Cependant l'heure était si douce et paisible, le soleil de l'après-midi, pourtant blafard, était tellement tiède, l'homme d'une apparence tellement inoffensive qu'une crainte pareille ne pouvait perdurer. Mais à la banale crainte de l'enlèvement se substitua une pensée qui pour moi était aussi nouvelle qu'inquiétante, et que je ne réussirais jamais à m'expliquer : un peu comme si j'avais découvert que, à côté de la famille, de l'école, des amis, il y avait une autre portion de vie, jusque-là insoupçonnée, mais qui était tout autant mienne et qui m'attendait.

Cette pensée ne fit que traverser mon esprit. Quelques minutes plus tard, je descendais des remparts. Et je ne me serais sans doute jamais rappelé cet après-midi-là si, trois ans plus tard, lors d'une promenade à bicyclette où j'avais poussé jusqu'à l'extrême périphérie de la ville, je n'avais remarqué, dans un pré, un homme immobile qui semblait me fixer d'un regard intense : semblable en tous points à celui que j'avais vu du haut des remparts, la même silhouette, la même impression de calme, le même bâton frêle. Une coïncidence comme il y en a d'autres, pouvait-on penser. Trois ans après, comment aurais-je pu avoir un souvenir précis ? Et combien pouvait-il y avoir d'hommes, dans les parages, habillés à peu près de cette manière, ayant la même corpulence et tenant une canne à la main ? Pourtant j'eus immédiatement la certitude qu'il s'agissait du même homme et, faisant confiance à ma bicyclette qui me permettrait de m'enfuir rapidement si les choses tournaient mal, je m'approchai pour mieux le voir. Mais, soit que je n'eusse pas pris le bon chemin, soit qu'il se fût éloigné dans ce bref intervalle, soit que je me fusse trompé... dans le pré, je trouvai non pas un mais bien cinq individus ; pas un seul ne me regarda, pas un seul ne ressemblait à l'homme que je recherchais.

Cette rencontre avait toutefois éveillé en moi d'obscures appréhensions. Je me demandai si ne commençait pas pour moi une de ces aventures extraordinaires, une de ces aventures magiques dont mes livres étaient remplis. De temps en temps, en effet, le sort réquisitionne un homme pour qu'il y prenne part ; mais c'est de plus en plus rare, malheureusement, à mesure que passent les années.

Mais il n'y eut pas d'aventure. Je continuai à mener ma vie comme à l'habitude et finis par ne plus penser à cet homme immobile dans le pré. J'étais grand maintenant, et il me semblait que tout cela n'était que de stupides inventions de gamin.

Cela dura une dizaine d'années. Jusqu'au jour où il me fut donné de me rendre pour quelques jours dans une ville étrangère. Là, alors qu'en voiture je parcourais une rue à la périphérie, je découvris un soir, dans un pré calme et tranquille, au-delà des dernières maisons de la ville, un homme qui me regardait et me faisait signe de son bâton.

Mais il est inutile de me demander comment je sus que c'était moi qu'il regardait et pas quelqu'un d'autre – il passait là tant de gens, tant d'automobiles –, et comment je sus qu'il s'agissait du même homme qu'en ce jour lointain, et que cet homme s'était déplacé à travers le monde exprès pour moi, pour m'attendre aux portes de la ville, messager d'un royaume inconnu. C'était lui, j'en avais la certitude.

À compter de ce jour, je le revis très souvent. Quelle que soit la ville dans laquelle je me rendais, dès que je sortais de mon logement, ou que je montais en haut d'un clocher d'où la vue s'étendait, je le voyais. Pendant un certain temps, quand je pensais à cela, j'éprouvais de la peur : cet homme, donc, me suivait, il m'assiégeait ; à la nuit tombée, il allait peut-être passer les portes de la ville, parcourir les rues désertes, arriver jusqu'à mon habitation, me surprendre dans mon sommeil, pour parvenir à ses fins cachées. Comment me défendre ? Les rares fois où, prenant mon courage à deux mains, je m'approchais de lui pour l'affronter, il se produisait toujours quelque chose qui empêchait cette rencontre. Ou bien il disparaissait à l'improviste, ou bien d'autres personnes arrivaient et créaient une certaine confusion, ou bien je me perdais.

Que me voulait-il ? Sûrement – c'est ce que je me disais –, si j'étais parvenu à le rejoindre, je me serais aperçu qu'il s'agissait seulement d'un quelconque vagabond, qui se trouvait là par hasard, avait un prénom et un nom, et se serait étonné de ma curiosité. Mais même un tel scénario n'aurait pas suffi à me tranquilliser. J'évitais donc la périphérie, pour m'épargner la rencontre de cette apparition menaçante. S'il ne me voyait plus – pensais-je également – qui sait s'il ne se lasserait pas, s'il ne partirait pas loin d'ici. Cette persécution pouvait-elle durer toute une vie ?

Et maintenant, bien du temps a passé, je suis désormais un homme âgé et lui, il est toujours là-bas, hors les murs, quelle que soit la ville où j'habite. Tout récemment encore, je l'ai aperçu plus d'une fois, fugitivement ; bien que je fusse au milieu de la foule compacte du tramway, ou caché derrière un rideau, ou protégé par l'obscurité, il m'adressait des regards fixes et impassibles, à moi, et à personne d'autre.

On pourrait me faire une objection : quand je suis à la campagne ou en mer, à quel endroit m'attend-il ? C'est un obstacle négligeable : si je séjourne à la campagne, il vient s'établir dans les parages, mais toujours assez loin cependant et, lui qui aime les prés, il n'a que l'embarras du choix ; si je navigue en mer, il sait toujours quel sera mon prochain port d'escale et quand nous approchons de la côte, je peux être sûr qu'il est déjà sur place et fait tranquillement des allers-retours le long de la rive.

Tout cela, je le sais parfaitement, mais aujourd'hui je n'éprouve plus d'appréhension. C'est fini. Je n'ai plus peur de lui. Bien sûr, j'ignore ce qu'il me veut, pourquoi il se donne tant de mal pour me suivre et, pour finir, de quel monde il est venu (car ce n'est certainement pas une créature de cette terre). Ces derniers temps, en effet, j'ai réussi, je ne dirai pas à comprendre – car cette histoire-là est toujours enveloppée d'un halo de mystère – mais à me faire quelque idée de ses intentions réelles. Je suis persuadé, en effet, que l'inconnu ne cherche pas à me nuire, ne veut pas me persécuter, n'a pas non plus l'intention de m'agresser la nuit, pendant que je dors. Il se contente d'attendre. De ville en ville il me suit, restant un peu à l'écart, ne craignant pas de s'exposer aux vents et à la pluie du moment qu'il ne me dérange pas, soutenu par la certitude qu'un jour ou l'autre il faudra bien que je m'arrête. Même dans de très nombreuses années – et je ne sais pas si c'est ce qu'il doit espérer ou pas – je ferai mon entrée dans une ville, ou dans un pays, pour la dernière fois ; je veux dire par là que cette ville marquera la fin de mon voyage et que jamais plus je ne pourrai en partir (au sens que l'on donne habituellement à ce terme). Ce n'est qu'à ce moment-là qu'il se décidera. Ce n'est qu'à ce moment-là qu'il passera la frontière des remparts, s'avancera d'un pas tranquille le long des rues, jusqu'à ma maison, et là, frappera à la porte de son bâton.

Je ne le crains plus. Mieux encore, à mesure que passent les jours, j'éprouve pour lui une espèce de gratitude. Parce que les années se consument, mon visage vieillit, la maison où j'habitais enfant a disparu, un à un s'en vont les amis avec qui je pouvais évoquer les beaux jours d'autrefois, à chaque printemps nouveau je me retrouve un peu plus seul, avec toujours un peu moins de gens autour de moi qui me veulent du bien, toujours moins d'espérances. Mais lui m'attend, patiemment. Petit à petit, autour de moi, s'installera la désolation la plus totale et assurément, pour m'être encore fidèle, il n'y aura plus que lui, immobile dans le pré du faubourg, appuyé sur son bâton. Lui seul, après tout, ne me fera pas défaut, lui seul sera près de moi à l'heure la plus difficile de ma vie. Pourquoi, alors, devrais-je le haïr ? Pourquoi devrais-je souhaiter qu'il s'en aille ?

Quel changement depuis le jour où j'escaladai les remparts. Me croiriez-vous si je vous disais que parfois j'ai presque hâte de le voir venir, coûte que coûte, que je suis impatient de découvrir enfin son visage, de savoir ce que sera le message qu'il sortira d'une des poches de son costume gris et me tendra avec un sourire ?

De gentilles filles

Ce sont mes filles mais je peux les appeler mes inquiétudes.

Mes enfants chéries. Il n'y a pas un jour de trêve. L'aînée, Bianca, me dit :

« Papa, regarde, j'ai quelque chose de dur, là, dans le cou ; quand j'appuie ça me fait mal. Qu'est-ce que c'est, d'après toi ?

— Depuis quand as-tu ça ? lui demandé-je.

— Une quinzaine de jours, mais au début c'était tout petit petit, on le sentait à peine. Et puis ça a grossi.

— Ce ne doit pas être bien grave, lui dis-je, parfois les ganglions deviennent plus durs. C'est sans doute à cause du froid. »

Ce matin j'avais décidé d'avoir une longue conversation avec elle car je n'apprécie pas certaines de ses fréquentations. Mais la voilà qui dit, d'un air excessivement sérieux :

« Papa, ça ne risquerait pas d'être...

— Mais qu'est-ce que tu vas te mettre en tête ? m'exclamé-je, voulant prendre les choses sur le ton de la plaisanterie. À ton âge ! Si on n'avait jamais rien de plus grave... »

Tant bien que mal, je parviens à la rassurer. Elle n'en parle plus. Mais je suis son père et cela me préoccupe :

une nouvelle inquiétude. Moi aussi je suis convaincu que c'est trois fois rien, ce que le médecin confirme ensuite. Cependant on ne peut jamais être sûr, combien de fois des praticiens de renom sont passés complètement à côté d'une maladie.

À peine cette crainte s'atténue-t-elle que Graziella se réfugie dans mes bras.

« Oh papa, si tu savais ! » On dirait qu'elle va se mettre à pleurer.

« Dieu du ciel, qu'est-ce qu'il t'arrive ? lui demandé-je en souriant. Quelque nouveau malheur, je suppose.

— Oh, papa, je n'ai pas le courage.

— Eh, mais tu n'as quand même pas tué quelqu'un !...

— Papa, fait-elle à voix basse, j'ai bien peur d'être amoureuse.

— Amoureuse ? Et de qui ?

— Papa, ne me le demande pas, je t'en supplie, ne me le demande pas. Je ne peux vraiment pas te le dire, c'est impossible ! »

Il n'y a pas moyen d'en savoir plus. En vain, je passe en revue tous les amis que je connais. Je dis un nom, elle secoue la tête. Il ne s'agirait quand même pas d'un inconnu, rencontré dans la rue ? Ou d'un commis boucher ? Ou pire ? Les jeunes filles d'aujourd'hui sont tellement bizarres.

« Papa, n'insiste pas, me supplie-t-elle. Tu vas me faire regretter de m'être confiée à toi ! »

Et elle s'en va en boudant, comme si c'était ma faute.

Et la troisième, Claudia, vous croyez qu'elle me laisse tranquille ?

« Papa, dit-elle, j'en ai marre d'aller à l'école, ça sert à rien, j'y arriverai jamais. Je veux devenir ouvrière.

— Ouvrière ? Qu'est-ce qui te passe par la tête ? Je te laisse peut-être mourir de faim ?

— Mais c'est moi qui ne veux plus vivre à tes crochets. Je suis grande maintenant. Il est de mon devoir de gagner ma vie. »

Elle plaisante ou elle parle sérieusement ? Elle est parfaitement capable d'entrer à l'usine, si l'envie lui en prend.

Heureusement la quatrième, Maria, ne m'apporte pas de bonnes nouvelles de ce genre. Elle est si gentille, si obéissante, si studieuse, elle déambule dans la maison, silencieuse comme une fée. Mais qui sait pourquoi elle est si mélancolique. C'est un miracle, désormais, si on l'entend rire. On dirait qu'elle cache quelque secret. Mais je n'ai jamais eu le courage de le lui demander, elle est tellement sensible. En revanche, j'ai interrogé mes autres filles, peut-être savaient-elles quelque chose : entre sœurs, parfois, règne une confiance absolue. « Maria ? répondent-elles en haussant les épaules. Que veux-tu qu'elle ait, Maria ? Elle a toujours été comme ça, si je ne m'abuse. Elle a toujours eu cet air de sainte nitouche. »

Ce n'est pas la peine d'insister de ce côté-là. Et pourtant il doit bien y avoir quelque chose. À table, parfois, elle me regarde fixement, avec des yeux graves, j'ai l'impression qu'elle me fait des reproches, comme si c'était à moi de deviner ses ennuis et de lui venir en aide. « Maria. » Je l'interroge alors avec le plus de douceur possible. « Alors, qu'est-ce qui t'arrive, ma petite Maria ? »

Elle aussi, elle fait un petit sourire qu'on dirait résigné.

« Rien, papa. Je te regardais, c'est tout. »

Mais au bout du compte, est-ce que je devrais me plaindre ? Est-ce que ce ne sont pas là autant de preuves d'affection ? Même la petite Maria, toujours si mélancolique, si ça se trouve, elle ne dit rien de ses chagrins pour ne pas me faire de peine ? Et la sincérité des trois autres ne prouve-t-elle pas qu'elles m'aiment ? Bien sûr, moi aussi j'ai mes soucis, et depuis quelque temps, qui plus est, je ne me sens pas très bien. Mais il est si difficile de se faire comprendre.

« Graziella, lui dis-je. Laisse-moi tranquille maintenant, s'il te plaît. J'ai mal à la tête, je voudrais me reposer un peu.

— Oh, mon petit papa, je voulais te dire quelque chose, excuse-moi, tu sais...

— Quelque chose de vraiment urgent ? Quelque chose de grave ? » (Rien à faire, mon tempérament me pousse toujours à imaginer le pire.)

« Bah, fait-elle en secouant la tête, comme ci, comme ça.

— Alors, vas-y, Graziella : qu'est-ce qui se passe ? »

Est-ce ma faute si j'ai laissé échapper un soupir ?

« Non, non, papa. Je vois bien que tu n'as pas envie. Je te le dirai à un autre moment, il vaut mieux.

— Maintenant que tu es là, maintenant que tu m'as réveillé, ça ne fait rien, je veux savoir tout de suite.

— Tu vois comment tu es, papa ? Si je te le disais maintenant, ce serait pire. Tu le prendrais mal, j'en suis sûre. Je te le dirai ce soir. »

Elle s'en va en boudant et je me demande si je me suis vraiment comporté comme un égoïste.

« Vous savez, ai-je dit hier, que depuis l'année dernière j'ai perdu sept kilos ? »

Et je cherchais à prendre la chose avec esprit, bien sûr.

« Bingo ! s'est exclamée Claudia, mais puisque tu as une mine magnifique !

— Ça te va mieux, d'être plus mince, a dit Bianca, tu es beaucoup plus élégant.

— Et moi, alors ! fait Graziella. Tu sais, papa, que je dois faire reprendre tous mes vêtements ? Je n'ai jamais faim, je me sens toujours fatiguée. Tu n'as pas remarqué, papa ?

— Non, je dois avouer que je n'avais rien remarqué... ce doit être une affaire de saison, dis-je. À ton âge, on est un peu comme les plantes. On ressent l'automne, on ressent le printemps.

— Bien sûr, fait Bianca, moi aussi, j'étais comme ça jusqu'à l'année dernière. Essaie de faire une cure d'arsenic.

— D'arsenic ? Mais tu es folle ? C'est de l'iode qu'il faut dans des cas comme ça. Regarde la fille Previtali... »

Je me lève de mon fauteuil, j'ai la tête qui tourne un peu.

Le soir, Claudia rentre à la maison :

« Ça a marché, à l'école ? demandé-je. Les choses se sont un peu tassées ?

— Ça va, papa, je t'ai promis de finir cette année et je la finirai. Mais l'année prochaine je veux me faire embaucher. À quoi ça sert, pour une femme, de faire du grec et du latin, tu peux m'expliquer ?

— Si tu obtiens une licence, réponds-je, tu pourras te trouver une situation bien plus facilement, même si tu ne te maries pas. »

Elle rit : « Moi, me marier ? Il manquerait plus que ça, je ne suis pas ringarde à ce point... Mais c'est pour qui cette ordonnance ? Ah oui, c'est vrai, le docteur est venu, j'avais oublié. Mais Maria m'a dit qu'il ne t'avait rien trouvé de grave. Tes petits ennuis de santé habituels, c'est ça ?

— Oui, oui, dis-je, rien de très grave. Il m'a prescrit ce médicament, il m'a conseillé de me reposer.

— Et comment tu vas faire, papa, avec tout le travail que tu as accepté en ce moment ? Se reposer, facile à dire.

— Je me coucherai un peu plus tôt le soir, c'est tout. Je voyagerai moins. Je ferai attention à moi... Quant à cette ordonnance, est-ce que tu aurais la gentillesse, Claudia, de faire un saut à la pharmacie avant le déjeuner ?

— Oh, papa, comment veux-tu que je fasse ? J'ai une montagne de devoirs à faire pour demain. Si je ne m'y mets pas tout de suite... ! Tu le vois bien, non : cette école de malheur, c'est vraiment un esclavage !

— Ça ne fait rien, j'irai, moi, y faire un tour. »

Pauvre Claudia, toujours penchée sur ses livres. Parfois je me demande si je ne suis pas trop exigeant avec mes enfants.

Mais au fond, tout cela, ce n'étaient que des broutilles. Les véritables soucis ont commencé aujourd'hui. J'étais sorti pour faire renouveler le permis de conduire de Bianca – et à vrai dire je ne me sentais pas le courage d'affronter une sale journée comme celle-là – et tandis que je faisais la queue au guichet, j'ai été pris d'un malaise. J'ai cru que j'allais tomber par terre. J'ai dû rentrer d'urgence à la maison et trouver une excuse pour Bianca, malheur à moi si je lui avais dit la vérité, elle aurait été dans tous ses états. Pourvu qu'elle ne finisse pas par s'en apercevoir, elle ou l'une de ses sœurs ; à dire vrai, je maigris à vue d'œil, j'ai le teint jaune, les amis que je rencontre me demandent avec étonnement : « Mais, Andrea, qu'est-ce qu'il t'est arrivé ? » Mais elles, elles me voient avec leurs yeux de filles, elles ont l'impression que je n'ai pas changé ; pourtant j'ai bien peur qu'à la fin elles s'en aperçoivent, je suis trop décati. Et à ce moment-là ? Comment consoler mes quatre anges ? Cela leur empoisonnerait la vie. Je vais donc tout faire pour qu'elles ne se rendent compte de rien.

Mais comment justifier le fait que je ne puisse pas les accompagner faire du ski ? Pauvres petites, elles auraient pourtant bien le droit de s'amuser un peu. Et moi, je les oblige à rester dans cette ville sordide. Je le sais bien, elles ne diront rien, elles ne feront même pas la tête, elles ne bouderont même pas un peu, mes petits trésors, je sais qu'elles prendront la chose avec beaucoup de recul, même si nous ne parlons que de ce départ depuis plus d'un mois. Mais est-ce que je peux faire autrement ? Les laisser s'en aller seules ? Il ne faut même pas y penser. Vous croyez qu'elles partiraient en montagne sans leur papa chéri ? Bref, je leur promettrai un cadeau. Je dirai à chacune d'elles : qu'est-ce que tu préfères ? Je parie qu'elles seront presque contentes.

Aujourd'hui, c'est Noël. Dîner en tête à tête. Ma petite Maria et moi. Les trois autres sont parties faire du ski, elles rentreront après l'Épiphanie. Lorsque j'ai été obligé de leur annoncer que je ne pouvais pas partir, elles l'ont très bien pris. J'avais mis en avant un prétexte assez banal, du travail, un projet de chaufferie, je ne sais plus trop. Mais elles, aussitôt : « Oh, papa, mais bien sûr ! On le savait bien que tu ne pourrais pas venir. Pourquoi est-ce que tu devrais te sacrifier pour nous ? N'en parlons plus. »

Je n'ai pas très bien compris, à vrai dire, ce « on le savait bien ». Peut-être qu'elles connaissent la gravité de mon état ? Auraient-elles demandé des informations au médecin, en cachette ? Ou alors elles faisaient allusion au travail que j'évoquais, en faisant semblant d'en avoir déjà entendu parler afin de ne pas prolonger la discussion, de ne pas me contrarier ?

Pour elles le problème était déjà résolu. C'était évident, il n'y avait même pas besoin d'en parler. Elles n'avaient même pas imaginé que je puisse refuser. Elles étaient tellement contentes de partir. Je dois avouer que je n'ai pas eu le courage de les contredire. La chose ne me plaisait pas trop, évidemment, mais il faut s'adapter, après tout, elles étaient en bonne compagnie. Pendant un instant, j'ai eu l'impression qu'elles se réjouissaient de partir seules, sans moi : mais je me fais sûrement des idées, elles m'aiment trop.

En revanche la petite Maria est restée. Au dernier moment, elle s'est disputée avec ses sœurs, elle a pris la mouche, elle n'a plus voulu partir. Un prétexte pour me tenir compagnie ? Sur le moment, l'idée m'a effleuré. Allez savoir. C'est tellement difficile de la comprendre, cette petite. Puis je me suis dit : qu'est-ce que tu t'imagines, un vieux croûton comme toi ? Peut-être que là-derrière il y a un sympathique jeune homme. En effet, une fois ses sœurs parties, elle m'a semblé plus gaie que d'habitude : elle est dehors du matin au soir, je ne la vois qu'aux repas. Naturellement je suis curieux de savoir : où es-tu allée ? Qui as-tu retrouvé ? Ah, ma petite Maria ne me ment pas.

Mais oui, qu'elle s'amuse, elle aussi, après tout, les jours de vacances passent bien vite !... Mais regardez-moi comme cette Cecilia est distraite.

« Cecilia, pourquoi ne mets-tu qu'un couvert. Tu t'imagines qu'elle va manger dehors ce soir ? Tu crois que ma fille va me laisser seul un soir de Noël ?

— Non, non, Monsieur. Mais je croyais que vous étiez au courant. Mademoiselle n'a-t-elle pas téléphoné pour dire qu'elle ne serait pas là pour le repas, qu'elle est invitée chez les Marzini ? Je croyais que Mademoiselle vous avait prévenu... »

Quelle adorable enfant, mais quelle étourdie. À tous les coups elle a oublié qu'aujourd'hui c'était Noël. Je crois déjà entendre ce qu'elle me dira demain, il faudra voir comme elle sera vexée. « Mais pourquoi tu ne m'as pas téléphoné, papa ? Pourquoi tu ne m'as pas prévenue ? dira-t-elle. Tu savais bien pourtant où j'étais. Quelle fille indigne, voilà ce que tu as dû penser, abandonner son papa chéri le soir de Noël... » Je parie qu'elle aura de grosses larmes de dépit, la pauvre petite.

À moins qu'elle n'arrive au tout dernier moment. Mais bien sûr qu'elle viendra. Ce n'est pas possible qu'elle ait oublié qu'aujourd'hui, c'est Noël. Elle viendra sans aucun doute.

Le problème, c'est que maintenant je ne peux plus me lever de mon lit et que mes forces m'abandonnent. Comment cacher plus longtemps mon état ? Je dis que ce n'est rien de bien inquiétant, que d'ici une semaine je serai guéri et tout recommencera comme avant. Pourtant elles commencent à me regarder d'une façon particulière ; elles m'observent en silence, comme si elles se doutaient de quelque chose.

Les pauvres filles, quand elles sauront... Elles ont même la délicatesse de ne pas venir trop souvent, pour ne pas que je comprenne qu'elles sont inquiètes. Elles font semblant de me considérer comme un malade de rien du tout, certains jours elles réussissent à se moquer de mes lubies pour me redonner du courage. C'est mieux ainsi. Quelle tristesse, si elles passaient leurs jours et leurs nuits dans ma chambre à s'apitoyer sur mon sort. Si elles sortent, elles peuvent au moins se distraire un peu, penser un peu moins à moi, mal gré qu'elles en aient. Au moins, je n'éprouve pas le remords de leur gâcher la vie.

Je dois avouer qu'à leur âge j'aurais été incapable de faire preuve d'autant de délicatesse. Maintenant j'ai compris : elles s'imaginent que je ne connais pas la gravité de mon état, c'est pour cela qu'elles continuent de se comporter comme si rien n'avait changé. Elles ne me considèrent même pas comme un malade. Elles n'insistent pas sur ma maladie. Elles me parlent toujours de leurs affaires, me réclament des cadeaux comme autrefois, me racontent leurs petites aventures, leurs espérances, leurs ennuis, leurs désirs, leurs anecdotes d'école : pour que, par contrecoup, je me sente soulagé. Et ça marche... Je suis plus préoccupé d'elles que de ma propre maladie. Chaque jour, elles ont en réserve une petite surprise, comme au bon vieux temps lorsque je me portais bien et que je pouvais m'occuper complètement d'elles. Ce matin Bianca a renversé une femme et a bousillé sa bicyclette, Graziella m'a longuement parlé de Lioli, ce sympathique jeune avocat : j'étais un peu abruti, je n'ai pas très bien compris, mais ça ne m'étonnerait pas s'il y avait des fiançailles en vue. Graziella chérie, je l'ai vue s'approcher de mon lit les larmes aux yeux. Au début, j'ai eu peur : et si le médecin lui avait dit la vérité ? Heureusement non ; à ses premières phrases, j'ai poussé un soupir de soulagement : des affaires de cœur, c'est tout, bienheureuse jeunesse.

Nous y voilà, j'en ai bien peur. Aujourd'hui j'ai eu un tête-à-tête avec le médecin, il m'a tenu des propos très étranges : disant que dans la vie il faut être prêt à toute éventualité, que même s'il n'y a encore aucun danger dans l'immédiat, on considère en général qu'il vaut mieux se préparer et mettre ses affaires en ordre, sur le plan spirituel comme sur le plan matériel, afin de ne pas être pris de court au cas – aussi hypothétique qu'il soit – où la situation s'aggraverait brutalement. Il a saisi ma main entre les siennes – ce qu'il n'avait encore jamais fait –, il a dit que je devais le considérer comme un ami plus qu'un médecin et que ce conseil lui était dicté uniquement par l'estime et l'affection qu'il me portait, et non pas par un froid jugement clinique, toujours susceptible d'erreurs. Au moment où se déroulait cet entretien, je me trouvais très mal, je sentais l'angoisse monter en moi du plus profond de mes viscères, je n'étais vraiment pas en état de soutenir une conversation. Je lui ai serré les mains, j'ai fait un signe d'assentiment avec la tête pour lui faire comprendre que j'avais saisi. Je lui ai dit « Merci ». J'ai remarqué – je le constate avec un certain regret – qu'il ne posait pas les questions habituelles sur la diminution de la fièvre, sur les progrès de mon corps et autres particularités physiques, comme si, désormais, de telles informations ne servaient plus à rien. « Nous y voilà », je me suis dit.

Maintenant Cecilia déambule silencieusement dans la pièce, inquiète. Je lui ai fait jurer de ne rien dire à mes chères petites, je ne veux pas les attrister avant que cela soit nécessaire. Cependant Cecilia ne cessait de me regarder avec des yeux interrogateurs comme si elle attendait que je donne un ordre. Non, Cecilia, je ne peux pas tout t'expliquer en détail, mais je n'enverrai pas chercher le prêtre. Je ne crois pas avoir de graves péchés sur la conscience, mais de toute manière je fais confiance à la Providence. Il n'y a pas à dire : je préférerais cent ans supplémentaires de purgatoire ou de châtiment à l'horreur que les filles ressentiraient si venait un prêtre. Que leur âme pure ne soit pas troublée par une aussi lugubre cérémonie. Et l'agonie ! Voir son père sombrer peu à peu, et finir complètement hébété, le regard vitreux, poussant des gémissements incompréhensibles, la mâchoire tombante, des filets de bave nauséabonds tachant les draps. Jamais au grand jamais ! Cecilia les préviendra demain matin. Tout sera fini. Elles me trouveront déjà préparé, propre, souriant peut-être, qui sait, tellement étranger qu'elles ne pourront ressentir ni frayeur ni ennui. La surprise rendra le coup d'autant plus cruel, c'est possible. Mais cela ira plus vite, et la rapidité même avec laquelle leurs vies seront transformées leur laissera – comme c'est souvent le cas – une espèce d'incrédulité, un état de stupeur abasourdie capable d'endormir la souffrance la plus aiguë. Et mon souvenir restera intact, pur dans leur esprit, exempt de toute image ignoble. C'est pour cela que j'ai ordonné à Cecilia de ne pas les laisser entrer, sans rien leur dire pour autant ; et même, pour aujourd'hui, il vaut mieux invoquer le prétexte que je dors, par exemple, cela évitera toute velléité de visite.

Me voilà donc arrivé – j'en ai bien peur – au tout dernier soir. La nausée ne me quitte pas, les affres de la douleur me laissent encore, heureusement, des moments de lucidité. Et les voix, les rires, les bruits de pas pleins de fraîcheur que j'entends derrière la porte m'apportent un peu de réconfort. Mes petites, quel vilain cadeau papa vous prépare pour demain matin ! Mais il faut vous épargner la tristesse le plus longtemps possible.

Il est neuf heures du soir. Il y a quelques instants Bianca, Graziella et Claudia sont entrées pour me dire bonjour. Cecilia m'avait un peu arrangé, elle m'avait peigné, j'étais, somme toute, plutôt présentable.

« Oh, mais regarde-moi cette grande barbe qui t'est poussée ! a dit Graziella en riant. On dirait un ours !

— Aujourd'hui tu as passé ton temps à dormir, papa », a fait remarquer Bianca.

Je souriais.

« Il vaut mieux, d'ailleurs, a-t-elle ajouté, c'est signe que tu guéris, que tu reprends des forces.

— Et... ? » Je voulais demander des nouvelles de la petite Maria, mais j'avais la langue comme paralysée.

« Maria, tu veux dire ? m'a aidé Bianca. Elle est sortie, je crois qu'elle est allée au cinéma avec les Belluschi, en tout cas, c'est ce qu'elle a dit.

— Ah ! » ai-je répondu en approuvant d'un signe de tête. Je n'étais pas en état de dire autre chose.

Combien d'heures ont passé ? Où étais-je ? J'ai dû m'endormir et Cecilia maintenant me touche la main. Que veut-elle ?

« Monsieur, me murmure-t-elle d'une voix épouvantée (je n'ai pas encore ouvert les yeux). Monsieur, excusez-moi, mais il est une heure et quart et Mademoiselle Maria n'est pas encore rentrée. »

J'ouvre les yeux, je me réveille tout à fait, sur la petite commode, la lampe de chevet recouverte d'un journal diffuse une faible lumière.

« Elle n'est pas encore rentrée à la maison ?

— Exactement, on ne comprend pas...

— Et mes autres filles sont déjà couchées ?

— Non, Monsieur, elles sont à côté, au salon. Mademoiselle Bianca voulait vous prévenir...

— Dis-lui de venir », lui demandé-je

Je les vois entrer toutes les trois. Je m'aperçois qu'elles se regardent les unes les autres, comme si elles ne savaient pas quelle attitude adopter, et Claudia fait de drôles de petits sourires.

Je demande : « Mais où est-elle allée ?

— Elle a dit qu'elle allait au cinéma.

— Et avec qui ?

— Je ne sais pas, je crois que c'était avec Franca Belluschi et son frère, mais elle n'a rien dit de très précis.

— Elle, elle dit toujours qu'elle va au cinéma, intervient Claudia.

— Que veux-tu... ? » commencé-je, mais je ne réussis pas à aller jusqu'au bout : je suis pris, comme cela m'arrive souvent maintenant, de hoquets venus du plus profond de l'estomac, chargés de nausée.

Bianca lance un coup d'œil à Claudia, comme pour la faire taire. Puis elle dit : « Pourvu qu'il ne lui soit rien arrivé !

— Que veux-tu qu'il soit arrivé ? s'exclame Claudia en faisant la moue. Qu'est-ce que tu veux qui lui arrive, avec son air de petite sainte. Tu es drôle, toi ! » Et elle éclate de rire.

« Claudia, fais-je, je ne crois pas que ce soit le moment.

— Ah, ce n'est pas le moment, papa ? Ça fait peut-être un mois que ça dure, cette histoire, et maintenant, voilà qu'elle ne rentre même plus dormir à la maison ! Le cinéma... et puis quoi ? Pourquoi tu ne vas pas voir un peu ce qui se passe chez Egisto ? »

Egisto ? Ah oui, je me souviens. Un jeune homme que j'ai vu ici deux ou trois fois. Un médecin, si je ne m'abuse, un beau gosse. Ça aussi, il fallait que ça arrive ! Je les regarde, mais elles restent muettes. On entend seulement ma respiration oppressée, pitoyable soufflet.

« Et toi, Graziella, tu ne dis rien ?

— Papa, vraiment je ne sais pas, je ne... » Et elle se laisse tomber sur le lit en sanglotant.

« Allons, Graziella, je t'en prie », et je lui caresse les cheveux. « Elle va revenir, tu vas voir.

— Bien sûr qu'elle va revenir, fait Claudia. Demain. Fraîche comme une rose. Et elle nous débitera Dieu sait quel bobard.

— Papa, il faut aller tout de suite voir chez Egisto, dit tout à coup Bianca, d'une voix dure.

— Mais comment sais-tu qu'elle est là-bas ?

— Et où veux-tu qu'elle soit, papa ? Il est presque une heure et demie. Elle est chez Egisto, c'est sûr. Elle a vraiment perdu la tête.

— Aller là-bas à cette heure-ci ? fais-je. Mais qui peut bien y aller ?

— Mais toi, bien sûr, répond Bianca. Tu ne voudrais quand même pas que l'une d'entre nous...

— Mademoiselle, mais qu'est-ce que vous dites ? Vous ne voyez pas ?... » s'exclame Cecilia indignée. Je lui fais signe de se taire, mais elle ne veut rien entendre, cette brave femme. Bien sûr que c'est moi qui dois y aller. Elles ne savent pas vraiment dans quel état je me trouve, elles ne s'en doutent même pas. Pour elles, ce serait invraisemblable, un absurde cauchemar. Et cette idiote voudrait leur expliquer.

« Je ne vois pas quoi ? réplique Bianca, que ce reproche a énervée. Je vois bien que papa est indisposé. S'il avait eu une forte fièvre, je n'en aurais même pas parlé. Mais il ne s'agit quand même pas d'une étrangère, après tout. S'il se sent faible, je l'accompagnerai moi-même, c'est évident !

— Moi aussi, je viens, papa, fait Claudia.

— Ni l'une ni l'autre. Vous êtes folles ? Il n'y a que moi qui puisse y aller... »

Il ne manquerait plus que ça : pour qu'elles me voient mourir en chemin !

« Oh ! Monsieur, me supplie Cecilia dès qu'elles ont tourné les talons. Mais comment voulez-vous vous lever dans votre état ? Vous ne tenez même pas debout ! C'est de la folie, Monsieur. Vous n'irez même pas jusqu'à la porte... Laissez-moi y aller, faites-moi confiance : je saurai faire...

— Cecilia, aide-moi à m'habiller. »

Comme c'est drôle, je tiens à peine sur mes jambes, je ne sais pas où je trouve la force... Oh, petite Maria, justement toi, la plus petite ! Même cette nuit, pas un instant de répit. Il vaut mieux que je ne me regarde pas dans le miroir, on dirait un cadavre. Tant mieux, ça impressionnera ce voyou quand il me verra débarquer chez lui. Il faudra pourtant que je marche à tout petits pas, je prendrai même ma canne, de temps en temps je m'appuierai sur le mur. Heureusement que ce type-là habite tout près, juste à l'angle. Une heure quarante, et elle n'est toujours pas rentrée.

Et me voilà, bien emmitouflé, sur le palier. J'ai eu bien du mal à empêcher Cecilia de venir. « Monsieur, Monsieur », supplie-t-elle encore et de grosses larmes coulent sur son visage, elle ne peut rien dire d'autre.

La porte s'est refermée derrière moi. Enfin. Tout de suite une explosion de voix. C'est Cecilia qui crie : « Mais vous n'avez pas honte ? Mais vous ne voyez pas qu'il est mourant ? Mais qu'est-ce que vous avez à la place du cœur ? Comment voulez-vous que... ? » L'idiote ! Qu'est-ce qui lui prend ? Puis j'entends les voix de mes filles chéries. Dieu soit loué, je les entends rire, si, si, elles se rient de Cecilia, affectueusement bien sûr, que Dieu les bénisse.

Dieu comme il fait froid ! La rue est déserte. Du brouillard, c'est tout. Mais qu'est-ce que je vais lui dire, moi, à Egisto ? Il me prendra pour un fou, il croira que je délire. Maria, chez lui ? Pensez donc, ma petite Maria ! Maintenant que la nuit m'a éclairci les idées, je me demande comment j'ai pu, moi aussi, penser que... Chez des amis en train de jouer, où pourrait-elle bien être d'autre ?

Mais voilà que je n'arrive plus à marcher. Mon lit ! Trois étages au-dessus, il me suffirait d'appeler. Et maintenant pourquoi éteint-on les réverbères ? J'ai dû tomber sans m'en rendre compte. Étendu sur le trottoir, c'est peut-être mieux comme ça, c'est mieux pour elles. Mes petites ! Elles croiront devenir folles, elles m'aimaient tellement fort. Le sommeil arrive, maintenant, un lourd sommeil de plomb. Silence. Qui me trouvera demain matin ?

Histoire inachevée

Je voudrais terminer une histoire que j'ai laissée inachevée, il y a des années de cela. Je l'ai retrouvée par hasard au fond d'un tiroir. Avec étonnement, pour la première fois de ma vie, il m'a été donné de lire une chose que je ne me souvenais pas avoir écrite. Trois pages et demie d'une écriture de taille normale : légèrement jaunies, c'est triste à dire, couvertes d'une mince patine de décomposition, d'épuisement et de mort, bien qu'à peine dix années soient passées.

Pendant dix ans, donc, l'histoire inachevée a attendu, en conservant la charge d'émotions, de frémissements et peut-être de larmes qui l'avait fait naître en moi. (Ou alors toute seule, sans que je n'en sache rien, elle s'était pour ainsi dire réduite au silence d'elle-même, sans plus m'obéir mais en se développant aléatoirement, sans besoin de mots, mue par un caprice insensé.) Hélas, un triste frisson me parcourut lorsque je réalisai que je ne me rappelais plus la suite que j'avais imaginée. Où avais-je bien pu vouloir en venir ? C'était donc un autre qui avait inventé cette histoire, un homme qui n'était pas moi, un étranger ; disparu à jamais.

Je reconnaissais pourtant dans ces pages un des paysages qui me sont le plus chers, assez romantique, où j'aime encore aller me promener aujourd'hui. Dans ces feuillets, on décrivait un grand bâtiment, une sorte de maison de cantonnier, entourée de quelques habitations rustiques, dans une vallée solitaire ; tout autour, des talus de terre rouge, et plus en hauteur, des pâturages, encore plus haut, de sombres forêts. Pour finir, les montagnes refermées sur leurs secrets. On disait aussi que dans la salle du rez-de-chaussée s'étaient réunis des chasseurs, assis devant leur verre. Ils discutaient, en faisant de discrètes allusions à quelque chose d'aussi étrange qu'inquiétant qui s'était passé ou qui se passait en ce moment ou qui pouvait se passer (le texte ne le disait pas clairement). Dehors régnait un bel après-midi d'été, avec un grand soleil silencieux, débordant d'espoirs. Et l'on voyait courir la route, blanche de poussière, complètement déserte aussi loin que portât le regard. Quelqu'un suggère, en me regardant non sans ironie : et sur les montagnes, il n'y avait pas des brigands ? Il y en avait sûrement. Et des esprits aussi ? Des fantômes et des lémures qui, la nuit, descendaient dans la vallée pour effrayer les passants ? Exactement, chers amis, des esprits et des spectres. Dans ce texte, on ne lit rien de très précis à ce sujet. Mais il n'est pas exclu qu'ils soient apparus quelques feuillets plus loin.

Sur la troisième page, on raconte aussi que par l'une des fenêtres de la maison de cantonnier, dans cette immense quiétude, s'échappait un chant de femme rafraîchissant. On donne également un nom : Marietta. Mais attendez... mais oui ! maintenant je m'en souviens ! Comme elle était jeune, douce et gentille ! En rangeant sa chambre Marietta chantait, se laissant aller en tout innocence à de vagues pressentiments d'amour. Si je m'en souviens ! Et à ce moment-là l'histoire s'interrompt, laissée en suspens d'une manière inattendue.

L'intrigue à proprement parler n'avait donc pas encore commencé. On sentait seulement une atmosphère très dense d'attente et de mystère ; à la fois inquiète et confuse, comme cela arrive parfois certains jours. Et maintenant que j'y pense, je me souviens même d'autre chose : sur la route déserte, je me rappelle, devait arriver quelqu'un, un homme à cheval, quelqu'un qui apportait des nouvelles, un personnage très caractéristique, de ceux dont on dit couramment qu'ils sont envoyés par le destin. Quand il arriverait se produirait un événement important et poétique. Quoi exactement ? Je ne m'en souviens pas. Je n'arrive pas, en effet, à retrouver dans ma mémoire ce que devait signifier l'arrivée du cavalier. Pourtant j'aimerais bien continuer à écrire, terminer cette histoire ; j'aurais l'impression de rajeunir. Me voilà donc sous un soleil de plomb, sur la route déserte au fond de la vallée. Je m'approche de la maison. Je vois un vieux, assis sur le pas de la porte : je jurerais qu'il y a dix ans il n'y était pas. « Bonjour », lui dis-je. Il lève les yeux et me répond.

« Comment ça va ? demandé-je. Toujours en forme ? Et les chasseurs, ils sont toujours à l'intérieur ?

— Les chasseurs, fait-il surpris. Quels chasseurs ? »

Silencieuse, la maison est beaucoup trop silencieuse. Venant de la salle au rez-de-chaussée, on n'entend ni voix ni tintement de verres. Je m'aperçois également qu'il manque le chant de la jeune fille.

« Et Marietta ? demandé je au vieux. Marietta est là, au moins ? » Le vieux, cette fois-ci, montre qu'il a compris, il tourne la tête vers la porte, appelle par deux fois : « Marietta ! » Et, effectivement, après quelques instants, Marietta apparaît.

Elle sort de sa maison, me dit bonjour avec beaucoup de désinvolture. Quelle magnifique femme elle est devenue ! Souriante, les lèvres rouges, une expression vive et effrontée. Mais comme elle est différente d'autrefois ! Cela m'intimide, je l'avoue.

« Excusez-moi, lui dis-je (il ne m'est plus possible, maintenant, de la tutoyer), l'homme à cheval a fini par arriver ? Et de quelles nouvelles était-il porteur ?

— Un homme à cheval ? Je n'en sais rien, monsieur », et elle sourit d'un air engageant. « Je n'ai pas entendu parler de cavaliers, je ne saurais vraiment pas vous dire. »

Je la regarde. Ses yeux sont d'une grande profondeur, des pensées secrètes s'y cachent.

« Il devait arriver par là, expliqué-je, en montrant la route, il devait apporter des nouvelles. Vous ne vous souvenez plus ?

— Je ne saurais vraiment pas, monsieur. Je suis désolée... »

À ce moment-là, je pense : que je suis bête ; mais c'est évident, je suis parti au meilleur moment, j'ai tout laissé en suspens, personne d'autre que moi ne savait quelque chose au sujet du cavalier, sans moi, il ne pouvait pas arriver. C'est moi qui dois l'appeler.

« Excusez-moi, dis-je alors à Marietta. Dites-moi un peu : vous ne chantez plus ? Vous aimez encore chanter parfois ? »

Elle rit, cette idée l'amuse, elle entrouvre ses belles lèvres : « Si l'occasion se présente, bien sûr, quelques fois...

— Écoutez, commencé-je, j'ai une faveur à vous demander. Ne croyez pas qu'il s'agisse d'une plaisanterie. Écoutez : pourriez-vous monter quelques instants dans votre chambre ? Pourriez-vous ouvrir la fenêtre et vous mettre à chanter un peu ?

— À chanter ? Comme ça, toute seule ? Tout de suite ?

— Tout de suite. Je vous le demande sincèrement.

— Et chanter quoi ?

— Une chanson, que sais-je ? celle que vous préférez, n'importe quelle chanson.

— Bah, si ça peut vous faire plaisir ! » Elle rentre dans la maison en riant, j'entends ses pas qui montent l'escalier.

Le paysage d'autrefois n'a pas bougé. Et le soleil d'été silencieux est identique à ce qu'il était il y a dix ans. Et il me semble que l'atmosphère est la même, tout aussi mystérieuse et inquiétante. Marietta va se mettre à chanter, comme dans les dernières lignes du manuscrit inachevé. La belle Marietta chantera et du fond de la vallée, forcément, arrivera le cavalier, avec son poids de destin. Tout se remettra en marche, après dix ans d'arrêt l'histoire repartira, comme si je ne m'étais pas éloigné pendant si longtemps.

La croisée de Marietta s'ouvrit. Elle se mit à sa fenêtre, vit que je ne souriais pas. Puis elle se retira. Et sa voix s'éleva dans le silence.

J'écoutai, immobile, et mon cœur se troublait. Que s'était-il donc passé ? C'était bien Marietta, cette femme qui chantait ? C'était sa voix, cette voix impure, suintante de souvenirs inavouables ? Combien de choses connaissait cette voix, désormais, combien de bonheurs pitoyables, d'illusions perdues, combien de mensonges. De quelles tristesses honteuses s'était-elle chargée, et comme elle peinait à les contenir toutes en elle ; quelle souffrance. Elle chantait, celle qui avait été Marietta, s'abandonnant avec une grande cruauté à de vagues repentirs amoureux. Je l'écoutais. Et je me souvins de tout.

Ah ! une fleur délicate, voilà ce que tu étais lorsque je te vis pour la première fois, il y a si longtemps, quand cette histoire a commencé. Que s'est-il donc passé ? Une fleur délicate, pure, gracieuse, immaculée. Tu souriais au monde comme une petite fontaine, des songes légers et printaniers voguaient autour de toi, te caressant les yeux et les lèvres. Le doux enchantement de la jeunesse ne t'avait pas encore abandonnée. Mon Dieu, que s'est-il passé ? Tu chantais comme chantent à l'aube les chardonnerets, tournée timidement vers les joies inconnues qui étaient là, à t'attendre. Rien de ce triste monde, pas même une ombre légère, n'était descendu en toi. Et tout, même les fables les plus invraisemblables, était possible ce jour-là, ce jour qui dura si peu : sous ta fenêtre, le fameux cavalier allait bientôt s'arrêter.

Une fleur délicate, voilà ce que tu étais, et maintenant je suis là de nouveau à t'écouter, mais dix ans ont passé. Le vieux assis près du seuil branle du chef, il accompagne ta chanson affligée ; il sourit même, avec une satisfaction stupide. Et voilà que je découvre les talus alentour, les pâturages, les forêts et les montagnes, enfin. Ombres glacées. Qui se souvient encore des bandits ? Qui a jamais entendu parler des fantômes ? La route est déserte, personne ne surgit à son horizon, aucun écho de galop lointain, il ne servirait à rien d'attendre. Il y a bien encore, dans l'air, une attente sombre et profonde. Attente tout autre, de choses bien différentes. Qui sait : peut-être le cavalier est-il déjà passé ? Cela fait déjà fort longtemps qu'il est arrivé et il a éperonné son cheval pour continuer sa route, dans la direction opposée, sans même s'arrêter. Sûr, nous ne le reverrons jamais plus. Cette vieille histoire a donc dépéri en moi, sans que je m'en aperçoive ; elle est restée comme ça, tronquée à moitié ; et maintenant il est trop tard pour la reprendre.

Un dieu descendu parmi les hommes

Par un dimanche après-midi, Lord Amigon, grand propriétaire foncier à la tête du journal *The Horizon*, âgé d'environ soixante ans, rentrait à Londres après un week-end dans son château de Ghaven, quand sa voiture tomba en panne dans la périphérie ouest de la ville.

Le chauffeur, après avoir trafiqué dans le coffre pendant quelques minutes, dut avouer, à son grand dam, qu'il valait mieux faire appel à un mécanicien. Mais on était dimanche, tout était fermé, les rues étaient désertes, Dieu seul sait combien de temps tout cela pourrait prendre. Sir Claudius, bien qu'agacé, fit contre mauvaise fortune bon cœur. « Bon, dit-il avec ironie, en attendant je vais faire un peu d'exercice. » Il descendit de la voiture et s'éloigna pour faire une petite promenade dans ce quartier qu'il ne connaissait absolument pas.

Après avoir parcouru une centaine de mètres, il se sentit toutefois fatigué. Ayant aperçu un café ouvert, il poussa la porte vitrée. C'était un petit bar modeste. « Asseyez-vous, monsieur », dit un homme à demi endormi derrière son comptoir en lui indiquant le petit salon de thé juste à côté. Il ne protesta pas.

Cette autre salle était un peu plus vaste, des murs recouverts de panneaux de bois la rendaient accueillante. Toutes les tables étaient libres, sauf une, contre la paroi vitrée qui donnait sur la rue, isolée par de petits rideaux bleus. Quatre hommes y étaient assis et discutaient.

Lord Amigon s'installa dans le coin le plus reculé, à l'abri de la pénombre : et il commanda un verre de porto à la serveuse accourue aussitôt. Il s'apprêtait à s'ennuyer pendant une demi-heure lorsque l'accent, la voix éloquente et les propos d'un des clients inconnus attirèrent son attention.

C'était un homme grand, maigre, précocement vieilli, habillé d'un costume usé mais tout à fait correct, des cheveux blancs artistiquement coupés, un air à la fois farouche et avenant : le genre d'homme directement sorti des petites ruelles de Chelsea. Les trois autres, eux aussi, à en juger par leur aspect, appartenaient à une espèce de *bohème* de banlieue, s'abreuvant de Dieu sait quelles illusions, quelles obsessions.

« Et que font les serveurs ? » demanda l'homme aux cheveux clairs, le seul des quatre à n'avoir ni tasse ni verre devant lui : à l'évidence il avait l'habitude d'être au centre des conversations, d'attirer les regards admiratifs. « Comme l'indique le mot lui-même : les serveurs servent. Pourquoi donc devrions-nous assister sans mot dire à leur disparition ? Progrès et civilisation : quels beaux concepts ! Mais n'est-il pas insensé d'abolir quelque chose qui sert ? »

Les autres rirent de son jeu de mots. « C'est ça, c'est ça, observa alors le plus petit des quatre, le seul à avoir quelques prétentions bourgeoises, tant dans sa façon de s'habiller et de se coiffer, que d'arborer des montures de lunettes fort modernes. Vous ne pouvez pas nier, monsieur Inverness, que nous assistons aujourd'hui à une progressive... »

Inverness ! Le nom fit jaillir dans la mémoire de Lord Amigon un souvenir bien précis. Oui, certes, ce devait être lui, le vieux correcteur en chef de l'*Horizon*, il en avait entendu raconter des vertes et des pas mûres au sujet de cet homme. Non pas que Lord Amigon ait eu l'occasion de le voir, ni qu'il ait retenu le nom d'un employé aussi obscur. Sur l'ensemble de l'immense rédaction, il devait connaître à peu près une dizaine de visages. Mais une véritable légende s'était construite autour d'Inverness, un type bizarre et amusant, objet des moqueries bon enfant de tout le personnel, y compris des agents de service. Doué d'une mémoire prodigieuse et pédante au plus haut point, il s'était spécialisé dans deux créneaux : les toponymes et, surtout, les prénoms, noms, liens de parenté, mariages des grandes familles britanniques. C'était aussi un poète et un peintre maudit. Sir Claudius se rappelait notamment avoir reçu de lui, à l'occasion des manifestations organisées pour le centenaire de l'*Horizon*, un épouvantable tableau allégorique : on y voyait une jeune fille à moitié nue au milieu d'une profusion de voiles – représentation symbolique du journal – tenant dans ses mains rien de moins que le globe terraqué zébré de méridiens et de parallèles rouges. Mais les anecdotes les plus croustillantes étaient celles qui racontaient comment M. Inverness cherchait systématiquement la petite bête aux éditeurs des grands almanachs biographiques internationaux. Dès que sortait une édition nouvelle, M. Inverness se lançait dans une chasse aux erreurs jubilatoire, et à tous les coups il réussissait infailliblement à en trouver, dès les premières pages, des dizaines et des dizaines. S'ensuivait une avalanche de lettres aux éditeurs pris en flagrant délit. La direction du *Debrett*, harcelée par ses missives lancinantes, avait fini par craquer et lui avait proposé de rejoindre l'équipe. À partir de ce jour, elle put vivre en paix.

Immédiatement Lord Amigon vit là l'occasion de s'amuser un peu. Il se leva, s'approcha de la table des quatre hommes et, en faisant le timide : « Excusez mon intrusion, dit-il, mais je ne saurais résister : ai-je l'honneur de m'adresser au célèbre M. Inverness de l'*Horizon* ?

— Lui-même, confirma Inverness, ne sachant s'il devait se sentir flatté ou garder ses distances. À qui ai-je l'honneur ?

— Oh, moi, fit Lord Amigon, je suis un fidèle lecteur, Arturo Pross à l'état civil, un pèlerin de la vie, solitaire et fatigué, médecin à la retraite, échoué depuis quelques années dans ce quartier...

— Prenez un siège, je vous en prie, partagez notre table, répondit Inverness avec un large geste de convivialité, et il fit les présentations. Mais, excusez-moi, comment avez-vous entendu parler de moi ?

— Il est des réputations que ne proclame pas le son des trompettes (Lord Amigon se plaisait à employer un style ampoulé) et qui pourtant poussent dans le terreau de la mémoire humaine des racines bien plus solides. L'érudition de M. Inverness, permettez-moi de le dire, est proverbiale depuis des lustres. Il fréquente aussi les Muses... si je ne m'abuse...

— Oui, ça m'arrive de temps à autre... admit Inverness, profondément flatté. Chacun de nous cherche son violon d'Ingres... ou du moins le voudrait. »

Lord Amigon, en faisant des manières : « Je vous en prie, je m'en voudrais beaucoup d'avoir interrompu votre conversation. Poursuivez, je vous en prie... à moins que ma présence...

— Des bavardages sans conséquence, expliqua le plus petit, pour passer l'après-midi. Notre ami Inverness, voyez-vous, déplorait la disparition des femmes de chambre et des domestiques... rien de suprêmement poétique...

— Position qui n'en est que plus noble à défendre... dit Lord Amigon, car j'ai le vague pressentiment, excusez ma sincérité, qu'en ce qui vous concerne, vous ne devez pas tant le regretter. Hélas, dans cette ville corrompue qu'est Londres, les qualités d'esprit ne sont pas reconnues à leur juste valeur... j'ai bien peur que même les administrateurs de l'*Horizon*...

— C'est bien possible, répliqua Inverness, bien trop sensible aux marques d'admiration pour pouvoir se montrer irrité. Comme il est possible aussi qu'ils réussissent à respecter nos exigences matérielles... La vie aujourd'hui est devenue une dure bataille, personne n'y échappe.

— Même pas, juste pour dire, Lord Amigon, votre propriétaire ? Même s'il possède un château plus qu'immense ? Même s'il habite un hôtel particulier à May Fair, dont les murs sont couverts de marbre ? Même à l'ombre de ses coffres-forts, il mène contre la vie une dure bataille ? » Sir Claudius poussait le jeu jusqu'à l'extrême limite ; après tout, qu'avait-il à craindre ?

Le bon M. Inverness le menaça de son index dressé, comme le font les maîtres d'école : « Monsieur Pross, monsieur Pross, murmura-t-il, certes je ne m'étonne pas de voir de nos jours affleurer à la surface du monde entier des esprits rebelles et subversifs... mais vous ! un médecin, un savant ! »

Lord Amigon renchérit en souriant : « Soyez sincère, monsieur Inverness : l'avez-vous approché personnellement, ne serait-ce qu'une fois, ce fameux Lord Amigon ?

— Lord Amigon ! » Inverness resta un instant pensif, comme s'il cherchait dans sa mémoire. « Justement, il y a quelques instants, j'ai vu passer une voiture semblable à la sienne, une Rolls d'un rouge brun.

— C'est bien ça, alors : vous, monsieur Inverness, l'un des plus anciens et des plus glorieux piliers de l'*Horizon*, vous reconnaissez tacitement que vous n'avez jamais rencontré votre patron... à peine, de temps en temps, avez-vous aperçu sa voiture... Jamais, donc, Sa Majesté n'a daigné...

— Des contraintes auxquelles sont soumis les grands de ce monde, respectable monsieur Pross, répondit le vieillard prématuré, nous ne pouvons peut-être pas avoir idée... Le sort – si nous ne voulons pas prononcer le nom de Dieu – doit avoir de bonnes raisons pour distinguer les grands des petits... Les traditions, l'hérédité du sang pèsent lourdement sur ceux que nous avons l'habitude d'appeler des privilégiés... même leur visage est différent.

— Différent ? » Sir Claudius ne s'était pas autant amusé depuis bien longtemps : comment imaginer qu'à Londres on puisse encore trouver des gens faisant preuve d'une soumission aussi naïve ? « Si bien que vous sauriez les reconnaître dans la rue ? Celui-ci est noble, celui-là ne l'est pas... Si bien qu'au premier coup d'œil, vous avez exclu en me voyant... ?

— Oh, mais vous, monsieur Pross ! » Le journaliste éclata d'un rire franc et, pour cacher son embarras, il tira de sa poche une pipe pleine de suie qu'il se mit en devoir de bourrer... « Cela ne me paraît pas très *fair play* de me mettre en difficulté de cette manière-là... Sur votre visage, je lis certaines marques d'une rare distinction... Mais une chose est le *gentleman*, une autre la personne issue d'une vieille lignée... il serait absurde que vous vous formalisiez...

— Bon d'accord, monsieur Inverness, mais dites-moi, ces dieux dont vous parlez, qu'ont-ils fait pour récompenser une telle dévotion ? Vous avez travaillé pour votre dieu durant toute votre vie, et en fin de compte ? Qu'est-ce qui vous reste en fin de compte ?

— Cher monsieur Pross, dit Inverness avec solennité, en lui tapotant la manche du bout de sa pipe, vous, avec le matérialisme généreux qui vous caractérise, rappelez-vous bien cela : il existe dans la vie des choses qui vous dédommagent de tout renoncement...

— Quoi ? L'orgueil d'appartenir à l'*Horizon* par exemple ?

— Mais oui, ça aussi, et pourquoi pas ? approuva Inverness que, désormais, on n'arrêtait plus, même la satisfaction d'appartenir à une entreprise qui ne portera jamais notre nom...

— Et après ? Qu'est-ce qu'elles en disent de toutes ces

consolations théoriques, vos familles ? Qu'est-ce que vous leur donnez à manger ? Dans quelles sortes de maison habitent-elles ?

— Après..., et mes illustres collègues ici présents sont prêts à en témoigner, on nous a toujours assuré des conditions de vie tout à fait décentes. En ce qui concerne les maisons, la mienne, à titre d'exemple, peut revendiquer un caractère noble et prestigieux que bien des palais pourraient lui envier. Et même la vôtre, si cela se trouve, très cher monsieur Pross ! »

Lord Amigon sembla désarçonné : « Tant mieux, tant mieux, je m'en réjouis, cela montre que je m'étais fait des idées pas très justes... Et votre maison, monsieur Inverness, quelles qualités elle a, votre maison ? »

Le vieillard précoce scanda lentement ces mots : « J'habite dans la maison où est né et décédé Marton Owen.

— Marton Owen ? répéta Lord Amigon, qui n'avait jamais entendu ce nom.

— Owen, notre grand poète, le fer de lance des jeunes générations, ainsi qu'on l'appelle, le consolateur, dit Inverness avec un souci didactique mais sans cacher sa réticence à vulgariser pour le profane une chose à ses yeux tellement sacrée.

— Oui, tout à fait. Et où se trouve cette maison ?

— Pas très loin. Pas très loin d'ici. Peut-être que cela vous ferait plaisir de la visiter ?

— Je n'aurais jamais osé, pour vous dire la vérité, répondit Sir Claudius, intrigué, mais ce serait une grande joie pour moi...

— Rien de plus facile, monsieur Pross. Allons-y. Il est déjà tard, le soir tombe, nous pouvons nous mettre en route sans attendre. »

La petite salle, en effet, avait été envahie par les ombres. Ils se levèrent, payèrent les consommations (à l'exception d'Inverness qui n'avait rien pris), et sortirent dans la nuit londonienne. Peu après, les autres prirent congé ; Amigon et Inverness se retrouvèrent seuls, tous les deux, à marcher en silence. Le vieux journaliste, à cause d'une jambe folle, avançait lentement.

Tout à coup, au bout d'une perspective de petites maisons fort banales et de hangars industriels trapus, se découpa sur le ciel serein et pathétique du couchant un immense édifice : un phalanstère aussi sombre qu'étrange, comme jamais Lord Amigon n'en avait vu en banlieue. « C'est là-bas », signala Inverness, en le désignant d'un geste. L'enthousiasme dont il avait fait preuve semblait être totalement retombé.

Un mur faisait le tour de la grande bâtisse, délimitant une bande de terrain où poussaient quelques arbustes souffreteux et où jouaient encore de nombreux enfants. Mais au lieu de rentrer par la porte centrale, Inverness se dirigea vers un escalier, type escalier de secours, qui grimpait à ciel ouvert le long d'une des extrémités de l'immeuble. Il était en fer, sombre et très haut.

« Il vaut mieux passer par là, expliqua Inverness. Ici, au moins ce n'est pas comme dans les escaliers de tous les autres immeubles collectifs. Ici il n'y a pas de mauvaises odeurs, pas d'araignées, pas de saleté. C'est la pluie qui s'occupe du nettoyage.

— Rien à dire. C'est une idée », approuva de manière ambiguë Lord Amigon, qui commençait à se sentir mal à l'aise.

Ils grimpèrent lentement six étages. À chacun des paliers s'ouvrait un long corridor d'où provenaient des reflets d'éclairage moroses, des odeurs de chou cuit, des bruits de disputes et des pleurs d'enfants. Avec sa jambe raide, Inverness montait marche après marche, avec une énergie sans faille, comme poussé par une sombre détermination. Lord Amigon, qui manquait d'habitude, s'essoufflait. « Quel étage ? osa-t-il enfin demander.

— Dernier, dit le journaliste. Owen avait soif de hauteurs. »

Ils montèrent, montèrent. Le soleil disparaissait à l'horizon. Tout au fond, en bas, les réverbères jaunes s'allumaient. Lord Amigon regarda en l'air, et vit l'enchevêtrement noir et métallique de l'escalier se perdre dans la lueur évanescente des premières étoiles. Combien de centaines d'étages encore ? Il en éprouva vertiges et nausée.

Plus haut, plus haut. On avait l'impression de s'éloigner toujours plus de la vie et de Londres. Dans quelle espèce de mansarde infernale était allé se fourrer ce vieux fou ?

Jusqu'au moment où, au-dessus d'eux, il n'y eut plus que le ciel et un voile de brouillard naissant. Ils étaient arrivés. Épuisé, Lord Amigon s'appuya tout haletant à la balustrade.

« Nous y voilà », annonça le vieux avec une certaine grandiloquence, en ôtant son chapeau. Sa chevelure se mit à luire dans la pénombre, ondulant aux souffles du vent. « J'avais bien dit que c'était tout près. La première porte à droite, je vous en prie. C'est d'ici que Marton Owen a jeté au vent son dernier message. »

Ils s'engagèrent dans un couloir, comme les autres faiblement éclairé et empestant le chou. Inverness ouvrit une porte.

Lord Amigon fut pris d'un violent désir de fuir mais il était trop tard. C'était une sorte de salle de séjour-cuisinc, avec un canapé-lit dans un coin. Par une porte entrouverte, on apercevait une autre pièce, sans doute la deuxième et la dernière, il était légitime de le penser ; là-dedans, trois lits, et sur l'un d'eux un jeune garçon était étendu. Depuis des années et des années, avec un courage farouche, l'ordre et la propreté luttaient, dans ces deux minuscules pièces, contre la puissance de la misère. Et continuaient de lutter, cela se voyait, en sachant bien qu'il suffisait d'une heure pour que tout soit perdu. Mais voilà que l'enfant était tombé malade et Mme Inverness, intrépide condottiere de cette bataille sans fin, avait de jour en jour le teint plus cireux.

« Le voilà », dit Inverness à son hôte, avant même de passer le seuil. Il lui montra un portrait accroché au milieu du mur en face. Marton Owen, bien sûr : un agrandissement photographique, où frappait cette absence d'expression qui caractérise les photographies des morts.

Lord Amigon, accablé, se taisait. « Annie ! appela alors le journaliste en direction de l'autre pièce. Je voudrais te présenter le docteur Pross. Il est monté jusqu'ici, figure-toi, pour faire un pèlerinage en hommage à Owen. »

La porte à demi fermée s'ouvrit complètement. L'épouse apparut, vêtue d'une modeste petite robe défraîchie. Un gentil sourire illumina un peu son visage.

« Papa, papa. » On entendit la voix du petit garçon. « C'est le nouveau docteur qui est là ?

— Non, non, ne t'inquiète pas, recommanda Inverness en s'approchant de la porte. Nous avons de la visite. Vous voyez ? expliqua-t-il ensuite à Lord Amigon. C'est mon petit garçon ; depuis un moment déjà, il ne se sent pas très bien, il a dû prendre un peu froid » et il accentua d'une manière très spéciale ces deux derniers mots.

« Oh, je suis désolé... murmura Sir Claudius, complètement désemparé et se demandant avec terreur : ils ne vont quand même pas me solliciter pour un conseil d'ordre médical ?

— Mais vous ne voulez pas vous asseoir un moment ? » lui proposa Mme Inverness en lui tendant une chaise. Et son mari reprit : « Voilà : c'est ici qu'il avait mis sa table pour écrire. Il s'asseyait face à la vitre et de temps en temps, c'est ce que l'on raconte, il se mettait à la fenêtre pour respirer, puis il retournait à son travail. Les jeunes filles guettaient en bas pendant des heures et des heures dans l'espoir de le voir une fraction de seconde, de temps à autre.

— Et c'est ici qu'il est mort ? demanda Lord Amigon, ne sachant plus que dire, et il montra d'un geste l'autre pièce : geste qu'il regretta aussitôt car on pouvait penser qu'il faisait allusion au petit garçon.

— Ah non, répondit Inverness. Il a voulu s'enfuir. Là... là... » Il fit un geste vague, on ne savait pas trop s'il voulait montrer la fenêtre ou le ciel au loin.

À ce moment, faisant preuve d'une grande détermination, Lord Amigon se leva et se dirigea vers la porte. « Merci infiniment, dit-il, je suis vraiment touché de votre amabilité, monsieur Inverness... Madame Inverness, mes hommages. » Il fit une petite révérence.

Sans mot dire, M. Inverness l'accompagna jusqu'à la sortie. Venu du cœur de Londres, à quelques kilomètres de là, on entendait un grondement assourdi. Lord Amigon, debout sur la passerelle, jeta un coup d'œil à l'escalier de fer qui s'enfonçait à n'en plus finir. Il resta figé, pris de malaise, et il ne savait que dire.

Alors Inverness prit la parole et sa voix avait un accent nouveau, grave et sincère, comme à confesse.

« Cet escalier ! » Il semblait faire une déclaration. « Sur cet escalier, monsieur, j'ai consumé ma vie tout entière. » Il dit *monsieur* et non pas comme avant *monsieur Pross* : se doutait-il de quelque chose ?

Lord Amigon se tut.

« Même Owen, renchérit Inverness, dont les cheveux paraissaient phosphorescents sur le noir du ciel, lui aussi il a brûlé sur ce métal maudit sa jeune vie... »

Sir Claudius fit de la tête un timide signe d'approbation.

« Et après moi ? reprit le vieil Inverness, proche de la colère. Et après moi, à qui le tour ? L'hiver, c'est une glacière. On peut prendre un peu froid sur cet escalier. Un peu froid, vous comprenez, monsieur ? Ça peut vous poursuivre votre vie entière ! »

Lord Amigon n'y tint plus, il avait fini par comprendre que c'était lui qu'on avait dupé.

« Écoutez, monsieur Inverness, dit-il d'un ton assez autoritaire, depuis que j'ai l'âge de raison, il ne s'est pas passé un jour sans qu'on me tienne des discours de cet acabit. Je crois que je suis assez compréhensif... aujourd'hui, en faisant votre connaissance, j'avais cru... bref, je vous l'avoue, à mon âge, je suis un peu fatigué d'entendre toujours des gens se lam...

— Oh, j'entends bien, répondit l'autre. Croyez-moi : j'aimerais beaucoup pouvoir faire quelque chose pour vous, vraiment ! Mais il est trop tard, j'en ai bien peur...

— Vous venez de dire que vous aviez consumé votre vie dans cet escalier. Mais vous croyez peut-être que moi... ? Gardons notre calme, mon cher Inverness, avant de nous enorgueillir de nos propres misères. Il y en a pour tous, dans ce bas monde, pour les grands et pour les petits. Vous croyez peut-être que je n'ai pas, moi aussi, un escalier où user mon âme soir après soir ?

— Un escalier de marbre, illustre seigneur, avec des balustrades de bronze plaqué d'or et des tapis d'Orient, c'est toute la différence... cela ne sert pas à grand-chose, croyez-en ma vieille expérience. Pour gagner son salut, il faut des escaliers durs, odieux, sans concession, comme l'est celui-ci. Hélas, je crains fort que pour vous il ne soit désormais trop tard. Quel dommage ! Au fond vous devez être quelqu'un de bien. Oh, ne me regardez pas comme ça ! J'ai l'air d'un vieil illuminé, c'est ça ? Mon Dieu, le dernier luxe que peut se payer un homme en fin de course ! Tout est derrière moi, vous comprenez ? avec tout ce que nous avons donné, on devrait bien nous rendre un petit quelque chose en retour, vous ne croyez pas ? Oui, je le regrette vraiment pour vous. Sincèrement, rajouta-t-il, apaisé.

— Trop tard, hein, ricana Lord Amigon, exaspéré, même pour vous jouer un mauvais tour, si j'étais susceptible ?

— Même, répondit Inverness avec détermination. Je suis vieux. Ces vieux escaliers, ce sont les nôtres désormais : pour toujours... Bonne chance, alors, monsieur Pross. Et ne faites pas attention à ce que vous a dit ce vieux gâteux d'Inverness, je vous en prie. Votre automobile vous attend en bas. »

Lord Amigon regarda par-dessus la balustrade. En effet, dans la rue (qui paraissait infiniment lointaine) sous la lumière d'un réverbère, était arrêtée une superbe voiture d'un rouge brun.

De nouveaux amis bien étranges

Quand il fut mort, Stefano Martella, directeur d'une société d'assurances – lequel avait séjourné, péché, travaillé et gagné la partie pendant presque cinquante ans à la surface de la terre –, se retrouva dans une merveilleuse cité, assemblage d'édifices somptueux, de rues larges et droites, de jardins, de riches commerces, de riches automobiles, de cinémas et de théâtres, de gens bien nourris et élégants, d'un soleil limpide ; tout cela était magnifique à regarder. Il marchait tranquillement sur une avenue et à ses côtés un monsieur très aimable lui donnait des explications. « Je le savais bien, pensait-il en lui-même, il ne pouvait pas en être autrement ; j'ai travaillé toute ma vie, j'ai fait vivre ma famille, j'ai laissé à mes enfants un patrimoine respectable ; somme toute, j'ai fait mon devoir, et me voilà donc au paradis. »

Le monsieur qui l'accompagnait lui dit s'appeler Francesco, il était là depuis une dizaine d'années. « Vous êtes content ? » lui demanda Martella avec un sourire complice, comme si sa question ne valait vraiment pas la peine d'être posée. L'autre le regarda fixement : « Comment pourrais-je répondre non ? » Et ils éclatèrent de rire.

Francesco était-il un employé municipal ou faisait-il cela pour rendre service ? Il emmena Martella d'une rue à l'autre, d'une merveille à une autre merveille, plus magnifique encore. Tout était parfait, net, propre, sans mauvaise odeur ni bruits discordants. Ils marchèrent pendant un bon moment sans que Martella, pourtant assez corpulent, ne ressentît la moindre fatigue.

Au coin d'une rue était garée une belle, très belle, voiture ; au volant, un chauffeur en livrée attendait. « Elle est à vous », dit Francesco, et il invita Martella à monter. En voiture, ils firent encore une longue promenade. Le nouvel arrivant regardait les gens dans la rue, les hommes et les femmes d'âge et de condition sociale variés, mais tous bien habillés, le teint frais. Ils avaient tous une expression de contentement ; cependant on remarquait sur leur visage quelque chose de figé, comme une secrète lassitude. « Forcément, pensa Martella, ils ne peuvent quand même pas rester là, à sourire de bonheur, toute la sainte journée. »

Ils arrivèrent à un palais, l'un des plus beaux. « Voilà votre maison », dit Francesco, et il l'invita à y entrer. La demeure que Martella avait possédée dans l'autre monde n'était qu'une masure comparée à celle-ci. Comme dans les contes. Rien ne manquait : salons, bureau, bibliothèque, salle de billard et toute une série d'autres commodités qu'il n'est pas la peine de recenser, un jardin, bien sûr, avec tennis, piscine, piste pour les chevaux, petit étang poissonneux. Partout des domestiques attendaient des ordres.

Ils prirent l'ascenseur jusqu'au dernier étage. Là on trouvait, entre autres choses, un charmant petit salon de musique, avec une immense baie vitrée d'où l'on avait une vue magnifique. Martella fut émerveillé ; aussi loin que portait son regard, il n'arrivait pas à découvrir les frontières de la ville : terrasses, coupoles, gratte-ciel, tours, pinacles, drapeaux claquant au vent puis de nouveau : terrasses, coupoles, gratte-ciel, tours, pinacles, drapeaux claquant au vent, à perte de vue ; cela semblait n'avoir pas de fin. Une chose, pourtant : il n'y avait pas de clochers. Alors il demanda : « Et les églises ? Il n'y a pas d'églises ?

— Bah ! » répondit Francesco. Il paraissait abasourdi par une telle candeur. « Ici, on n'en a pas vraiment besoin, n'est-ce pas ?

— Et Dieu ? demanda Martella (en son for intérieur, il n'en avait pas grand-chose à faire mais il se disait que c'était la moindre des choses, au moins par politesse, de prendre des nouvelles du maître de maison, le seigneur de ce royaume). Et Dieu ? Je me souviens qu'au catéchisme, quand j'étais petit, on me disait que, depuis le paradis, on pouvait voir Dieu. De là où nous sommes, on ne le voit pas ? »

Francesco se mit à rire, d'un rire un peu moqueur à vrai dire : « Hé, mon cher Martella, excusez-moi de vous dire cela, mais là vous y allez un peu fort, je crois. » (Mais pourquoi riait-il de cette façon antipathique ?) « Chacun a le paradis qu'il mérite, bien sûr, conforme à sa nature. En quoi Dieu peut-il vous intéresser, si vous n'avez jamais cru en lui ? » Ce à quoi l'autre ne répondit rien ; après tout, qu'est-ce que cela pouvait faire ?

Ils visitèrent, non pas la maison entière, c'eût été trop long, mais les pièces les plus importantes ; l'ensemble portait la promesse d'une vie bienheureuse. Puis Francesco proposa de se rendre au cercle : Martella y trouverait un groupe d'amis très chers. Tandis qu'ils sortaient, l'ex-directeur de la compagnie d'assurances voulut en avoir le cœur net ; d'un ton malicieux, comme pour plaisanter, il murmura à l'oreille de son guide : « Et des petites femmes ? il y en a, des jolies petites femmes ? » (Non pas qu'il n'en ait pas vu dans la rue – et même plus belles les unes que les autres – mais il voulait s'assurer que lui, à son âge, sans que cela ne ternît son prestige, il pourrait et cætera, et cætera.)

« Vous avez de ces questions ! fit l'autre, amusé, mais

toujours avec ce petit air moqueur. Vous voudriez qu'il n'y en ait pas, ici, au paradis ? »

Au cercle, un établissement véritablement princier, sept ou huit messieurs d'un très haut niveau social entourèrent Martella avec la cordialité que l'on a entre vieux amis. Il eut l'impression de connaître déjà deux d'entre eux ; il eut même le vague soupçon qu'il s'agissait de deux collègues, des rivaux sait-on jamais, à qui il avait peut-être joué quelque mauvais tour ; mais il n'arrivait pas à se souvenir précisément. Du reste, aucun des deux ne sembla le reconnaître.

« Ça y est, tu es là toi aussi ! dit le plus vieux de ces messieurs, cheveux blancs, air extrêmement digne ; il le regardait avidement. Content ? Content ?

— Eh, forcément content, répondit Martella, en sirotant l'apéritif qu'on lui avait offert dès son arrivée.

— Pourquoi dis-tu "forcément" ? intervint un autre, maigre, la trentaine, un visage un peu à la Voltaire, avec sur les lèvres une moue plutôt ironique et amère. Tu crois vraiment que c'est obligatoire, d'être heureux ?

— Ne recommence pas avec tes sornettes, s'il te plaît, lui dit aussitôt le vieux, comme si ces mots le dérangeaient. Moi, je dis que c'est pratiquement obligatoire. Tout ce qui était contrainte là-bas... » Il fit, de la main droite, un petit geste bizarre, que Martella n'avait encore jamais vu, très sûrement un geste convenu et assez répandu dans l'au-delà pour parler de la première existence. « ... tout ce qui était contrainte là-bas a maintenant disparu.

— Tout, vraiment tout. Même les emmerdeurs ? répliqua Martella pour faire de l'esprit.

— J'espère bien, dit le vieux monsieur.

— Et les maladies ? Même pas un rhume ?

— Des maladies ? Mais alors, ça servirait à quoi d'être au paradis ? » Il appuya sur ce dernier mot, qui sait pourquoi, comme pour marquer du mépris.

« Rassure-toi, confirma le maigre en fixant droit dans les yeux son nouveau compagnon, cela ne sert à rien d'attendre les maladies, elles ne viendront pas.

— Et qu'est-ce qui te fait penser que je les attends ? J'ai eu ma dose, dirais-je, rétorqua Martella et il se réjouit d'avoir pu faire spontanément, sans y penser, une réponse spirituelle.

— On ne sait jamais, on ne sait jamais, insistait l'autre sans que l'on sût s'il plaisantait ou non. N'espère pas pouvoir passer quelques jours au lit avec une bonne fièvre... ou avoir une belle rage de dents... Pas même une entorse, on ne nous autorise même pas une vulgaire entorse !

— Mais pourquoi parles-tu comme ça ? Ce n'est quand même pas le bagne ! s'exclama le vieux ; puis, en se retournant vers son hôte : Ne fais pas attention, tu sais, il aime bien plaisanter.

— Mais j'ai bien compris, dit Martella avec une désinvolture affectée, car en fait il se trouvait plutôt embarrassé. Ici, somme toute, la douleur n'existe pas.

— Il n'y a aucune douleur, mon cher, confirmait le vieillard chenu, et donc pas d'hôpitaux, pas d'asiles, pas de sanatoriums.

— Exact ! approuva le maigre. Vas-y, explique-lui tout bien comme il faut !

— Voilà, continua le vieux monsieur, nous n'éprouvons jamais de douleurs. Et ici, personne n'a jamais peur non plus. De quoi pourrait-on avoir peur ? Tu verras, tu ne sentiras plus jamais battre ton cœur.

— Même pas en faisant des mauvais rêves, des cauchemars ?

— Et pourquoi veux-tu avoir des cauchemars ? Je crois bien qu'ici nous n'avons même pas de rêves. Autant qu'il m'en souvienne, depuis que je suis ici, je n'ai pas rêvé une seule fois.

— Mais des désirs, des désirs, vous en avez bien ?

— Désirs de quoi ? Puisque nous avons tout. Que

pourrions-nous désirer d'autre ? Qu'est-ce qu'il nous manque ?

— Et ce qu'on appelle... ce qu'on appelle les chagrins d'amour ?

— Ça non plus, bien sûr. Ni désirs, ni amour, ni regrets, ni haines, ni guerres, te dis-je : un calme absolument plat. »

Mais à ce moment-là, le jeune homme maigre se leva de la chaise où il était assis ; son visage avait une expression dure. « Ce n'est même pas la peine d'y penser, dit-il à Martella avec fougue. Sors-toi ça de la tête. Ici, nous sommes tous bienheureux, d'accord ? Rien ne te sera pénible, tu ne seras jamais fatigué, tu n'auras pas soif, jamais ton cœur ne te fera mal à la vue d'une femme, jamais tu ne devras attendre, en t'agitant dans ton lit, que vienne te délivrer l'aube lumineuse. Nous n'avons ni regrets, ni remords, rien ne nous fait peur désormais, même pas l'idée de l'enfer ! Nous sommes heureux, comment faut-il te le dire ? » Là il s'arrêta comme envahi par une pensée déplaisante. « Et puis... et puis une chose, surtout... Tout d'abord, on n'y pense même pas, et pourtant c'est bien là qu'est le problème : chez nous, la mort n'existe pas, tu comprends ? Nous n'avons plus la faculté de mourir ; c'est magnifique, non ? Nous en sommes dé-fi-ni-ti-ve-ment (il détachait les syllabes) affranchis... Le temps a beau passer, aujourd'hui comme hier, demain comme aujourd'hui, rien de mauvais ne pourra jamais nous arriver. » Sa voix devint lente et grave. « La mort ! Tu te souviens combien elle nous faisait horreur ? Comme elle nous rendait la vie amère ! Et les cimetières, tu t'en souviens ? Et les cyprès, les petites lumières dans la nuit, les fantômes, les fantômes bardés de chaînes qui sortaient de leur tombe ?... Et la représentation que nous nous faisions de l'au-delà, les discussions que nous avions, un tel mystère, tu te souviens ? Oh, mais qui se soucie de cela maintenant... Ici tout est différent, ici nous sommes enfin libres, il n'y a personne pour nous attendre derrière la porte. Quelle satisfaction, n'est-ce pas ? quelle magnifique réjouissance ! »

Le vieux monsieur l'avait écouté vider son sac avec une appréhension grandissante. Arrivé là, il intervint brutalement : « Arrête, je te l'ordonne, arrête. Mais comment peut-on perdre le contrôle de soi comme cela ?

— Le contrôle ? Mais qu'est-ce que ça peut me faire ? Et pourquoi ne devrait-il pas savoir, lui aussi ? s'exclama le maigre d'un air railleur ; et, se tournant vers Martella : Tu es venu toi aussi moisir ici, tu n'as pas encore compris ? Il y en a des milliers comme toi qui arrivent tous les jours, tu sais ? Et ils ont à leur disposition leur automobile, leur château, les théâtres, les petites femmes, les promenades... et ils sont exempts de maladies, d'amour, d'angoisses, de peurs, de remords, de désirs... de tout ! »

C'en était trop. Sans faire d'esclandre mais avec une grande fermeté, trois des hommes qui se trouvaient là, dont le vieux, saisirent le jeune homme par les bras et l'entraînèrent de force vers la sortie, comme s'il avait rompu un pacte secret dont dépendait leur commune existence. Par ailleurs, la rapidité de l'intervention montrait que ce n'était pas la première fois ; des scènes de ce genre devaient se produire assez fréquemment.

Le jeune homme fut chassé, on lui fit passer le seuil, puis descendre l'escalier vers le jardin mais il continuait à crier, s'adressant toujours à Martella : « Regarde-les, ces beaux palais, ces jardins, ces bijoux. Amuse-toi, si tu le peux. Mais tu ne comprends donc pas que nous avons tout perdu. Mais tu n'as pas encore compris que... » Ses paroles furent étouffées, comme si on l'avait bâillonné. La phrase s'acheva dans un gargouillement informe que Martella ne put décrypter. Cela n'avait plus d'importance, maintenant. Une petite voix, parlant très nettement, lui disait ce que l'autre n'était pas parvenu à exprimer.

« Mais tu n'as pas encore compris, disait cette voix, que nous sommes en enfer ? »

L'enfer ? Avec ces palais et ces fleurs, avec tant de gracieuses créatures ? Ça, l'enfer ? Quelle idiotie ! Et pourtant Stefano Martella regardait autour de lui, hagard, sentant son cœur chavirer. Il regardait autour de lui, cherchant désespérément la preuve du contraire. Mais autour de lui il y avait six ou sept visages parfaits, à la peau lisse, bien nourrie, des visages mystérieux qui le fixaient, les lèvres entrouvertes dans un sourire de bonheur réglementaire. Un serveur s'approcha, lui tendit un autre verre. Il but une gorgée avec dégoût, il se sentait terriblement seul, abandonné du genre humain ; puis, lentement, il se ressaisit, regarda fixement en face, à son tour, ses nouveaux amis, entrant dans les rangs de cette conjuration désespérée. Et tous autant qu'ils étaient, avec des efforts pitoyables, ils essayaient de sourire.

Le monstre

Au fond d'un sombre cagibi dans le grenier où les bonnes des habitants avaient l'habitude de jeter les objets hors d'usage et trop volumineux pour subir le sort réservé habituellement aux détritus, par un bel après-midi de juin, une certaine Ghitta Freilaber, domestique et préceptrice auprès de la famille Goggi, alors qu'elle était montée au grenier pour s'y délester d'un paquet de vieux journaux qui encombrait sa chambre, découvrit un monstre horrible. C'était un corps oblong, ressemblant à un gourdin, apparemment sans membre, qui se trouvait comme blotti verticalement dans un coin ; fait d'une chair – mais pouvait-on vraiment parler de chair ? – noirâtre et violette, molle et compacte à la fois, palpitante, ressemblant à certaines tumeurs : au sommet se trouvait comme une protubérance difforme avec des trous qui pouvaient être des yeux, ou des bouches, ou rien du tout. Si bien que Mlle Freilaber, à cause de la pénombre, n'avait tout d'abord pas compris de quoi il s'agissait et s'était approchée pour mieux voir. Dès qu'elle eut touché la chose et senti se retirer sous ses doigts cette chair tiède et visqueuse (sans arriver à s'en faire une idée exacte, sans quoi elle serait sans doute morte sur le coup, mais parce qu'elle aurait pensé avoir affaire à un crapaud ou à une salamandre), elle poussa un cri et tomba évanouie. Cependant, courageuse comme elle l'était, dès qu'elle fut revenue à elle, au lieu de se laisser envahir par la peur, elle réussit à se relever, ferma avec le verrou extérieur la porte du cagibi (mais non sans avoir jeté au tout dernier moment un coup d'œil fugitif, à peine une fraction de seconde, à sa découverte qui cette fois-ci lui apparut, malgré sa précipitation, telle qu'elle était vraiment, ce qui l'emplit de terreur) ; puis elle rajusta sa robe, l'époussetant un peu, et descendit l'escalier, en se demandant si ce qu'elle avait vu était bien réel.

Comme chez les Goggi, à cette heure-ci, il n'y avait personne à part la femme de chambre avec qui elle avait peu d'affinités, Ghitta descendit à la loge de la concierge et ce n'est qu'à ce moment que la terreur prit le dessus. Haletante, elle saisit la concierge aux épaules, en balbutiant : « Mon Dieu, là-haut, au grenier là-haut au grenier... » Elle ne put en dire plus. La concierge, en la voyant dans un état pareil, la fit asseoir sur un petit divan et, comme elle supposait qu'il s'était passé quelque événement nécessitant son intervention, elle débrancha le fer avec lequel elle était en train de repasser, s'assit à côté de Mlle Freilaber et, en lui tapotant les mains pour lui donner du courage, elle lui demanda : « Allez, allez, mais qu'est-ce qu'il s'est passé ? »

À la fin Ghitta, après avoir poussé un long soupir, réussit à donner quelque explication : « Au grenier, dans le cagibi... il y a une bête... dit-elle. Un monstre, vous dis-je... un monstre... » et elle éclata en sanglots irrépressibles.

Mais pendant ce temps-là un chauffeur vint demander qu'on lui ouvrît la porte cochère car il devait livrer de la marchandise. La concierge, faisant un geste d'excuse, laissa Mlle Freilaber seule. Ce brusque rappel à la réalité la plus triviale de la vie apporta cependant un certain soulagement à la préceptrice ; la première peur passée, celle-ci commençait à se demander si elle n'avait pas mal vu. Il suffisait du reste de raisonner. Ghitta se demanda, bien qu'elle en fût peu convaincue, quelle bête cela pouvait être. Un reptile aussi énorme que difforme ? Mais dans un grenier ? Et sans qu'on en ait jamais vu de semblable dans tout l'univers ? Ou alors c'était un secret ? (cette idée l'effleura également) un secret connu seulement d'un groupe restreint de scientifiques qui, génération après génération, le cachaient pour ne pas heurter la sensibilité de la population ? Ou encore c'était elle, pauvre ignorante, qui ne connaissait pas toutes les possibilités de la faune en matière d'abominations ?

La concierge, d'un naturel joyeux, s'en revint : « Oh, ma pauvre petite demoiselle. Vous avez vu un monstre au grenier ? Ce devait être un rat, que voulez-vous que ce soit d'autre ?

— Il est toujours là. Il ne bouge pas », dit Mlle Freilaber. Il y avait dans la condescendance que la concierge montrait envers elle un peu de ce mépris qu'ont tendance à avoir les femmes mariées pour les vieilles filles. Bien que Ghitta fût encore jeune et fraîche, la concierge avait la vague impression qu'elle s'était quelque peu desséchée dans sa virginité et que son tempérament en était devenu un peu hystérique.

« Bon, on va aller voir ça dès que mon mari arrive, je ne peux pas laisser la loge sans surveillance, on va aller voir.

— Oh ! moi, je n'y retourne pas, c'est sûr », fit Mlle Freilaber, parvenant à grand-peine à sourire.

C'est ainsi que le mari de la concierge, Enrico, menuisier de son métier, monta plus tard au grenier, tout seul, muni d'une lampe électrique car entre-temps la nuit était tombée. Il était fermement convaincu que Mlle Freilaber avait eu des hallucinations. En effet, après avoir ouvert le cagibi, il fouilla l'intérieur, et ne trouva rien de suspect. Dans le coin où la préceptrice avait vu le monstre, il y avait un sac de tissu caoutchouté, d'un brun sombre, contenant le vieux matériel de pêche d'un locataire qui s'était adonné à cet exercice quelques années auparavant mais qui était maintenant infirme. Il le toucha, le secoua, il ne bougeait pas. À l'intérieur devaient se trouver une canne démontée qui le faisait tenir droit et probablement un filet, ou une couverture, ou quelque chose de ce genre qui le rembourrait. Loin d'être étonné de constater que le monstre n'existait pas, Enrico barricada la porte et redescendit.

« Un sac, voilà ce que c'était, votre monstre », dit-il en riant à Mlle Freilaber, à peine eut-il passé le seuil de la loge. La demoiselle piqua un fard, tout en riant elle aussi : « Un sac ?

— Un sac de tissu caoutchouté. Avec du matériel de pêche à l'intérieur.

— Mais je l'ai touché. Il a bougé !

— Bien sûr ! s'exclama-t-il, amusé, il a dû bouger parce que vous l'avez touché. Dieu sait ce qui vous est passé par la tête ?

— Qu'est-ce que vous dites ? Cela m'a fait une belle frayeur, je vous le répète.

— Ah, mais j'ai bien vu, fit le concierge en riant à gorge déployée. Et maintenant ? Vous êtes rassurée maintenant ? »

Oui, Ghitta était rassurée, et elle remonta chez les Goggi tandis que le couple échangeait des regards entendus. Tout s'expliquait donc par une banale illusion d'optique. Toutefois le constat rassurant fait par le concierge ne suffisait pas à effacer, d'un seul coup, le choc reçu. Pendant toute la soirée Ghitta demeura pensive, souvent tourmentée par la tentation de remonter au grenier pour constater d'elle-même sa méprise. Peut-être que raconter l'anecdote aux Goggi lui aurait fait du bien ? Mais comme c'était sur ses seules épaules que reposait la charge des trois enfants, elle pensa qu'il valait mieux ne rien dire : et si Mme Goggi se mettait dans la tête que Ghitta était une visionnaire, une hystérique ?

Par ailleurs, justement pour que cette histoire garde en définitive les proportions d'un incident sans gravité, elle ne demanda même pas à la concierge de se taire. Ce qui fit que tout l'immeuble fut au courant et en rit ; les femmes de chambre et les domestiques se saisirent de l'occasion pour la surnommer « la fille au monstre » et Mme Goggi elle-même, rentrant chez elle en fin d'après-midi, lui demanda : « Et alors, Ghitta ? Qu'est-ce que c'est que cette histoire de monstre ? Il y en avait vraiment un ? » La jeune fille, prise au dépourvu, devint toute pâle ; non par crainte des questions embarrassantes ou des remarques ironiques, mais parce que, tout à coup, et bien que cela fût absurde, elle eut de nouveau la nette certitude, qui sait pourquoi, que le monstre existait réellement. Prenant sur elle, elle sourit et se moqua d'elle-même : « Qu'est-ce que vous voulez, Madame, cela m'a fait une impression tellement bizarre. J'ai cru qu'il y avait une sorte de bête, une bête tout à fait monstrueuse. Comme ça, dans le noir, ce sont des choses qui arrivent.

— Certes, vous avez toujours été un peu fantaisiste, mais à ce point, quand même ! fit Mme Goggi avec une pointe d'agacement. Cela veut dire que la prochaine fois qu'il y aura besoin de remonter au grenier, il vaudra mieux que ce soit Anna qui y aille. Elle, au moins, elle ne voit pas de monstres... Même s'il y en a pour de vrai !

— Mais pourquoi ? demanda timidement la jeune fille. Vous pensez sérieusement qu'il peut y en avoir ?

— Moi ? Il ne manquerait plus que ça ! » dit Mme Goggi, se mettant enfin à rire. Et l'affaire fut traitée comme une vaste plaisanterie. Ghitta Freilaber fit son possible pour se joindre aux plaisanteries et aux railleries qui occupèrent toute la famille jusqu'à l'heure du coucher. Le monstre, le matériel de pêche du vieux docteur Verolini, le docteur lui-même et son asthme, ses habitudes de misanthrope, ses prétendues pratiques démoniaques, la peur de Ghitta, la perquisition du concierge, les commérages des locataires, tout y passa, et fut joyeusement exploité : les commentaires de toute la maisonnée insistaient lourdement, établissaient des paradoxes faciles ; si bien qu'en fin de compte Mlle Freilaber se sentit emportée par cette vague d'affectueuse bonne humeur.

Mais quand vient la nuit et que l'on se retrouve seul, certaines pensées resurgissent et envahissent l'esprit, occultant tout le reste. Les rires s'éteignirent, toute la maison s'endormit, la lune monta dans le ciel au-dessus des coupoles et des toits solitaires, les ombres amoureuses s'égarèrent dans les jardins, les douleurs se réveillèrent dans les ventres des malades de l'hôpital, les oiseaux nocturnes aux portes de la ville somnolant sur les bords des canaux pourris prirent leur vol, on entendait de temps à autre le sifflement d'un train ou un étrange appel auquel répondait le silence des longues rues, la pensée de la vie qui passe hantait les nuits blanches et, assise sur son lit, Ghitta Freilaber, vingt-huit ans, tendit l'oreille pour écouter si, là-haut dans les lointains greniers, quelque chose remuait. Parce que Ghitta était une fille valeureuse qui avait courageusement repoussé bien des tentations de la vie, mais celle-là, elle n'arrivait pas à la vaincre, celle qui l'avait assaillie à l'improviste dès qu'elle s'était rendu compte qu'elle était seule : la tentation de monter de nouveau pour voir, et pas demain, ni après-demain mais maintenant, avant que ne vienne l'aube, tout de suite ; autrement elle n'arriverait pas à dormir, elle le comprenait bien. Et la tentation devait être forte car dès qu'elle fut sûre que tout le monde dormait, toute seule dans la nuit, en robe de chambre, elle se glissa hors de sa chambre et se mit à monter l'escalier de service, marche après marche, une chandelle à la main, bien qu'elle eût tout à fait conscience du danger qu'elle encourait. Elle éprouva un immense soulagement, dans ce climat de tension, à la vue des taches géométriques que faisait la lumière de la lune passant par les larges fenêtres et qui éclairaient poétiquement le vestibule de l'escalier, car cela lui faisait penser à quelques vieux murs, dans des maisons de campagne, certainement éclairés à cette heure-là par une même lumière entre les silences des prairies, les parfums des fenaisons, le chant léger des grillons, et cela lui rappelait des souvenirs d'enfance chers à son cœur.

Et s'il y avait vraiment un monstre ? Si Enrico avait menti ? Si elle n'arrivait pas à maîtriser sa terreur ? Des bêtises – se répondait Ghitta Freilaber –, pour y être, c'est sûr qu'il n'y est pas ; mais j'ai besoin de voir, je dois le constater de mes propres yeux, je ne pourrai pas résister jusqu'à demain matin. Agitée par ces pensées, elle montait pas à pas en cherchant à ne pas faire de bruit. Pourtant tout était silence et nuit de juin, calme, peuplée du sommeil immense de milliers et de milliers d'hommes et de la tendre respiration des enfants endormis. Et si Madame la surprenait, si elle s'apercevait qu'à deux heures du matin, elle était allée faire un tour ? Quel prétexte pourrait-elle trouver ? *Brozzesi*, lut-elle à ce moment-là sur une petite plaque émaillée fixée à une porte : elle était donc arrivée au dernier étage, l'escalier devenait plus raide et plus étroit.

La voilà sur le dernier palier. Au fond, cela avait été tellement facile. Elle écouta longtemps. Silence. Lentement, elle éleva sa main droite jusqu'à la targette du verrou, la flamme de la bougie tremblait un peu, une voiture passait en bas dans la rue, mais elle était déjà loin désormais. Brusquement elle fit glisser le verrou – grâce à Dieu cela ne fit pas grand bruit – puis elle poussa le battant d'une main décidée.

Mais la porte ne céda pas. Elle s'ouvrit d'un ou deux centimètres, puis se bloqua avec un bruit métallique. La jeune fille sursauta. Elle se figea et son cœur battait fort. Y avait-il quelqu'un derrière ? Puis elle s'aperçut qu'on avait fixé une chaîne de sécurité, attachée par deux anneaux qu'elle n'avait jamais vus, l'un sur l'encadrement, l'autre sur le battant ; cela empêchait la porte de s'ouvrir.

Ghitta recula d'un pas, effrayée. Qui avait fermé le cagibi ? Et pourquoi ce soir justement, alors qu'avant il était toujours resté ouvert ? Qui avait donné cette consigne ? Et pourquoi tant de hâte ? Peut-être que là-dedans... ? Pourtant il sortait de là un tel silence, un silence effrayant.

Elle redescendit, retourna dans sa chambre sans que personne s'en aperçût, la maison continuait de dormir. Qui avait fermé la porte ? Peut-être n'y avait-il là rien de bien extraordinaire, peut-être qu'Enrico avait pour consigne de la garder fermée, seulement lui ne montait pas souvent et les femmes oubliaient régulièrement ; il était fort possible que les deux anneaux aient toujours été là, et la chaîne de sécurité aussi, pendue contre l'encadrement de la porte, et qu'elle ne l'ait jamais remarqué. On pouvait aussi penser que l'ordre avait été donné par Mme Goggi, dès qu'elle avait eu vent de l'affaire, pour empêcher Ghitta de retourner là-haut et de se monter la tête ; les patronnes sont comme ça, il suffit d'une bricole pour qu'elles se méfient de leurs employés ; ou bien Mme Goggi l'avait fait avec une bonne intention : éviter à Ghitta de nouvelles émotions. Cela pouvait aussi venir du docteur Verolini, pour protéger son matériel de pêche : comment exclure que les racontars soient venus jusqu'à lui ? De toute manière, la clef devait se trouver en bas, dans la loge, à la disposition des locataires, et le lendemain elle aurait...

Mais il pouvait s'agir d'autre chose, pensait Ghitta, de tout autre chose. Le fait que la porte avait été fermée signifiait alors que quelqu'un avait tout intérêt à cacher l'objet répugnant. Si c'était un monstre, ce n'était plus une intrusion que tout le monde pouvait constater mais bien un ténébreux secret caché avec mille soins, protégé par des complicités inconnues. Pourquoi, par exemple, Enrico aurait-il menti ? Il fallait supposer qu'il était déjà au courant de l'affaire et que c'était justement pour cela qu'il était monté, lui-même, au grenier. Enrico, un si brave homme ? Et au profit de qui aurait-il agi ainsi ? Et même si l'on admettait cela, à quoi pouvait rimer cette manœuvre ? Et dans ce cas pourquoi ne s'était-il pas montré le moins du monde embarrassé ? N'aurait-il pas dû trembler en voyant que son secret risquait d'être découvert ? Au contraire, il n'avait pas perdu un seul instant sa bonne humeur sympathique. Comment était-ce possible ? Ou alors il n'avait vraiment vu qu'un sac, en homme simple qu'il était ? Et c'étaient d'autres, alors, qui protégeaient ces turpitudes ?

« Ça suffit, se disait Ghitta en sentant qu'elle se perdait dans un labyrinthe. Après tout, qu'est-ce que j'en ai à faire ? » Il ne s'agissait ni d'un ogre, ni d'un dragon qui aurait pu la dévorer. Si quelqu'un avait des choses honteuses à cacher, tant pis pour lui. Et pourtant la jeune fille sentait bien que la maison tout entière était contaminée. Et ce serait cette incertitude concernant la possible existence du monstre qui lui empoisonnerait la vie, tant qu'elle resterait entre ces murs. Partir alors ? Mais pour aller où ? Abandonner la famille Goggi qui, en fin de compte, avait été si bonne pour elle, et les trois enfants auxquels elle s'était déjà attachée ? Et dans un autre endroit, se serait-elle sentie libérée ? Les autres maisons, les autres villes ne pouvaient donc pas receler des horreurs semblables ?

Le matin, comme cela arrive, fit s'évanouir comme par miracle toutes ces élucubrations. Les peurs, l'escapade nocturne, les résolutions de tirer les choses au clair et de s'en aller, tout cela lui parut d'un ridicule achevé. Sa libération, qu'elle croyait si difficile à obtenir, lui vint des rayons de soleil qui passaient entre les volets.

Pourtant, lorsqu'en partant se promener avec les deux enfants les plus grands, elle demanda, comme par hasard, la clef du cagibi pour y mettre d'autres vieux papiers et que la concierge (au lieu de s'étonner de cette question puisque le réduit était toujours resté ouvert) répondit qu'elle ne savait pas, que son mari l'avait peut-être, mais qu'il était sorti, mais qu'il se pouvait également qu'on l'ait cédée pour quelque temps à un locataire – et ce discours correspondait étrangement à ce qu'elle avait supposé cette nuit –, Ghitta sentit renaître son inquiétude. Même si rien ne l'autorisait à penser cela, elle se mit en tête que, sous un prétexte ou un autre, on lui refuserait la clef du cagibi ; comme elle avait accidentellement donné l'alerte hier, plusieurs forces d'origines diverses étaient entrées en action pour étouffer le scandale, tourner l'affaire en dérision, faire croire que tout était né de l'imagination d'une gamine trop nerveuse et trop sensible : une machination parfaite, donc, élaborée tout spécialement pour elle ; on aurait d'abord eu pour elle toutes les indulgences et tous les égards mais, par la suite, si elle avait insisté pour savoir, alors on aurait déclenché des hostilités ouvertes, des mesures de rétorsion.

C'était tellement plus simple de penser que le monstre était une chimère, qu'Enrico avait dit la vérité et fermé la porte parce qu'il considérait que c'était son devoir, que la clef se trouvait maintenant entre les mains d'Enrico lui-même ou de quelque locataire, somme toute que tout cela était clair comme de l'eau de roche. Qui sait pourquoi Ghitta Freilaber s'obstinait coûte que coûte à persister dans ses soupçons, à faire du moindre détail anodin un symptôme inquiétant, à imaginer des complots loufoques. Et puis son amour-propre lui disait de ne pas céder. Elle aurait voulu en parler, mais à qui ? Stefano, son fiancé, se trouvait bien loin. Don Angelo, son confesseur ? Cela n'aurait servi à rien, il ne l'aurait pas crue. Mme Goggi ? La dernière personne à qui faire des confidences ; Ghitta Freilaber ne connaissait que trop les dames de la haute société et leurs méfiances mesquines.

Au moment où ils s'apprêtaient à entrer, à une vingtaine de mètres de la porte, Ghitta et les deux enfants rencontrèrent M. Gerolamo, le père de la concierge, un petit vieux enjoué qui n'avait pas d'autre souci que de faire passer le temps comme il le pouvait et donc assez enclin aux bavardages. Il sortait juste de chez la concierge et avait l'air tout particulièrement content de rencontrer Mlle Freilaber.

« Ah, mademoiselle, mademoiselle, s'exclama-t-il en s'avançant à sa rencontre, ne me dites rien, Gina m'a déjà tout raconté. Mais qu'est-ce qui vous a pris, chère petite demoiselle ? » Et il clignait stupidement de l'œil avec l'air de celui qui sait déjà tout. Puis il se pencha vers elle comme pour lui faire une confidence affectueuse et lui témoigner sa compassion. « Et vous n'êtes pas la première, vous savez ! »

Ghitta, que ces débordements en apparence totalement gratuits avaient d'abord irritée, se retourna pour le regarder. « Non, non, fit-il, toujours aussi hilare, ne me regardez pas comme ça ! » Et il expliqua, comme s'il s'agissait d'une bonne blague, qu'un jour, sept ans plus tôt, à l'époque où lui, le père de Gina, occupait encore le poste de concierge, l'ancien propriétaire était revenu du grenier pâle comme un mort. Lorsqu'on lui avait demandé ce qu'il s'était passé, il avait répondu de façon évasive mais le soir même il avait manifesté à son comptable son désir de vendre l'immeuble : ce qu'effectivement il avait fait avec une rapidité surprenante. Si bien que pendant quelque temps on avait parlé de fantômes ou d'autres choses du même type qui auraient conduit le propriétaire à se séparer de son bien.

À ce moment-là, Ghitta Freilaber, impressionnée par le récit qu'elle venait d'entendre, décida qu'il valait mieux faire comme si de rien n'était. Elle accueillit donc cette révélation avec une incrédulité badine et, les enfants fournissant un bon prétexte, elle réussit à prendre congé du vieux. Une fois rentrée, elle renonça à l'idée de demander à nouveau la clef (le fait que la concierge, en la voyant passer de nouveau, ne lui ait pas touché mot du sujet lui parut du reste assez symptomatique) et le même jour elle eut la bonne idée d'envoyer à la Préfecture une lettre anonyme rédigée en ces termes : « Je vous conseille, dans votre intérêt, d'aller jeter un coup d'œil dans le grenier du numéro 38 de la rue Raimondi (la porte juste en haut de l'escalier et pas le couloir de droite). Il se peut que vous trouviez là quelque chose de très étrange. Un ami. » Ce n'est qu'après l'avoir postée qu'elle se rendit compte qu'elle venait de faire un faux pas. En effet, si la Préfecture ne réagissait pas, elle ne pourrait plus aller elle-même signaler le problème sans se trahir ; ou alors cela ferait des histoires, et il y avait des chances pour que Mme Goggi, la tenant pour une exaltée, la congédie ; sans compter les réactions du maître de maison, des concierges, des colocataires. Les visites de la police ne font jamais plaisir à personne.

Mais on ne vit pas venir la police ; les jours passaient, plus personne, ni chez les Goggi, ni dans la loge des concierges – comme si on s'était donné un mot d'ordre –, ne faisait la moindre allusion au monstre du grenier et cela aussi contribuait à accroître le malaise de Ghitta Freilaber. Maintenant, il lui était difficile de dormir la nuit et aucun raisonnement ne suffisait plus à nier la présence du cauchemar dans le grenier. Maintenant, le douloureux souvenir, que l'agitation du début avait en quelque sorte refoulé et atténué, refaisait jour avec une netteté impressionnante : Ghitta revoyait cet incroyable corps avec le détail précis de ses contours, de ses plis, de sa couleur, si bien qu'était balayée toute velléité de croire encore à une hallucination. Il lui semblait que la maison allait céder sous le poids presque insoutenable de son grenier ; la nuit elle le sentait peser jusque sur elle, à travers l'épaisseur des plafonds, pendant que les autres, complices ou innocents, dormaient comme des bienheureux.

Jusqu'au moment où – une quinzaine de jours plus tard –

elle jugea qu'elle pouvait à nouveau demander la clef du cagibi sans éveiller les soupçons. La concierge lui répondit que cette pièce n'était plus à la disposition des locataires : une entreprise s'en servait pour entreposer quelques marchandises, et son mari avait déménagé tout ce qu'il y avait à l'intérieur dans un autre coin du grenier ; raison pour laquelle on avait fermé la porte avec un cadenas.

« Mais comment est-ce possible ? s'exclama Ghitta, masquant son inquiétude d'un sourire. Vous vous souvenez de ce jour où j'ai eu si peur ? C'était ouvert en ce temps-là. Et le soir même on avait déjà installé le cadenas... » (Elle n'avait même pas fini de prononcer sa phrase qu'elle se repentait déjà de l'imprudence folle qu'elle avait commise. Et en effet, Gina la regardait avec étonnement.)

Puis voilà qu'arriva son mari, qui était dans la pièce voisine. « Dis, Enrico, fit la concierge, tu te souviens du jour où mademoiselle s'est fait une belle frayeur au grenier ? Elle dit que le soir même on a posé un cadenas. Tu t'en souviens ?

— Un cadenas, le soir même ? dit Enrico sans se départir de sa sempiternelle bonne humeur. Mais comment pouvez-vous le savoir ? Vous ne vous rappelez pas, mademoiselle, que c'est moi qui suis monté au grenier, à la nuit tombée d'ailleurs. Non, non, vous vous trompez. Je ne pourrais plus le dire exactement, mais le cagibi, nous avons dû le vider le jour suivant, ou deux jours plus tard... Mais pourquoi, mademoiselle ? Quelque chose appartenant aux Goggi a été perdu ?... Ou bien vous aimeriez monter pour jeter un coup d'œil à votre monstre ? »

Mais riait-il sincèrement ?

« Mademoiselle, vous aviez peut-être besoin de quelque chose ? insistait Enrico.

— Non, non, de rien, on parlait juste comme ça », répondit Ghitta rassurée. Ils s'étaient donc un peu inquiétés, les concierges. Peut-être avaient-ils compris qu'elle soupçonnait quelque chose, et cela leur faisait peur. Et qui les avait chargés de cette mission ? Pour le compte de qui s'ingéniaient-ils de la sorte à éviter toute enquête ou toute visite sur le lieu ? Pourquoi Enrico avait-il maintenant cet air indécis ? Pourquoi ne plaisantait-il plus ? Ghitta souriait, maintenant. Elle regarda la pendule. « Mon Dieu, comme il est tard, dit-elle. Au revoir. » Elle eut l'impression que le monde entier s'était ligué contre elle, la stupide, l'indiscrète, celle qui en avait découvert par hasard le secret et n'avait pas su se taire.

Le nouveau préfet de police

Le redoutable Platina fut nommé nouveau préfet de police dans notre ville ; et le jour même où il arriva, il se fit conduire sur la plus haute tour de la forteresse. Il voulait voir la ville d'en haut – disait-il –, il avait toujours procédé de cette manière dans chacun de ses nouveaux lieux d'affectation : les maisons des hommes ne s'attendent pas – disait-il – à être observées depuis les toits et c'est pourquoi elles révèlent bien des choses.

Il était deux heures, par un bel après-midi de printemps, le soleil inondait les vieux toits, si étrangement solitaires, tandis qu'en bas, invisible, la ville grondait. Jusqu'à l'horizon s'étendait, entrecoupé de rares terrasses, un désordre de coupoles et de clochers, poussiéreux promontoires de terre cuite désormais décolorés et quelque peu mélancoliques. Les richesses, les affaires, les vestibules de marbre, les boutiques, les femmes merveilleuses fourmillaient en contrebas. Mais au sommet, sur le faîte des toits ? Quels secrets cachait la ville sans limites sur ses toits en apparence déserts ?

« Voilà », se dit avec satisfaction le préfet Platina en s'appuyant à la balustrade, et il observait. Se servant parfois de jumelles, tandis que sa suite de fonctionnaires, de l'autre côté de la tour, se dispersait en bavardages futiles, il inspectait lentement, savourant l'autorité qu'il détenait sur chacun de ces édifices qui ne se doutaient de rien. La ville, en effet, paraissait sagement endormie, un territoire sans fin consacré à des commerces honnêtes, à la famille et à l'amour.

Mais Platina s'immobilisa, ses jumelles rivées sur un point lointain où un enchevêtrement de cheminées évoquait une morne forêt à l'abandon. Là-bas, dans la torpeur immobile des tuiles et des avant-toits, quelque chose remuait. D'un jaune indéfinissable, la chose se serait confondue avec l'arrière-plan si elle n'avait pas été agitée d'un ondoiement un peu paresseux. Un drapeau : mais il n'avait pas les couleurs décrétées par la nation, ni celles d'aucune société ou parti politique, le préfet Platina les connaissait parfaitement. Il ondoyait nonchalamment au doux vent printanier, délivrant au ciel de la ville un message inconnu.

« Ognissanti ! » appela le préfet. Puis au commissaire qui avait accouru aussitôt : « Qu'est-ce donc, demanda-t-il, que ce drapeau ? » Ognissanti prit les jumelles pour regarder.

« Je ne saurais pas vous dire, et il sourit comme s'il s'agissait là d'une lubie sans malice de son supérieur.

— On y va tout de suite, dit Platina.

— Pour quoi faire ?

— Pour voir. »

Le préfet avait l'habitude, surtout s'il était nouveau venu dans une contrée, d'affirmer son autorité en personne et dès les premiers jours, sans regarder, s'il le fallait et malgré son âge, à la dépense d'énergie ni aux nuits blanches.

Leur voiture vola à travers les rues tortueuses, ils arrivèrent à ladite maison, se firent connaître à la porte ; très vite ils furent au soleil, sur une petite terrasse qui donnait sur le toit : de la ville tout en bas ne parvenait qu'un vague bourdonnement musical qui mettait le silence en valeur. Maintenu par une hampe de bois, le drapeau continuait à osciller. Ayant grimpé sur le toit peu pentu, les deux hommes arrivèrent facilement près de la base. Platina saisit un bout du tissu qu'il écarta pour pouvoir examiner le drapeau déployé. C'était un drapeau pitoyable, défraîchi et poussiéreux, maculé de taches informes et de vagues traces d'un ancien motif, qu'on ne pouvait reconnaître. Qu'est-ce que cela voulait dire ?

Dans l'intervalle, avec des grincements aigus, les lucarnes de quelques mansardes alentour s'étaient ouvertes, et s'y découpaient, poussés par la curiosité, des visages dont la plupart étaient hâves et dénués d'expression. On entendit les cris perçants d'un enfant : « Maman, il y a un monsieur qui est sorti de la cheminée ! »

« Vous savez, vous, demanda alors le préfet à un petit vieux qui lorgnait depuis sa mansarde, à qui appartient ce drapeau ?

— Quoi ? Qu'est-ce que vous dites ? répondit celui-ci, soudain effrayé.

— Ce drapeau ! hurla le préfet, pensant que le vieux était sourd. À qui appartient-il ? »

L'autre ne comprit pas, ou fit semblant, et se mit à ricaner : « Moi, ce drapeau ? Hi, hi ! Qu'est-ce que vous voulez que j'en fasse, moi, monsieur ? »

Platina se tourna alors vers un homme à la barbe noir, lui aussi à sa fenêtre, en train de se frotter le cou avec une serviette.

« Et vous, excusez-moi, vous savez quelque chose ?

— Moi ? Si j'en sais quelque chose ? répondit l'homme, pensif. Je crois bien que non. Cela doit faire Dieu sait combien d'années qu'il est là. Nous, ça ne nous gênait pas, vous savez, on l'a laissé là où il était. Voilà tout, Excellence. » Était-il possible que personne ne pût lui donner d'explication ? Le préfet s'apprêtait à faire de nouvelles tentatives auprès d'autres habitants, mais les hommes, les femmes, les enfants avaient tout d'un coup déserté les lucarnes, on n'entendait plus non plus la moindre voix. Le commissaire Ognissanti regarda son supérieur en secouant la tête comme pour l'engager à faire preuve d'indulgence.

À ce moment-là Platina eut l'impression que quelqu'un, dans la direction opposée – c'est-à-dire de l'autre côté de la rue –, le regardait fixement dans le dos. Il se retourna vivement.

Tout d'abord il ne vit que des toits, des toits à perte de vue, des toits déserts, endormis. Puis il se rendit compte qu'à trois ou quatre maisons de là, au milieu des à-pics des cheminées, se trouvait un autre drapeau, jaunâtre et déteint comme le premier : lui aussi semblait oublié et fluctuait paresseusement dans la molle respiration du vent. Mais il y en avait un autre encore, d'une couleur identique, au-dessus d'une étrange flèche de brique rouge. Balayant l'espace du regard, il s'aperçut en fin de compte qu'au-dessus des toits de la ville tout entière, à perte de vue, jusque dans les quartiers les plus excentrés, flottaient des drapeaux et des drapeaux, qui n'avaient pas les couleurs décrétées par la nation, ni celles d'une société ou d'un parti politique connu. Ils avaient poussé comme par magie sur la mer somnolente des toits, mais l'on aurait dit qu'ils étaient là depuis des millénaires, tant ils étaient décolorés et défraîchis.

« Ognissanti, dit le nouveau préfet avec un certain trouble. Vous avez vu ?

— Je le savais, dit Ognissanti, je le savais depuis le départ, on aurait mieux fait de ne pas venir. »

Pas un homme, pas un signe de vie, sur les toits à perte de vue. Calme et solitude. Pourtant la ville tout entière avait immédiatement su pour lui, Platina. Des profondeurs obscures de l'abjection, de la misère et de la haine s'étaient élevés avec une précision inquiétante les drapeaux désolés agitant au vent de mystérieuses menaces. De tous les côtés, les milliers et milliers d'yeux du délit l'avaient donc épié ; ils savaient tout de lui, ils ne l'oublieraient plus, même pour un instant.

Le miracle du roi Ignazio

Comme il devait subir une opération, on amena le roi de Naples à l'hôpital. Bien sûr, on lui donna l'une des meilleures chambres, mais il n'y avait pas un chouia de différence avec celle où Gerolamo Lisca, ancien fermier atteint de néphrite, se tordait de douleur. Quand vint la nuit – selon la volonté des médecins – la famille, les dignitaires et les valets de chambre durent le laisser seul.

Une infirmière entra pour lui prendre sa température : « Trente-sept trois, dit-elle, bonne nuit, monsieur. » Elle sortit d'un pas léger.

Tout de suite après arriva le professeur Mansetta, qui devait l'opérer le matin suivant.

« Bonsoir, salua-t-il. Avons-nous bien mangé ?

— Un peu, répondit le roi.

— Courage ! s'exclama le chirurgien. Demain vous commencez votre convalescence. Pour le moment vous êtes malade. Ce n'est qu'après l'opération que vous commencerez à guérir... répéta-t-il. Lentement peut-être, mais vous commencerez à guérir.

— Et combien de jours, d'après vous ?

— Non, non par pitié, ne commençons pas à compter en jours, c'est le système le pire qu'il soit. Maintenant vous êtes ici, parmi nous, et vous ne devez plus penser à rien. Vous voilà entre nos mains et si nous ne nous faisons pas de souci, cela veut bien dire quelque chose...

— Merci, professeur, mais je ne peux pas...

— Oh, “Je ne peux pas” ! Combien de fois ai-je entendu ces mots-là. “Je ne peux pas” ! Mais attendez un peu : vous savez qui est entré aujourd'hui dans cet hôpital ? Rien de moins que Sa Majesté le roi Ignazio. » Et il sourit très légèrement. « Et pourtant même Sa Majesté devra nous obéir, nous obéir comme un enfant. Lui aussi, il doit en avoir des choses à faire, j'imagine. Mais lui, je vous parie, lui il ne va pas me dire “Je ne peux pas”. Un homme très sage, notre roi... » Avec quelle amabilité il parlait.

Le roi l'écouta, presque amusé. Est-ce que Mansetta était vraiment distrait au point d'avoir oublié qui il était, ou bien était-ce, de sa part, une stratégie diplomatique ? Ignazio retrouva l'étrange sensation qu'il avait éprouvée, des années plus tôt, lors d'un voyage incognito à l'étranger : un parfum de clandestinité, un goût de libertés inconnues.

Mais cette fois-ci il ne s'agissait pas de déambuler avec insouciance dans les rues des villes étrangères. Cette foisci, il se trouvait à un carrefour. Et quand le médecin eut refermé la porte derrière lui, le roi Ignazio réalisa finalement qu'il venait de passer une frontière. Il tâtait en primeur de cette égalité que les autres rois ne connaissent qu'après la mort. Il avait déjà perdu le prestige de sa fonction. Non plus un souverain. Un homme, tout simplement, nu, semblable aux autres dans les chambres alentour. Et il comprit qu'il était seul.

Il est donc écrit quelque part que les rois peuvent éprouver la même chose que le vagabond surpris par la nuit, quand il songe à la famille qu'il a perdue. De telles pensées mettaient son esprit à la torture, jusqu'au moment où, incapable de résister davantage, il appuya sur la sonnette. Il n'eut pas même le temps de tourner la tête que déjà la porte s'ouvrait. Une autre infirmière : « Vous avez besoin de quelque chose, monsieur ?

— De rien, à vrai dire, répondit-il avec une certaine hauteur. Je m'ennuyais, voilà tout.

— Reposez-vous, monsieur, reposez-vous, murmura la jeune femme avec une gentillesse toute professionnelle. Il est temps d'éteindre la lumière, demain sera une journée un peu chargée... » Elle pencha la tête sur le côté. « On fait un gros dodo, monsieur ? »

Elle tourna l'interrupteur. Il ne resta qu'une lueur bleutée, semblable à celle des trains de nuit. La femme passait avec légèreté d'un bout à l'autre de la pièce, préparant de l'eau, bordant les draps, et cætera. « Bonne nuit, dit-elle enfin. Essayez de dormir, monsieur. »

Et sa fille ? Et le général Schenaz ? Et son aide de camp ? Où étaient-ils ? Et si Schenaz avait tenté un coup d'État ? Soudain, la colère de ne plus se sentir roi. Ils l'avaient abandonné ? Il regarda la pendule. Neuf heures. Dans une heure, les douleurs reprendraient. Mais dans l'après-midi, on avait installé, devant l'entrée de l'hôpital, une petite guérite de bois peinte de raies rouges et blanches, un hussard faisait les cent pas, dans un sens puis dans l'autre sur un trajet de sept pas, son fusil sur l'épaule droite. Intrigués, les passants s'arrêtaient pour regarder.

Cette histoire de sentinelle n'avait pas été un caprice du roi. À la cour existait une vieille superstition : la mort ne pouvait emporter le roi si une sentinelle se trouvait devant sa porte. On racontait par exemple que le grand-père d'Ignazio, Lodovico, était mort subitement durant la nuit parce que la sentinelle devant sa porte avait eu un malaise : elle s'était écroulée par terre et la mort avait trouvé le passage libre.

Pour le roi qui lui succéda et qui mourut lui aussi soudainement, les avis divergeaient. La plupart du temps, on démentait une semblable coïncidence. Certains intimes affirmèrent cependant, plusieurs mois après, que cette fois-là également la sentinelle avait fait défaut ou, du moins, qu'elle n'avait pas fait son service comme elle l'aurait dû. Quelqu'un, en effet, pour vérifier la réalité de la superstition, s'était donné la peine de rechercher le soldat en faction au moment du décès. Mais, soit que les tours de garde n'aient pas été consignés et que, passés quelques jours, personne ne s'en souvînt avec précision, soit que les soldats de garde, pour éviter les ennuis, aient donné des réponses évasives, chacun niant avoir été de service à ce moment-là ou savoir qui l'était, toujours est-il qu'on ne réussit pas à identifier cet homme. Cela fit naître la rumeur qu'il y avait eu des irrégularités de service.

Dans le cas présent, la question de la sentinelle avait été l'objet de nombreux débats. Tout le monde était d'accord sur la nécessité de sa présence devant l'entrée de l'hôpital, ne serait-ce qu'à titre de précaution. Certains, cependant, soutenaient que cela ne servait à rien : à l'hôpital, la mort était partout, c'était même le personnage le plus important, disaient-ils : il était donc absurde de lui interdire l'entrée si elle se trouvait déjà dans la place.

À moins que – leur rétorquait-on – les choses ne se passent pas ainsi. À moins que chaque homme ait sa mort personnelle, laquelle un beau jour quitte les contrées lointaines où elle séjourne pour venir à notre rencontre, et elle sait où nous trouver. Et le roi aurait aussi la sienne.

Complètement seul, en attendant que ses souffrances commencent, le roi Ignazio fut gagné par le sommeil. Lorsqu'il se réveilla par la suite, il vit qu'il était plus de deux heures passées. Il réalisa qu'il avait été réveillé par une voix. Qui l'appelait ?

« Giovanni ! Giovanni ! » cria-t-il par habitude. D'ordinaire, à cet appel le fidèle serviteur se glissait dans sa chambre pour lui demander à voix basse : « Quels sont vos ordres, Majesté ? » Mais cette fois-ci personne ne vint. Alors le roi se rappela dans quel lieu il se trouvait.

Immobile, il écouta le silence étrange de l'hôpital. Et la

voix qui l'avait réveillé se fit à nouveau entendre. C'était un homme qui gémissait.

Cela venait-il de la chambre à côté ou de celle de dessous ? Ou alors d'une chambre bien plus éloignée ? Les murs étaient épais, les portes aussi mais dans la nuit profonde, une fois éteint le bourdonnement de la ville, ils n'y suffisaient pas. L'idée même que la voix, pour arriver jusqu'à lui, ait dû passer des barrières mises exprès pour l'étouffer, lui donnait plus de retentissement. Jusqu'au moment où, tendant l'oreille, le roi perçut d'autres voix humaines, semblables à un écho très lointain répercuté de façon inexplicable jusqu'à lui. Le gémissement qui l'avait réveillé émergeait, en fait, non pas du silence mais du chœur confus de cent autres gémissements lointains. Il appuya de nouveau sur le bouton de la sonnette.

Cette fois encore, il n'eut pas le temps de lâcher le bouton qu'apparut une infirmière. Dans la pénombre bleue, elle paraissait jolie.

« Vous ne dormez pas, monsieur ? demanda-t-elle d'une voix rassurante. Vous n'arrivez pas à dormir ? »

Il répondit, d'une voix sèche : « Qui est-ce qui gémit comme ça ?

— Qui est-ce qui gémit ? demanda la jeune fille interdite.

— Ça fait une demi-heure que ça dure ! On dirait qu'on l'égorge ! » s'exclama-t-il, volontairement méchant.

L'infirmière leva légèrement le menton, comme pour mieux écouter. Elle resta figée quelques instants.

« Je n'entends rien, dit-elle finalement, presque vexée.

— Qui occupe la chambre à côté ?

— C'est quelqu'un, répondit-elle évasivement et elle se prit à sourire, qui sait à quelle pensée, puis, le regrettant peut-être : Un monsieur qui est malade du foie et qui dort en ce moment.

— Et qui est-ce ? Qu'est-ce qu'il fait comme métier ?

demanda-t-il, intrigué, sans qu'il pût s'expliquer cette curiosité.

— Mais... nous n'en savons rien. À le voir comme ça, on dirait un paysan...

— Un paysan ? fit le roi, oubliant que dans ces murs-là, tous les hommes étaient égaux.

— Oui, je crois, monsieur... mais maintenant il me semble qu'il n'y a plus de bruit. Vous devriez essayer de dormir, dit-elle comme si elle parlait à un enfant. Demain matin, ou plutôt ce matin, on viendra vous réveiller de bonne heure. »

À l'évidence, l'infirmière n'était pas en mesure de l'aider. Il ferma les yeux comme sous l'effet du sommeil. Et la jeune femme sortit de la chambre.

Aussitôt le roi recommença à écouter. Il n'avait pas rêvé : ici et là, venues de directions diverses, on entendait des voix. Mais pourquoi y prêter attention ? Est-ce qu'il ne savait pas depuis toujours que dans ce monde il existait des gens malades ? N'avait-il pas fait lui-même construire des hôpitaux ?

La plainte de tout à l'heure se fit à nouveau entendre : un gémissement bref, qui chaque fois s'achevait brutalement. Et si c'était un chien ? Il s'accrocha à cet espoir jusqu'au moment où il l'entendit à nouveau. Il s'agissait bien d'un homme.

Hélas, à cette heure-ci, dans son palais, régnaient la paix et le silence, qu'accompagnaient comme à l'ordinaire les carillons des pendules : en dessous, dans les écuries, quelque cheval tapait du pied en rêvant, seules les lanternes d'autrefois étaient éveillées : sous leurs reflets changeants, les mains des ancêtres aux murs bougeaient légèrement.

À onze heures du matin, l'opération était finie. Dans l'ensemble, tout s'était bien passé. La tête entourée de bandages, le roi reposait à nouveau dans son lit, encore sous l'effet des narcotiques, veillé par deux infirmières. Aucun membre de la famille ou de la Cour ne pouvait entrer avant trois jours révolus : sur ce point, les médecins étaient inflexibles.

Le roi Ignazio commença à se réveiller vers midi et quart. À travers ses paupières à demi closes, il vit de la lumière et deux silhouettes humaines. Une terrible nausée s'empara de lui. Puis de sa poitrine, sans qu'il l'ait voulu, sortit un gémissement.

C'était un son aussi grêle que profond. Il semblait ne pas émaner de lui, mais plutôt de l'obscurité où il se débattait il y a peu de temps encore, dans les cauchemars de l'éther. Jamais il n'avait entendu pareille voix, même pas sur les champs de bataille. Par intervalles, ses lèvres laissaient échapper ce trop-plein mystérieux.

Les deux infirmières se regardèrent, pâles comme la mort.

À cette heure-là, c'était le soldat Nicolò Dell'Anna qui avait pris la relève comme sentinelle. C'était un jeune homme athlétique, il était arrivé de la campagne le mois précédent. On l'avait choisi, tout comme nombre d'autres soldats, justement à cause de sa robustesse : avec lui, pas de risque d'attaque ou d'évanouissement. La consigne était simple : marcher dans un sens puis dans l'autre, sept pas aller, sept pas retour, rendre leur salut aux officiers et surveiller ceux qui entraient.

Il avait pris son service vers midi, et tandis qu'il faisait ses déplacements pendulaires devant la guérite, il entendit venir d'en haut, du deuxième ou du troisième étage a priori, un gémissement. Le son était d'une telle nature que le soldat s'arrêta, oublieux de ses devoirs de sentinelle. « C'est lui », dit-il à voix haute. Comment avait-il fait pour reconnaître le roi qu'il n'avait jamais ni vu ni entendu ? Des gens allaient et venaient.

« Ouaaapp ! » entendit-on encore. Dell'Anna leva les yeux. Les fenêtres étaient fermées. Le bâtiment gardait sa dignité discrète, comme s'il ne s'était rien passé.

« Qui est-ce qui fait du mal à mon roi ? » marmonna le soldat.

Il constata alors que d'autres aussi avaient entendu. Une bonne sœur entre deux âges qui s'approchait s'était arrêtée au pied de l'escalier. Un monsieur élégant avait laissé tomber à terre son cigare allumé et restait figé. Puis la bonne sœur fit un signe de croix et se précipita dans les escaliers.

Le roi se lamente. Sa chair souffre et ni la couronne de pierres précieuses reposant parmi les velours rouges du palais, ni les armées qu'un seul de ses ordres pourrait envoyer à la mort ne lui sont d'aucun secours. Quelqu'un l'a pris en traître et le tient entre ses mains, le faisant crier comme un cochon qu'on égorge. Tous les autres rois du monde entier pourraient accourir ensemble à la tête d'une interminable armée, cela non plus ne servirait à rien.

Des bistouris, des trépans ont perforé la peau, les veines, les tissus et les os comme prévu. Ils ont exécuté leur travail selon les mêmes modalités que celles appliquées six jours plus tôt au crâne de Pasquale Cristofel, tailleur de son métier, souffrant du même mal. Un homme, un corps humain comme des millions d'autres. Mais à l'intérieur ? Au-delà de la chair, qu'y a-t-il ? Après l'avoir creusé de cette manière, y avait-il encore motif à considérer comme royal ce qui restait, des membres cireux sous le joug des fièvres et des vomissements ?

En ce moment même, le roi, dans les délires de l'éther, apporte une réponse à cette question. Hier intact, aujourd'hui un infirme incapable de lever une main. Mais sa voix est encore vivante. Pas pour donner des ordres ou promulguer des lois : un gémissement, comme on l'a dit.

Même le professeur Mansetta s'est arrêté pour écouter. Il était en salle de soins, s'occupant de blessures, lorsque lui parvint la voix. Il en avait entendu, des gémissements, Mansetta, il n'avait entendu que cela toute sa vie durant, des gémissements et des hurlements tous les matins, pendant des années et des années. Il avait fini par s'y habituer.

Il se figea, une pince à la main. « Miséricorde ! murmura-t-il.

— Qui cela peut-il bien être ? demanda une infirmière.

— Peut-être le 35, dit une de ses collègues, ce gros lard qu'on a amputé d'une jambe. » Mais elles n'en étaient pas convaincues.

« Mais vous n'entendez pas que c'est le roi ? » fit Mansetta et il prit peur.

Le roi ! Pourquoi cette voix ne pouvait-elle être que la sienne ? Cette plainte sépulcrale, pas trop forte, à la fois ton rauque et *vibrato*, faisait naître une terreur irraisonnée. Elle sortait tout droit d'un puits d'horreurs, elle débordait de mucilages flasques en putréfaction.

Donc il savait. Dans les secrets de son palais, il avait compris tout seul, mieux qu'eux qui avaient pourtant les mains dedans du matin au soir. Les misères de la chair, les viscères, le pus, les vomissures noires, il devait tout savoir s'il s'exprimait de cette façon maintenant. Le pasteur des peuples, le souverain !

« Professeur, que comptez-vous faire ? » demanda à Mansetta la mère supérieure, sans cacher son appréhension. Car elles, qui constituaient le personnel soignant, elles pourraient peut-être le supporter. Mais les autres, les malades, certainement pas.

« Qui aurait pu le croire ! s'exclama le chirurgien. Il fallait que ça tombe sur lui, on croirait que le destin se joue de nous...

— Il y a de quoi devenir fou, dit encore la religieuse. Depuis dix-huit ans que je fréquente les hôpitaux, jamais une telle chose ne m'est arrivée. Les malades n'y résisteront pas, je vous assure, ils sont tous tellement anxieux... Vous allez voir ce soir, les scènes auxquelles on va avoir droit...

— Espérons que d'ici ce soir tout sera fini. C'est un

effet de l'éther. Il faudrait qu'il se réveille complètement. »

En effet, le roi se réveillait. À quatre heures de l'après-midi il était tout à fait sorti de son sommeil. Les médecins et les religieuses l'observaient. Le cauchemar était-il fini ? Les yeux ouverts, sans dire mot, le roi se montrait très calme, l'ombre d'un sourire de résignation planait sur ses lèvres.

Quinze minutes s'écoulèrent ainsi. La mère supérieure respirait. Grâce à Dieu, la paix était revenue. À ce moment-là, le roi fit un geste de la main, comme pour chasser quelque chose qui l'ennuyait (mais il n'y avait rien). Un hoquet se formait en lui, et il tentait en vain de le refréner. On entendit un frémissement bref comme le battement d'ailes d'un papillon de nuit, puis la plainte s'exhala. Lui-même en fut épouvanté et son visage laissa voir son mécontentement. « Mon Dieu », murmura la mère supérieure.

Mais la voix n'était pas exactement la même qu'auparavant. Bien mieux et bien plus terrible. Débarrassée de toute apathie et de toute nausée. Plus libre. Comme lorsque quelqu'un, en balbutiant, tente pendant un grand moment de dire une phrase et qu'enfin il la dit.

« Comment vous sentez-vous, monsieur, osa demander le professeur Mansetta, se départant de son impassibilité de chirurgien.

— Je ne sais pas, répondit le roi. Je ne peux pas m'en empêcher », ajouta-t-il, semblant s'excuser car il était évident qu'il comprenait lui aussi l'horreur de la situation.

Dans le silence, on entendait sa respiration, rythmée et un peu agaçante. Maintenant il n'était plus seul, comme l'autre soir. Une véritable cour de blouses blanches s'était rassemblée autour de lui, rendue timide et inquiète par le pouvoir nouveau qu'elle venait de lui découvrir et qui ne s'était jamais révélé auparavant. Elle espérait que le roi serait magnanime.

Jusqu'au moment où, neuf minutes après, le spasme refit son apparition, le visage du souverain se contracta et le gémissement surgit à nouveau.

« Cela vous fait mal, Votre Majesté ? demanda Mansetta doucement ; et tous le regardèrent avec étonnement comme s'il était scandaleux de prononcer ce titre. Cela vous fait mal, monsieur ? reprit-il pour bien faire comprendre qu'il s'agissait d'une simple erreur.

— Non, dit le roi. Je ne ressens pas de douleur. Seulement une gêne.

— Professeur, murmura impatiemment la religieuse à l'oreille de Mansetta, comment allons-nous faire avec les autres malades ? »

Le chirurgien fit volte-face, furieux : « Laissez-moi un peu tranquille, pour l'amour de Dieu ! répondit-il sans se soucier de baisser la voix. Les autres malades s'adapteront ! Et s'ils ne s'adaptent pas, tant pis pour eux ! » On ne l'avait jamais vu dans un état pareil.

La religieuse sortit sans répondre. Elle alla faire le tour des chambres pour essayer de réconforter les malades. Elle croyait déjà les entendre : c'était une honte, on ne pouvait pas supporter des hurlements pareils – allaient-ils dire – puisque c'était le roi, qu'il aille se lamenter dans son palais, et ainsi de suite.

Mais les malades, bien au contraire, reposaient tranquillement dans leur lit, ils la saluaient en souriant, et ne faisaient aucune allusion au gémissement, comme s'ils ne l'avaient pas entendu. Elle se garda bien de leur demander quoi que ce soit ou de les inciter à parler, elle se limitait à ses formules habituelles : « Et alors, madame, comment ça va aujourd'hui ?

— Ça va mieux, je crois, merci, répondait la malade. Ce soir j'ai l'impression que je n'ai plus de température.

— Dieu vous bénisse, madame, faisait la religieuse rassurée et elle passait dans la chambre voisine. Bonsoir, bonsoir, comment ça va aujourd'hui ?

— Tout à fait bien, ma chère sœur, répondait le jeune homme tout guilleret. On parie que dans moins d'une semaine je suis debout ? »

Bizarre – pensa la sainte femme – comme il est facile de se tromper. Ce soir ils ont tous l'air d'être contents. Même ceux dont les jours sont maintenant comptés semblent soulagés. Pourtant le gémissement continuait.

Comment résister ? Sœur Giuditta eut l'idée de se confier à un prêtre, hôte occasionnel de la clinique.

Le vieux don Felice se trouvait depuis un mois environ dans le service des maladies chroniques. Gravement cardiaque, il lui restait peu de temps à vivre, et il le savait, quelquefois, même, il en plaisantait, en termes très respectueux de la religion, bien sûr.

La mère supérieure lui demanda : « Révérend père, il faudrait que je vous dise quelque chose. Mais je ne voudrais pas vous causer de désagrément...

— Je vous écoute, ma sœur, répondit-il, imaginant l'un de ces éternels scrupules de religieuse, ou la confession d'un péché de rien du tout, mais auquel l'innocence excessive donnerait, comme cela arrive souvent, des proportions énormes. Et n'ayez pas peur de me causer du désagrément. Eu égard aux conditions dans lesquelles je me trouve actuellement, Dieu me permet de considérer désormais certaines choses avec un peu de hauteur, si je puis dire.

— Révérend père, dit finalement sœur Giuditta, est-ce que vous avez entendu cette plainte ? »

À sa grande surprise, le visage de don Felice s'assombrit, comme sous l'effet d'un souvenir pénible. Il parut hésiter un instant.

« Bien sûr que je l'entends. Comment pourrait-on ne pas l'entendre ?

— Et comment fait-on pour y résister ? Comment faites-vous pour y résister, vous qui êtes malade ? » La religieuse ne se contrôlait plus et sanglotait à corps perdu. « Révérend père, aidez-moi, je n'en peux plus... »

Don Felice hocha la tête : « Cela vous paraît terrible, à vous, sœur Giuditta qui êtes encore jeune et robuste. Vous dites que vous n'en pouvez plus alors que moi, qui suis vieux et malade, je le supporte sans peine. Et je parie que tous les malades le supportent comme moi, sans se plaindre, non ? Ce n'est pas vrai, sœur Giuditta ? »

Elle baissa la tête.

« Mais vous n'avez donc pas compris ? » reprit le prêtre avec vivacité. Il se souleva un peu sur ses oreillers en proie aux premiers tourments de l'angoisse. « C'est cruel, ajouta-t-il en baissant la tête, prenant l'attitude de celui qui va confesser un péché, et cela m'attriste de le dire, mais à nous, les malades, ce gémissement fait du bien.

— Fait du bien ? bredouilla la religieuse sans comprendre.

— Cela nous procure un réconfort extraordinaire, vous comprenez ? répéta don Felice. Nous l'écoutons avec un plaisir immense ! Une musique, au sens artistique, ne nous plairait pas autant. Vous comprenez, sœur Giuditta, combien c'est horrible ?

— Vous, don Felice, vous réjouir d'entendre cet homme souffrir ?

— Que le Ciel prenne pitié de moi... je ne crois pas avoir un esprit perfide. Le malheur d'autrui a toujours été malheur pour moi aussi. Sincèrement, je ne le dis pas pour me vanter, je n'avais vraiment aucun mérite... » Il s'interrompit, resta quelques instants attentif, l'oreille aux aguets, puis il sourit, dressa l'index pour attirer l'attention : « Le voilà, le voilà...

— Pauvre roi ! murmura la religieuse, cachant son visage dans ses mains.

— Un baume, sa voix est un véritable baume, expliqua le prêtre visiblement soulagé. Même pour mon vieux cœur fatigué !

— Mais n'est-ce pas monstrueux, mon père ? N'êtes-vous pas, vous aussi, de cet avis ?

— Monstrueux ? considéra-t-il avec tristesse. Mais qui peut prétendre connaître les voies cachées de la Providence ? Si cette voix de douleur répand autour d'elle la consolation, n'est-ce pas un mystère extraordinaire ? Le roi est proche de nous, enfin, sœur Giuditta ! Il est désormais à nos côtés, noyé dans la même masse pitoyable ! oh, comment nous serait-il possible de comprendre ?

— Ne vous agitez pas comme cela, révérend père, lui recommanda la religieuse. Reposez-vous un peu. Attendez... un peu d'air frais vous fera du bien. »

Elle se leva de sa chaise et ouvrit les fenêtres. Le soleil se couchait sur le golfe, la mer rejetait sur les plages les corps tièdes des sirènes.

La journée, la soirée, la nuit. Allait-il finir par s'apaiser ? Les infirmières avaient perdu leur bonne humeur. À la voix du roi, les seringues tremblaient entre leurs mains. Ce ne fut que vers neuf heures, après avoir reçu une injection de morphine, qu'Ignazio sombra dans un profond sommeil.

« *Deo gratia !* » murmura l'infirmière assise à la tête du lit. Retrouvant une certaine énergie, elle se mit en devoir de ranger la chambre. Elle mit la lumière en veilleuse, regarda une fois encore – par mesure de précaution – le roi endormi, ouvrit doucement la porte et sortit dans le couloir.

« Susanna ! Susanna ! dit-elle s'adressant à une collègue qui passait. Tu sais quoi ? Il s'est endormi. » Elle semblait annoncer le paradis.

« Le Ciel soit loué, s'exclama l'autre en applaudissant de joie. C'est fini, au moins pour... »

Elle s'interrompit. De la porte de la chambre (comme si un démon les avait écoutées et voulait les punir) vint un son grave, comme le tremblement d'un tambour mal tendu. Les jeunes filles s'immobilisèrent, pétrifiées. Et de ce son flasque, le gémissement émergea lentement. Même dans son sommeil, hélas, le souverain laissait sortir l'enfer.

« Tu as crié victoire trop tôt, murmura Susanna dépitée et elle laissait pendre ses bras inertes le long de son corps. Sa Majesté ! s'emporta-t-elle dans un élan de colère. Il faut tout lui permettre, même ici, maudit soit-il ! »

Mais les centaines de malades reposaient calmement dans leur lit, enveloppés par la pénombre. Quelle bénédiction ! Avec gratitude, ils écoutèrent la voix douloureuse du roi qui profanait le silence. Ils n'avaient plus besoin de gémir, de se retourner dans leur lit, ni de compter les heures. Quelqu'un portait leur croix pour eux, en se livrant à l'ennemi. Et de temps en temps il lançait un appel, comme ça, juste pour dire qu'ils pouvaient dormir en paix, tous, que lui était là pour veiller, il était à son poste, seul il montait la garde sur le rebord de la forteresse. Viendraient maintenant des aubes douces de printemps, et les illusions de l'amour, et les routes blanches entre les prés, et le mince rayon de soleil aux portes des maisons, et les chansons mélancoliques dans les soirées baignées de lune.

Ils guérissaient, ils guérissaient. Quelque chose se dénouait, la fièvre tombait de leurs pauvres joues ; après tant de siècles, les autres trouvaient enfin l'endroit propice au repos et ils demeuraient immobiles, entre leurs paupières tremblait encore la faible lueur du Crucifix.

Jusqu'à ce que les chambres se vident presque toutes, et dans l'hôpital ne resta que le roi, le visage gris, les yeux tout abîmés, gélatincux. Le roi, seul dans cet hôpital dont les autres, grâce à lui, se sont échappés pour retrouver les chemins de la liberté. Il est là, étendu sur son lit, dans sa chambre solitaire. La couronne de bandages dans l'intervalle est devenue plus discrète et matin après matin le chirurgien a besoin d'enfoncer moins profondément ses instruments dans la blessure. Signe, au sens propre, que commence la guérison. Mais ces yeux, Dieu nous en préserve ! avait-on jamais vu des yeux pareils ? Et pourquoi ce gémissement persiste-t-il, si le miracle est accompli ?

Finalement, l'hôpital est devenu, en quelque sorte, le royaume d'Ignazio Ier qu'entoure une cour nouvelle. Médecins, religieuses, infirmières, jusqu'à la dernière fille de salle sont restés rien que pour lui, anéantis par sa voix, comme les esclaves assujettis aux vociférations du pharaon. Égal aux autres hommes ? Il avait été désigné par le sort pour commander, même ici, avec le peu de forces qui lui restaient. Mais à quel prix. Ne lit-on pas dans les yeux de ceux qui le soignent le désir de le voir mourir ? Il a voulu commander ici aussi ? Il a libéré ceux qui devaient encore souffrir ? Maintenant, ceux-là mêmes qui devraient le soigner finissent par le maudire.

Sous le soleil blanc, une religieuse vêtue de blanc s'approche de la clinique en faisant crisser les gravillons de l'allée. Mais pourquoi s'arrête-t-elle devant l'entrée ? Peut-être parce que le soldat Dell'Anna la regarde ? Quelle drôle de femme, pense la sentinelle.

Elle le regarde et sourit. On voit le blanc de ses dents, le reste du visage se dérobe à la vue dans les reflets de l'après-midi, comme derrière un voile d'argent.

« Tu l'entends ? demande-t-elle à Dell'Anna, d'une curieuse voix fluctuante, désignant du doigt les étages supérieurs. Il t'appelle... écoute, insiste-t-elle, et son sourire resplendit. C'est toi, rien que toi qu'il appelle. »

Dell'Anna regarde fixement la femme, il n'arrive pas à comprendre. Ce ne serait pas une folle, par hasard ? Ou alors...

« Il est à sa fenêtre, murmure-t-elle encore, c'est toi qu'il appelle... regarde-le... » Dell'Anna regarda. Quel risque prenait-il, en fin de compte ? Il leva les yeux, vit un homme à la fenêtre. Ou plus précisément, il pouvait apercevoir son bras sur le rebord de la fenêtre, immobile, comme abandonné dans son sommeil. On ne voyait ni sa tête ni son buste. Mais, à y regarder de plus près, le soldat se rendit compte que ce n'était qu'une illusion ; du linge laissé là, rien d'autre qu'un morceau de tissu. Quelle sotte, cette bonne sœur, pensa-t-il.

Mais la religieuse avait disparu. Dans le jardin, il n'y avait âme qui vive. Le silence, même le gémissement avait cessé, il n'y avait rien d'autre.

Alors il comprit confusément, quitta sa guérite, monta les marches, le fusil à la main, courut à travers le hall d'entrée (qui était désert) vers le grand escalier.

Elle était déjà en haut, de marche en marche, on aurait dit qu'elle volait. « Hé ! arrêtez-vous ! cria Dell'Anna. Où allez-vous ?

— Je vais chez le roi », répondit-elle sans se retourner ; elle fuyait.

Il la rattrapa devant une porte, au fond d'un long couloir, et bien que les fenêtres aient été grandes ouvertes, bizarrement, il n'y avait plus de soleil.

Il fut tout près d'elle, à deux doigts de la toucher. Mais la religieuse se retourna et le soldat vit son visage. Il était beau, limpide, pur : mais comme figé, on aurait dit une statue. Et si jeune, bon dieu.

« Allez, viens, jeune homme, s'exclama-t-elle avec une effronterie presque vulgaire, elle arborait son sourire resplendissant. Touche-moi, vas-y touche-moi, jeune homme », et elle riait.

Il fit un pas en arrière. Qui était-ce ? La mort en personne ? La femme en profita pour ouvrir la porte.

Depuis son lit, le roi Ignazio la vit aussitôt, il leva un peu la main en direction de l'infirmière de garde, assise à son chevet. L'infirmière se leva, fixant elle aussi la religieuse, elle sourit vaguement, d'un sourire sans joie.

La nouvelle venue avança d'un pas décidé vers le lit,

comme quelqu'un qui se sait attendu. Dell'Anna s'immobilisa sur le seuil, le fusil à la main.

« J'ai fini par te trouver, hein ? dit la jeune fille en saisissant le poignet gauche du roi abandonné sur son lit.

— Hou, que c'est froid ! dit le roi en tressaillant, puis tout de suite après : Dehors ! hors d'ici, chassez-la ! » gémissait-il avec ce qui lui restait de voix.

Mais l'infirmière de garde, à petits pas, reculait lentement vers la porte, elle était pâle, pâle, elle avait une peur d'enfer.

« Petite, tu as peur ? lui demanda l'étrange religieuse faisant pivoter son buste avec une certaine langueur. Tu veux me toucher, dis ? »

Mais l'infirmière fit signe que non de la tête, incapable de parler ; elle se trouvait déjà sur le seuil, on entendit le claquement de ses talons précipités qui s'enfuyaient dans le couloir. Dell'Anna resta seul, pétrifié, sur le pas de la porte, regardant de tous ses yeux.

Des nuages inattendus, comme d'ailleurs cela arrive souvent l'été, devaient avoir voilé le soleil. Puis la femme, d'un geste décidé, enleva draps et couvertures, d'un seul coup, découvrant le roi jusqu'aux pieds : il resta à demi nu, pitoyable. Elle lui toucha un genou, le palpa.

« Allons donc, tu es encore bien en chair ! dit-elle, avec une brutalité tranquille. Maintenant, c'est moi qui vais m'en charger. »

Le roi chercha à se dérober. Il haletait de plus en plus : « Dehors... dehors... dehors... répétait-il machinalement d'une voix aphone, sans plus aucune force.

— Et tes ministres, le railla-t-elle, tes gardes ? Tes soldats ? Où sont-ils ? Appelle-les, appelle-les... Vieux cochon, cria-t-elle littéralement d'une voix à la fois enjouée et vibrante, tu en as bien profité, de la vie, hein ? »

Sans qu'il puisse s'y opposer, elle tendit les mains vers les bandages qui lui ceignaient le front, elle se mit à les arracher avidement, secouant la tête blessée. « Quel beau roi ! s'exclamait-elle. Beurk ! » Des bandes de gaze maculées de jaune, nauséabondes, s'étalaient sur le lit.

Jusqu'au moment où le roi Ignazio se mit à gémir : sa sempiternelle plainte, mais plus profonde que jamais, rauque et putride, une sonorité d'outre-tombe.

La femme eut un mouvement de recul. « Qu'est-ce qui t'arrive, maintenant ? qu'est-ce que t'as ?

— Ouaaaaappppp ! éructa le roi d'une manière effrayante.

— Qu'est-ce que tu as ? Qu'est-ce que tu as ? » répétait-elle, sans plus le toucher. Un incroyable sourire de désolation sans borne se formait peu à peu sur les lèvres du roi. Même elle, elle éprouvait du dégoût à sa vue ?

Pour la troisième fois il gémit, émettant un sourd grondement viscéral. La religieuse fit un autre pas en arrière. Le roi agitait la main, dépité, comme pour dire : tu vois ? tu vois ?

La jeune fille était déjà tout près de la porte. Elle, maîtresse du monde, habituée aux turpitudes les plus viles, elle ne résistait pas.

Mais Dell'Anna d'un geste vif abaissa son fusil, lui mettant la baïonnette sur les reins. C'était grand et terrible. « Allez ! Allez ! Ça suffit ! » l'exhorta-t-il de la façon dont on parle aux bœufs.

Et comme le roi Ignazio était un homme, à la vue de ce spectacle, tout à coup il se prit à désirer vivre encore, il regretta son palais, les jours lointains où l'on partait à l'aventure dans le soleil, les parties de chasse, l'amour. « Laisse, laisse, dit-il distinctement au soldat ; puis plus doucement, mais sans colère, plutôt de la compassion : Soldat, tu seras pendu. »

Entre-temps des gens étaient accourus dans le couloir, à l'appel de cette voix : les médecins, les infirmières, le personnel restant. Ignazio poussa un gémissement épouvantable.

« Allez ! Allez ! crièrent-ils au soldat depuis le couloir. Ne la laisse pas partir. Qu'on en finisse ! »

Dell'Anna appuya un peu plus fort la baïonnette contre le flanc de la religieuse, et l'on entendit le crissement que fit l'étoffe de coton blanc légèrement amidonnée entaillée par le tranchant de la lame.

Elle tourna la tête et s'efforça de sourire au jeune homme pour le flatter. Mais il s'était renfermé, comme sous l'action d'une sombre colère tout à lui. Il poussa la femme jusqu'à la bloquer contre le bord du lit.

Alors la jeune femme, se penchant sur le roi, passa la main sur son visage.

Le dîner de guerre

Je fus invité à dîner chez Antonio. Rien de bien joyeux, tous les deux seuls dans cette demeure sombre, dans cette somptueuse salle pleine d'ombres, de part et d'autre de la longue table. Mais il se sentait tellement seul, et il en souffrait probablement.

Je voyais son visage noble et bon entre les flammes des deux chandeliers d'argent : rien que des manières mais tout ça, certes, était très élégant. D'une voix calme, il m'annonça qu'elle allait revenir ; il l'attendait ce soir-là ou, au plus tard, le lendemain matin. Moi, qui connaissais les tenants et les aboutissants de cette histoire, je le regardais avec soulagement, cela fait plaisir de voir quelqu'un d'heureux. Un domestique silencieux retira les assiettes à soupe, presque sans que l'on s'en rendît compte. Un autre, avant même que je pusse m'en apercevoir, nous servit du vin.

« J'ai travaillé toute la journée d'aujourd'hui pour remettre son appartement en ordre, dit Antonio, cela faisait deux ans qu'il n'était plus habité. Je t'amènerai le voir tout à l'heure... Ah ! tu ne sais pas ce que ça veut dire pour moi, une voix de femme dans cette maison... » Lui, d'habitude si orgueilleux et si réservé, éprouvait, à l'évidence, le besoin de se confier comme un tout jeune homme.

Du coin de l'œil j'aperçus dans les mains d'un valet un grand poisson, décoré avec de la mayonnaise, des pistaches, des herbes et même une sorte de trophée de lamelles argentées et multicolores qui lui sortait de la bouche. Parfait pour dix personnes. On le déposa sur un buffet. Puis les domestiques se retirèrent à pas feutrés... Nous patientâmes, en discutant, quelques minutes. Une sonnerie résonna dans une partie reculée du château ; Antonio devait avoir appuyé sur un bouton invisible, encastré dans le plancher ou fixé sous la table. Mais personne ne vint.

« Ils nous ont abandonnés, finit-il par déclarer avec un sourire, et s'étant approché d'une porte, il appela : Rosa ! Rosa !

— Je viens, entendit-on répondre, et quelques instants après se présenta une soubrette falote, portant un simple tablier blanc.

— Excuse-moi, tu sais, expliqua Antonio, il faut savoir s'adapter. »

Je me sentis un peu gêné. Je regardais autour de moi. Et les tapisseries ? En entrant, je les avais vues à leur place habituelle, avec leurs motifs mélancoliques de guerriers antiques ; elles n'étaient plus là. « Et les tapisseries ? » demandai-je. Il secoua doucement la main gauche avec une indifférence résignée, semblant dire qu'elles étaient parties, parties.

Cependant la petite bonne, comme si elle avait l'habitude de servir à table, se montrait presque trop désinvolte. Une fois le poisson fini (il était délicieux), elle retira les assiettes en les heurtant l'une contre l'autre de manière fort peu correcte, puis elle nous donna directement les assiettes à dessert. Et le second plat, et le rôti ? me demandai-je intrigué. Je connaissais bien les habitudes d'Antonio. Mais lui ne broncha pas. Par la même occasion, la jeune fille, sans que je m'en aperçusse le moins du monde, avait enlevé les chandeliers d'argent. Je regardai sur les meubles autour de nous. Ils ne s'y trouvaient pas. Disparus comme par enchantement.

On apporta une petite corbeille de paille contenant quatre pommes. « Ce n'est pas grand-chose, dit Antonio en en prenant une, celle-ci doit être la moins mauvaise. » Il me la tendit par-dessus la table (par-dessus l'immense table de vingt-quatre couverts !).

« Tout à l'heure je te montrerai des échantillons de tissu d'ameublement, dit encore Antonio, il faudrait que tu m'aides à choisir. Tu sais combien elle est difficile. Je voudrais qu'en arrivant elle trouve sa petite chambre bien en ordre.

— Mais quand doit-elle arriver ?

— Le mois prochain, j'espère : c'est ce qu'elle m'a promis. »

Le temps donc s'accélérait ; l'entraînant vers le gouffre noir, à coups d'humiliations successives. « Tiens bon, tiens bon ! » avais-je envie de lui crier, parce que je savais que, quand il le voulait, il pouvait être fort. Mais il ne bougea pas : il laissait faire, sans se préoccuper de ralentir le cours des choses. Pourtant, dans les remous, pour prendre une image, son visage ne cessait d'émerger, malgré les heurts, égal à lui-même et d'une certaine façon victorieux

Il frissonna. « Mais oui, dis-je, moi aussi j'ai froid. Pourquoi n'allumes-tu pas la cheminée ?

— Oh ! » répondit-il avec étonnement et il fit un geste.

Je regardai. Les murs de la petite pièce étaient nus, du sol au plafond, sans aucune trace de cheminée. Le lustre, auquel était accrochée la poire de la sonnette, les éclairait à demi et y projetait nos deux ombres. Unc soirée humide et froide. Antonio appuya sur le bouton de la petite poire, on entendit la sonnerie à l'extérieur. Mais la soubrette ne vint pas. « Ah, j'oubliais, murmura-t-il comme s'il me mettait dans le secret. Maintenant, je suis tout seul, tu sais ? » et il se leva de table. « Mais si tu attends deux minutes, je vais nous faire un café. » Quand il fut sur le pas de la porte, on entendit un grondement ténébreux, au loin. Les murs tremblèrent légèrement. Ensuite, le silence. Il se retourna un instant et sourit. Puis, de la cuisine, me parvinrent des bruits de vaisselle.

« C'est un breuvage que j'ai concocté moi-même, disait-il quelques minutes plus tard en remuant sa tasse. Heureusement j'en ai une certaine quantité en réserve. Pas pour moi ; moi, je n'y tiens pas tant que ça. Mais si jamais elle revenait... » Il avait noué autour de son cou une écharpe de laine. Il faisait en effet un froid de loup. « Après tout, si elle venait... continua-t-il, ici, le soir, il y a de la lumière », et l'on aurait dit que cela devait représenter pour elle un attrait formidable. « Quand il fera froid pour de bon, on allumera le poêle. À la cave, il me reste encore un peu de bois. Ou bien tu crois que ?... »

Que pouvais-je répondre ? « Non, non, dis-je. Je suis sûr qu'elle va revenir. Ici elle sera bien, c'est sûr. »

On entendit un sifflement, en bas dans la rue, un autre plus lointain lui répondit : ils étaient plutôt sinistres. « C'est toujours pareil, expliqua Antonio en nouant son écharpe, depuis quelque temps, c'est toujours la même histoire. » À ce moment-là, la lumière s'éteignit.

Nuit noire. On voyait seulement, par lc trou du plafond crevé, un morceau de ciel nocturne, dense de nuages. Il était assis sur un coffre, appuyant son dos contre le mur roussi, et il se recroquevillait, les mains sur les épaules dans l'espoir de se réchauffer un peu. Autour de lui, une solitude extrême. Malgré tout, dans les ténèbres il me fixait sans solliciter la moindre compassion. Alors je sentis que l'immeuble autour de nous était complètement désert.

Sans se lever, il frotta une allumette et alluma un chicot de bougie, qu'il fixa sur le plancher.

« Tu n'as pas peur ? demandai-je en désignant la lumière de la bougie puis le plafond crevé.

— Les avions ? répondit-il avec douceur. Que veux-tu qu'ils voient donc ? » La petite flamme de la bougie dansait.

Je découvris, sous ses vêtements déchirés, une large plaie, caverneuse, profonde ; elle devait déjà être ancienne et il en émanait une drôle d'odeur. « Je pourrais lui laisser ce petit coin, si jamais elle revient un jour, m'expliquait-il sans la moindre ironie. C'est mieux abrité. Moi, je pourrais m'installer là en face... Mais tu ne t'assois pas ? Tu veux vraiment partir ? Il est encore tôt.

— Non, non, c'est l'heure. J'espère que nous nous reverrons, dis-je. Et merci infiniment.

— Oh, c'est moi qui dois te remercier. Je t'ai infligé une pénitence, je sais bien. Espérons que la prochaine fois... »

Désormais, pour lutter contre le froid, il était obligé de se donner de grandes tapes sur tout le corps, à la manière des charretiers quand vient l'hiver. Mais il le faisait avec un détachement tout aristocratique, comme s'il faisait de l'exercice ou comme s'il imitait pour s'amuser les pauvres qui claquent des dents. Des petites choses blanches se mirent à voleter autour de la bougie. « Il neige », dit-il, et l'on aurait cru qu'il était content.

La croissance des hérissons

Dans sa maison à l'écart de la ville, le substitut du procureur de la République, Giovanni Auer, travaillait un soir au réquisitoire du procès Oleari, se demandant s'il allait ou non requérir la peine de mort, lorsqu'il entendit des bruits dans le salon attenant, vide à cette heure-ci. Quittant son bureau, il ouvrit la porte de communication et alluma la lumière.

Sur le tapis, au milieu du salon, exactement sous la lumière du lustre, il y avait trois hérissons. Mais ce qu'il y avait de curieux c'est que les deux plus gros tiraient par les pattes arrière le troisième, qui glissait sur le dos, le ventre en l'air mais la tête relevée de façon comique pour regarder autour de lui. À la vue de M. Auer, les petits animaux accélérèrent leur allure, disparaissant bien vite sous le buffet.

La présence de hérissons dans la maison n'avait en soi rien de bien étonnant. D'habitude, cependant, on les retrouvait à la cave ou dans la remise à bois. (Une fois M. Auer avait tiré sur l'un d'eux avec son flobert au moment où il regagnait son terrier, mais sans l'arrêter dans sa fuite.) Ce qui était singulier, en revanche, c'est qu'en passant par quelque trou qu'on n'avait jamais remarqué jusqu'alors, ils aient pu gagner le salon. Et tout à fait singulier qu'ils soient au nombre de trois. Le jeune magistrat, ayant tiré le buffet, découvrit entre le plancher et le mur une large fente : ils étaient entrés par là. Pour la boucher, il y coinça, en la tassant bien, une cale de fortune faite de vieux journaux : cela bloquerait l'accès. Puis il se remit au travail.

Une demi-heure environ s'était écoulée lorsque les bruits reprirent de plus belle. Cette fois-ci, avant de faire irruption dans le salon, M. Auer se munit d'un bâton. (Il lui sembla se rappeler que les hérissons étaient comestibles, avec un délicat fumet de gibier ; mais il confondait peut-être avec les porcs-épics ?) Lorsque, après avoir allumé la lumière, il pénétra dans la pièce voisine, il s'arrêta stupéfait. Ayant réussi on ne sait comment à entrer de nouveau, trois hérissons étaient en train de traverser le tapis, réitérant la manœuvre de tout à l'heure. Par rapport aux hérissons précédents, toutefois, ils étaient de proportions énormes, aussi gros que des petits cochons de lait, avec leur épaisse couronne de piquants en plus.

La maîtrise totale de soi et une imperturbabilité glaciale face aux cas les plus bizarres avaient toujours caractérisé M. Giovanni Auer. Il resta de marbre. Toutefois, il hésitait à engager la bataille, d'autant plus que l'un des hérissons (mais est-ce qu'on pouvait encore parler de hérissons ?) avait interrompu l'opération de remorquage et tournait son museau vers lui en lui montrant les dents, on ne savait trop si c'était pour le menacer ou parce qu'il allait rire. Le deuxième s'était arrêté, lui aussi, et le regardait fixement. Le troisième, en revanche, se tenait toujours le ventre en l'air, presque incapable de bouger. Et dans l'air flottait une forte odeur animale.

« Pscchhht ! Pscchhht ! » fit le magistrat, sifflant entre ses dents pour inciter les hérissons à fuir. Et de sa main droite il brandit son bâton. « Du balai, sales bestioles ! »

L'un des hérissons valides s'avança alors de quelques pas et levant une patte pour demander la trêve, il dit clairement : « Minute, monsieur, minute. Nous porter maison notre fils. » Puis, se retournant vers celui-ci afin qu'il ne prenne pas peur : « Toi savoir : le monsieur être boiteux ; pour ça avoir bâton. » Il parlait en détachant les syllabes et en mettant tous les verbes à l'infinitif comme les étrangers qui ne maîtrisent pas notre langue ; mais avec une relative aisance, sans chercher ses mots de manière excessive.

Fidèle à son impassibilité traditionnelle, M. Auer, réfléchissant à la vitesse de la lumière, élimina de sa propre conception de la Nature l'idée, jusque-là tenue pour valable, qu'il avait affaire à des hérissons ordinaires, il y substitua sans difficulté celle de hérissons géants doués de parole. « Ouste ! Ouste ! répéta-t-il, mais en baissant son bâton. J'en ai assez, moi, de toutes ces histoires. » Et sans y prendre part, il assista au déménagement.

Il lui fallut ensuite plus d'une demi-heure pour obturer, avec des morceaux de bois et de l'enduit de rebouchage, le gros trou qu'il y avait dans le mur sous le piano, et qu'Auer n'avait encore jamais vu jusqu'à ce soir-là. Les trois bêtes s'étaient éclipsées par là. Il était plus d'une heure du matin lorsqu'il put enfin se rasseoir à son bureau. La maison retomba dans le silence.

Une trentaine de minutes passèrent. Lorsque, depuis le salon, pour la troisième fois, et bien plus violemment, les trépignements recommencèrent, Auer eut du mal à dominer son émotion. Bien décidé à éliminer cette nuisance, il sortit d'une armoire un fusil de chasse et le chargea avec de la chevrotine. Puis mettant en joue, il ouvrit brusquement la porte du salon.

Il fut d'abord surpris de trouver la lumière allumée, alors qu'il se rappelait parfaitement avoir tourné l'interrupteur. Mais il y avait bien pire. Les trois hérissons étaient encore là. Mais ce n'étaient plus d'inoffensives bestioles. Ils étaient aussi gros que des moutons, cette fois-ci, avec des piquants longs comme des baïonnettes. Des monstres antédiluviens.

Le petit s'était laissé aller, le ventre en l'air, sur le

canapé qui ne semblait pas trop grand pour lui ; les pattes arrière dépassant du divan, on le croyait assis. L'un des deux autres hérissons somnolait sur le tapis. Et le troisième, dont on pouvait légitimement penser que c'était la mère, était en train de préparer du café sur un petit réchaud à alcool avec une cafetière napolitaine.

Tirer ? Le magistrat en évalua froidement les conséquences possibles. Le petit était sans aucun doute à demi paralysé. Mais les deux autres ? Pour les abattre, il lui aurait fallu bien autre chose que son fusil de chasse à deux canons. S'ils se rebellaient ?

Tous les trois le fixaient, immobiles. Un silence pénible s'installa. Puis la maman hérisson, avec amabilité : « Un peu de patience, monsieur, dit-elle dans son italien exotique. Cette maison, pas la nôtre, moi savoir. Mais ainsi nous distraire notre fils... Malade notre fils... Aujourd'hui dimanche... Nous tous les dimanches venir ici pour petite visite... bien prendre un café noir, monsieur ?

— Mais je... balbutia M. Auer ; pour la première fois de sa vie, il était dépassé par les événements, et redoutait que la vue du fusil ne réveillât le ressentiment des bêtes. J'étais en train de nettoyer mon fusil... aujourd'hui je suis allé à la chasse...

— Pauvre enfant, continua la mère, en verve, tendant la patte en direction de son fils allongé sur le canapé. Depuis sept ans toujours comme ça. Lui apprendre à marcher devant notre terrier quand homme venu tirer... Deux jambes marcher plus... Balle restée incrustée... Dorr, Dorr, fit-elle en s'adressant à l'infirme, montrer au monsieur balle... Oh pas peur, monsieur, pas peur... Allez, allez, tâter comme grosse ! »

M. Auer éprouvait un sentiment inconnu. Comme s'il était en train de devenir quelqu'un d'autre. Une angoisse, le souffle qui manquait, le cœur qui battait fort. En se référant à certains souvenirs de lecture, il crut comprendre de quoi il s'agissait. Cela portait un nom : terreur.

Docilement, il s'approcha du hérisson étendu, lequel se tourna sur le côté, en faisant crisser de ses piquants l'étoffe du canapé ; de la patte il indiqua l'endroit. Auer tâta, glissant précautionneusement la main entre les piquants : au niveau de la colonne vertébrale saillait une bosse, dure et grosse comme une boule de billard.

« Miséricorde ! » déclara le magistrat, se rendant compte qu'il fallait à tout prix faire un commentaire.

Aussitôt l'infirme se rallongea et gémit d'une curieuse petite voix : « Les autres jouer dans les prés, les autres aller à la chasse aux vers, les autres marcher courir parmi les fleurs, moi ici immobile sur les coussins... » Le fait de se plaindre ainsi déclencha ses pleurs.

« Toujours comme ça, toujours, fit la mère pleine de pitié. Quel chagrin le pauvre garçon ! Allez, allez, Dorr... raconter au monsieur ton histoire... raconter qui tirer avec un fusil...

— Avoir été un homme, pleurnicha le hérisson, avoir été un homme pas grand pas petit, homme comme lui », et de la patte il désigna le magistrat. « Même visage ressembler un peu. »

M. Auer comprit enfin : il avait devant lui le hérisson qu'il avait touché en lui tirant dessus avec son flobert des années plus tôt. Qu'allait-il se passer maintenant ? Il pensa tenter de fuir. Mais ce n'était pas facile d'atteindre la porte qui ouvrait sur les escaliers. Il fallait enjamber le hérisson père, au milieu du passage, qui le fixait en silence et lui barrait la route.

« Ah, moi pas capable faire mal à couleuvre, expliquait la mère pendant ce temps. Mais si jamais moi connaître cette canaille, si moi rencontrer... Toi, Gog, dire clairement : si rencontrer cet homme toi quoi faire ? »

À cette sollicitation, le père fit enfin entendre sa voix, rauque, profonde, avec un léger accent de la région des Marches : « Je lui planterai les dents, répondit-il avec une élocution rapide, vous savez où... et je ne le lâcherai pas de sitôt, je ne le lâcherai pas ! » Sur ces mots il releva la lèvre, découvrant ses gencives, et l'on ne comprenait pas s'il voulait menacer ou s'il riait. Ou alors c'était un tic nerveux ?

Le magistrat recula, effrayé. Donc ces sales bêtes savaient que c'était lui et elles étaient venues se venger. Il ne la connaissait que trop bien, cette tactique ambiguë d'interrogatoire piège, en apparence innocent et sans arrière-pensées. Combien de fois l'avait-il utilisée dans les instructions pour faire tomber les plus rusés renards.

« Suffit, maman, se lamenta alors le petit, moi marre d'attendre ! »

Le père et la mère s'avancèrent d'un même mouvement. Peut-être voulaient-ils seulement faire descendre leur fils du canapé. Mais M. Auer eut l'impression qu'ils marchaient sur lui, d'une manière plus que menaçante. Ayant perdu tout amour-propre, il se laissa soudain tomber à genoux.

« Pitié, pitié, ô mes seigneurs, supplia-t-il d'une voix plaintive, en faisant preuve d'une soumission abjecte. Ce fut une erreur, je le jure... une déplorable erreur... un magistrat aussi intègre... comment pouvez-vous penser ? »

Les deux monstres, sans prêter attention à lui, firent descendre leur fils du canapé avec une infinie délicatesse et se mirent en devoir de l'emmener, le manœuvrant comme une poussette. Arrivé à la porte de l'escalier, le père ouvrit un battant d'un geste autoritaire et s'apprêta à passer. La mère le suivit, mais lorsqu'elle fut sur le seuil, elle tourna la tête, regardant fixement M. Auer toujours agenouillé.

« Misérable ! s'exclama-t-elle. Honte à toi et à tous tes semblables. Vous dire : ça bien ça mal. Mais vous que savoir ? Vous rien savoir du tout. Vous dire : délit faire ça si oui grand châtiment ; si châtiment petit, faute petite, si pas de châtiment, pas de faute. Nous petits, toi tirer. Nous grands, toi t'agenouiller... Toi parler de conscience. Votre conscience ? Pouah ! Vous dire : conscience, devoir, repentir, remords... Pourquoi au contraire pas dire peur ? Que peur en vous, toujours peur. Toi dire : magistrat in... teg...

— Intègre, l'aida machinalement Auer par déformation professionnelle.

— ... toi dire très intègre, toi décider vie et mort... toi âne bâté ! » En disant cela, elle aussi elle relevait la lèvre supérieure en montrant les dents. « Si un jour Dieu tomber malade et perdre forces, vous tous contents blasphémer ! Voilà vous hommes ! »

Elle s'interrompit pour reprendre son souffle, puis cria encore : « Vermine ! », avec beaucoup d'amour elle tira son fils sur le palier, claqua la porte derrière elle. Le magistrat les entendit descendre précautionneusement l'escalier.

Le retour du croquemitaine

Comme on me dit que j'écris toujours des choses mélancoliques et sombres (alors – dit-on – que la vie est après tout assez plaisante), justement pour cette raison, j'aimerais aujourd'hui vous parler un peu de San Rocco, le village où habite, si vous vous souvenez bien, notre grand ami Gustavo Mastri, médecin de profession. Gustavo Mastri que nous n'avons pas vu depuis des années mais qui est resté égal à lui-même, résigné et bienveillant, toujours prêt à discuter le coup et à plaisanter sur son propre compte ; à le voir comme ça on dirait qu'il n'a pas beaucoup vieilli. Globalement on ne peut pas dire que, depuis notre dernière rencontre, il ait eu de la chance : pauvreté, solitude et certains regrets (que nous ne saurons pas) lui ont tenu compagnie jour après jour. Mais les autres habitants du village sont plus ou moins logés à la même enseigne : l'un vivote difficilement, l'autre est malade, un autre encore attend que son fils revienne de guerre et il ne revient jamais, l'un voit passer les années les meilleures sans réussir à faire ce qu'il avait prévu, un autre – ça ferait presque rire – ne dort pas la nuit à cause de ses chagrins d'amour, un autre, avançant en âge, se voit peu à peu oublié même de ceux qui lui sont chers, on pourrait remplir des pages et des pages de cas similaires, il suffit de regarder autour de nous. Mais nous sommes revenus ici, tant d'années après, pour nous payer le luxe de contredire mes détracteurs ; afin qu'on ne dise plus que j'écris des choses tristes à vous couper le souffle. Comme, heureusement, c'est moi qui décide de tout, c'est moi seul qui ai donné vie au docteur Gustavo Mastri, et le village tout entier dépend de moi, je peux en faire ce que bon me semble : le faire devenir plus grand ou plus petit, le détruire, par exemple, ou le colorier en rouge, maison après maison si l'envie m'en prend ; comme je suis seul maître à bord, pour apporter un démenti, cette fois-ci, je ne veux voir autour de moi que des visages réjouis. La belle affaire, direz-vous, car d'habitude à San Rocco les éclats de rire ne font pas grand vacarme et il y pleut très souvent et la nuit des ombres errantes rasent les murs comme des âmes en peine et à l'intérieur des maisons on n'aperçoit pas d'illuminations de soirs de fête mais de faibles lueurs. Le professeur Properzi, bien qu'il ait à peine quarante-quatre ans, baisse la tête, épuisé, sur les copies à corriger ; Annetta tousse longuement dans sa chambre et il y a une petite lumière, au coin de l'église, qui se balance, se balance. Mais qui vous dit que toutes ces choses mélancoliques n'ont pas été créées exprès, que je ne les ai pas préparées de longue date dans le seul but que la joie soit ensuite d'autant plus grande ? En effet, si l'on n'a pas commencé par souffrir, on ne peut même pas être heureux, car toutes les bonnes choses doivent se payer un prix exorbitant (sauf pour certains abrutis inconsistants qui sont capables trois cent soixante-cinq jours sur trois cent soixante-cinq d'être totalement et infailliblement contents d'eux-mêmes). On pourrait aussi penser que chacun des hommes, femmes, enfants de San Rocco représente un peu l'histoire de l'un d'entre nous : peines, désillusions, attentes, rêves, semblables à ceux qui nous poursuivent dans notre vie. Si bien que chacun d'entre nous, d'une certaine façon, habite San Rocco, et s'apprête, le jour que j'aurai choisi – je suis là uniquement pour cela –, aujourd'hui pour être précis, à recevoir une compensation aussi grande qu'inattendue. À cette heure-ci – il est à peine huit heures – il y a peu de monde sur la place. Continuons quand même à l'appeler place même si elle n'est pas beaucoup plus large qu'une cour, et toute de travers de surcroît ; mais cela n'a aucune importance, est-ce qu'on n'a pas de plaisir à s'y promener ce matin avec un si joyeux soleil, les petites fleurs des plates-bandes qui viennent d'éclore, les petits oiseaux qui chantent et Annetta qui chante elle aussi de sa petite voix, en parfait accord avec le chant des oiseaux ? C'est un dimanche. Logique. Cela aurait été une imposture de choisir un autre jour de la semaine. Même un lundi, un mardi, un mercredi il peut y avoir un soleil magnifique, un ciel limpide, et cætera, cependant une certaine atmosphère de bonheur caractérise le seul dimanche, et tout le reste a une importance très relative.

Je crois que j'ai tout prévu de la meilleure façon qu'il soit, avec les précautions nécessaires car on ne sait jamais. Mais je dois avouer que je ne suis pas habitué à ce contentement, à cet état de satisfaction généralisée, aussi vais-je procéder avec précaution car j'ai presque peur de rompre l'enchantement. J'ai donc préparé une journée de sérénité pour un nombre important de personnes, avec une montée en puissance progressive de joie, de telle sorte qu'une ou deux de ces personnes puissent réussir à être heureuses avant le soir. Pour cela il faut choisir les élus, ce qui n'est pas chose facile. Tous les habitants, peut-être parce qu'ils ont deviné mes intentions, me regardent avec des yeux doux, débordants de confiance, je ne sais vraiment pas à qui donner satisfaction ; d'un autre côté, en rendre heureux plus d'un ou deux – mis à part le fait que ce n'est matériellement pas possible – serait pour le moins ridicule. Qui parmi ceux qui m'accusent d'écrire des choses funèbres, pour sa plus grande honte, connaîtra ce soir la félicité, atteindra le septième ciel ? Le docteur Mastri, après tant d'années grises et tant d'espoirs perdus, cela ne vaudrait-il pas la peine de lui réserver une belle surprise ? Ce sourire bon et résigné qui est le sien et qui a su résister à tant d'épreuves, ne mérite-t-il pas une récompense ? D'autre part, que pourrait-on lui offrir, que pourrait-on imaginer de beau pour lui ? C'est une entreprise difficile que de le rendre heureux. Ou vaudrait-il mieux au contraire faire guérir de manière inattendue le petit Lucio, le fils de l'électricien, qui marche avec des béquilles depuis deux ans ? Et le professeur Properzi qui est parti à la chasse aujourd'hui, il suffirait d'un rien pour qu'il soit content, non ?

(Mais qu'ont donc les gens sur la place, ils se tournent tous dans la même direction ? Comme s'ils avaient entendu une détonation, ou un sifflement, ou une fanfare, pourtant il n'y a eu aucun bruit particulier. On a juste vu, mais au loin, dans la rue Menci, une petite silhouette d'homme qui entrait dans une maison. Rien d'autre. Et c'est tout à fait curieux. Les gens ont jeté un coup d'œil là-bas, et l'on comprenait très bien qu'ils ne pouvaient pas s'en empêcher ; puis chacun a fait semblant de rien et a regardé les autres comme s'il espérait qu'ils ne s'en étaient pas aperçus, bref comme si c'était quelque chose dont il fallait avoir honte ou qu'il fallait cacher. Comme c'est stupide, un homme qui ouvre une porte et qui entre, un homme, de surcroît, d'aspect tout à fait quelconque, mal vêtu, habillé de vêtements sombres ; sa maison est petite, le crépi jaune est tout abîmé, et il n'y a pas une fleur aux fenêtres, pas un rideau, comme si elle n'avait pas été habitée depuis longtemps. Mais, moi aussi, je suis stupide d'y prêter attention. Cela arrive si souvent, que plusieurs personnes se mettent à faire en même temps le même geste sans savoir pourquoi, cela n'a rien de mystérieux, c'est une simple coïncidence.)

Regardons plutôt les étals des marchands, alignés sur la place. Une grande nouveauté : Tommaso, le marchand de glaces venu des montagnes du nord, est arrivé avec une petite carriole toute neuve, un engin vraiment splendide, tout doré et argenté, avec au sommet un oiseau-lyre bardé de grelots. Rien qu'à le voir, c'est une fête. Est-ce que ça ne vaut pas la peine de s'arrêter devant l'étalage des sucres candis plutôt que de rester là à lorgner bêtement la rue Menci parce qu'un homme est entré dans une maison ?

C'est peut-être une faiblesse de ma part, mais maintenant que j'ai pesé le pour et le contre, j'aimerais bien que le bonheur de ce soir soit donné à Annetta, la jeune fille que nous avons entendue chanter tout à l'heure. Vous l'avez entendue chanter, mais si vous saviez comme elle chantait autrefois. C'était un vrai rossignol, et les gens s'arrêtaient sous ses fenêtres. Maintenant il y a comme un mécanisme cassé dans sa voix, quelque chose qui s'est perdu. Et cela remonte au jour où Berto, son fiancé, a écrit pour la dernière fois. Huit mois ont passé. Du lointain front de guerre, il n'envoie plus de nouvelles, et tout le monde désormais a tendance à considérer qu'il est mort là-bas, sauf Annetta qui continue à espérer ; toujours un peu moins, naturellement, à mesure que passent les jours elle se consume. Et si nous disions qu'il allait rentrer ce soir ? Si quelqu'un arrivait par la voie ferrée ? Ou qu'au moins parvenait une lettre, un télégramme porteur de bonnes nouvelles ? Et puis elle est si jolie, Annetta.

Les minutes, en attendant, passent avec légèreté, quelques petits nuages blancs se détachent des forêts là-haut sur le mont Pian, et se mettent lentement en marche. De temps à autre, on entend les cloches des églises qui appellent les chrétiens à la messe, et nous parvient aussi l'écho de lointains coups de feu, je parierais qu'il s'agit du professeur Properzi, parti à la chasse ce matin avant l'aube. La journée semble s'étendre devant nous, une si longue journée, une grande plage de temps toute prête à être savourée petit à petit, et durant laquelle tant de choses pourront arriver, qui fondent les espérances de l'homme.

(Mme Sofia, l'épouse du secrétaire de mairie, qui était occupée à acheter un petit col de dentelles au marché, s'est à nouveau retournée soudainement. Et de même Piero Longo, le maquignon, qui se trouvait à côté d'elle. Ils regardent à nouveau du côté de la rue Menci, toujours vers la maison jaunâtre où tout à l'heure l'inconnu est entré. Mme Sofia a fait un signe dans cette direction puis s'est penchée sur son enfant et elle lui murmure quelque chose que je n'arrive pas à entendre. Une fenêtre de la maison jaune s'est ouverte. Je ne parviens pas à comprendre comment Longo, un esprit positif, sûr de lui, peut faire cas de telles sornettes, encore moins qu'il puisse faire cette tête-là, affichant son embarras et sa gêne. Mais peut-on savoir ce qui se passe ? Pourquoi tous ces mystères ? En ce qui me concerne, l'homme de la maison jaune, je ne le connais pas, et ce n'est certainement pas moi qui l'ai fait venir. Il est entré dans cette histoire de son propre chef, sans y être invité ; grand bien lui fasse ; mais il ne faut pas lui accorder d'importance. Maintenant voilà que deux gamins se poussent du coude en regardant là-bas et disent : « Le croquemitaine. » Encore heureux qu'ils le disent en riant, qu'ils soient assez sensés pour ne pas prendre au sérieux ces superstitions idiotes.)

Le croquemitaine ! Il y a des gens pour croire encore à ça, en plein XXe siècle et par une journée comme celle-ci, en plus ? Mais écoutez plutôt la bonne nouvelle : il y a quelques minutes le docteur Mastri est allé faire une visite à Colosimo, le délégué de la Mutuelle, qui était hier dans un état très préoccupant ; mais la fièvre est tombée maintenant, le médecin exclut la possibilité d'autres complications et tous les membres de la famille sont rassurés. Heure après heure, la journée devient plus douce, favorable aux choses plaisantes de la vie (et n'allez pas croire que je ne m'y investisse pas complètement, dans cette petite histoire de San Rocco, je sais parfaitement qu'il suffit de trois fois rien pour que les choses se gâtent irrémédiablement). Des voitures, des charrettes, des automobiles traversent la place, maintenant relativement déserte car la plupart des habitants sont à la messe. Au pied des marches d'entrée, don Franco Libri et Decini sont restés pour attendre la fin : ces deux-là aiment à se faire passer pour des athées alors que ce sont les plus braves hommes qui soient. « Mes respects, don Franco, puis-je vous en offrir une ?

— Merci, mais je ne fume que des cigares. » Tout en bavardant, ils se chauffent au soleil. Même don Beniamino, dans l'église, se sent en verve aujourd'hui et parle du haut de sa chaire avec la fougue de sa jeunesse enfuie ; allez savoir pourquoi, les Saintes Écritures lui inspirent des phrases pleines de sentimentalité, qui parlent à ceux qui l'écoutent : oh, merveille, tous accordent beaucoup d'intérêt à ses propos, personne ne regarde sa montre, les filles ou les fresques de la coupole ; est-ce que le monde – pense don Beniamino – devient vraiment meilleur ? Les beaux rayons de soleil descendent en diagonale à travers la pénombre de l'église, ils font briller les statues des anges aux ailes dorées ; tandis que, derrière un pilier, on peut reconnaître Annetta, agenouillée toute seule, un voile noir lui couvrant la tête ; si elle n'était pas si jeune et si jolie, on pourrait la croire abandonnée de Dieu.

Et puisque même la messe finit, la foule sort dans le soleil et un bon nombre, pour rentrer chez eux, emprunte la rue Menci, quartier après tout respectable et sympathique. Inutile de préciser qu'aucun d'entre eux, hommes et femmes confondus, au moment de passer devant la maison jaune, ne peut s'empêcher d'y jeter un coup d'œil. « Tu l'as vu ? demande l'un à son compagnon. Il y a quelques minutes, il était à sa fenêtre. Tu y crois, toi ?

— Qu'on y croie ou pas, c'est pareil, répond l'autre. Que le diable l'emporte ! »

Oui, moi aussi, juste à l'instant, il m'a semblé le voir l'espace d'une seconde ; appuyé sur le rebord de la fenêtre, il paraissait regarder du côté de l'église comme s'il attendait quelqu'un. Mais en voilà assez, il n'appartient pas à cette histoire et il ne peut en aucun cas avoir une quelconque influence sur son déroulement.

Qui que tu sois, individu de la maison jaune, que tu portes ou non des lunettes, et même s'ils t'appellent croquemitaine, j'ai bien l'impression que tu te donnes du mal pour rien. Aujourd'hui, c'est fête, et je crois qu'il serait beaucoup plus digne que tu restes calfeutré chez toi, les fenêtres barricadées, sans même laisser deviner ta présence. Que cela te plaise ou non, Annetta reverra son Berto ce soir, et pleurera des larmes de joie.

Mais, puisque le soleil tourne tranquillement, les ombres des objets raccourcissent jusqu'à disparaître presque, puis se mettent à rallonger du côté opposé. Sur le seuil de sa maison, le petit Lucio, bien qu'il ne puisse plus se servir de l'une de ses jambes, joue avec un morceau de bois qui ressemble à un ourson : et cela suffit à faire son bonheur. Depuis le bois entourant le village parviennent toujours les échos des coups de fusil du professeur Properzi qui, de toute évidence, a débusqué quantité de gibier. Pendant ce temps, Longo, le maquignon cité ci-dessus, dispute une partie de boules entre cris et rires. Oh, mais comme la course du soleil est rapide, les ombres s'allongent, et nous qui pensions avoir beaucoup de temps devant nous. Maintenant c'est la fin de l'après-midi, il paraît que le locataire de la maison jaune, l'étranger, est sorti, qu'il parcourt en ce moment même le village. Qu'il en profite. Mais nous, nous devons nous dépêcher d'aller à la gare, le train du soir va bientôt arriver, et à bord, soit dit entre nous, il paraît qu'il y aura Berto lui-même.

Et voilà, puisqu'on m'accuse toujours d'écrire des histoires mélancoliques, voilà le train qui arrive, vide, et personne ne va frapper à la porte d'Annetta, même pas pour lui apporter une lettre ou un télégramme. Il semble bien, donc, que je raconte le plus souvent des histoires déprimantes, mais est-ce ma faute si une journée pareille, un dimanche aussi merveilleux, est passée pour rien ? Si le ciel, à l'approche du soir, s'est rempli de nuages et que le professeur Properzi s'en revient mort de fatigue, avec pour seul butin deux misérables merles, si Colosimo a un nouvel accès de fièvre, si Annetta, le cœur lourd de chagrin à en éclater, s'est jetée sur son lit, la tête dans l'oreiller, sans que personne ne la voie, et sanglote en silence ? Toujours aussi débonnaire, le docteur Mastri me fait signe de ne pas me mettre en colère : avec un sourire de complicité patient, il regarde vers la maison jaune, que maintenant on a du mal à discerner dans l'obscurité : cela ne sert à rien, semble-t-il dire, quand cet odieux type-là arrive, il n'y a rien à faire et tout part à vau-l'eau. Oh, croyez-moi, j'avais tout bien prévu, avec beaucoup d'amour, j'avais pris toutes les précautions, attentif à ne pas forcer le trait car je sais combien certaines choses sont délicates. Et maintenant voilà que tombe la nuit, les rues sont à nouveau désertes, et rien de ce que l'on avait espéré n'est arrivé ; un autre jour est passé sur la terre, c'est tout.

La nuit

La peur arrive, sans qu'il y ait besoin de rien, au moment où tombe l'obscurité de certaines soirées imprévisibles, formant des bancs d'abord le long des haies, dans les petits vallons déjà obscurs, au pied des vieux murs de pierre en ruine. Et derrière les églises solitaires aussi, non ? Dans ce petit bout de pré au pied de l'abside où personne, jamais, ne passe ? Depuis le début de l'après-midi, pourtant, on aurait pu la reconnaître çà et là, qui s'approchait peu à peu : par exemple dans ces longs appels qu'au-delà du fleuve deux personnes très éloignées l'une de l'autre avaient échangés à travers la campagne ; par exemple sur l'éboulement de terre jaune, dans ces petits creux incompréhensibles qui donnaient déjà un avant-goût caractéristique de la nuit ; ou encore dans la sensation surgie à l'improviste que cette journée aussi était une journée de perdue (et peut-être la vie tout entière ?). Assis dans le jardin, il avait même vu un chien qui s'enfuyait à toute allure à travers les pâturages déserts, là-haut en altitude : l'animal était seul et à un certain moment il s'était perdu au loin, se fondant dans la verdure immobile. (Mais personne n'y avait prêté attention car c'était une journée ensoleillée, douce et limpide, propice aux projets, aux amours, et qui faisait tout oublier. C'était hélas notre dernier après-midi de bonheur et nous ne le savions pas.)

Puis le silence de la campagne, grand, profond, s'était installé, les oiseaux s'étaient tus, les guêpes, tous les insectes, il ne restait plus que la voix mélancolique du fleuve lointain. Les dernières cloches aussi s'étaient éteintes, les fleuves que formaient les maisons à travers les arbres disparaissaient dans l'ombre, et dans nos cœurs des souvenirs, une douce tristesse, des illusions. Les routes étaient restées vides, obscurité grandissante aux carrefours, vapeurs humides s'exhalant lentement de l'étang. Est-ce l'heure où, au creux du vallon, les bandits, sentant le tabac et échauffés par le vin, sortent de leur grotte en direction de la grande route, leur fusil à la main ? Ou bien est-ce leur camion qui peine dans la côte et disparaît au loin ?

Il est temps maintenant de barricader les portes, et peut-être est-ce un mal car la nuit ne pourra plus circuler librement, entrer et sortir de la maison, mais, se glissant par les fissures, elle stagnera dans les pièces. Lui, pourtant, a les épaules larges et un visage de vieux soldat, la soirée est encore insouciante, quant à elle, elle bavarde sans paraître le moins du monde préoccupée.

Mais le temps passe et l'on a trop tardé, à lire et à broder, lorsque la pendule du couloir sonne. Qui l'entendait quand le soleil brillait ? Maintenant elle résonne dans l'obscurité des vibrations du bronze d'autrefois et les coins vides de la maison répondent. On entend aussi le bruit de ses pas, à elle, qui montent l'escalier. À mi-chemin, elle s'arrête. Elle avait cru. Rien, allez savoir ce que c'était. Dans la chambre à coucher, la lampe de chevet diffuse une lumière tranquille.

Lui aussi, il monte se coucher, lui qui a les épaules carrées et sur l'armoire un fusil chargé, un mauser. Pourtant, le pied sur la première marche, il se retourne. Bien sûr, le couloir est vide. Bizarre toutefois : on dirait que cela attend qu'il soit monté se coucher. Tous, ils attendent d'être seuls : les murs, la commode dans le coin, la petite armoire contenant les outils, et même les bicyclettes. Le sol de pierre grise lui aussi attend qu'il n'y ait plus personne : pour être foulé par quels pas ? Peut-être que trop de gens ont passé leur vie ici, ils sont nés, ont grandi, sont devenus adultes, ont vieilli et sont morts, puis d'autres sont venus, et d'autres encore, à force ils ont laissé quelque chose de diffus, de subtil qui s'estompe dans la lumière du jour. Ou alors c'est le poids éternel de tous les autres vivants qui pèse sur notre solitude, mais nous n'arrivons pas à le comprendre et dès que nous sortons de la pièce, nous nous retournons brusquement et les miroirs nous renvoient une image étrange ?

Les chiens des paysans poussent souvent des aboiements plaintifs, que l'on entend à des lieues et des lieues à la ronde ; il n'y a pas un seul instant, durant la nuit tout entière, où l'on n'entende pas, en prêtant l'oreille, quelque chien qui aboie. Mais ce ne sont pas des chiens.

Le buste de l'arrière-grand-père devient à cette heure d'une blancheur exceptionnelle et les deux orbites profondes se creusent, méditatives, évoquant des choses que nous ne connaissons pas mais qui nous concernent. Les portraits aussi nous fixent avec des regards pleins de sous-entendus. Mais il ne s'agit ni du buste ni des portraits.

« Giovanni, demande-t-elle dans un murmure, Giovanni, tu as entendu ?

— Quoi donc ?

— Giovanni, on a frappé à la porte.

— Mais non, personne n'a frappé. C'est le vieux bout de fer qui tenait le rideau qui bouge quand il y a du vent, de temps en temps il cogne contre la porte.

— Écoute, écoute... un autre coup.

— Ne t'inquiète pas, Maria. Il va falloir l'enlever, ce bout de fer, de toute façon il ne sert plus à rien. Qui veux-tu qui vienne à cette heure-ci et frappe à notre porte, les gens dorment à cette heure. »

Les rats, vers onze heures et demie, commencent à se

promener dans les interstices des vieux murs. Par intermittence, ils déclenchent des grondements sourds dans la chambre d'à côté, on entend leurs ventres mous qui frottent par terre en passant sous le cérémonieux rideau rouge, lequel continuera à cacher quelque horrible secret jusqu'au chant du coq. Voici les rats, se dit-on, mais qui ira les dénicher ? En tendant l'oreille on peut suivre leur curieux manège, quels bruits étranges. Est-il possible que ce soient des rats ? Ou est-ce un être humain qui ouvre un tiroir, de l'autre côté, en le tirant doucement ? Et qui marche maintenant dans le grenier, mon Dieu, qui avance à pas lents vers la porte de l'escalier ? Mais ce n'est même pas ça.

Dans le plafond une petite fissure. L'humidité a dû s'infiltrer par là, et une tache s'est formée. Allongés sur le lit, ils la regardent. Elle a tout à fait la forme d'un visage, un vieillard gras avec des lèvres au dessin grossier. Mais à un certain moment le contour tremble un peu, à peine (les yeux s'étaient légèrement détournés et la tache croyait qu'on ne la regardait pas). Dès qu'on la fixe de nouveau, elle s'immobilise aussitôt. On dirait celle de tout à l'heure, mais ce n'est pas elle. Au coin des lèvres s'est formé un léger rictus de ricanement. Peut-être suffirait-il de fermer les yeux un instant pour qu'elle bouge à nouveau. Mais ce n'est toujours pas cela.

« Giovanni, balbutie-t-elle en se ressaisissant. Giovanni, maman m'appelle.

— Maman ? Mais ta maman n'est pas là.

— “Maria, Maria” j'ai très bien entendu, tu crois que je ne saurais pas reconnaître sa voix ?

— Tu devais rêver. Ta maman est loin d'ici. Essaie de dormir.

— Elle était là, elle était là, juste à côté du lit, elle m'appelait. Giovanni, j'ai peur.

— C'était un rêve, ce n'est rien. Dors maintenant, il est tard.

— C'était sa voix, je te dis, je l'entends encore... elle était pleine d'angoisse, comme s'il était arrivé quelque chose. »

Le tuyau du poêle, à côté du lit, doit avoir une ouverture trop grande ; ou bien c'est le couvercle de zinc qui ne le protège pas suffisamment ? Au moindre souffle de vent l'air s'y engouffre et gémit, une plainte qui descend le long du mur. Cela fait résonner un peu le poêle, on dirait qu'il soupire. Mais ce n'est pas cela non plus.

Et pourquoi les petits fauteuils de l'aïeule se trouvent-ils dans cet état ? On dirait qu'ils sont excités, impatients. Qui attendent-ils ? Qui viendra s'y asseoir ? Pourquoi, quand il faisait jour, étaient-ils au contraire à moitié endormis ? Ils n'ont même pas peur de se trahir. Les voilà : un, deux, trois, quatre, et même la chaise branlante au fond du couloir. Éteindre la lumière est dangereux. Que feront-ils, dès qu'il fera noir ? Qui s'avancera depuis l'angle ? Mais il ne s'agit pas non plus des fauteuils.

« Il y a un cheval, Giovanni. » Elle s'est assise brusquement dans le lit. « Tu l'entends, tu l'entends ?

— Chérie, mais qu'est-ce que tu as cette nuit ? Tout est calme.

— Mais comment est-ce que tu fais pour ne pas l'entendre ? Sur la route... le voilà qui arrive... Mon Dieu, comme il va vite. »

Giovanni se tait, lui aussi maintenant il l'entend. On dirait un cheval qui galope, qui galope. On dirait qu'il s'approche mais non, il est toujours au loin, là-bas.

« Ce n'est pas un cheval, Maria, personne ne galope à cette heure-ci. C'est l'eau de la citerne qui goutte et tombe sur quelque chose. Quelques fois, ils oublient de la fermer...

— Ce sont des sabots qui frappent le sol. Ce n'est pas la citerne, je t'assure... Qu'est-il donc arrivé pour qu'il coure comme un fou ? »

Et qui marche maintenant dans le jardin ? Le gravier

crisse sous de gros souliers inconnus, puis on entend un bruit bizarre, comme un chiffon mouillé qu'on aurait laissé tomber sur une pierre. Ou bien tout à coup les oiseaux se réveillent pour d'obscures raisons et font du grabuge entre les branches, avec des piaillements étouffés. Ou alors c'est le chat qui file de chambre en chambre, à la poursuite de quelque chose. Ou le papillon de nuit dont le corps mou s'écrase contre les vitres avec un bruit de chair. Ou un son léger qui va et vient et pourrait être produit par un ver dans le bois. Ou la grosse araignée qui, après trois jours d'immobilité, s'est finalement mise en route. Ou les vêtements sur la patère, qui ressemblent tellement à un pendu. Mais aussi les tressaillements infinis du bois, les échos impalpables des choses dites, les noms, les disputes, les éclats de rire, les larmes d'autrefois que les ans, croyait-on, avaient enterrés. Et le silence qui, à l'écouter, se transforme petit à petit en un vrombissement grondant de bruits impossibles à identifier, des plaintes, des moteurs, des rebuts d'existence et de rêve, des fourgons, des musiques, des cris. Mais ce n'est toujours pas ça. Et ce ne sont pas non plus nos remords. Et ce n'est pas Dieu non plus ? Voilà ce que c'est : c'est la mort qui arrive, depuis longtemps elle s'est mise en route pour chacun d'entre nous et certaines nuits, dans les vieilles maisons désertes, nous l'entendons arriver.

J'ai oublié

Je suis venu de très loin jusqu'ici, ô prince, pour te dire une chose. Depuis plusieurs années je suis arrivé dans ta ville et je m'y suis établi. Tu as compris, dès que tu m'as vu, que je ne pouvais pas te dire tout de suite ce que j'avais à t'apprendre ; tellement longue était la route, qu'à la fin, je l'avais oublié.

Peut-être que tous les soirs, durant la première partie du voyage, étape après étape, avant de m'endormir, je répétais en mon for intérieur les informations à transmettre ; et peut-être ai-je ainsi acquis la solide certitude de les savoir, et ai-je considéré que je ne pourrai jamais les oublier, même si je le voulais ; j'étais trop sûr de moi, si bien qu'à la fin je perdis la bonne habitude de repasser ma leçon ; je ne m'aperçus pas que le brouillard du temps s'insinuait en moi : le jour où, enfin, j'arrivai près de toi, je ne me souvenais plus de rien.

Ainsi, donc, il advint que lorsque j'ouvris la bouche pour prononcer le premier mot, ce mot ne voulut pas sortir et je restai muet. Toi, alors, tu me regardas en souriant, sans impatience. Cela ne t'étonnait pas. Des milliers d'hommes comme moi, venus des royaumes les plus lointains, pénètrent dans cette ville pour te parler ; il leur arrive, à tous, la même chose qu'à moi : c'est-à-dire qu'au cours de leur trop long voyage, ils oublient le texte de leur message, qui ne leur reviendra en mémoire que plusieurs années après. Sachant cela, tu leur fais un petit signe pour qu'ils aillent se reposer. En effet, une fois passée la fatigue du voyage, certains recouvrent le souvenir, et leur peine n'a pas été inutile ; d'autres, au contraire, bien qu'ils la sollicitent, n'arrivent pas à réveiller leur mémoire et ces derniers restent ici à regarder passer le temps en attendant de retrouver ce à quoi ils n'accéderont probablement jamais plus. Mais tu ne les grondes pas, tu ne les menaces pas, tu ne tapes pas du pied avec impatience ; tu souris, en les regardant, pour leur faire comprendre que tu es magnanime.

Il y en a d'autres encore qui feignent d'avoir à t'apporter de grandes nouvelles, annonçant la vie ou la mort ; mais ils prétendent les avoir oubliées ; il leur faudra beaucoup de temps pour qu'ils puissent aller les retrouver au fin fond de leur mémoire. Ils feignent, car en réalité ils n'ont rien à te dire si ce n'est les sornettes habituelles.

Je peux t'assurer que je ne fais pas partie de ceux-ci ; je sais que je suis venu jusqu'ici pour te communiquer des choses importantes qui te seront précieuses. Des nouvelles de la plus haute importance ; je les ai emportées avec moi, mais pourquoi ne puis-je m'en souvenir ?

Si, il y a quelque temps de cela, le voile qui les recouvrait s'est levé un peu et j'ai réussi à me rappeler le début. J'ai couru alors à ton palais, te souviens-tu ?, redoutant qu'elles ne m'échappent à nouveau. D'une voix anxieuse, je commençai :

« Je vais t'apprendre sur-le-champ des choses nouvelles et secrètes, que tu ignores ; c'est moi-même qui ai formulé ces nouvelles et pas à l'instant où je te parle ; avant ce jour, tu n'en as rien su, si bien que tu ne pourras pas me dire : mais oui, je le savais. Elles ne sont absolument pas parvenues à ton oreille, ni à ta connaissance, tu n'en as jamais eu vent auparavant. Ce sont les premières et les dernières. Ma bouche, semblable à une flèche effilée, va les prononcer et toi, abasourdi, tu pencheras la tête en avant en versant des larmes de bénédiction. Ce fut à... » Mais arrivé là, tout devint confus dans mon esprit et je ne pus continuer.

À mesure que je parlais, tu m'écoutais en souriant, tu faisais des signes de la main pour exprimer ton approbation, mais ton visage ne s'éclairait pas encore de la lumière que j'avais espérée...

Et cela parce que mes paroles, aussi belles et pleines de promesses fussent-elles, ne représentaient qu'une part infime de ce que je devais te dire, l'introduction seulement, le préambule, une fraction ridicule en comparaison du reste, encore prisonnier à l'intérieur de moi. Le plus important restait encore à dire et le jour où tu l'entendras, ô prince, le ciel et la terre se réjouiront.

Mais le temps passe. Et je ne parviens pas à retrouver les paroles qui restent. Les hommes arrivés en même temps que moi ont d'ores et déjà accompli leur devoir, aussi négligeable ou capital qu'il fût. Moi seul suis en retard et je m'épuise à porter à la lumière ce qui attend encore au plus profond de moi. Certains jours il me semble l'entrevoir, je tends les mains pour le saisir mais il m'échappe toujours.

Mais le temps passe et j'erre dans les rues de la ville, dans l'expectative. Souvent je renonce à chercher ; peut-être vaut-il mieux ne pas s'obstiner, insister ne fait qu'aggraver les choses. Peut-être que tout ce que j'ai à dire me reviendra tout seul, à l'improviste, au moment où je m'y attendrai le moins.

Mais le temps vole et ta patience, ô prince, ne peut être éternelle. Un jour ou l'autre il faudra bien que tu me fasses appeler et que tu m'ordonnes de m'en retourner. Les pèlerins qui sont arrivés jusqu'ici, qu'ils t'aient communiqué leurs nouvelles respectives ou pas, doivent tous retourner là d'où ils sont venus. Selon ta volonté ou selon le désir de celui qui règne sur le pays lointain ? C'est toi qui les expulses ou bien ne fais-tu que contenter ton royal ami ? Nous ne le savons pas. Et nous ne comprenons pas non plus pourquoi à un messager, qui pourtant t'a transmis sa nouvelle avec diligence, tu vas ordonner de repartir aussitôt alors qu'un autre, qui t'a fait patienter sans te payer son tribut, tu sembles l'oublier, tolérant qu'il vive, des années durant, sans être inquiété, une vie paisible.

Regardez ma mère. Depuis le jour où je suis arrivé elle a eu en moi la confiance la plus aveugle qu'il soit, elle m'observait d'un regard ardent comme s'il y avait, caché, un miracle qu'un jour j'allais livrer. Depuis quelque temps, le doute s'est emparé d'elle et, bien qu'elle ne m'en dise rien, qu'elle ne me pose pas de questions, qu'elle n'insiste pas, je vois du chagrin dans ses yeux ; silencieusement ils me suivent dans toute la maison et même, en pleine nuit, elle vient entrouvrir ma porte et reste longtemps à me regarder, dans le noir, guettant si, dans mon sommeil, je ne prononcerais pas des paroles incohérentes qui donneraient peut-être la clef de ce que j'ai oublié.

Et les amis ! Eux non plus ne me font plus confiance ; et s'ils me traitent avec davantage de bienveillance, ils n'ont plus sur le visage cette ombre née de leur attente envieuse et qui me flattait tellement autrefois. D'autres, qui ne sont pas de mes amis, m'observent avec ironie, comme s'ils pensaient : et voilà, il avait promis monts et merveilles, mais en fait il est totalement incapable de tenir sa parole.

Mais il y a une chose plus triste encore : c'est que, moi aussi, je commence à douter. Depuis quelques jours, quand je considère le temps infini qui s'est écoulé sans résultat, je m'interroge : es-tu vraiment sûr de ne pas t'être trompé ? Es-tu certain d'avoir en toi ces grandes choses ? N'as-tu pas déjà donné le peu que tu avais emporté avec toi ?

La journée d'aujourd'hui, comme les autres, a passé en

vain. Rien n'est remonté à mon cœur, pas même un vague écho. Maintenant le soir est tombé et bientôt viendra la nuit, une autre nuit qui partira encore en fumée. Au moment d'entrer dans cette salle, m'est venue à l'esprit une musique des jours lointains, elle essayait de faire affleurer avec elle tout le reste, c'est-à-dire la saison, la lumière de l'après-midi, les espérances qu'elle avait fait naître (car c'était l'époque où il était encore permis d'espérer, nous avions toute la vie devant nous, inconnue et mystérieuse, ouverte aux songes les plus fous). Alors, l'espace d'un instant, je me suis senti tout près de l'acte que je voulais accomplir, de la pensée profonde qui aurait illuminé ton visage de joie, ô prince.

Cela n'a été pourtant qu'un moment, un instant fugitif. Aussitôt ces images ont disparu et je me suis retrouvé comme avant, vide. Maintenant je tends l'oreille car, à chaque pas qui s'approche, je redoute que vienne un garde du prince qui me fasse appeler pour me signifier mon départ... L'un après l'autre, ceux qui avaient foi en moi m'ont abandonné : je suis resté seul, seul à croire encore ; et cela ne suffit pas. J'entends s'approcher un pas, il s'engage dans le couloir, maintenant il est à moins de trois mètres de la porte, j'attends le coup frappé sur le battant. Rien. Le pas continue d'aller de l'avant, devient plus faible en s'éloignant, Dieu seul sait qui c'était. Mais j'appréhende, je reste sur mes gardes et j'en oublie de dormir. Jusqu'à l'aube, avec des fréquences irrégulières, ces pas suspects peuplent la maison.

Voilà que l'homme qui a déjà parcouru un bon bout du chemin de sa vie se rend compte qu'il n'a pas accompli ce qu'il espérait réaliser, qu'il continue à tout repousser au lendemain, quand chaque jour ses forces diminuent ; et pourtant il regarde toujours vers le futur comme si tout était encore à commencer ; la dernière échéance approche, il comprend qu'il n'a plus beaucoup de marge de manœuvre, qu'il ne pourra jamais réussir à temps : mais il plaisante, il se leurre, il fait tout pour arracher encore un dernier petit sursis à la jeunesse peu dispendieuse ; une vieille histoire !

Pourtant, que vous le croyiez ou pas, je l'ai là, enfermée dans ma poitrine, cette grande chose que j'ai apportée de si loin. Elle palpite et semble devenir jour après jour plus grave, plus profonde. Je la sens qui s'agite en moi, qui remonte jusqu'à affleurer à ma gorge : retenant mon souffle, j'attends, car je tiens peut-être là l'occasion propice. Mais un pas, un triste pas, résonne en bas dans la rue et s'approche, réveillant la peur. L'angoisse, plus forte, me gagne et ne s'achèvera qu'à l'aube.

Si seulement j'étais capable de m'en aller, en vous méprisant, vous qui n'avez pas su m'attendre ; en te méprisant toi aussi, ô prince, qui peut-être te moques de moi en ton for intérieur. Si je pouvais partir en ramenant, intactes, les choses que je n'ai pas su vous dire. Mais je suis lâche et je te supplie ; prince, prince, attends encore un peu, ne m'envoie pas tes gardes, d'ici un an, ou deux ou un petit peu plus je te donnerai ce que je te dois. Mais tu continues à sourire, avec tes lèvres seulement, en pensant à des choses que j'ignore. Par milliers, tous les jours, on t'adresse des suppliques comme la mienne, pitoyables ; chacun a un bon prétexte pour demander un moratoire, tu n'aurais pas assez de temps pour les entendre tous, quand bien même tu ne ferais que cela du matin jusqu'au soir.

Je sais donc comment les choses vont se passer. Un jour, proche ou lointain, je l'ignore, mais toujours trop tôt, l'homme porteur de ton ordre viendra chez moi. En tremblant, il faudra que je me dirige vers la porte. Et à ce moment-là, à ce moment-là seulement, ce que je cherche depuis tant d'années m'apparaîtra. Le voile en moi se déchirera et les paroles importantes me reviendront à l'esprit, une à une, dans toute leur splendeur. Mais je n'aurai plus le temps, je ne pourrai pas rester une minute de plus.

Dans mon dos, je verrai diminuer progressivement les blanches colonnes de ton palais solitaire, dans le soleil, et je te verrai, debout dans la dernière loggia, en train de regarder le monde. Je me retournerai, je crierai de toutes mes forces mes paroles tardives, restées trop longtemps tapies en moi. Tu ne les entendras pas. Seulement pour un instant, comme si tu avais entendu (mais comment serait-ce possible, avec une si grande distance ?), tu tourneras la tête vers moi, en scrutant l'espace devant toi. Mais tu ne verras que les toits de la ville et la foule grouillante à perte de vue. Pour un instant seulement. Aussitôt ton visage disparaîtra de la loggia, qui restera vide. Et lorsque je passerai la toute dernière enceinte, toi et les hommes de ta ville auront déjà oublié mon nom.

Le grenier

Par un bel après-midi d'été, alors que j'étais seul chez moi, je fis par hasard une étrange découverte. Un ami m'avait téléphoné pour me demander si j'avais un dictionnaire de latin à lui prêter (il en avait sûrement besoin pour faire ses mots croisés), je lui avais répondu que j'en avais peut-être un, parmi les vieux manuels de classe. Je m'apprêtai donc à monter à l'étage au-dessus, dans les combles, là où se trouvait mon atelier ; à côté de celui-ci, dans trois cagibis successifs, étaient entassés les rebuts de la vie passée : des livres, des cadres, des meubles, des tapis, des jouets, des malles, des bicyclettes. Le débarras où se trouvaient les vieux livres, le plus petit des trois, ressemblait à un étroit couloir, avec une hauteur de plafond de moins en moins importante à cause de la pente du toit ; il était éclairé par une minuscule fenêtre ronde percée dans le toit. Depuis que j'étais gamin, ces recoins abandonnés et, d'une certaine façon, secrets éveillaient en moi une vague impression de mystère, comme d'ailleurs il s'en exhale habituellement des greniers. Ce jour-là encore, bien que j'eusse fêté mes vingt-cinq ans, j'éprouvais un plaisir subtil à m'aventurer dans cette visite ; il y régnait un tel silence, tout reposait dans un sommeil tellement profond, les bruits de la ville autour semblaient tellement lointains.

Je pris la clef, montai le petit escalier en colimaçon et lorsque j'arrivai au sommet, je fus frappé par une odeur très particulière, pas du tout désagréable mais très différente de la fragrance reposante de vieux objets que j'avais l'habitude d'y sentir. C'était un parfum frais et pénétrant qui devint plus prégnant lorsque je m'approchai du cagibi des livres.

J'en compris l'origine dès que j'eus ouvert la porte. Au milieu des piles de livres alignées le long des murs, il y avait un gros tas de pommes magnifiques qui occupait au moins les trois quarts du débarras ; sur le mur du fond, il atteignait un mètre de hauteur. Pendant un court instant, je me demandai si je ne m'étais pas trompé, m'aventurant par erreur dans un grenier voisin, celui d'un autre locataire, franchissant sans y prêter attention une porte qu'on avait oublié de fermer. Mais ce doute ne dura pas.

C'étaient des fruits de taille moyenne mais d'une couleur extraordinaire. Il devait y en avoir trois quintaux, au bas mot. Qui pouvait bien les avoir entreposés là-haut ? Je n'avais jamais donné l'ordre à Teresa, la bonne, de faire une telle provision ; qu'elle ait pu faire cela de sa propre initiative était à exclure ; elle m'aurait de toute façon averti de la chose. Malheureusement elle s'était absentée pour les vacances, comme tous les étés, elle ne rentrerait que dans une semaine. Il n'y avait guère que la concierge qui pouvait savoir quelque chose.

Ce n'était pas grave, bien au contraire. Trouver sans qu'on s'y attende une pièce remplie de pommes, et belles de surcroît, cela aurait dû me faire plaisir, d'où qu'elles viennent. La découverte en elle-même, que j'avais trouvée sur le moment presque drôle, présentait un côté mystérieux, qu'accentuaient la nature du lieu, sa solitude, la torpeur de l'après-midi.

Tandis que je réfléchissais toujours à ce curieux problème, je me penchai presque sans y penser, ramassai une pomme, la frottai avec un mouchoir, et voulus savoir quel goût elle avait. Mais dès que mes dents entamèrent la chair, un frisson intense me parcourut le dos. Je restai pétrifié, la bouche entrouverte, les dents plantées dans la pomme. Mon cœur s'était mis à battre la chamade. Ceci n'était pas une pomme. Ou mieux, cela avait la forme, le poids, l'aspect d'une pomme, mais en ce qui concernait le goût, cela ne rappelait que très vaguement les pommes que j'avais dégustées par le passé. Jamais au grand jamais je n'aurais imaginé qu'il pût exister au monde une saveur aussi délicieuse.

Dès que la première goutte de jus avait effleuré mes lèvres, la sensation éprouvée avait été troublante et intense à me couper le souffle. Puis, lentement, je serrai les dents, détachai un morceau et me mis à le mâcher avidement : le plaisir renaissait, s'intensifiait. Il était tellement fort qu'à peine eus-je mangé la moitié de la pomme, je sombrai dans une sorte d'ivresse joyeuse. Au lieu d'être épouvanté par ce phénomène anormal, ce qu'aurait exigé le sens commun, je fus pris d'un fou rire irraisonné et je contemplai avec un plaisir littéralement animal le tas de pommes qui s'offrait à mes yeux et me promettait des jouissances quasi perpétuelles. Jusqu'au moment où, de façon purement instinctive, je me retournai et fermai la porte dans mon dos.

Je fermai la porte et me demandai aussitôt pourquoi j'avais agi de la sorte. Ce fut à ce moment-là seulement que, me ressaisissant, je commençai à prendre peur. « Pourquoi ai-je fermé cette porte ? » Et je cherchais une réponse, quitte à me mentir à moi-même, mais rien, un geste tout à fait involontaire, sans raison précise. « Non, non, démentait une voix intérieure, tu l'as fait pour une raison bien précise, tu as fermé la porte derrière toi parce que tu avais peur que quelqu'un puisse te voir. »

Et c'était ça, en effet. Avant même que j'eusse fini la pomme, je me trouvai en proie à une sensation obscure. Mille pensées, que le plaisir avait jusque-là tenues à distance, m'assaillirent. Il me semblait, d'une certaine façon, que j'avais été envoûté par un ennemi malin. Jamais je n'avais entendu dire qu'il existait en ce monde des fruits pareils, plus enivrants que n'importe quel alcool. Le plaisir physique éprouvé était excessif, comme s'il passait outre les limites raisonnables de la nature ; trop violent et troublant pour être convenable. Inutile d'ajouter que je pensai immédiatement à l'arbre du paradis terrestre, je me dis qu'il fallait faire attention au cas où le diable voudrait répéter à mes dépens sa tentative de séduction.

Tout cela était ridicule, tout simplement puéril. Oui, peut-être que j'avais effectivement fermé la porte pour éviter que quelqu'un, monté par hasard au grenier, puisse me surprendre ; mais il y avait une bonne raison : le désir légitime d'éviter que les fruits suscitent la curiosité d'autrui. Maintenant que j'avais fini la pomme et jeté le trognon par terre, mon ivresse se calmait lentement. Tout soupçon de surnaturel s'évanouit. Je souris à la pensée de ce que j'avais osé imaginer. « Que tu es présomptueux, me dis-je. Tu t'imagines être assez important pour que le diable en personne se dérange pour toi ? et se donne la peine de grimper les escaliers avec des sacs de pommes sur le dos ? Qui ignore que les pommes du paradis terrestre ne sont qu'un symbole ? Pire qu'une femmelette. Pour être délicieuse, elle était délicieuse, mais en fin de compte ce n'était qu'une pomme. Qui sait ce que j'avais quand je l'ai mangée. La chaleur vous joue de ces tours, parfois. »

Je me disais ces choses-là, et d'autres encore tout en allumant une cigarette. Toutefois, même si on expliquait la sensation que j'avais éprouvée par un dérangement d'ordre physiologique, la présence des pommes pouvait causer une certaine inquiétude. J'avais beau faire appel aux arguments de bon sens, les doutes pernicieux revinrent, si bien que je voulus faire un essai : laisser passer une heure pour retrouver mon calme, puis manger une deuxième pomme ; de cette manière, la question serait résolue. L'idée que ce pouvaient être des fruits vénéneux ou empoisonnés ne m'était même pas venue à l'esprit.

À l'époque, j'étais peintre et je me sentais promis à un grand destin, peut-être même à la gloire. Cet après-midi-là, en l'absence de mon modèle préféré, elle aussi en vacances, j'espérais pouvoir avancer une grande nature morte qui représentait un portemanteau sur lequel étaient accrochées diverses pièces d'habillement. Je refermai le cagibi aux livres, passai dans mon atelier, mais je ne réussis pas à bien travailler. Le tableau, une ébauche, ne me disait plus rien. Deux pardessus, une veste, deux chapeaux se trouvaient à côté de moi, flasques, affaissés, selon la pose que la loi de la gravité leur avait aléatoirement donnée. L'expression d'abandon et de découragement que je voulais en tirer dans mon tableau m'échappait complètement pour l'instant. Plus encore : je me demandais pourquoi je m'étais lancé dans une entreprise aussi niaise. En même temps, l'idée de l'expérience que j'allais bientôt tenter me rendait impatient. L'espoir que je nourrissais – je ne pouvais pas me le cacher – était que cette seconde pomme me procurât autant de plaisir que la première, même si c'était là un signe funeste. Rien ne me semblait plus désirable. Je me demandai avec inquiétude comment arriver à conserver les autres pommes ; entassées les unes sur les autres elles risquaient de pourrir ; il fallait les exposer à l'air libre. Mais où ? Dans la maison, il n'y avait pas la place, et d'ailleurs il valait mieux que personne, pas même Teresa, n'en sût rien. En attendant et à mesure que se rapprochait l'échéance fixée mon envie grandissait. J'essayais bien de me calmer, de me convaincre que les pommes du cagibi se révéleraient tout à fait normales, que l'époque des sortilèges était révolue depuis longtemps, qu'il était grotesque de s'imaginer des choses pareilles. Malgré tout la frénésie de la gourmandise finissait par l'emporter ; ne plus retrouver le goût délicieux de tout à l'heure m'aurait réellement occasionné une grande contrariété. J'abandonnai mes pinceaux, je me mis à marcher de long en large dans l'atelier, en consultant ma montre.

Le moment tant attendu arriva enfin. J'étais dans un état physique absolument normal, du moins me sembla-t-il. J'ouvris la porte du cagibi, entrai et pris une pomme, la première qui me tomba sous la main. Je mordis dedans sans même l'essuyer.

Instant délicieux. De nouveau ce frisson, comme une vague qui m'entraînait lentement. Envolées les peurs que j'éprouvais un instant plus tôt. Je ne songeai pas une seconde à résister. Avide, je dévorais la pomme, j'en avalais sans les mâcher de grosses bouchées, pour redoubler le plaisir. Très vite vint l'oubli, non seulement mon esprit se trouva tout à coup en train de planer dans une insouciance heureuse (mêlée de pressentiments de gloire) mais mon corps tout entier était dans de semblables dispositions, jeune, agile et fort comme jamais.

J'en mangeai deux d'affilée, et elles étaient assez grosses. Puis je regagnai mon atelier, je me laissai aller, étendu sur le canapé, m'abandonnant aux rêves les plus fous et les plus agréables. Je restai ainsi au moins deux heures.

Le soleil allait bientôt se coucher lorsque je revins à moi. Et comme les premières ombres se faisaient plus denses au sein de l'atelier, mes craintes revinrent. L'expérience n'avait que trop bien réussi ; mais pas dans le sens exigé par la moralité. Bien que, de mon ébriété bienheureuse, il ne me restât plus que quelques vapeurs évanescentes, bien que je n'éprouvasse ni malaise ni nausée, je ne pouvais pas me cacher l'inquiétante spécificité de ces pommes.

J'avais, plus encore que la première fois, conscience d'avoir mal agi. Dans le plaisir que m'avaient procuré les pommes, il y avait quelque chose d'ambigu, voire de pervers. Je me levai du divan – et m'étonnai de ne pas avoir la tête qui tourne –, retournai au cagibi aux livres. « Qui sait, pensais-je, peut-être que les pommes ont disparu, aussi miraculeusement qu'elles étaient apparues ; de toute façon, il vaut mieux que je ferme la porte. »

Mais les fruits n'avaient pas disparu. Ils formaient, dans la lumière blafarde du crépuscule, une masse compacte qui semblait presque vivante dans son exubérance. Le parfum était plus entêtant que jamais : il paraissait promettre d'innombrables heures de plaisirs inconnus, et il le faisait avec une générosité quelque peu suspecte, qui bravait mes scrupules.

Combien de fois, dans les années qui suivirent, me suis-je demandé – et je me le demande encore aujourd'hui : pourquoi n'es-tu pas allé en parler tout de suite à un ami ? De cette façon, j'aurais sans doute pu briser l'enchantement dont j'allais devenir captif. Si je m'étais ouvert à un ami de cette découverte, si je l'avais fait monter au grenier pour lui faire goûter une de ces pommes, toute cette affaire aurait pu devenir prétexte à rire, je n'aurais plus subi cet attrait maléfique, il ne me serait resté que le plaisir d'avoir à portée de main des fruits extraordinaires dotés, en raison d'une inexplicable spécificité de l'arbre qui les avait portés, d'un fort pouvoir enivrant.

Et me voilà tout seul dans la maison déserte tandis que la nuit tombe. Cela ne sert plus à rien, désormais, de barricader la porte (au fond, je ne le souhaiterais même pas). Quelqu'un est déjà entré pour venir me chercher. Ce n'est pas une créature comme les autres, elle est invisible, inconnue, ennemie et amie tout à la fois, elle vient de lointaines profondeurs sépulcrales. Et moi qui étais serein ! je ne me faisais pas de souci, j'étais presque fier que ce soit à moi, rien qu'à moi, parmi tant de millions d'hommes, qu'on ait apporté ces fruits merveilleux ; et pas aux autres. (« Ou peut-être était-ce le contraire ? me demandais-je. Se pouvait-il qu'une telle histoire arrive tous les jours ? Que tous les hommes, l'un après l'autre, trouvent un jour leurs greniers respectifs envahis de pommes odorantes, qu'ils en tirent une jouissance inavouable, qu'aucun d'entre eux n'ose en parler, par peur de devoir partager ou par sentiment de honte, pensant être le seul ? Ou peut-être cela arrivait non pas à tous mais à quelques-uns seulement, aux préférés, dont les anges et les démons se disputaient les âmes valeureuses aux portes des cimetières ? »)

Cette pensée me fit rire, puis je sortis dîner avec des amis. Dès que je fus dans la rue, mon esprit se trouva libéré de tout poids. Je m'étonnais d'avoir été assez stupide pour imaginer des histoires pareilles. Le soleil n'était pas encore tout à fait enseveli dans le tombeau de l'ouest et des vols d'hirondelles traversaient le ciel d'été. « Après tout, pensais-je, ces pommes mystérieuses vont donner à ma vie un cours nouveau. » Libre, le cœur léger, je plaisantais avec mes amis, et ne mentionnais à aucun ma découverte.

Mais plus tard dans la soirée, après minuit, quand le dernier de mes compagnons m'eut quitté et que je voulus rentrer chez moi, toute envie de rire m'abandonna. Maintenant je voyais ma maison, juste au coin de la rue : ici ma fenêtre, là, sur le toit, la lucarne du cagibi. (« Il fait noir dans toute la maison, tu ne vois pas ? Qui veux-tu qu'il y ait ? Qu'est-ce qui te prend, tu as peur de rentrer ? ») C'était bien ça : par deux fois je passai devant la porte sans oser la franchir. Jusqu'au moment où l'image du tas de pommes, le souvenir de leur parfum, leur délicieuse saveur s'imposèrent à mon esprit. Je pensai que, caché dans l'obscurité, à l'intérieur de la maison, l'autre (l'ennemi) savait que j'arrivais et qu'il lançait à mon adresse l'appel du désir. Mais si, au contraire, je n'avais plus rien trouvé dans le grenier ? Si tout cela n'était qu'une vaste plaisanterie ? S'il ne devait me subsister, d'un plaisir aussi intense, qu'un relent amer ?

Je montai l'escalier en courant, ouvris la porte de l'appartement, allumai la lumière, regardai tout autour de moi avec angoisse ; je soulevai un rideau aux plis suspects, et tout en avançant dans le couloir, je me retournai par deux fois en proie à une peur bien singulière. Allez, vite, l'escalier en colimaçon, heureusement qu'il y a l'électricité là-haut également, j'ouvris donc la dernière porte, tu les vois maintenant, tes pommes ? Tu vois bien qu'elles n'ont pas disparu ? Prends-en, manges-en donc sans crainte, il en reste encore tellement, tu as de quoi tenir des mois, des années. Quoi ? Ne me dis pas que tu as des scrupules ? Tu as honte peut-être ? Mais puisque tu ne rêves que de cela !

Béatitude de cette nuit, là-haut dans le cagibi, totalement livré à l'envie folle. J'hésitais même à jeter les trognons, comme s'ils étaient précieux eux aussi, et pourtant je les avais bien rongés ! Mes yeux, tandis que je mangeais, se fixèrent machinalement sur les tranches de livres amoncelés en piles démesurées : *De amicitia, Syntaxe latine, Histoire de la philosophie, De tranquillitate animi*, Pascal... De vieux livres scolaires. Rien que d'y penser, cela me faisait rire. Et l'impertinence était d'autant plus grande que je sentais une présence à mes côtés ; quelqu'un de bien plus puissant que moi, quoique invisible, était assis tout contre moi, il m'encourageait, il me faisait des compliments sans aucune réserve, en murmurant : « C'est bien, c'est bien. » Pour finir, emporté par des rêves magnifiques, je m'endormis.

Dans les jours qui suivirent, je continuai à mettre à sac la provision de pommes. Mais, comme c'est le cas pour de très nombreux plaisirs de la vie, ma satisfaction diminua peu à peu d'intensité. Il me fallait observer un certain temps de pause avant de trouver à ces pommes un goût aussi exquis qu'au premier jour. Autre chose : les rares jours où le désir ne m'obsédait pas, j'étais de plus en plus assailli par la peur de ce que je commettais. On ne pouvait désormais plus douter de l'origine diabolique de ces pommes. Après chaque visite au cagibi, j'étais saisi d'un violent dégoût, qui n'était pas seulement physique. Je remarquai également que – tandis que mon corps ne ressentait pas d'effets néfastes – mon esprit, lui, sombrait dans l'apathie. Pendant des heures et des heures, je tournais en rond dans mon atelier, le pinceau à la main, incapable d'aller jusqu'au bout. La moindre idée, dès que je cherchais à la mettre à exécution, s'avérait pitoyable. Jusqu'à ma main, qui tremblait quand je traçais une esquisse. Des semaines entières passaient sans résultat aucun.

« Comment peux-tu être aussi vil ? me disais-je alors. Au point de ne pas pouvoir te résoudre à y mettre un terme ? Tu ne te rends pas compte que tu cours à ta perte ? Comment pouvais-tu croire qu'un tel plaisir ne se payât pas au prix fort ? » Je prenais les meilleures résolutions du monde. Je me promettais à moi-même de ne plus toucher ces pommes. Et j'imaginais des moyens de m'en débarrasser. En emporter chaque fois une ou deux avec moi dans les cabinets, les couper en morceaux et les jeter dans la cuvette. J'essayai, effectivement, mais manipuler ces pommes, c'était prendre trop de risques. À la troisième fois, je me sentais incapable de résister à la tentation. Il fallait les vendre, alors. Mais à qui, et comment ? Quelle explication donner à Teresa pour justifier la présence de ces fruits ? Et si elle en avait mangé une elle aussi ? Pis : si je vendais ces pommes à un maraîcher, n'importe qui aurait la possibilité de les acheter. Des enfants en mangeraient. Des dizaines de personnes, tous âges confondus, éprouveraient la même ébriété trouble. Certains y prendraient goût, d'autres iraient immédiatement protester, on mènerait une enquête, on m'accuserait ; complications et soucis à n'en plus finir. Ou bien les mettre en sacs et faire plusieurs voyages, de nuit, jusqu'au fleuve, pour les jeter à l'eau ? Peut-être était-ce la meilleure solution ; mais il était bien difficile que personne ne s'en aperçût.

De cette façon, d'un projet à l'autre, les jours passaient, et de temps en temps les marches de l'escalier que je grimpais, avide, grinçaient sous mon poids.

Combien de fois me fis-je le serment solennel que je ne m'y laisserais plus prendre, que je le faisais pour la toute dernière fois ? Trois ou quatre jours passaient et voilà que je réussissais à me convaincre qu'un tel engagement n'avait pas raison d'être ; que puisque je m'étais fait moi-même cette promesse, je pouvais aussi bien m'accorder moi-même un délai. Qu'avais-je à faire de ma dignité ? Que représentait-elle comparée à la joie délicieuse à en mourir qui m'attendait ? Hébété par ce cruel dilemme, je laissais mes toiles intactes sur leur chevalet : le sourire de l'autre (l'ennemi) qui ne me lâchait pas d'un pas, invisible, avait une expression maligne. Mes amis, surpris, me demandaient les raisons de cette inactivité, craignant que je ne sois malade. Oh mes vieux rêves de gloire, j'étais tombé bien bas !

Maintenant je comprenais. La peur de courir à ma perte ne suffisait plus à arrêter mes élans. Il aurait fallu que j'éprouve de la peur pour quelque chose d'imminent et d'effroyable, ou une souffrance terrible. L'idée de ne plus réussir à peindre, de tomber dans la misère, de voir ma vie gâchée me tourmentait, certes, mais elle restait assez vague : un châtiment à longue échéance, auquel finalement on ne croyait pas beaucoup. Bien que je ne pusse pas vaincre mon inertie, je me sentais toujours l'âme d'un grand peintre qui, d'ici un mois ou d'ici un an, ou deux, aurait produit un chef-d'œuvre. Il me restait tellement de temps devant moi. Il serait toujours temps de me débarrasser des pommes. Tandis que je faisais de tels raisonnements, le temps passait, sans que je prisse une résolution ferme. Il aurait fallu une peur d'une autre trempe pour m'effrayer.

Cette peur-là se matérialisa (ce fut le premier signe que Dieu m'envoya pour me dire qu'il était déterminé à me défendre). Elle prit la forme d'une terrible épidémie qui se déclencha en ville à l'approche de l'hiver. Les gens tombaient tout à coup par terre, ils vomissaient dans quelques soubresauts, et commençaient sur-le-champ à agoniser. Les cas ne furent pas nombreux mais impressionnants à l'excès, cela suffit à semer la terreur. Moi aussi j'éprouvai de la peur ; dans des circonstances pareilles, celui qui est seul souffre davantage, car il ne sait où trouver un appui. Et je cherchai de l'aide hors de ce monde.

À cette époque-là j'avais cessé de croire en Dieu avec l'innocente ardeur de la jeunesse : il me restait toutefois une ombre de foi, proche de la superstition. Un soir, effrayé à la nouvelle de six autres victimes dans le quartier, je me mis à genoux et lançai ces mots vers le Ciel : Si tu me sauves de l'épidémie, je te promets que je ne mangerai plus une seule pomme. J'en fais le vœu.

Justement parce que je n'accordais pas beaucoup de crédit à la vie éternelle de l'âme, ce serment fut avant tout une expérience. Dans les heures qui suivirent – en moins de vingt-quatre heures – je me sentis d'une tranquillité comme jamais je n'en avais éprouvé. Qu'on appelle cela de la foi ou de la superstition, je fus sûr, absolument sûr que si je ne touchais pas aux pommes, la peste m'épargnerait. Je me flattai même qu'une force céleste ait pris ma cause à cœur, en m'aidant à repousser la tentation. Je la sentais toute proche de moi, cette partie surhumaine qui avait accepté de contracter le pacte. Alors que l'autre (l'ennemi) semblait avoir disparu, tellement l'appel du grenier avait perdu de sa force.

La mort déambulait dans les quartiers poussiéreux de la ville, malgré le gel, en faisant siffler sa faux. Dans les rues blanches de neige, de temps à autre, on découvrait une silhouette humaine étendue de tout son long, face contre terre, surprise dans sa crâne certitude d'être hors d'atteinte. Et lorsque j'entendais des bruits de musique lointains – chose fort rare durant cet hiver funeste – et que mon cœur, comme à l'habitude, s'emballait, j'étais réellement persuadé que ma vertu me rendait supérieur à mon prochain. Tenté par les abîmes, je les avais défiés et j'avais triomphé, pensais-je. Je marchais bien droit et je plantais mes yeux avec détermination dans les yeux de ceux que je croisais. Une vertu bien commode à vrai dire, marchandée au moyen d'un pacte odieux, bien trop inégal à mon profit. Pourtant la miséricorde du Ciel – dont je ne saurais douter aujourd'hui – était assez grande pour ne pas me faire d'objection. Tous les avantages, en effet, étaient pour moi ; puisque, si je respectais mon engagement, j'obtiendrais trois choses de la plus haute importance : je me libérerais de la servitude des pommes, et pourrais ainsi envisager à nouveau la vie avec sérénité ; j'échapperais à l'épidémie ; j'aurais une preuve éclatante de l'existence de Dieu (ce que ni les philosophes ni les théologiens n'avaient jamais réussi à obtenir). Et en contrepartie, à quoi m'étais-je engagé ? À renoncer aux fruits du diable, pitoyable sacrifice en comparaison.

Pour finir, je tirai consolation de l'idée que pendant ce temps les pommes, là-haut dans le grenier, finiraient bien par pourrir, m'affranchissant totalement. Déjà à la fin de l'automne, il m'avait semblé qu'elles étaient devenues trop mûres. Ce qui me causait bien du souci au temps de ma débauche, à l'époque où je trouvais espoir dans l'idée que le froid imminent de l'hiver allait peut-être bloquer le processus de dégradation. Maintenant, au contraire, résolu comme je l'étais à me débarrasser pour toujours de cette dangereuse habitude, je souhaitais que se produisît le contraire ; c'est-à-dire que la décomposition soit plus rapide et transforme les pommes en une bouillie répugnante. Je n'étais quand même pas assez naïf pour croire que, une fois l'épidémie enrayée, et donc le risque de contamination, mon envie n'allait pas se réveiller.

Je me rappelle encore cette lourde soirée de brouillard où je prêtai serment. J'étais descendu du grenier en essayant de faire le moins de bruit possible, quand bien même le fait que j'emprunte cet escalier soit tout à fait normal : mon atelier, en effet, jouxtait le débarras enchanté. Je me sentais délicieusement bouleversé et dès que j'eus regagné ma chambre, je me jetai sur le lit pour me laisser aller à mes rêveries. Une vingtaine de minutes après, Teresa entra, pâle et inquiète : « Vous avez entendu, monsieur ? me demanda-t-elle avec anxiété. Ils ont fermé tous les cafés et tous les cinémas. Ils ont donné l'ordre de fouiller toutes les maisons. Ils seront ici demain après-midi.

— Qui ça "ils" ? demandai-je distraitement.

— Les gens du Bureau d'Hygiène, répondit Teresa. Il y a eu huit autres décès dans le quartier. »

Huit décès : ces paroles funestes achevèrent de me réveiller. D'un bond, je me retrouvai assis dans mon lit, regardant Teresa avec terreur. Au même moment, le dégoût pour ce que j'avais fait commença à fermenter en moi. Je devais avoir un visage défait.

« Mais qu'est-ce qu'il vous arrive, monsieur ? dit alors Teresa faisant instinctivement quelques pas en arrière. Vous ne vous sentez pas bien, peut-être ? » Une allusion très précise faisait vibrer sa voix.

« Non, non, répondis-je en riant, car je tenais absolument à la rassurer. Je vais très, très bien. Je m'étais allongé et je me suis laissé prendre par le sommeil. »

Teresa, après avoir ébauché un sourire crispé, s'en alla et je demeurai dans la chambre presque plongée dans l'obscurité, cerné par d'effroyables peurs. Je me mis à penser que l'épidémie s'était déclenchée par ma seule faute, que j'en serais la première victime car il fallait que mon vice soit puni. « Maudites pommes, me dis-je, me voilà condamné par votre faute à une mort atroce : allongé sur le pavé, secoué de râles, le visage dans une flaque de vomi noir. » Alors je m'agenouillai à côté du lit, comme n'importe quelle femmelette, et je prononçai le serment, murmurant des paroles solennelles.

Plusieurs jours durant, je m'abstins de monter au grenier. Comme je me sentais guéri, les pommes avaient perdu le pouvoir d'attraction qu'elles avaient d'abord eu sur moi ; dépossédées de toute menace, elles étaient redevenues d'innocents fruits, qui m'étaient totalement indifférents. Je ne désirais même pas les revoir. Je prévoyais qu'avec le temps elles allaient se mettre à pourrir. « Celui qui m'a aidé à triompher de la tentation, pensais-je, pourquoi se déroberait-il à cette tâche infime qui consiste à faire disparaître les pommes ou, au moins, à les faire pourrir ? » Il me semblait juste, en un certain sens, de prétendre à ce service rendu. Quelque temps après, la disparition des pommes me semblait même être implicitement comprise dans les termes du pacte.

Les semaines passaient. J'essayai de me remettre au travail, mais en vain. Cette fois-ci, ce ne fut pas mon inertie mentale qui m'en empêcha mais l'inquiétude que m'avait causée l'épidémie (et puis cela m'ennuyait de monter jusqu'à mon atelier, car je devais pour cela passer devant la porte du débarras et il me semblait que quelqu'un se trouvait là, à m'attendre). Cela dura pendant presque deux mois, jusqu'au moment où la prétendue peste régressa, aussi rapidement qu'elle s'était répandue (ou alors elle migra vers d'autres contrées). La mort arracha du ciel de la ville son voile funéraire, les rues se peuplèrent à nouveau, les magasins brillèrent de mille lumières, aux coins des rues, les orgues de Barbarie d'autrefois recommencèrent à pousser leur chansonnette.

Quant à moi, j'avais repris ma vie habituelle, oublieux de la triste aventure. Et je ne prenais plus, pour ainsi dire, aucune précaution contre la résurgence du danger. Je me sentais désormais trop fort, protégé par la cuirasse des engagements incontournables auxquels le pacte m'astreignait.

Incontournables jusqu'à quel point ? La question affleura peu à peu à la surface de mon esprit. Si je passais outre, la peste pourrait-elle encore me frapper ? Et voilà que recommençait la vieille histoire de l'homme qui s'aperçoit qu'il n'est pas seul même s'il n'y a personne en vue, que les portes de sa maison sont barricadées et que l'on n'entend absolument aucun bruit. Je découvrais à mes côtés la présence de quelqu'un d'autre, que je connaissais mal jusque-là ; et celui-ci ne cessait de me répéter des choses que j'aurais sans doute mieux fait de ne pas écouter. Sa voix mielleuse, pernicieuse, se faisait entendre par intermittence. Sans insister, à ses heures, elle insinuait ses doutes avec une habileté diplomatique teintée d'impertinence. Si je lui intimais de se taire, elle se taisait ; mais quelques instants après, elle attaquait par surprise, en me murmurant des propos flatteurs.

Cette voix me disait par exemple : « Pour échapper à la peste, tu as promis de ne plus toucher aux pommes. Mais maintenant que l'épidémie est passée, tu recouvres ta liberté. »

Je répliquais : « Ma liberté, des clous ! Le mot peste désigne logiquement toutes les autres maladies. J'en veux pour preuve que si, ces derniers temps, j'avais contracté une pneumonie, je me serais senti floué. J'avais peur de mourir, de mourir en général, pas de mourir de la peste plutôt que d'une autre maladie. Si le terme de peste avait été mentionné, c'était parce que celle-ci incarnait alors le danger principal, mais je n'avais certes pas l'intention d'exclure les autres maux. »

L'autre rétorquait : « C'est ce que tu dis maintenant. Autrefois, jamais tu n'aurais parlé comme cela, un pacte est un pacte. Admettons que Dieu t'ait entendu. Tu crois que pour autant il n'est pas libre de te faire tomber malade ? Bien sûr qu'il le pourrait, du moment que ce n'est pas de la peste. Mais pourquoi importuner Dieu ? Tu te crois vraiment si important que ça ? Tu penses que le Ciel pourrait prendre au sérieux ta requête ridicule ? Et se montrer aussi généreux ? Tu sais bien que Dieu se manifeste avec beaucoup de circonspection aux hommes. Des centaines de saints ont consumé leur vie dans l'attente d'un signe de lui, le plus souvent en vain. Et Dieu se serait tout à coup révélé à toi, médiocre parmi les médiocres ? Il t'aurait fait ce don qui est le plus rare et le plus précieux au monde ?

— Ce n'est pas ce que je prétends, disais-je, mais une chose est sûre : je n'ai pas contracté la peste.

— Et alors ? Tant d'autres personnes y ont échappé. Comment la peste aurait-elle pu t'atteindre alors que tu restais calfeutré chez toi toute la journée, que tu ne recevais personne et que, si par hasard tu sortais, tu t'entourais de mille précautions ? Que tu aies contracté la peste, c'est cela qui aurait été bizarre.

— Ça va. Ça va », disais-je pour mettre fin à la conversation. Et je cherchais à me distraire en compagnie de mes amis. Dès que j'étais hors de chez moi, en effet, je retrouvais la paix. Sans résultat, je prêtais l'oreille aux murmures venus du fond de mon esprit : la voix pernicieuse s'était tue.

À d'autres moments, l'autre me disait, avec une grande courtoisie, faisant mine de s'intéresser à mon travail : « Pourquoi ne peins-tu pas un peu, aujourd'hui ? La lumière est magnifique, et puis tu as pris suffisamment de repos. Pourquoi n'appelles-tu pas Lisetta ? C'est un modèle avec qui tu n'as jamais travaillé. Elle doit ressembler à une statue. Et puis quel gentil sourire. Tu penses qu'elle te dirait non si tu voulais l'embrasser ? » Et là un petit rire étouffé. « Tu as remarqué cette taille étroite ? Tu ne te rappelles pas l'autre soir au café, la façon dont elle t'a salué ?

— Tais-toi, répondais-je d'un ton coupant. Tu crois que je ne sais pas où tu veux en venir ? Qu'est-ce que tu en as à faire de mes tableaux ? La seule chose qui t'intéresse, c'est que je passe devant le cagibi aux livres, voilà ce qui t'intéresse, tu veux que j'essaye d'y entrer...

— Tu vois bien ? insistait la voix. Tu vois bien que c'est toi qui en parles le premier ? Et moi qui n'y pensais même pas. Et d'ailleurs, pourquoi tant de craintes ? N'as-tu pas dit qu'à cette heure les pommes devaient être pourries ? Ou alors c'est que tu as encore des doutes ? »

Je me taisais.

« D'accord, d'accord, continuait la voix. Si Dieu t'avait écouté, il n'y aurait plus de pommes. Non pas pourries, mais littéralement parties en fumée. Et Dieu t'a écouté, n'est-ce pas ? Pourquoi alors as-tu peur d'aller voir ? »

Je répliquais, exaspéré : « Ce n'est pas vrai. Dieu m'a sauvé de la peste, un point c'est tout. Je ne lui ai rien demandé d'autre. Je ne lui ai pas demandé de détruire ces pommes.

— Mais quelle sorte de Dieu serait-ce alors ? reprenait l'autre, d'une voix persuasive. Il t'aurait sauvé du péché et il garderait les pommes pour te faire fauter de nouveau ?

— Ces pommes, c'est une espèce de démon qui les a apportées, répliquais-je, de plus en plus désarmé. Il n'y a que le diable qui puisse les conserver.

— Le diable ! Mais tu n'as pas encore compris que le Ciel n'a rien à voir là-dedans, que Dieu ne s'occupe pas d'affaires aussi stupides ? » Puis, après une pause : « Une seule chose pourrait te prouver le contraire.

— Quelle chose ? demandai-je et je compris aussitôt que je m'étais fait piéger.

— Que les pommes aient disparu. Si elles avaient disparu, alors là d'accord, tu aurais raison. »

Déjà je me dirigeais vers le grenier, j'avais pris la clef, mes pas résonnaient dans le petit escalier en colimaçon.

Elles étaient là, dans la pénombre, vivaces et superbes. Elles attendaient patiemment, prenant soin, heure après heure, de bonifier leur aspect. Elles exhalaient un parfum délicieux et pénétrant, elles l'irradiaient pour m'atteindre, gonflées de satisfaction.

Oh, ce ne fut certes pas une surprise ! Au fond de moi,

je le savais déjà. Je m'y attendais, à un tour pareil, car les événements funestes me cueillent rarement par surprise (mais peut-être qu'ensuite je cède à l'usure, je commence à avoir peur, jusqu'à mes mains qui tremblent en faisant danser la gigue à mon verre). Mais depuis le début je le savais et je n'écarquillai pas plus les yeux que ça en voyant les pommes baignant dans la lumière romantique qui entrait par la lucarne.

En mon for intérieur, je souris, tant je me sentais armé de courage. Je souriais et c'était une sorte de bravade, comme pour dire à l'autre : « Tu m'as amené jusqu'ici, avec tes mensonges. Content ? Tu raisonnais avec une certaine finesse, il n'y a pas à dire, mais tu croyais vraiment que je parlais sérieusement ? Tu crois que je suis surpris ? Avant toi, je savais que ces pommes étaient toujours là. C'est normal qu'elles y soient. Qui aurait bien pu les enlever ? Qui pourrait donc s'y intéresser ? Ces cochonneries-là, elles doivent rester sur terre, à titre d'épreuve, qu'au moins les hommes puissent s'entraîner. Pour moi aussi, elles ont quelque utilité, somme toute. J'ai beaucoup appris d'elles. Et il se peut qu'un jour elles servent à nouveau. Comme une espèce de menace, capable de me tenir en respect. Et maintenant, bonsoir.

— Un instant ! fit l'autre et l'on aurait dit qu'il me tenait par le bras, même si c'est absurde de dire cela puisqu'il n'avait pas de forme, qu'il était seulement une pensée sortie du plus profond de moi-même (ou peut-être n'existait-il pas). Un instant, ne t'en va pas comme ça. Je dois te dire une petite chose, une remarque simple et concise : tu n'as quand même pas peur, j'espère. »

Je fus obligé de rester. Je ne pouvais décemment pas refuser. Je restai, mais à contrecœur. J'avais atteint mes limites – je le sentais – malgré l'assurance que j'affichais. J'avais résisté, et bien. À certains moments, j'avais même eu l'impression que j'étais immunisé. Et pourtant j'avais utilisé toutes mes réserves. Un pas de plus et je serais à découvert, sans plus d'énergie pour lutter. « Tu as peur que cela te tombe dessus sans prévenir ? demanda l'autre avec insistance, d'un ton aimable. Tu préfères attendre ? Repousser à une prochaine occasion ? Fais comme tu l'entends, je t'en prie.

— Décide-toi, vas-y, parle ! » répondis-je en feignant d'avoir l'esprit tranquille. Et je m'appuyai contre une étagère de livres, attendant l'assaut. Mes pieds touchaient presque les pommes sur le bord du tas.

« Écoute, commença l'autre, comme s'il anticipait des objections attendues. Écoute, pourquoi n'en goûtes-tu pas une ? Qu'est-ce que tu veux que ça change, une pomme de plus ou de moins, pour le salut de ton âme ? Tu as respecté le pacte, mais maintenant que la peste est finie, tu as recouvré ta liberté. Je ne te dis pas de les manger toutes, même si, au fond, pour être sincère, tu aimerais bien... Ce n'est quand même pas une malheureuse pomme qui va causer ta perte, j'espère.

— Si, cela pourrait y suffire, répliquai-je, mais je n'en étais peut-être pas tout à fait convaincu. Du reste, pourquoi y tiens-tu tellement ? Pourquoi est-ce que je devrais...

— Parce que c'est bon, effroyablement bon ! dit l'autre dans un rire, sans plus chercher à se dissimuler. Tu ne sens pas ce parfum ? Prends, tant qu'il est encore temps. Tu crois peut-être que les autres... ? »

Il se passa alors quelque chose d'extraordinaire. L'autre cessa tout à coup d'être une entité distincte, une créature différente à qui il fallait faire front, mais il entra tout entier à l'intérieur de moi : il avait oblitéré la part bonne de mon âme ; et tout à coup je me mis à désirer les mêmes choses, à raisonner de la même façon que lui. Les peurs, les scrupules d'il y a quelques instants me semblèrent aussi lointains qu'absurdes, comme des choses qu'on a entendu raconter. Toute entrave avait disparu. Je me sentais le droit, véritablement le droit, de satisfaire mon envie. La peste ? allons donc, je me riais de la peste, qu'elle essaye un peu de revenir me chercher, si elle en était capable ! Les mains un peu tremblantes, je portai une pomme à ma bouche, l'une des plus belles et des plus lourdes.

Je ne me contentai pas d'une seule. Et lorsque je me réveillai, quand l'excitation fut passée, l'autre, l'ennemi, sans doute lassé, m'avait abandonné. Je me retrouvais comme avant, faible, anxieux, sans le désir pour me soutenir. J'étais de nouveau l'homme enclin au bien, capable de reconnaître le visage du danger, mais bien peu capable toutefois de s'en défendre.

Pendant quelque temps, après ce manquement à ma parole, je vécus dans la peur ; pour chaque symptôme morbide, un mal de tête, quelques degrés de fièvre, je me mettais dans tous mes états. Dieu pouvait me punir, désormais et il aurait eu parfaitement raison, c'était moi qui avais réclamé ou choisi le châtiment.

Puis, comme les jours passaient en toute impunité et que je n'entendais plus parler de peste, je reprenais courage. Petit à petit, toutes mes hantises disparurent et l'autre (l'ennemi) recommençait à me tourner autour, même si c'était de loin. Je le sentais, la nuit, virevolter patiemment autour de la maison, d'heure en heure plus pressant et plus proche. Cette maudite créature murmurait du bout des lèvres des choses trop aimables et des promesses trop douces, faisant renaître la tentation. Mais je savais le repousser durement : je me tournais de l'autre côté pour ne pas l'entendre, et de cela, je tirais un certain orgueil. Pommes perfides, je comprenais fort bien que si je transigeais, je prenais une pente qui me mènerait, petit à petit, à ma perte.

Je tins bon, mais désormais, tout comme la première fois, je sentais que tout seul je n'y parviendrais pas et qu'il me fallait un appui. La compagnie de mes amis, les prétendus loisirs, les belles filles ne suffisaient pas.

Dès que je franchissais la porte de ma maison, l'assaut recommençait, et la nécessité de livrer bataille.

Je ne travaillais pratiquement plus. Quand je me trouvais dans mon atelier, la proximité des pommes exacerbait le danger et souvent, sentant grandir la tentation, j'étais obligé de tout abandonner et de fuir vers les étages en dessous. C'est ainsi que me vint l'idée d'un second pacte : je me serais engagé à ne plus toucher aux pommes, à ne plus les regarder, et même à ne plus entrer dans la petite pièce, du moment que Dieu me concédait d'accomplir un chef-d'œuvre. Cela peut paraître relever de la stupidité et de la superstition que parler de la sorte. Mais le serment que je prêtai, avec une sorte de solennité intérieure, fut pour moi source d'un grand réconfort.

Dieu était vraiment proche de moi, ces jours-là (aujourd'hui encore j'en suis intimement persuadé). Agréablement surpris, je me retrouvais dans mon atelier de bon matin, à travailler sans que cela me fût pénible et les vagues relents de parfums qui, de temps à autre, arrivaient du cagibi des pommes me faisaient rire.

De cette période date le tableau qui me rendit célèbre pour quelques mois, la dernière chose valable que j'ai signée de ma main. Au fur et à mesure que l'œuvre avançait, je prenais conscience des avantages notables de ce nouveau pacte par rapport au premier. Car le fait de ne pas tomber malade ne relevait pas de l'exception, surtout à l'âge que j'avais alors, et ne me donnait pas non plus de garantie sérieuse que le Ciel m'avait écouté. Le fait d'avoir échappé à l'épidémie de peste pouvait très bien faire partie du cours normal des choses. D'où l'idée que je pouvais m'être leurré, le soupçon que je respectais un pacte absurde, sans partie contractante en face de moi.

Maintenant non, au contraire. Peindre un tableau comme celui-là – avec quelle amertume je le dis aujourd'hui – est une chose tout à fait exceptionnelle, surtout pour quelqu'un qui, jusque-là, avait produit des œuvres assez modestes. Et ce qu'il y avait de particulièrement miraculeux – si le terme n'est pas excessif – c'est qu'à cette époque-là j'étais plutôt déprimé et que je n'avais pas d'images dans la tête. L'idée me vint tout à coup, merveilleuse, exactement deux jours après mon serment. J'eus la sensation qu'une force étrangère, qui n'appartenait pas au genre humain, m'avait fait ce don. Plus bizarre encore, alors que j'avais, en cette période, si peu confiance en moi, la crainte d'un échec ne m'effleura même pas. Je fus certain, victorieusement certain, que je réussirais. Quel poids pouvaient avoir les promesses des pommes, comparées à ces journées de bonheur ?

J'avais demandé dans le pacte d'accomplir un chef-d'œuvre. Pas deux ni trois. On m'accordait déjà beaucoup. La toile avait produit lors des expositions un effet grandiose ; je reçus des prix, je fus reconnu, loué, le commencement d'une véritable renommée. Mais le peu de joie que je tirais en réalité de ces satisfactions et la crainte de ne pouvoir égaler une œuvre aussi belle amoindrirent plus que considérablement ma liesse. J'ai toujours été persuadé qu'il ne faut pas se lancer dans un travail prenant sans ressentir le besoin réel d'exprimer une certaine idée ; dans les périodes de flemme, si je puis dire, il vaut mieux se contenter d'études, d'exercices, de la routine du métier. Cette fois-là pourtant j'éprouvais un certaine impatience à me répéter, à me surpasser même. L'idée, au lieu de naître presque d'elle-même d'un sentiment profond, fut l'objet d'une recherche longue et artificielle de ma part ; je me remis très rapidement au travail mais sans la sérénité d'autrefois. J'y mettais toute mon énergie, du matin au soir, rageusement, bien que l'inquiétude grandît en mon cœur. Le tableau précédent, je le détestais désormais, comme s'il avait été peint par un rival. Gare à celui qui m'en parlait encore, en m'en faisant compliment. Attention également si j'en trouvais une reproduction sur des revues. Dieu m'avait-il déjà abandonné ?

Maintenant, bien des années après, je comprends que tout fut de ma faute. Je ne pouvais pas avoir de telles prétentions. Dieu avait très certainement l'intention de m'aider encore, allant plus loin que ce qui était promis. Mais j'aurais dû attendre. L'inspiration serait peut-être revenue toute seule, sans qu'on l'attende, un jour ou l'autre. Je voulus au contraire aller à son avance, prouver que, tout seul, sans l'aide de personne, j'étais capable de faire, pour le moins, aussi bien.

J'achevai mon tableau et me convainquis qu'il était magnifique. En effet, il fut encensé et acheté par un musée pour une coquette somme. Une voix au fond de moi me disait cependant qu'on ne pouvait pas faire de comparaison, que le nouveau tableau était prétentieux et laborieux ; de bon, il n'avait qu'une chose : sans m'en rendre compte, j'avais copié sur moi-même, et s'il avait obtenu un certain succès, c'était seulement dans le sillage du précédent.

J'avais beau me répéter les adjectifs généreux employés par les journaux, les propos de mes amis, le ton était différent, je m'en rendais bien compte. Le fiel commençait à percer.

Je fus tenté, durant ces semaines difficiles, d'établir un nouveau pacte : je ne toucherais plus aux pommes si Dieu me permettait de peindre cinq tableaux magnifiques, en l'espace de trois ans. J'avais atteint des sommets dans l'art mercantile de disposer de l'immortalité de mon âme ! Je prétendais donner comme monnaie d'échange un bien déjà gagé, contre une mise d'une valeur quatre fois supérieure !

Mais je l'aurais fait, sans aucun doute je m'y serais décidé, et j'ai même la certitude absolue que le Ciel, du moment qu'il obtenait mon salut, aurait de nouveau satisfait ma demande. « Où s'arrête – je me le demande encore souvent aujourd'hui –, sa miséricorde ? »

Je l'aurais fait si l'autre ne s'était pas tenu aux aguets, et si, au moment où je ne m'y attendais pas – un après-midi où je peinais vainement sur un troisième grand tableau –, il ne m'avait assailli ; en me disant que je n'étais plus bon à rien, que Dieu ne m'avait jamais aidé, que le succès reçu par le premier tableau était un hasard, que j'avais atteint le sommet et que jamais plus je ne pourrais y parvenir à nouveau, que mon prétendu contrat avait la consistance de la fumée, et qu'au-delà de la cloison, à mon entière disposition, se trouvaient les pommes exquises. Il me suffisait de faire quelques pas et je trouverais une béatitude infaillible ; peut-être même que cette jouissance aurait pour conséquence de stimuler mes idées.

Trois fois maudit, maintenant je le reconnaissais. Toujours le même, le même. Lui, la cause de tout. Je jetai mon pinceau, courus prendre la clef du cagibi, sortis en courant dans la rue, continuai jusqu'au canal, et jetai la clef dans l'eau. À cet instant-là, je me tenais le raisonnement suivant : un, tout seul il me serait bien difficile de crocheter la serrure ; deux, dans le cas où je me déciderais à entrer dans le débarras, je devrais, vu mon manque d'expérience en la matière, défoncer le battant de la porte, Teresa constaterait aussitôt les dégâts et me demanderait des explications ou, même, elle alerterait tout l'immeuble – et ces deux éventualités suffisaient à m'effrayer ; trois, même si on admettait que je réussisse à forcer la porte sans laisser de traces, je n'aurais pas pu la refermer et Teresa aurait bien fini par y pénétrer, chose que je savais devoir éviter à tout prix, fût-ce à celui d'un grand sacrifice. Ainsi, pour me faire peur, je remplaçais une crainte qui n'était pas de ce monde par un danger concret, peut-être moins effrayant mais plus persuasif.

Avais-je gagné ? Durant les premiers jours, je le crus en constatant que l'autre ne se manifestait plus. Et la tranquillité retrouvée me permit de travailler plutôt bien. Mais un jour que je contemplais le tableau déjà bien avancé en sentant poindre les doutes, il fut subitement à mes côtés. Il n'avait pas perdu son temps, ces jours-ci ; à force d'y réfléchir il avait conçu le stratagème qui pourrait faire tomber mes défenses. Il me murmura des mots de rien du tout, un conseil banal au plus haut point. Sur le moment, je crus que l'idée émergeait d'un de mes lointains souvenirs, un souvenir personnel. Mais c'était lui qui l'avait débusquée, j'en suis certain, tout seul je ne serais jamais arrivé à la récupérer. Je me souvins d'avoir vu quelqu'un, qui sait où et quand, peut-être dans un hôtel, ouvrir une porte ou un meuble dont on avait perdu la clef avec un simple fil de fer : puis la refermer, toujours au moyen de ce même fil de fer.

La perte de la clef ne constituait donc pas une garantie satisfaisante. Un outil de fortune, bricolé en deux minutes, était peut-être suffisant pour ouvrir et fermer. Je ne savais pas comment la serrure était faite à l'intérieur, je ne me souvenais pas de la forme de la clef, ni ne connaissais la technique appropriée pour ce type d'exercice. Cependant il s'agissait d'une porte sans doute plutôt symbolique, chargée de garder des objets de peu de valeur ; le mécanisme, pouvait-on en déduire, devait être assez rudimentaire. Je me trouvais donc dans la position de quelqu'un qui se croyait protégé par une muraille et s'aperçoit qu'en fait de muraille, il ne s'agit que d'un rideau d'argile. Mais tout cela était-il vrai ? Ne s'agissait-il pas d'une vengeance mesquine de l'ennemi, défait, et désireux de me tourmenter ? Mais si, bien sûr. Comment aurais-je pu forcer la porte, moi qui suis incapable de planter un clou ? Je n'y serais jamais parvenu.

Et pourtant lui, en douce, continuait de me murmurer que si..., qu'avoir lancé la clef dans le fleuve relevait de la comédie, que je ne me sentais, en réalité, pas du tout sûr de moi, qu'un enfant aurait été capable d'ouvrir cette porte... Jusqu'au moment où, presque par défi, je voulus essayer. Dans une vieille caisse où se trouvaient pêle-mêle des marteaux, des tenailles, des clous, des fils électriques et une quantité de petite quincaillerie, je trouvai un morceau de fil de fer robuste, j'en pliai l'extrémité à angle droit et montai au grenier, emportant avec moi la tenaille, pour pouvoir ajuster l'outil de fortune.

Comment n'avais-je pas vu que c'était un piège ? Ou avais-je accueilli avec une satisfaction inconsciente la suggestion de l'ennemi qui me fournissait un prétexte pour tenter de forcer le débarras ? Ou alors avait-il déjà commencé à pénétrer en moi, comme la fois précédente, m'imposant sa façon de penser et ses désirs, si bien que j'étais incapable de distinguer le bien du mal ? C'est probablement ce qui s'était passé, je le pense aujourd'hui. J'étais déjà empoisonné, voilà le problème. Lui m'entraînait déjà, quand j'en ignorais tout, vers le dangereux ravissement.

Effectivement à la toute première tentative, la serrure joua docilement, sans que je rencontre la moindre difficulté. Et ce « tac » qui résonna dans tout le grenier silencieux fit battre mon cœur. En même temps une peur me revint : et si maintenant j'étais incapable de refermer, si Teresa entrait, si on découvrait les pommes ? Lentement je tentai de tourner le crochet dans l'autre sens. Je sentis que la pointe rencontrait une résistance, puis « tac ! » la serrure joua et fit sortir le pêne à l'extérieur. Tant mieux. Essayons encore une fois d'ouvrir. « Tac ! » une nouvelle fois : j'étais devenu un maître crocheteur. Mais tout doucement, comme poussée par une main invisible, la porte commençait à s'ouvrir.

Les pommes se trouvaient là, à deux pas de moi, plus rouges et plus belles que jamais, sans la moindre tache, sans le moindre ver, sans l'ombre d'une altération. Ce qu'il y avait de sinistre en elles ne m'effrayait plus. Depuis longtemps déjà je m'étais habitué à cette idée, que j'avais gardée soigneusement dans un des replis les plus secrets de mon âme. Je me consolais en me disant que tous, hommes et femmes, sans exception aucune, cachent probablement en eux, qu'elle soit petite ou qu'elle soit grande, une chose honteuse : jamais ils ne la dévoileraient, même à l'article de la mort.

Je ne fus pas assez rapide à esquiver le coup. Je restai sur le seuil, interdit, encouragé – hélas – par la certitude que personne ne pouvait me voir. Et voilà que mes pensées honnêtes s'entrechoquaient dans une grande confusion. Où étaient passés les arguments avec lesquels, par le passé, je tenais en respect l'ennemi ? Pourquoi me refuser ce plaisir ? Était-ce ma faute si je me trouvais là-haut ? N'était-ce pas le destin qui m'y avait conduit ? Je me disais ces choses-là et je ne me rendis pas compte que ce n'était plus moi qui parlais, mais lui en personne, le diable, entré en moi-même pour y faire sa loi.

Je tournai une dernière fois les yeux, si je puis dire, vers les temps désormais très lointains où j'étais indemne, où je marchais tranquillement sur le chemin de la vie. Mais même cette évocation était peu convaincante. Regretter les années médiocres qui s'étaient écoulées dans des normes mesquines ? J'étais donc si lâche ? Et dire qu'elles n'attendaient que moi, ces merveilleuses pommes, elles étaient restées intactes rien que pour moi, subvertissant pour cela les lois de la nature. N'était-il pas de mon devoir de les récompenser, d'accueillir de bonne grâce un tel don ?

Dans l'intervalle, j'étais déjà entré. Je fermai la porte derrière moi. J'attrapai la première pomme venue, au petit bonheur la chance.

Tout était inutile désormais : faire des serments ou supplier Dieu de me punir si je n'obéissais pas, ou rendre l'accès au débarras plus difficile, ou n'importe quel autre stratagème. De temps à autre, je reprenais le contrôle de moi-même, alors, durant un certain temps, tout allait très bien, je me sentais de nouveau fort et sûr de moi, je regardais enfin mes semblables en face. Puis il reprenait son jeu sournois, il me testait par-ci, par-là, épisodiquement, sans faire allusion au but qu'il recherchait, comme ça, en toute innocence. La feinte pour contourner l'engagement pris, prouver que Dieu ne m'avait pas écouté, violer la porte du débarras, naissait en moi petit à petit, comme une plante que personne n'a semée et qui pousse sans pluie et sans soleil. Pour finir, à un moment où j'étais dans une faiblesse propice, il m'écrasait à l'improviste. Jusqu'au moment où je me réveillais tout à coup (cela se produisait généralement de bon matin) et où je reprenais la lutte à zéro.

Dans ces moments-là, au lieu de me faire du souci au sujet du péché, je me préoccupais seulement qu'il ne fût pas découvert. Dans la maison, à part moi, habitait seulement Teresa, qui ne montait au grenier que pour faire le ménage de l'atelier. Mais parfois passaient des coursiers, des encadreurs, des modèles qui venaient chez moi (oh comme ce que je faisais ressemblait peu à de l'art, désormais). Je ne craignais pas de les voir entrer dans le débarras, car j'en fermais chaque fois la porte avec mon crochet. Mais je redoutais que l'étrange odeur ne parvînt à leurs narines, et que, grisés, ils voulussent en connaître l'origine.

Je les regardais dans les yeux, je parlais beaucoup et fort, leur disant : « Attention à la marche... Comme vous avez de jolies chaussures, mademoiselle... Voilà, c'est cette estampe-là, au coin... Il a fait très chaud aujourd'hui... » Tout ce qui me passait par la tête du moment que je détournais leur attention. Mais on aurait dit qu'ils ne percevaient absolument aucune odeur. Jamais l'un d'entre eux ne s'était arrêté pour humer l'air, peut-être même en clignant de l'œil pour dire qu'il avait compris ; c'était justement cela que je redoutais.

C'est une longue histoire. De nombreuses fois, je ne me souviens plus combien, au fil des ans, je renouvelai mon serment, accablé chaque fois par une honte nouvelle. Et chaque fois ma proposition était forte et sincère. Puis l'autre commençait à me tourmenter, à me suggérer des pensées ambiguës, il se rapprochait, me mettait une main sur l'épaule : et là, les promesses s'évanouissaient, je ne m'en souvenais plus, sincèrement ; le châtiment auquel j'avais moi-même fait appel me semblait être un conte à dormir debout, j'étais devenu quelqu'un d'autre, désormais, un homme misérable.

Aujourd'hui, comme les autres jours, j'ai peur. Depuis plus d'un mois, au prix de grands efforts, je ne pénètre plus dans le cagibi aux pommes. Mais déjà je le sens qui rôde dans le quartier.

Il agit toujours comme ça. Il commence de loin, pour éviter d'éveiller mes soupçons. Il va et il vient, invisible, devant la maison ; et pendant ce temps, moi, qui ignore sa présence, je passe des journées tranquilles, je me crois guéri, enfin, et de grands espoirs renaissent. Des espoirs, encore, à mon âge, comme si je pouvais tout recommencer depuis le début !

Il va et il vient devant ma porte et ses pas ne font pas de bruit. Je suis dans mon atelier, là-haut dans le grenier, je trace sur de grandes toiles l'ébauche du chef-d'œuvre qui va me rendre riche et célèbre. Ma main est assez ferme, un rayon de soleil entre par la vitre pour me saluer, tout est paisible et rassurant.

Il est immobile dans le passage d'entrée, une main sur la première boule de la rampe, se demandant peut-être s'il doit monter ou non, si c'est le moment propice ou s'il faut attendre encore. Les premières taches de couleur brillent sur la toile et forment un accord parfait, je commence déjà à me sentir réconforté, puis, le pinceau à la main, je me retourne tout à coup vers la porte (qui est fermée). Il m'a semblé entendre, juste là, dehors, quelqu'un prononcer mon nom. Il monte l'escalier de son pas lent et précis, il approche. Ni le concierge ni personne ne l'a arrêté pour la simple raison qu'on ne le voit pas. Il se peut que son pas soit très lent, beaucoup plus que les fois précédentes. Il mettra encore beaucoup de temps, peut-être, avant d'arriver jusqu'à moi avec son sourire tout miel. Mais il a commencé à monter. Et ma main droite, celle qui tient le pinceau, pend inerte, sans plus aucune confiance en elle, les couleurs sur la toile sont flasques et fausses, d'odieuses cloches de campagne se mettent à sonner, des nuages envahissent le ciel. Le funeste désir déjà renaît de ses cendres.

Maintenant il est juste derrière moi. Il est entré dans l'atelier sans forcer la porte, le plancher de bois n'a pas grincé, ses mains se sont posées avec douceur sur mes épaules, me procurant une agréable sensation. Une fièvre me gagne lentement. Je n'ai plus peur de lui, maintenant, je ne le hais pas, je crains au contraire qu'il ne s'en aille, sans lui jamais je n'oserais affronter le débarras enchanté.

Dès à présent je sais que tout à l'heure, lorsque la nuit sera tombée et que mon désir sera satisfait, mes terreurs me reprendront. Trop souvent j'ai grugé le Ciel. Chaque fois je demandais, en compensation de mon renoncement, des choses difficiles : être sauvé de la mort, faire un chef-d'œuvre, être aimé. Chaque fois le Ciel a été généreux, dans l'espoir de me sauver (et je ne doute pas, désormais, de la réalité de son intervention : ce que j'avais demandé se réalisait avec une telle rapidité et une telle précision !). Mais chaque fois j'ai rompu le pacte et dès qu'une nouvelle occasion s'offrait, j'ai osé proposer toujours le même bien, vendu trop souvent. Si aujourd'hui j'étais victime de nombreux et graves revers de fortune, je ne pourrais pas me plaindre. Ils étaient prévus dans mes contrats au cas où je dérogerais, comme je l'ai fait.

Entre-temps – j'en ai bien peur – la meilleure partie de ma vie s'est consumée. Maintenant je suis un peintre médiocre, d'âge mûr, souvent cité parmi les représentants d'une génération dépassée, qui est maintenant sur le déclin. Les rêves ne sont pas devenus réalité. J'aurais sans doute pu réussir, j'aurais même dû réussir, sans ce harcèlement continuel. Aujourd'hui je me sens prisonnier d'un labyrinthe construit tout spécialement pour moi, conçu avec une habileté qui n'est pas mienne. N'est-il pas incroyable, en effet, que j'aie pu, tant d'années durant, garder le secret, si bien que les autres n'ont jamais rien soupçonné ? Maigre consolation : parfois je pense que je ne suis pas seul dans mon cas. Tous les hommes, cela se peut, cachent leurs pommes ensorcelées, tous tremblent au fond de leur cœur chaque fois que nous les fixons dans les yeux un peu trop longuement. Chacun, peut-être, traîne derrière lui, toute sa vie durant, cet étrange paquet qu'à aucun prix il ne consentirait à ouvrir. Mais le contraire peut tout aussi bien être possible : en réalité je pourrais être un cas unique, le seul homme de mon espèce au monde, alors que les autres seraient véritablement purs. Le seul lépreux dans le noble jardin étranger.

Je suis également angoissé, depuis quelque temps, à la pensée que la félicité procurée par les pommes puisse toucher à sa fin. Ce que je pouvais perdre, je l'ai perdu. Et lui doit en avoir assez. Il ne pouvait pas prétendre davantage d'une âme humaine. Je veux dire que tu n'as pas besoin de nouvelles preuves, espèce de chien ! J'ai été ton fidèle sujet, tu ne peux pas le nier. Pas une seule fois, je n'ai eu la force de te dire non, il suffisait que tu insistes un peu. Mais qu'y a-t-il maintenant ? Pourquoi ris-tu de cette façon ? Attends, attends un peu.

Comment ? Tu voudrais m'abandonner ? T'en aller pour toujours ? Écoute, mon vieux compagnon, attends encore un peu, je t'en prie. Encore une fois, rien qu'une fois, tu ne peux pas me le refuser, moi qui t'ai été si soumis !

Mais il s'en va vraiment ; il a disparu dans le néant. Sept fois maudit ! Oh, je savais bien que ça devait finir comme ça. Tu n'as plus peur que je te trahisse, maintenant ; tu sais pertinemment qu'au moment voulu tu n'auras qu'à m'appeler et je serai obligé d'obéir. De l'autre côté de la cloison, voilà que les pommes enchantées commencent enfin à pourrir, à devenir une infâme bouillie. Il n'a plus besoin de m'appâter, désormais, il perdrait son temps à être gentil. J'ai dans la bouche un goût amer ; depuis les coins les plus reculés de la maison, viennent à moi les bons vieux bruits, les bruits honnêtes qui reprennent : un piano, un tintement de casseroles, un gargouillement dans les canalisations, le souffle du vent. L'air est devenu comme plus léger et l'on respire bien. Les gens pourraient monter au grenier, y déambuler d'un bout à l'autre, sans que mon cœur se mette à battre. Il doit être loin désormais.

Quelle importance, maintenant ? Mon cœur est de glace. L'eau ruisselle des gouttières avec un bruit larmoyant. Je regarde autour de moi, assailli par mes peurs. Oh, mon Dieu, comment aurais-je pu résister ? J'ai fait tout mon possible, je le jure. Ce qui est arrivé était écrit depuis des centaines de siècles, c'était écrit et je ne pouvais rien y changer.

Et pourtant personne ne répond. Dieu semble avoir quitté ma maison pour toujours. Depuis longtemps il a dû m'abandonner, sans que je m'en rende compte. Et maintenant il n'a plus le temps d'écouter de nouvelles plaintes. Que me reste-t-il à lui offrir, d'ailleurs ? Les pommes n'ont plus aucune valeur, elles gisent là, matière corruptible et vile, sans plus susciter la tentation.

Demain ou après-demain, j'enverrai Teresa faire un peu de ménage dans le cagibi. Ce que, fut un temps, je demandais comme une grâce est devenu réalité. Mais aujourd'hui, cela n'est plus synonyme de libération, aujourd'hui cela ne me procure aucun soulagement, cela ne fait renaître aucun espoir. Cela signifie, bien au contraire, que, pour moi, il n'y a plus aucun espoir. Si les pommes ont disparu, cela veut dire que j'ai achevé ma peine, que je suis maintenant au fond d'un gouffre dont je ne pourrai jamais sortir.

Plus aucun espoir. Maintenant je me raccroche à des

rêveries et des élucubrations pitoyables. Par exemple, je pense que, si je persiste à attendre, la pensée de la dette que le Ciel jusque-là n'a pas voulu me faire payer deviendra moins obsédante au fil des années. Peut-être que je finirai par ne plus croire à ce qui est arrivé, une nouvelle illusion se mettra alors à grandir, puisqu'il aura disparu de ma vie. Ses pas ne profaneront plus les rues qui m'entourent ni le seuil de mon habitation ; l'ange gardien de l'enfance recommencera à venir vers moi, le soir, lorsque je serai seul, assis dans mon atelier, lisant à la lumière de la lampe. La porte du cagibi, que j'aurai ouverte une dernière fois avec mon crochet, restera entrouverte, grinçant un peu dans les nuits venteuses. Les étrangers pourront regarder à l'intérieur, fouiller dans tous les coins, sans que je tressaille. L'un demandera : « Quelle odeur étrange, d'où vient-elle donc ?

— On entreposait des pommes, il y a des années de cela, répondrai-je en souriant, enfin sûr de moi, et elles ont laissé une odeur étrange. »

Tout peut-il finir ainsi ? Comme si ça n'avait été qu'une sorte de rêve ? Mais alors m'assaille l'idée de la dernière heure, celle où mon âme fatiguée quittera son enveloppe charnelle. Et cette âme, de nouveau pleine d'illusions, s'avancera vers la porte solitaire des béatitudes. Alors un archange, après avoir jeté un regard suspect sur le pèlerin, se mettra en devoir d'ouvrir les battants, laissant entrevoir la lumière éternelle. Je ferai le premier pas en avant pour entrer, une joie à nulle autre pareille inondant mon cœur, déjà de saintes larmes baigneront mes joues. Et voilà qu'il sera dans mon dos, oh, comment pourrait-il laisser passer la dernière opportunité ? Il sera dans mon dos, je ne le verrai pas, avec son horrible sourire ; de la main, il fera signe que non ; un signe convenu pour dire que je lui appartiens. Et il ricanera avec indécence au nez de l'archange, se moquant de son erreur. Si bien que je sentirai une morsure m'empêchant d'avancer, puis les abîmes s'ouvrant sous mes pieds, tandis que le portail se refermera lentement, m'abandonnant à la nuit.

Alors il grimpera sur moi, mettant ses pieds sur mon visage, et il me piétinera sauvagement. Et personne, dans l'univers tout entier, n'entendra mes cris. Il rira de plaisir, galopant sur moi, de haut en bas, en me disant : « Crache, crache ton âme noire ! »

Nouvelles extraites de
Il crollo della Baliverna, Mondadori, 1954

L'épidémie

À huit heures et demie du matin très précisément, le colonel Ennio Molinas s'assit à son écritoire, au fond de l'immense salle de la section Dec (Décryptage). Ainsi que tous les militaires détachés au Ministère, il était habillé en civil. Comme il était chef de section, son bureau se trouvait sur une estrade d'où il dominait les vingt-quatre tables des déchiffreurs subordonnés : une sorte de chaire. De hautes étagères habillaient les murs tout autour, remplies de livres et de registres : des dictionnaires, des encyclopédies, des atlas, des répertoires de noms, des collections de journaux et de revues, des fichiers, du matériel de consultation et de recherche. Le vaste bureau, organisé pour les temps de guerre, travaillait aujourd'hui au ralenti ; mais l'effectif de la section était au complet. Il s'agissait, dans ce domaine spécialisé, des hommes les plus performants du pays. Pour plaisanter, on les appelait au Ministère les « vingt-quatre génies ».

Le colonel se lissa les moustaches, ouvrit le registre des présences quotidiennes, lut les annotations du matin portées par le secrétaire quelques instants plus tôt, puis leva les yeux pour vérifier ces informations. Sur vingt-quatre tables, huit étaient inoccupées. « Hum, hum », marmonna-t-il pour lui-même, d'une façon qui lui était habituelle. L'un des décrypteurs, assis au premier rang, croisa son regard soucieux et lui sourit. Le colonel, toujours aimable bien qu'il sût maintenir les distances, secoua la tête. Le sourire du subalterne se fit plus large : « Mon colonel, si on continue comme ça, dans quelques jours la section est déserte. » Molinas acquiesça sans mot dire.

À ce moment-là entra Sbrinzel, un homme maigre et efflanqué, secrétaire de la section Int (Interceptions et mouvement) ; il apportait l'enveloppe contenant les messages à traduire ou à déchiffrer. Bien que sa fonction fût modeste, Sbrinzel jouissait d'une grande considération. On disait qu'il était parent du ministre de l'Intérieur, mais c'était peut-être une légende. D'autres le considéraient ni plus ni moins comme un espion. Bref, on le craignait. En sa présence, on faisait attention à ce que l'on disait.

Lorsqu'il le vit entrer, le colonel réprima la tentation instinctive de se mettre au garde-à-vous, comme si Sbrinzel était son supérieur. Il lui fit cependant un grand sourire.

Sbrinzel monta sur l'estrade, déposa le dossier sur le bureau, serra la main du colonel, puis évoquant par un clin d'œil les tables au tiers vides : « Eh, mon colonel, ça, c'est de l'épuration, eh ! » Allez savoir pourquoi, les plaisanteries de Sbrinzel avaient toujours une connotation ambiguë.

« C'est la grippe, mon cher Sbrinzel... Cette année, hélas, il y a une sérieuse épidémie... Heureusement, pour le moment, nous n'avons que des cas légers, sans complication... Quatre jours au lit, et on n'en parle plus !

— Eh, quatre jours ! Et parfois ça peut devenir quatre ans, eh ! » ricana Sbrinzel, puis il partit d'un de ses odieux éclats de rire, secs, durs, sans la moindre joie.

Molinas ne comprenait pas : « Quatre ans ? Mais qui peut avoir une grippe qui dure quatre ans ?

— Eh », ce son nasal servait à Sbrinzel à ouvrir et à clore invariablement ses propos. « Pour le moment ce sont des formes bénignes autant que vous voudrez, mais, si vous voulez mon avis, au fond je préférerais la grippe espagnole, avec tous les risques que cela comporte... Cette épidémie ne vous envoie pas dans l'autre monde mais elle est fort peu sympathique, eh ! » Et, pour la deuxième fois, il fit un clin d'œil.

« Peu sympathique... ! Une grippe, ça n'est jamais sympathique !

— Eh, on voit bien que vous, mon colonel, vous ne savez rien, eh !

— Rien à quel sujet ? Qu'est-ce que je devrais savoir ? »

Sbrinzel secoua la tête : « Eh, pour quelqu'un de la section Dec, mon colonel, excusez-moi mais cela me paraît un peu fort. Moi, par exemple, j'ai compris tout seul.

— Mais compris quoi ? fit le colonel, sentant poindre l'inquiétude.

— Eh, eh, vous on peut bien vous dire ces choses-là, vous êtes un homme sérieux, un homme réservé, vous n'occuperiez pas ce poste si vous n'étiez pas un homme réservé. » Il fit une longe pause, se délectant de l'anxiété de son interlocuteur, puis, à voix basse, avec beaucoup de mystère : « Colonel, mais vous ne vous êtes donc pas rendu compte... vous ne vous êtes pas rendu compte que cette grippe ne frappait pas au hasard, eh ?

— Je ne comprends pas, mon cher Sbrinzel, je vous assure que je ne comprends pas...

— Eh, alors il va falloir que je vous explique tout... Ces bacilles, ou virus, ou qu'importe le nom qu'on leur donne... bref, ils ont un certain flair, ils savent repérer, on dirait qu'ils lisent dans les cœurs... Et pas moyen de les tromper, eh ! »

Molinas le regarda avec perplexité : « Écoutez, mon cher Sbrinzel, vous avez peut-être envie de plaisanter... Mais tant que vous parlez par énigme, que voulez-vous que je comprenne ? Peut-être qu'aussi je ne suis pas très vif aujourd'hui... je me suis réveillé avec un mal de tête... Je ne voudrais pas moi aussi...

— Eh, pas vous, mon colonel, pas vous ! Vous ne pouvez pas attraper la grippe ! Vous êtes la discipline faite homme, eh !

— Quel rapport avec la discipline ?

— Eh, mon colonel, on voit bien qu'aujourd'hui, vous n'avez pas la grande forme... » Il baissa encore la voix. « Les choses sont ainsi, pour simplifier : si quelqu'un tombe malade, cela veut dire qu'il est hostile au Gouvernement !

— Hostile au Gouvernement ?

— Eh, moi aussi, j'ai eu du mal à le croire... Mais j'ai bien dû m'y résoudre. Nous non plus, croyez-moi, nous ne pouvons pas imaginer combien est grand le génie du Chef qui nous guide... Une trouvaille formidable pour prendre le pouls de la Nation... La grippe d'État ! N'est-ce pas merveilleux ? La grippe qui ne frappe que les pessimistes, les incrédules, les opposants, les ennemis de la Patrie cachés dans tous les coins... Et les autres, les citoyens dévoués, les patriotes, les serviteurs zélés, tous épargnés ! »

Le colonel réagit : « Mais arrêtez un peu, mon cher Sbrinzel, comment ce genre de chose pourrait-il être possible ? Ça voudrait dire que tous ceux qui ne sont pas là aujourd'hui sont des opposants ?

— Eh, tentez l'expérience, si vous ne me croyez pas, considérez les cas un par un... Vous verrez s'il n'y a pas une extraordinaire coïncidence... Cette table vide, par exemple, c'est celle de qui ?

— Du lieutenant Recordini.

— Eh, vous mettriez votre main au feu que ce Recordini n'est pas un opposant au régime ? Cherchez un peu dans votre mémoire... Je parie qu'une ou deux fois, il s'est trahi, Recordini, qu'il vous a fait certaines confidences, eh...

— Oh, mon Dieu, c'est sûr qu'on ne peut pas dire que Recordini fait preuve d'un enthousiasme délirant... Mais de là à l'accuser...

— Eh, allez, allez, la grippe d'État ne se trompe pas... Et à cette autre table, qui manque-t-il ?

— Ça, c'est la place du professeur Quirico, le spécialiste des messages à triple cryptage... Le cerveau le plus brillant de la section.

— Eh, nous y voilà ! Il a déjà eu des ennuis, si je ne m'abuse, ce professeur... Il s'en est fallu de peu qu'on le vire l'année dernière, pas vrai, eh ?

— C'est vrai, confirma le colonel, soucieux. Mais... mais on peut être malade d'une autre maladie... C'est un système dangereux que le vôtre... On a vite fait de commettre des impairs.

— Eh, pas de panique, colonel... C'est le service Informations qui gère ça... Regardez donc sur votre registre... À côté du nom des absents il y a une minuscule petite croix rouge quand il s'agit de la grippe... Impeccable, eh ? »

Le colonel passa une main sur son front. « Et si maintenant moi aussi je tombe malade, pensait-il. Malheureusement, moi aussi, j'ai envoyé quelques piques au Chef, parfois. Comment fait-on pour juguler ses pensées ? »

« Eh, mal à la tête, c'est ça ? Mon colonel, aujourd'hui vous êtes bien pâle, eh ! » Sbrinzel eut un petit rire sournois.

« Non, non, au contraire, c'est passé, dit Molinas en se dominant. Je vais très bien, Dieu soit loué.

— Eh, tant mieux, tant mieux... À plus tard, mon colonel, eh. » Et Sbrinzel partit en ricanant.

Était-ce une plaisanterie ? Sbrinzel avait-il voulu se moquer de lui ? ou bien le Gouvernement avait-il vraiment mis au point un stratagème aussi infernal pour éprouver les consciences ? Molinas examina un à un le cas de ses huit subalternes absents. Eh bien, plus il y réfléchissait, plus il devait admettre que la grippe d'État – si c'était vraiment ça – avait tapé dans le mille. Qui pour une raison, qui pour une autre, tous les huit étaient des hommes d'un patriotisme douteux, tous les huit supérieurement intelligents et tout le monde sait bien que l'intelligence, en matière de convictions politiques, est un élément négatif. Mais, à ce stade, il se demandait : « Ça n'arrive jamais que ces maudits bacilles se trompent quelquefois et qu'ils donnent de la fièvre à un innocent ? Et cet innocent, ce pourrait être moi ? Mais qui est innocent ? Qui n'a jamais eu une pensée hostile ou irrévérencieuse à l'égard du Chef ? Et si je tombais malade, qu'est-ce qu'ils me feraient ? Relevé de mes fonctions ? Accusé devant le tribunal ? Non, non, il ne faut céder à aucun prix, même si je ne me sens pas bien. »

Et, effectivement, il ne se sentait pas bien. Son mal de tête avait empiré. Un bourdonnement dans les oreilles. Une envie de chaleur et de repos. Prenant sur lui, il ouvrit le dossier que lui avait porté Sbrinzel. Il examina les messages et les classa. Mais sa vue se brouillait.

Tout en faisant semblant d'étudier une feuille bourrée de chiffres incompréhensibles, il prit son pouls, mesurant son rythme cardiaque à l'aide de sa montre : quatre-vingt-dix. De la fièvre, alors ? Ou bien était-ce seulement la peur ?

À midi, dès qu'il fut rentré chez lui, il courut chercher son thermomètre. Il le garda plus d'un quart d'heure. Il n'osait pas le regarder, il redoutait le résultat. Finalement, il se décida. Il lut, et la respiration lui manqua : il avait presque trente-neuf.

Bourré de quinine, des vrombissements plein les oreilles, des élancements dans la tête à chaque mouvement, il retourna travailler l'après-midi. Bizarre : Sbrinzel l'attendait à côté de son bureau. Il le dévisagea avec des yeux malicieux : « Eh, mon colonel, excusez mon impertinence, mais vous avez dû un peu trop boire à midi... Vous avez déjà les yeux qui brillent, eh !

— Un ou deux verres, pas plus d'un ou deux verres, dit Molinas pour parer le coup.

— Eh, à propos, votre mal de tête, disparu ?

— Oui, oui, disparu », fit le colonel très énervé. Et feignant d'avoir un travail urgent à faire, il se mit à fouiller parmi ses papiers.

Sbrinzel partit effectivement, mais pour revenir quelques minutes plus tard. Il s'amusait à trouver toutes sortes de prétextes pour revenir à chaque instant. Il recommença avec ses questions sibyllines : comment diable le colonel pouvait-il garder son écharpe de laine autour du cou ? Avait-il froid ? Ou était-ce à cause de sa toux ? Un peu d'irritation au niveau du larynx ?

Molinas se défendait, mais il était las. Les paroles de Sbrinzel résonnaient à l'intérieur de sa tête comme des coups de cloche. Et cette étreinte de plomb sur la nuque. Et ces frissons. Et sa poitrine oppressée et brûlante. La grippe ? exactement, la grippe. Ne pouvoir en parler à personne car ç'aurait été pire. Entre-temps, ce sale espion de Sbrinzel, évidemment, avait deviné que lui, Molinas, se sentait mal, et il attendait avec impatience de le voir tomber.

Non, non, il ne fallait pas céder. Le jour suivant le colonel était toujours à son poste bien qu'il eût plus de trente-neuf de fièvre et que sa tête lui semblât de plomb incandescent. « Mon colonel, comment se fait-il que vous ayez le visage aussi rouge, eh ?

— Ça doit être le froid, disait-il, décidé à ne pas baisser les bras.

— Eh, mon colonel, j'ai l'impression que vous tremblez. Pourquoi tremblez-vous comme ça ?

— Je tremble ? Mais pas du tout.

— Eh, mon colonel, je serais vraiment désolé si vous ne vous sentiez pas bien.

— Allons, allons... j'ai juste la gorge un peu irritée... »

Trente-neuf, trente-neuf cinq. Tel un automate, le colonel arrivait au bureau à l'heure habituelle, il distribuait le travail à ses subalternes, puis restait immobile à son bureau, secoué d'une toux caverneuse. « Eh, mon colonel, vous avez attrapé une bronchite, eh ?

— Non, non, c'est une toux d'irritation... Je vais très bien, je vous assure. »

Le quatrième jour, il n'en pouvait plus. « Sortons prendre un café, voulez-vous ? » lui proposa Sbrinzel, dans l'intention évidente de le mettre à l'épreuve. Dehors il faisait un froid sibérien, et déjà dans le bureau chauffé le colonel claquait des dents à cause de la fièvre.

« Non, merci. J'ai beaucoup de travail aujourd'hui.

— Eh, on fait l'aller-retour : deux minutes.

— Non, merci, cher Sbrinzel.

— Eh, peut-être qu'aujourd'hui vous ne vous sentez pas dans votre assiette, eh ?

— Non, non, tout va bien.

— Eh, ne vous fâchez pas, mon colonel, je disais ça parce qu'aujourd'hui vous avez les traits un peu tirés... »

Le cinquième jour, il tenait à peine sur ses jambes. Aucun de ses subalternes malades de la grippe (ils étaient seize maintenant) n'était revenu à son poste. Où se trouvaient-ils ? Chez eux, quand on téléphonait pour prendre des nouvelles, les proches répondaient : « Il n'est pas là » sans donner d'autre explication. En prison ? En cavale ? En exil ? Molinas était sûr d'avoir une terrible pneumonie mais il n'osait pas appeler un médecin : celui-ci l'aurait sûrement obligé à garder la chambre et il en aurait peut-être informé le Ministère.

Sixième jour. Les vingt-quatre tables sont restées vides : leurs occupants sont tous malades de la grippe. Sbrinzel ricane plus que jamais : « Eh, eh ! Il se trompe peut-être, le Chef, quand il se méfie des intellectuels ? Qui est encore debout, au sein de la fameuse Dec ? Les hommes de service, les huissiers, les plantons, les scribes, les esprits simples, ceux qui ont des convictions profondes !... Et les génies, eux, tous au lit, les génies qui haïssent le Gouvernement !... Eh, eh, la seule exception, c'est vous, mon colonel, vous résistez encore ! » Il cligne de l'œil, Sbrinzel, comme s'il voulait insinuer : « Jusqu'au moment où vous aussi, mon colonel, vous vous effondrerez, parce que vous aussi vous faites partie de cette race de gens ! »

Huitième jour. Avec comme un brasier qui lui dévore la poitrine, une température de presque quarante, le colonel arrive dans son bureau à l'heure habituelle. On dirait un fantôme. À l'idée que dans quelques instant Sbrinzel sera là et qu'il faudra lui tenir tête, une nausée douceâtre et tenace flotte dans ses entrailles, et remonte, remonte, comme l'eau dans un évier.

Mais ce matin Sbrinzel se fait attendre. Molinas pense : peut-être sait-il déjà parfaitement que j'ai attrapé la grippe, peut-être a-t-il déjà signalé mon cas et suis-je déjà tombé en disgrâce, peut-être suis-je déjà un homme fini, et c'est pour cela que Sbrinzel ne se montre plus.

Peu après, dans la salle silencieuse et vide, un pas s'avance. Mais au lieu que ce soit Sbrinzel, c'est un de ses sous-fifres qui apporte le dossier des messages : « Et M. Sbrinzel ? » demande le colonel.

Avec les mains, l'homme fait un geste désolé : « Il n'est pas venu aujourd'hui. Il ne viendra pas. Il est alité.

— Alité, c'est-à-dire ?

— Il a une fièvre de cheval.

— Qui ça, M. Sbrinzel ?

— Lui aussi, la grippe... et carabinée, avec ça.

— M. Sbrinzel a la grippe ? M. Sbrinzel ? Mais tu veux rire ?

— Pourquoi ? Qu'est-ce que cela a de bizarre ? Déjà hier il n'était pas très bien... »

Le colonel se redresse sur sa chaise. Une vague de vie et d'espoir le submerge. Alors, il est sauvé, sauvé ! Alors, il a gagné ! Alors c'est cette saleté d'espion qui va tomber, et pas lui ! Molinas se sent déjà un autre, plus de nausée, plus de brasier dans la poitrine, plus de fièvre. Le pire est derrière lui.

Il respira à fond. Pour la première fois depuis des années, il leva les yeux vers les grandes fenêtres et vit, par-delà les toits glacés, sous le ciel, les montagnes lointaines, les montagnes de cristal qui resplendissaient, blanches de neige. On aurait dit des nuages d'argent naviguant avec insouciance. Très haut, au-dessus des misères de la terre, lentement elles avançaient. Il les regarda ; depuis combien de temps avait-il oublié leur existence ? Il pensait : comme elles sont différentes de nous les hommes, mon Dieu, comme elles sont belles et pures.

Le provocateur

Le lynchage du professeur Edmondo Sciapiro eut lieu quai de l'Ouest, le 4 juin, pour des raisons indépendantes de la volonté des hommes.

Edmondo Sciapiro, soixante-deux ans, autrefois enseignant d'économie politique à l'université de D. en Hongrie, était un juif ayant fui l'Europe ; maintenant il enseignait l'allemand, dans une école de la grande ville américaine.

Six ans plus tôt, il avait commencé le voyage pour se mettre en sécurité avec Alberto, son fils unique âgé de dix-neuf ans ; si ce n'est qu'Alberto, descendu en gare de Leipzig pour aller chercher de l'eau, n'était pas remonté dans le train, et depuis ce jour, le père et le fils s'étaient définitivement perdus. Maintenant, bien des années après, le professeur Sciapiro comprenait que, même si son fils n'avait pas été tué, il était pratiquement impossible de le retrouver. Leur ville avait été rasée jusqu'au sol, les connaissances, les amis, les ennemis, les membres du club d'échecs, de l'université avaient disparu, ils avaient tous fui à la débandade aux quatre coins de la terre, comment auraient-ils pu, tous les deux, se retrouver ?

En pratique le professeur considérait donc que son fils était mort et enterré, même si par hasard il respirait encore, et avec une désolation hébraïque profonde, il le pleurait souvent, le soir, dans la chambre de sa pension crasseuse, sous l'ampoule jaune qui éclairait avec ironie les livres, les revues scientifiques, la poussière, la chaussette trouée sur le dossier de la chaise, la solitude puissante du réfugié.

Ce jour-là, Sciapiro, comme tant d'autres que le sort avait laissés pour compte, était venu prendre un peu le soleil sur la célèbre promenade du bord du fleuve, d'autant plus que le soleil des matinées dominicales est notoirement plus gai et plus amical envers les hommes que celui des autres jours de la semaine.

Il marchait lentement le long du parapet, s'appuyant sur sa canne, lorsque ses regards qui balayaient distraitement la rive opposée du fleuve, à quelque quatre cents mètres de distance, s'arrêtèrent, par une curiosité soudaine, sur une silhouette. Sur le quai de l'Est avançait un homme jeune, apparemment rêveur et plutôt voûté. Comment distinguer ses traits à cette distance-là ? Mais le cœur de Sciapiro se mit à battre : ce jeune homme ressemblait à son fils.

Étreint par l'angoisse, il se mit à courir pour rejoindre la rive opposée et voir le jeune homme de plus près. À une cinquantaine de mètres de là partait le magnifique pont de fer que l'on venait juste de construire.

Il s'apprêtait à s'y engager lorsqu'il entendit une voix l'appeler.

« Monsieur ! Monsieur ! » criait une femme.

Il se retourna. C'était une dame âgée d'une cinquantaine d'années qui lui souriait en secouant la tête.

Il demanda : « Qu'y a-t-il ? » La femme leva l'index de la main droite et le remua lentement en faisant signe que non. « Qu'y a-t-il ? » répéta Sciapiro, pressé. Mais elle s'éloignait rapidement.

Ce doit être une folle, pensa le professeur en se dirigeant vers le pont qui était pour ainsi dire désert. Et à travers les grilles de fer, il gardait un œil sur le jeune homme qui ressemblait à son fils. C'était sûr, il marchait de la même manière : une démarche un peu chaloupée, les pieds en canard.

Avançant rapidement, il s'apprêtait à dépasser, à la hauteur des piliers de marbre à l'entrée du pont, un autre promeneur, immobile, qui regardait les eaux du fleuve en contrebas. Celui-ci se retourna, l'interpellant à mi-voix : « Vous avez confiance, monsieur ?

— Si j'ai confiance en quoi ? »

L'inconnu fit un signe de la tête, comme pour montrer l'autre rive, ou le pont lui-même.

« Je ne comprends pas, dit Sciapiro, s'arrêtant malgré lui.

— Mais, expliqua l'autre, c'est que je ne sais pas si c'est permis...

— Permis de traverser le pont ?

— Voilà, j'ai peur... Moi aussi, j'aimerais bien... Mais allez-y donc... tout est dans la désinvolture... »

Sciapiro regarda autour de lui avec perplexité, il ne s'expliquait pas ce deuxième avertissement. Sur le pont, quelques hommes et quelques femmes passaient tranquillement comme dans une rue quelconque. Et puis, qu'est-ce que cela pouvait faire ? Levant sa canne en signe de salut, le professeur poursuivit son chemin et au même instant il vit le jeune homme, sur l'autre rive, relever le menton comme pour détendre la peau de son cou prise dans un pli de son col. Alors il le reconnut avec certitude et une bouffée d'émotion effroyable monta de sa poitrine, lui coupant la respiration. Depuis qu'il était petit, Alberto avait toujours eu cette désagréable habitude.

Fixant son fils, si éloigné encore, avec une intensité effrayante, Sciapiro se mit à courir : une tentative ridicule, à cause de ses petites jambes de vieux, et de sa canne qui frappait le bitume avec précipitation. Mais en courant de la sorte, il dut attirer l'attention des personnes présentes car tout à coup un garde en uniforme se dressa devant lui.

« Halte là, monsieur ! dit-il. C'est interdit.

— C'est interdit de traverser le pont ?

— C'est interdit, répéta le garde.

— Et eux, là-bas ? demanda Sciapiro désarçonné, en montrant les autres passants.

— Ils ont échappé à la surveillance, ça se voit. »

Le petit vieux sourit en insinuant : « Et je ne pourrais pas, moi aussi, y "échapper" ? Mon fils est là-bas... » et il fit un signe.

Deux autres gardes surgirent, le repoussant lui, Sciapiro, ainsi que d'autres passants. « Arrière ! vociféraient-ils. Dégagez ! »

Le professeur recula et se trouva de nouveau au départ du pont. Mais là, en quelques instants, une foule dense s'était rassemblée et, en quelques instants, on avait tendu, Dieu sait comment, des guirlandes de petits drapeaux et dressé une petite tribune couverte d'un drap rouge et d'armoiries, comme on le fait pour les cérémonies. Les gardes formèrent à l'entrée du pont le cordon réglementaire.

À ce moment, on entendit, au-dessus de la foule, une voix puissante et sympathique qui déclamait. Depuis la petite tribune, le député Pereira (le professeur le reconnut tout de suite) avait commencé son discours.

Mais quel piège était-ce donc ? Ils inauguraient le pont, comme ça, à l'improviste, sans aucun préparatif ? Et comment une foule aussi importante avait-elle pu se réunir ? Maintenant, comment faire pour passer ? Des bouts de phrases prononcées par le célèbre parlementaire résonnaient à ses oreilles : « ... de ce nom fatidique... la puissance de l'œuvre... sceau cérémonial... sainteté de l'idée... »

Le professeur Sciapiro essaya de se frayer un passage. Il ne put même pas avancer d'un pas tant la foule était compacte à cet endroit. Des hommes massifs et robustes le serraient de très près. Il leva le visage vers eux, oublia Pereira, l'inauguration, le monde entier. Le souffle lui manqua. « Mmmmm !... » commença-t-il à dire, mais il n'arrivait plus à parler. « Mmmmm !... » gémit-il comme le font les sourds-muets.

On le regarda, certains lui firent « Chhht ». En tendant le cou, il vit sur l'autre rive son fils qui continuait à marcher. Il n'allait pas vite, mais bientôt il arriverait à l'extrémité opposée du pont, qui pour l'instant était barrée par la force publique. Il allait continuer le long du fleuve, se perdre dans la foule, et il ne le reverrait jamais plus.

« Mon fils ! finit-il par dire, avec une telle véhémence que les autres le regardèrent avec stupéfaction, comme s'il était devenu fou.

— Chhht ! » sifflèrent-ils plus fort.

Sciapiro tira par la veste un homme qui lui barrait le passage. Il murmura : « Laissez-moi passer... Mon fils est de l'autre côté... cela fait six ans que je l'ai perdu... »

L'homme le dévisagea sévèrement : « Chhh ! fit-il à son tour. Pour le moment, on ne passe pas !

— Pardon ! Pardon ! essaya-t-il sur le côté. Excusez-moi, je me sens mal...

— Il se sent mal... » entendit-il chuchoter autour de lui tandis que la voix du député enflait avec béatitude. « Par là, par là », dit-on au professeur, en l'incitant à sortir de la cohue. Mais lui voulait aller du côté opposé, là où la foule était la plus dense.

On le repoussa avec vigueur. Il perdit deux ou trois précieux mètres. « Mon Dieu, implora-t-il. Laissez-moi passer ! » Son accent étranger déplut, on le regarda avec antipathie.

« On dirait, tonna alors la voix de Pereira du haut de la tribune et non sans une certaine gaieté, on dirait que certains, dans un but secret, certains que nous n'aurions pas de mal à identifier si nous le voulions, ont peut-être intérêt à perturber la cérémonie, cette austère fête du travail... Nous dirons donc à ces respectables messieurs : "Parlez, faites part de vos objections, nous sommes toujours prêts à avoir un débat ! Si vous croyez avoir de bonnes raisons pour vous opposer à l'édification de ce pont, alors allez-y, défoulez-vous !..." (et là, pointant son doigt sur Sciapiro)... Est-ce que, par hasard, vous, monsieur, vous seriez un de nos adversaires ? Vous désapprouveriez donc cet ouvrage public ? Vos théories s'opposent peut-être à ce que deux quartiers d'une grande ville soient reliés, à ce que les habitants d'une rive à l'autre puissent se tendre la main ? Est-ce qu'il en est ainsi, par hasard, monsieur ? »

Sciapiro resta médusé au milieu de la foule. Pâle, il haletait. Il indiqua l'autre rive de la main. « Mon fils ! balbutia-t-il. Je... je... pardonnez-moi... » De grands rires couvrirent sa voix.

« Bien, monsieur, reprit le député se rendant compte que cet intermède distrayait le public. Pourrais-je être taxé de partialité si j'affirmais que vos objections ne me paraissent pas exagérément persuasives ? »

Le professeur ne lui prêta pas attention, il tournait désespérément ses regards vers l'autre rive du fleuve. Où était son fils. Il crut un instant l'avoir perdu de vue, mais il le repéra immédiatement tandis que, après avoir passé la tête du pont, il s'éloignait d'une démarche fatiguée, relevant toujours le menton d'étrange manière.

L'insolence de ce petit homme qui ne daignait pas l'écouter ! Le député Pereira s'apprêtait à déverser sur lui ses sarcasmes les plus cruels. Mais Sciapiro se débattit, poussant les gens, bien décidé à se frayer un passage. « Alberto ! Alberto ! commença-t-il à hurler.

— Eh bien ! tonna Pereira excédé.

— Chhht ! » réclama-t-on de nouveau dans l'assemblée. Le professeur sentit qu'on l'attrapait par une épaule. Il parvint encore à apercevoir son fils qui s'était arrêté et regardait autour de lui comme s'il cherchait quelque chose. « Alberto ! Alberto ! » cria-t-il encore avec toute la voix qui lui restait. Une gigantesque main lui obtura la bouche. Il fut renversé à terre.

Au prix d'un effort prodigieux, bien que de nombreuses

mains le retinssent, il réussit à se remettre debout. Luttant sauvagement, il vit encore pendant un court instant, de l'autre côté du fleuve, son fils qui s'en allait, indifférent et démoralisé comme le sont les jeunes qui n'ont pas de travail.

Il hurla : « Alberto ! » en se dégageant. On le frappa à la nuque. « C'est un fou ! Retenez-le ! » criait-on. Tout à coup, Pereira, tout débonnaire et indulgent qu'il fût, prit peur. Qui sait pourquoi l'idée que le petit vieux pouvait être un terroriste lui traversa l'esprit. Il cria : « Ça suffit ! Arrêtez-le ! » Sa panique se communiqua à la foule.

Dans un ultime sursaut, Sciapiro crut entrevoir sur l'autre rive du fleuve – derrière une forêt de visages colériques et de poings levés – son propre fils qui disparaissait derrière l'angle d'une maison. Une nausée terrible. Il sentit qu'on le piétinait. Un coup de poing formidable dans les côtes. Il vit du noir.

Sous une nouvelle grêle de coups violents, il sentit qu'on l'éloignait en le traînant par terre comme un sac. Et bien sûr la ville s'étendait à la superficie de la planète, jusqu'à devenir infinie, elle n'avait plus de limite, maintenant elle couvrait la terre entière et son fils s'éloignait toujours davantage, enseveli par des murailles et des palais, perdu dans la tour de Babel, dans la poussière, dans la foule composée de millions et de millions de personnes.

Le crime du *cavaliere* Imbriani

Un après-midi, en rentrant chez lui, le *cavaliere* Imbriani, un misanthrope achevé, trouva un chat magnifique qui sommeillait, roulé en boule, sur le seuil de sa petite maison. C'était un chat tigré au summum de sa vitalité, massif, bien charpenté, le poil merveilleusement lisse.

« Mais où ai-je déjà vu ce chat ? » se demanda le vieux sous l'effet d'une réminiscence mystérieuse, mais il cherchait en vain parmi ses souvenirs. Puis il se pencha pour le caresser : et le chat, en toute confiance, le laissa faire.

Lorsqu'il eut fini, l'animal se mit sur ses pattes, laissant voir ainsi la complexion superbe de son corps. Imbriani ouvrit la porte de la maison. Mais avant d'entrer, il se retourna : toujours assis sur le seuil, le chat se léchait les pattes.

La rue était déserte, le ciel gris, la quiétude alentour totale. « Minou minou, dit le vieux de sa voix gutturale. Tu veux entrer ? Tu aimes les petites souris ? »

Le chat le regarda, perplexe. « Minou minou », répéta Imbriani, et avec les lèvres il fit le bruit qu'on fait d'habitude pour attirer les chats, semblable à celui d'une bise.

À pas lents, avec une indifférence extrême, l'animal le suivit dans la maison.

La petite villa était déserte. La dame qui venait quelques heures pour faire le ménage était déjà partie.

Après avoir refermé la porte, Imbriani s'assit dans un fauteuil du salon, ouvrit son journal pour en commencer la lecture. Mais du coin de l'œil, il surveillait le chat qui passait les tapis en revue. « Pss pss », fit-il deux ou trois fois. Le chat s'avança. Il le prit dans ses bras et le caressa jusqu'à ce qu'il l'entendît ronronner. « En fin de compte, pensait-il ce ne serait pas mal du tout d'avoir un chat comme ça à la maison. » Lui qui avait toujours détesté les animaux !

Il entendit, à l'extérieur, des pas sur le gravier du petit jardin. Intrigué, il déposa le chat sur les coussins du canapé et alla regarder par la fenêtre. Une grosse femme, d'une cinquantaine d'années, sans chapeau, mal habillée, faisait le tour du jardin comme si elle cherchait quelque chose. Imbriani ouvrit vivement la fenêtre.

« Vous, là, dites, qu'est-ce que vous faites ? »

La femme se retourna dans un sursaut. Elle avait un visage large, des yeux petits et méchants.

« La grille était ouverte, dit-elle.

— Ah, fit Imbriani sèchement, et que voulez-vous ? »

La femme releva la tête presque comme un geste de défi : « Je cherche un chat.

— Quel chat ?

— Un chat tigré... La dernière personne à l'avoir vu dit qu'il se promenait dans ce coin... Vous, monsieur, vous n'avez pas idée de l'endroit où il se trouve ? ajouta-t-elle sur un ton ambigu.

— Ici, il n'y a pas de chat, répondit-il fermement. Et ceci est un jardin privé, au cas où vous ne le sauriez pas. »

La femme le dévisagea quelques instants. Puis elle fit mine de partir. Imbriani referma sa fenêtre à grand bruit. Pendant ce temps, le chat s'était endormi sur le canapé.

Imbriani s'assit à côté du minet et tout doucement il se mit à le caresser. À peine une dizaine de minutes plus tard, il entendit de nouveau des pas dans le jardin. Puis une voix plaintive de femme qui appelait : « Iris ! Iris ! Iris ! »

À cet appel, le chat leva la tête et répondit par un long miaulement.

« Maudite bestiole, qu'est-ce qui te passe par la tête ? jura Imbriani. Tu veux me faire prendre ? » Rapide comme l'éclair, il enfouit le chat sous un gros coussin moelleux pour le faire taire.

Le chat se rebella, se débattit, mais plus il s'agitait et plus Imbriani appuyait sur le coussin (gare à lui si la bête réussissait à se libérer, Dieu sait ce qu'elle ferait). Tout en luttant, il le maudissait : « Tu veux bien te tenir tranquille, saleté de chat ? Tu vas te taire, oui ou non ? Qu'est-ce que tu crois, que tu vas m'avoir ? Je vais t'apprendre, moi, je vais t'apprendre !

— Iris, Iris, où es-tu Iris ? Ils t'ont fait prisonnier, mon pauvre trésor ? » appelait la femme dans le jardin, avec un pathos excessif, comme si elle avait entendu le miaulement.

Cela accrut l'angoisse d'Imbriani qui fit tout son possible pour empêcher le chat de bouger. « Reste tranquille un moment ! Et dors un peu ! Ne fais pas tant d'histoires ! Ah, ça y est, tu as compris ? »

En effet, sous la chape du coussin, le chat se calmait. Les avertissements d'Imbriani avaient-ils eu de l'effet sur lui ? Ou s'était-il lassé de se battre ? Encore quelques sursauts, puis, à travers l'épaisseur du coussin, Imbriani le sentit devenir tout tranquille.

Un petit objet dur cogna contre la vitre. Imbriani alla voir. C'était la femme de tout à l'heure qui lançait des cailloux contre les carreaux pour attirer l'attention.

« Mais qu'est-ce que vous voulez encore, vous ? cria Imbriani avec la colère de celui que l'on surprend. Vous ne voulez pas comprendre qu'ici, ce n'est pas un jardin public ?

— Je cherche le chat, fit la femme d'un ton coupant, et

je l'ai entendu à l'instant qui miaulait... justement par ici... vous n'avez pas entendu un miaulement, vous ? »

« Pourvu que maintenant cette erreur de la nature ne bondisse pas de sous son coussin, pourvu qu'elle ne recommence pas à faire du boucan », pensa le vieux. Il répondit : « Oui, oui, moi aussi, j'ai cru entendre... oui, oui, un chat qui miaulait... je crois que ça venait de la rue... mais c'est le vôtre, ce chat-là ?

— Le mien ? fit la dame complètement étonnée. Eh, si ça pouvait être le mien...

— Alors, pourquoi vous vous en occupez ?

— On me l'a confié, c'est moi qui dois veiller sur Iris... S'il arrive quelque chose, c'est à moi qu'on en voudra... » Elle ne donna pas d'explication plus convaincante.

« Bon, je crois que ça suffit, maintenant ! » Et sans même dire bonsoir Imbriani lui referma la fenêtre au nez.

« Vous, vous... cria la femme pour se faire entendre même à travers la vitre, et, bras tendu, elle le menaçait d'un index accusateur. Vous ne l'avez vraiment pas vu ?

— Non, non, non et non ! » Imbriani hurlait lui aussi. La femme s'en alla, en hochant la tête, peu convaincue à l'évidence.

De retour sur le divan, Imbriani s'étonna que le chat, sous le coussin, ne donnât pas signe de vie. Il ne bougea pas non plus lorsqu'il lui enleva le coussin.

« Eh, fainéant ! l'encouragea Imbriani, en lui passant la main sur la tête. Mais qu'est-ce que tu as ? Pourquoi tu restes comme ça, tout dur ? »

Il le secoua. Il lui souleva une patte, s'aperçut qu'elle était étrangement lourde : « Mais qu'est-ce que tu me fais là ? balbutia-t-il avec une agitation croissante. Allez, réveille-toi, ça suffit maintenant ! »

Mais en vain il le secouait, le retournait, le caressait. Le chat était mort étouffé.

« C'est une chance que personne n'en sache rien, se dit le vieux. Et maintenant ? Qu'est-ce que je vais en faire ?

Je ne peux sûrement pas le garder dans la maison. Même pas en le cachant à la cave. D'ici quelques jours, il va y avoir une de ces odeurs ! L'enterrer dans le jardin, alors ? Et si quelqu'un me voyait ? Le jeter tout simplement dans la rue ? Ou le transporter, dans ma sacoche d'avocat, jusqu'au canal le plus proche ? »

Le canal, quelle idée ! Il n'y avait rien de mieux que le regard qui communiquait avec l'égout. La bouche se trouvait derrière, dans une sorte de passage entre la maison et le mur de la propriété. Un boyau où ne pouvait pénétrer aucun regard étranger. La manœuvre était des plus simples : soulever la plaque de fonte, expédier la charogne dans le trou.

Tandis qu'il mettait son plan au point, la sonnerie de la porte d'entrée se fit entendre. Le vieux en reçut un choc. Il arrangea les coussins pour cacher le chat et, tout essoufflé, alla ouvrir la porte.

Il se trouva face à un jeune homme vêtu d'une veste de couleur à fines rayures et à boutons dorés : un valet de chambre d'une maison bourgeoise, noble même car il y avait des armoiries sur les boutons. Poliment, ce dernier s'expliqua :

« Excusez-moi de vous déranger, monsieur. Mais je suis à la recherche d'un chat. Quelqu'un m'a sign...

— Encore ? Encore ce chat ? dit Imbriani avec une certaine désinvolture.

— Pourquoi ? Quelqu'un est déjà venu ?

— Une femme... par deux fois déjà.

— Ah, Erminia... justement, c'est elle qui m'a dit... qui m'a dit l'avoir entendu miauler... dans cette maison-ci, à ce qu'elle dit... vous savez comment sont les chats... ils s'échappent, ils vont se fourrer dans les endroits les plus incroyables, dans les maisons des autres parfois même.

— Ici, il n'y a pas de chat, dit Imbriani de ce ton péremptoire qui, en cas de nécessité, savait intimider ses interlocuteurs. Mais si vous êtes persuadé du contraire, entrez donc... et cherchez-le.

— Oh, excusez-moi, monsieur, ce n'est pas ce que je voulais dire, votre parole suffit... Bonsoir. »

Le jour suivant, assis comme d'habitude au café (le chat avait déjà été jeté dans la bouche d'égout), Imbriani remarqua de curieuses allées et venues dans la rue, notamment des gardiens de la paix. Intrigué, il s'adressa à Giulio, le barman, qui était toujours au courant de tout.

« Ils cherchent un chat, dit Giulio.

— La police est mobilisée pour chercher un chat ? » Sa voix avait du mal à sortir de sa gorge.

« Il a disparu, on n'arrive pas à le retrouver, on soupçonne qu'il a été tué.

— Eh bien, ce n'est qu'un chat après tout ! répliqua Imbriani en faisant des efforts désespérés pour sourire.

— Moi non plus, à vrai dire, je ne comprends pas, dit le barman. Bien sûr, s'il a vraiment été tué...

— Mais c'est un chat, ce n'est quand même pas une créature humaine comme vous et moi ! » La phrase lui avait échappé, sur un ton vif, âpre, violent, qu'il n'aurait jamais voulu lui donner intentionnellement. Et au même instant il vit, assis à la table voisine, un jeune homme qui le fixait en souriant. Ce visage ne lui était pas inconnu. Quand il parvint à l'identifier, un abîme de peur s'ouvrit à l'entrée de son estomac. C'était le valet de chambre qui était venu chez lui la veille ! Et voilà qu'il avait entendu ses propos, qui ne pouvaient qu'attirer les soupçons sur lui.

Au même instant, le jeune homme se leva, s'avança vers lui avec une attitude respectueuse : « Je vous présente de nouveau mes excuses pour hier, *cavaliere* (entre-temps il s'était donc renseigné). Vous savez, cette pauvre femme avait complètement perdu la tête... et moi, je ne savais pas que c'était vous qui habitiez cette maison, autrement je ne me serais jamais permis... » Il souriait, souriait, d'une manière presque exagérée. (À cette heure-ci, le chat devait être entraîné par le courant sale des égouts, qui savait où, en plein campagne. À moins que... Comment exclure qu'il ne soit resté coincé dans la bouche d'égout ? Et si on avait perquisitionné chez lui ?)

En proie au doute, Imbriani quitta le café pour se diriger vers son domicile. Ses jambes tremblaient. Quand tout à coup il vit les gardes royaux, sur la place, occupés à construire, avec des planches et des poutres, une espèce d'estrade. Il arrêta un passant et lui demanda des explications.

Celui-ci répondit : « Un chat a été assassiné. Ils sont en train de construire la potence où l'on pendra l'assassin.

— Mais ils l'ont arrêté ?

— Pas encore, mais ils savent qui c'est, ils l'arrêteront probablement ce soir.

— Mais c'était un chat tellement important ? balbutia le vieux, le cœur battant.

— Tous les chats sont importants. » Telle fut la réponse de l'inconnu.

Bien qu'il se sentît au bord de l'évanouissement, Imbriani alla jusqu'à tenter de plaisanter : « Vraiment ? Ce n'était quand même pas celui du Roi ?

— Bien sûr que si, dit l'homme avec un grand sérieux. Tous les chats appartiennent au Roi. »

Le vieux passa son chemin. Et voilà que sur une autre place, il vit des moines en bures noires, coiffés de capuches, qui transportaient des morceaux de bois sur leur dos. Il demanda des explications à un passant.

Le passant dit : « Un chat a été tué. Ils sont en train de préparer le bûcher pour y brûler l'assassin.

— Ciel ! fit Imbriani avec le peu de voix qui lui restait. Ce devait être un chat très précieux ! Et à qui appartenait-il donc ? Vous le savez ?

— Bien sûr que je le sais. Son maître, c'était Dieu, Notre Seigneur.

— Le chat de Dieu ? Comment est-ce possible ?

— Tous les chats sont à Dieu », fit le passant, et il leva un index réprobateur.

Imbriani regarda du côté de sa maison, au bout de l'avenue. Devant la grille du jardin, les forces de l'ordre s'étaient rangées et l'attendaient.

Procès pour idolâtrie

Procès contre Emidio Cammarano, docteur en chimie, vice-directeur du Consortium fertilisants. C'est l'après-midi, il fait une chaleur étouffante dans la salle du tribunal, noire de monde.

Cammarano s'assoit à la barre, le dos un peu courbé. Il continue à lisser ses moustaches grises, il est décontenancé et pâle.

Le président a une tête massive, d'un rouge violacé. Sa bouche est ainsi faite qu'on croirait qu'il sourit toujours. Pour cette raison, même les accusés les plus rusés se trahissent quand c'est lui qui les interroge. Là, il est en train de lire l'acte d'accusation :

« Devant ce tribunal... par décret du Parquet suprême... appelé à comparaître Cammarano Emidio fils d'Antonio né à... accusé de pratiques superstitieuses et en particulier de croire en Dieu, car il a maintes fois récité des prières à caractère religieux. D'avoir ainsi violé les articles 372 et 373 du code pénal avec les circonstances aggravantes spécifiées à l'article 381, c'est-à-dire un diplôme d'études supérieures et un poste élevé dans son travail. Les faits ont été commis au domicile de l'accusé, Barrière Nouvelle, numéro 42, les soirs du 27, 28, 29 août et suivants... Accusé, vous reconnaissez-vous coupable ? »

Cammarano : « Non... je réfute l'accusation. »

Le procureur : « Je demande si l'accusé exerce l'activité d'enseignant auprès de l'Institut professionnel de chimie. »

Cammarano : « Depuis quatre ans, j'ai en charge la chaire de chimie inorganique. »

Le procureur : « Je rappelle que la qualité d'enseignant dans une école publique induit pour l'accusation la circonstance aggravante exposée à l'article 382, prévoyant entre autres la privation des droits civils. Je demande donc que la circonstance aggravante soit inscrite dans le chef d'accusation... Les jurés apprécieront cet aspect particulièrement odieux du délit ! Venant de ceux à qui a été confiée l'éducation de nos enfants, la superstition est un attentat contre la communauté ! »

Le défenseur : « Je m'oppose à cette requête ! Les témoignages des élèves excluent de la part de Cammarano toute forme, même larvée, de propagande religieuse. Jamais le moindre mot, jamais la moindre allusion... »

Le procureur : « Je demande que la loi soit appliquée à la lettre. »

Le président : « La demande de l'accusation est acceptée... L'accusé veut-il faire quelques observations ? »

Cammarano : « Aucune. Si ce n'est me proclamer innocent. »

Suivent les témoins. Le gardien de la paix Lampresti raconte qu'alors qu'il était chargé de la surveillance nocturne de la gare de marchandises de la Barrière Nouvelle, le soir du 27 août, du haut de la passerelle, il aperçut par hasard, dans une pièce au troisième étage de l'immeuble n° 42, un homme agenouillé sur le parquet.

Le président : « Vous l'avez vu à l'œil nu ? »

Lampresti : « Non. Avec les jumelles de service. »

Le président : « Dans quelle position l'accusé avait-il mis ses mains ? »

Lampresti : « Je ne peux pas le préciser car il me tournait le dos. »

Il ajouta que, intrigué, il observa longuement l'inconnu, qui resta immobile pendant plus de trente minutes puis se leva et s'assit à une table de travail.

Les soirs qui suivirent, Lampresti vit la même scène se répéter. Le gardien municipal Tai, qu'il avait appelé, vit l'homme agenouillé. Le 30 août, comme le temps s'était gâté, la fenêtre avait été fermée et l'on ne put rien voir. Mais par la suite, à quatre reprises, Cammarano fut aperçu dans la même attitude suspecte. La police fut informée mais les agents ne purent pas vérifier la véracité de ces dires car entre-temps le froid avait fait son apparition et la fenêtre restait fermée.

Le président : « L'accusé reconnaît-il les faits rapportés par le témoin Lampresti ? »

Cammarano : « Je les reconnais. Mais le fait de s'agenouiller par terre ne constitue pas, me semble-t-il, un délit. Je consultais des volumes qui se trouvaient sur les rayonnages les plus bas de la bibliothèque. Je m'étais agenouillé par pure commodité, plutôt que d'avoir à me pencher chaque fois. »

Le président : « Dans ce cas, le témoin aurait dû vous voir vous déplacer, il déclare au contraire qu'à chaque fois vous êtes resté dans l'immobilité la plus totale. »

Le défenseur : « Je demande si les descentes de police ont confirmé la présence de la bibliothèque à l'endroit indiqué par Cammarano. »

Le président : « La bibliothèque existe... Mais l'on a trouvé au domicile de l'accusé deux ouvrages défendus... un exemplaire de la Bible et *Le Jardin de l'âme* du jésuite Clemente Antà. »

Le défenseur : « Des exigences professionnelles légitimes justifient de posséder ces deux ouvrages... Il nous paraît même être du devoir de celui qui a atteint les plus hautes sphères de la culture de se documenter sur les traquenards des superstitions... »

Le procureur : « Pour que votre thèse soit recevable, il

faudrait que le décret sur la censure prévoie de semblables dispenses : ce qui n'est pas le cas... Monsieur le Président, je demande que Cammarano soit inculpé également pour la détention de ces livres défendus. »

Le président : « L'accusé peut-il justifier de la possession des deux ouvrages incriminés ? »

Cammarano : « J'en ignorais l'existence... La police les a trouvés au fond d'une vieille caisse, avec des papiers personnels appartenant à mon défunt père. »

Le procureur : « Le fait de conserver, comme des reliques sacrées, les objets ayant appartenu à des parents défunts dénote, me semble-t-il, même si cela ne constitue qu'un indice, une tendance spécifique à adhérer aux croyances superstitieuses ! Une vision sainement matérielle du monde exclut les idolâtries de cet acabit... »

Le président : « Dans l'attente de vérification des faits, la requête de l'accusation est rejetée. »

Puis viennent les témoins de l'accusation : Rodrigo Poppi, assistant et domestique de Cammarano, et Rosita Cammarano, fille de l'accusé.

Poppi déclare que souvent Cammarano s'enfermait à clef dans son bureau. Un soir où il l'avait épié par le trou de la serrure, il l'avait vu s'agenouiller devant la bibliothèque, les mains jointes.

Le défenseur : « Est-il possible que Cammarano, au lieu de prier, ait été en train de lire un ouvrage de petites dimensions qu'il aurait entrouvert entre les paumes de ses mains ? »

Poppi : « On ne peut pas l'exclure. »

Le procureur : « Le témoin juge-t-il cette hypothèse vraisemblable ? »

Poppi : « Je la juge plausible. »

Le président : « L'accusé reconnaît-il les faits cités par le témoin ? »

Cammarano : « Je les confirme. Je ne peux pas m'en souvenir avec une certitude totale, mais je pense que je feuilletais le précis technique intitulé *Vademecum de l'ingénieur.* C'est un petit volume minuscule qui tient dans le creux de la main. »

Le procureur : « Je fais remarquer qu'au cours de la perquisition le petit volume en question n'a pas été retrouvé dans cette bibliothèque mais dans une autre pièce, couvert d'une importante couche de poussière, signe qu'il n'avait pas été consulté depuis fort longtemps. »

Cammarano : « Ma maison est une habitation ancienne. Quelques heures suffisent pour que se forme une couche de poussière. Que le manuel soit passé d'une pièce à l'autre est tout à fait normal. Je le consulte tous les jours... »

On passe à l'interrogatoire de Rosita Cammarano.

Le procureur : « Mademoiselle, pour éviter tout malentendu, je vous prie de répondre simplement par "oui" ou par "non", sans ajouter aucun commentaire. D'accord ?

— Oui, monsieur.

— Alors dites-moi : diriez-vous que votre père s'adonne à des pratiques religieuses ?

— Non.

— Vous ne l'avez jamais vu agenouillé ?

— Non. »

Le défenseur : « Même pas lorsqu'il cherchait un ouvrage dans les rayonnages inférieurs de la bibliothèque ? »

Rosita : « Dans ce cas, si, bien sûr. »

Le procureur : « Maître, permettez-moi de prendre la relève, c'est mon tour à présent, si vous le voulez bien... Maintenant, mademoiselle, soyez très attentive : vous est-il déjà arrivé d'entendre votre père parler tout seul ? »

Rosita : « Non... je n'en ai pas souvenir... »

Le procureur : « Vous en êtes absolument certaine ? Réfléchissez-y bien... Oh, il est inutile que vous regardiez votre père ! »

Cammarano : « Mais oui, Rosita, dis toute la vérité. »

Rosita : « Voilà... quelquefois à travers la porte, j'ai entendu papa murmurer, dans son bureau, comme s'il lisait... »

Le procureur : « Pouvez-vous exclure que votre père récitait des prières ? »

Rosita : « Oh, mon Dieu, comment pourrais-je le dire ? »

Le procureur : « Répondez "oui" ou "non". Pouvez-vous l'exclure ? »

Rosita : « ... Non. »

Le président : « L'accusé admet-il les faits énoncés ? »

Cammarano : « Je les confirme. En effet, il m'arrive souvent de lire à voix haute, pas vraiment fort mais assez pour que quelqu'un puisse m'entendre à travers la porte. »

Le procureur : « Mademoiselle, comprenait-on ce que votre père disait ? »

Rosita : « Non. »

Le défenseur : « Je demande à M. le Président, puisque les accusations se sont avérées vagues et inconsistantes, que l'on interpelle les jurés à titre préliminaire, comme il est de coutume : estiment-ils que le procès doit être poursuivi ou non ? »

Le procureur : « Je m'associe à la requête de la défense. »

Interrogés par le président pour savoir s'ils estimaient que la preuve de la culpabilité était acquise, cinq sur neuf répondirent non.

Le procureur : « Monsieur le Président, je me déclare prêt à retirer l'accusation si l'accusé se soumet à l'épreuve de la dénégation. Ainsi qu'il est prévu par la jurisprudence. »

Le défenseur : « Je m'y oppose. J'invite au contraire M. le procureur à maintenir l'inculpation. La dénégation appartient à une catégorie de procédures humiliantes et barbares que l'on a abandonnées depuis des années... C'est une sorte de jugement divin... c'est l'héritière de la torture... On la faisait subir, il y a bien des années, à des accusés dépourvus de toute éducation... La personnalité de Cammarano... »

Le président : « Ça suffit. La requête du procureur est reçue. Que l'on procède à l'épreuve de la dénégation. »

Cammarano : « Puis-je refuser de m'y soumettre ? »

Le président : « Un refus équivaut à une confession. »

Rosita : « Papa, mon petit papa ! »

Cammarano : « Et si, au contraire, je m'y soumets, je serai acquitté ? »

Le président : « L'épreuve étant libératoire, l'acquittement est immédiat. »

Le procureur : « Je propose que soit adoptée la triple dénégation qui a donné autrefois d'excellents résultats lors du procès des "catéchistes" aux assises de Logna. »

Le défenseur : « Je m'y oppose... Ce serait une infamie ! »

Le procureur : « Cela peut être considéré comme une épreuve difficile seulement pour celui qui est coupable... Lorsque l'on a sa conscience pour soi, c'est une formalité et rien de plus ! »

Le défenseur : « Je demande à M. le Président à titre subsidiaire l'adoption d'une formule générique, qui n'offense pas la dignité d'un respectable travailleur ! »

Le procureur : « Une formule générique ne servirait à rien... La dénégation a toujours été appliquée selon la volonté du juge et moyennant un formulaire lourd... Je m'étonne, maître... On dirait que vous doutez de l'innocence de l'accusé ! »

Le président : « Que l'on applique la triple dénégation... Accusé, avancez-vous au milieu de la salle ! »

Les gardes ouvrent la barre, Cammarano, de plus en plus pâle, descend les deux marches. Maintenant, il est debout devant le jury, au milieu de la scène vide où tombe la lumière de la grande fenêtre.

L'huissier entre, il porte un dossier et un crucifix de

bois en relief, d'une longueur de cinquante centimètres environ. D'autres magistrats, étrangers à cette affaire, sont venus voir. Entassés dans l'espace réservé aux juges, on dirait des chouettes dans leur nid.

Le défenseur lève la main droite en un signe que l'on dirait de menace :

« Monsieur le Président, dit-il, je demande un ajournement : l'épreuve de la dénégation, pour être valable, doit être acceptée par la défense également et faire suite à toutes les preuves testimoniales. À titre subsidiaire je demande que soient entendus les autres témoins que j'ai fait convoquer ici. »

Le président : « La requête de la défense est rejetée. »

Le défenseur : « Je proteste contre cette façon de procéder ! Cela me semble relever d'un plan préétabli, cela a tout d'une machination ! »

Le président : « Maître, je vous supprime la parole et je vous invite à surveiller vos propos !... Nous avons donc le texte sous les yeux... Accusé, je vais maintenant lire les formulations et vous allez répéter lentement... À voix haute, afin que le public puisse entendre, lui aussi... Que signifie ce silence ? Si quelqu'un est impressionné, je suggère qu'il quitte aussitôt la salle... »

Le public ne souffle mot. Ils sont tous debout, une barrière de visages livides et figés.

Le président : « Allons-y... Je lis et vous répétez : *Sur ma conscience, j'affirme que Dieu n'existe pas...* »

Cammarano : « ... que Dieu n'existe pas... »

Le président : « Plus fort ! Plus fort !... *Je déclare que Dieu a été un mensonge stupide et ignoble, né de l'ignorance et de la mystification, instrument d'oppression et d'esclavagisme, honte de l'humanité libre et consciente.* »

Cammarano : « ... honte de l'humanité libre et consciente... »

Le président : *« Je déclare ressentir à l'égard de Dieu du mépris et du dégoût. »*

Cammarano : « ... du mépris et du dégoût... »

Le président : « Et maintenant passons à la deuxième épreuve : *Défiant ce qui n'existe pas, j'appelle la malédiction de Dieu sur ma famille.* »

Cammarano : « ... sur ma famille ! »

Le président : « *... et j'invite Dieu à frapper ma fille des maux les plus douloureux et les plus abjects...* Allez, allez ! Vous avez peur ! Donc vous y croyez ? »

Rosita : « Allez, papa, courage... répète ! »

Cammarano : « ... les plus douloureux et les plus abjects... »

Le président : « Nous voici arrivés à la troisième épreuve... Huissier... jetez le crucifix aux pieds de l'accusé !... Et levez les rideaux, il fait sombre maintenant. »

Le crucifix tombe sur le sol d'un coup sec. Cammarano le regarde, effrayé.

Le président *(lisant)* : « L'accusé doit ensuite cracher sur le crucifix et, en criant *Chien !*, piétiner l'idole avec ses talons de manière à l'outrager... Accusé, je vous invite à vous exécuter ! »

Pourtant Cammarano reste immobile, les regards fixés sur le Christ. Dehors, l'obscurité s'est faite. Une tempête doit se préparer.

Le président : « Accusé, décidez-vous !... Rappelez-vous que le refus équivaut à une confession... »

Rosita : « Papa, papa, je t'en supplie ! »

Le président : « Accusé... Vous avez trois minutes devant vous. »

Mais Cammarano lève la tête, et la secoue ; il regarde fixement le président en face : « Canailles ! hurle-t-il tout à coup. Canailles ! Je préfère avouer ! »

Le procureur : « Vous avez entendu ? L'accusé avoue ! Nous l'avons démasqué ! »

Le président : « Il n'a pas eu le courage ! C'est donc un dangereux idolâtre ! Un serpent répugnant ! Accusé, avouez alors : est-il vrai que vous avez prié Dieu ? »

Cammarano : « Je priais, bien sûr que je priais ! »

Le procureur : « Explique-nous, alors, vas-y, raconte : quelles sortes de prières faisais-tu ? »

Cammarano tombe à genoux, il embrasse les pieds du Christ, il joint les mains. Sa voix pleine de colère résonne :

« Je priais comme ça, ô juges de l'enfer ! Je disais : Dieu, je t'en conjure, libère-nous de cette servitude, fais que nous redevenions libres ! »

Un coup de vent inattendu. La vitre s'ouvre toute grande dans un sifflement, la rafale fait irruption dans la salle, disperse tous les papiers.

Le procureur : « Ça suffit avec cette mascarade honteuse ! Monsieur le Président, je vous demande d'intervenir ! »

Mais une ombre terrible en forme de cône entre maintenant dans la salle du tribunal, et y demeure, gigantesque.

Cammarano : « Je disais : Dieu, par pitié, sauve-nous, confond tes ennemis ! »

Le président : « L'audience est suspendue ! Gardes, emmenez l'accusé. »

Mais un profond hurlement de terreur venu du public éclate alors. « Non ! Non ! » invoquent-ils en tendant les mains. Puis l'un tombe à genoux, un deuxième, un autre encore. Des portes claquent avec force : les gens s'enfuient. Le ciel se déchire dans un fracas de tonnerre.

La voix de Cammarano à nouveau : « Dieu du Ciel et de la terre, ôte la lumière des yeux de ceux qui te persécutent, fais-les périr ! »

Des trombes d'eau sur les bancs. L'ombre s'est étendue jusqu'aux coins extrêmes, elle est comme une chape de sable. L'encre renversée coule, elle tombe du bureau du président et trace sur le plancher des signes incompréhensibles.

Le public, là-bas au fond, gémit. S'appuyant les uns sur les autres, les gens sanglotent misérablement. Les gardes se sont échappés.

Procureur : « C'est une révolte ! À l'aide ! » Mais le vent le cerne, lui rabat sa toge sur le visage.

Le président a fait quelques pas en arrière, il a le dos au mur, il tend les mains en avant, à l'aveuglette, comme s'il voulait se défendre de quelqu'un.

« Qui a fermé les fenêtres ? hurle-t-il. Qui a fait l'obscurité ? Allumez la lumière ! »

Le cas Aziz Maio

L'infatigable prince Sisto, levé à six heures du matin pour aller faire une inspection en dehors de la ville, regarda fortuitement par une fenêtre du palais et vit un jeune homme habillé d'un étrange uniforme traverser la grande cour, déserte à cette heure-ci. Connaissant par habitude tous les détails concernant son armée, il s'étonna de voir un uniforme qui n'avait été utilisé dans aucun de ses régiments : semblable à celui des chevau-légers de la Fanfare mais plus sombre et plus simple, sans brandebourgs, avec un béret allongé en forme de bec de corbeau, comme on n'en avait jamais vu. Le militaire, puisque cela semblait en être un, s'arrêta près d'une petite porte, à l'endroit où demeurait Aziz Maio, le chef des gardiens maures ; il frappa trois coups.

Intrigué, le prince resta à regarder, avec le vague pressentiment que l'on allait commettre un acte illicite dont personne ne l'informerait. Il possédait en effet un sixième sens extraordinaire pour repérer les subterfuges et on le craignait pour cela.

Dans la vaste cour, les coups sur le battant résonnèrent. Presque immédiatement, la petite porte s'ouvrit et apparut un jeune Maure, le domestique d'Aziz Maio. Le soldat lui dit quelque chose et le jeune Maure disparut, laissant la porte entrouverte. « Tu vas voir qu'il a demandé de réveiller Aziz », pensa le prince avec un sourire, en imaginant la fureur du géant présomptueux ; et Dieu sait pour quelle raison futile. Le prince Sisto connaissait chacun de ses hommes. Aziz, de plus, était célèbre en ville : comment ne pas remarquer un hercule pareil, noir de surcroît, vêtu d'uniformes voyants, arborant un éternel air plein d'arrogance et se tenant toujours, lors des manifestations officielles, à côté de la berline du prince ou à l'entrée du palais ? Il allait en prendre pour son grade, le soldat.

À peine quelques instants plus tard, à la grande surprise du prince, Aziz Maio parut sur le seuil de sa porte, enveloppé d'une tunique sombre. À l'évidence, on l'avait tiré de son sommeil et il n'avait pas eu le temps de s'habiller. Étrange pourtant, il ne criait pas. Bien au contraire, il fixait d'un air effaré le soldat qui lui tendait une lettre. Encore plus étonnant : le colosse noir, après avoir dit quelque chose à voix basse d'un ton qui laissait transparaître son mécontentement, consentit à suivre le soldat, qui se dirigeait d'un bon pas vers la sortie. Vêtu de cette tunique, sans couvre-chef, Aziz Maio s'en alla, pataugeant pieds nus sur les pavés rendus glissants par la pluie. Avec son bras, il faisait un geste caractéristique, signifiant qu'il ne s'y attendait pas. Il s'en alla, chose incroyable, en oubliant de fermer sa porte.

Le prince n'y tint plus. Il ouvrit la fenêtre et cria à pleine voix : « Aziz ! Aziz ! Où vas-tu ? » C'était pure coquetterie de sa part que d'oublier parfois l'étiquette et d'apostropher directement ses sujets pour gagner leurs bonnes grâces ; les gens trouvaient cette simplicité tout à fait extraordinaire. « Aziz ! » appela-t-il à nouveau, et on ne pouvait pas penser que le Maure ne l'avait pas entendu. Mais le Maure se comporta comme si de rien n'était ; la tête un peu penchée, il suivait le soldat, faisant toujours ce geste, comme pour dire qu'il n'aurait jamais pensé qu'une telle chose se produirait.

À ce moment, le souverain s'étonna de ne pas se sentir en colère. Il ne lui vint même pas à l'esprit qu'Aziz Maio pût faire semblant de ne pas l'entendre ; Aziz, justement Aziz, lui qui pâlissait dès que le prince se raclait la gorge ! Quelque chose d'insolite, de contraire aux habitudes, était en train de se produire. Et très certainement Aziz Maio se comportait de la sorte bien malgré lui. Ce n'est pas de la colère, qu'éprouva le prince, plutôt un malaise indéfinissable et lui revinrent en mémoire de vieilles histoires de complots, de séditions, de coups d'État. Il pensa alors qu'il valait mieux ne pas se montrer alarmé. Si quelqu'un tramait quelque chose contre lui, la tactique la meilleure consistait à dissimuler ses soupçons, à afficher la confiance habituelle, de manière à persuader l'ennemi que le souverain n'avait pas la moindre idée de ce qui se passait, afin de l'encourager à prendre moins de précautions, à découvrir son jeu en quelque sorte. Il se tourna vers son valet de chambre, qui attendait au pied du lit, raide, tenant la tunique du prince impeccablement pliée. « Donne-moi ça, dit-il en l'endossant, puis : Maintenant va chercher don Sigismondo. »

Don Sigismondo, bien que le prince ne l'appréciât guère, avait réussi à devenir son premier aide de camp. C'était une des rares occasions où Sisto, peut-être parce que sa volonté avait faibli, s'était laissé faire. Le nom prestigieux, l'apparence noble et militaire et surtout la parole tout en nuance et persuasive avaient eu raison des réticences du prince à porter son choix sur lui. D'autre part, mieux valait un conseiller cultivé et astucieux, même s'il était peu sincère, qu'un joyeux compagnon, qui se serait trouvé désemparé face à des cas difficiles. Pâle et maigre, engoncé dans son uniforme d'écuyer, don Sigismondo apparut sur le seuil et s'inclina.

« Sigismondo, fit le prince, quand partons-nous ?

— Tout est prêt, Votre Altesse. Le ministre, le duc Osvaldo, les experts, tous sont en bas.

— Sigismondo, avec le mauvais temps qui s'annonce, peut-être vaut-il mieux renoncer à la garde maure. La dernière fois, trois d'entre eux sont tombés malades.

— Comme vous voulez, Votre Altesse. Je vais faire venir une escorte de miquelets[1]. Même si les routes sont sûres, où que nous allions.

— Bien. Et à propos, faites appeler Aziz, le Maure. Je veux lui parler. Ils tombent tous malades, ces Noirs. Le climat est trop froid.

— Il sera là dans un instant, Votre Altesse, à moins que...

— À moins que quoi ?

— À moins qu'il ne soit allé faire sa ronde. De temps en temps, il va faire l'inspection de ses drapeaux, aux portes de la ville.

— Bien (et là il ne réussit plus à se maîtriser comme il l'aurait voulu). Avant de partir, j'aimerais le voir.

— À vos ordres, Votre Altesse, j'y vais. »

« Me serais-je trahi ? se demanda le prince dès que son aide de camp fut parti. Il est tellement malin. Il a dû se demander ce que signifiait cette histoire d'Aziz Maio, juste au moment de partir. »

En réalité le prince, tandis qu'il descendait le grand escalier sous l'escorte de deux pages, espérait voir revenir Aziz Maio. Il ne savait pas lui-même pourquoi, mais toute cette histoire lui avait laissé un vague sentiment de malaise.

Il traversa six ou sept grandes salles, désertes, surveillées par des couples de hallebardiers immobiles de part et d'autre de chacune des portes. Le bruit de ses pas était étouffé par les épais tapis. Tout au fond, dans la pers-

1. Homme appartenant à une troupe armée qui, au XVIIe et au XVIIIe siècle, était établie dans les Pyrénées, principalement sur les frontières de la Catalogne et de l'Aragon. Le terme « miquelet » est dérivé du nom de Miquelot de Prats, qui prit au XVIIe siècle la tête de ces hommes.

pective d'une enfilade de vitres, on apercevait les masses vertes du jardin sous le ciel pluvieux. Dans le grand vestibule d'entrée se trouvaient le ministre des Travaux, le duc Osvaldo, propriétaire de vastes forêts, deux ou trois messieurs inconnus, probablement des experts forestiers. Et toujours les hommes de la garde, deux par porte, commandés par un officier ; ils présentaient les armes.

Suivi des autres, le prince sortit à l'air libre mais il ne descendit pas l'escalier. Il regardait autour de lui, en attendant que revienne Sigismondo. Lequel se trouva tout à coup à côté de lui, comme par magie.

« Votre Altesse, dit-il, Aziz est introuvable.

— Où est-il ? Il est parti faire sa ronde ?

— Eh bien, à vrai dire, j'ai posé la question mais il n'est pas sûr qu'il soit parti faire sa ronde. La dernière, il l'a faite hier et la prochaine, selon le règlement, devrait avoir lieu dans quatre jours ; mais il n'est pas exclu qu'il ait voulu prendre de l'avance.

— On va vite le savoir, dit le prince, il ne sera pas parti seul, j'imagine, pour faire sa ronde, il aura bien emmené quelques gardes avec lui. Il suffit de demander si quelqu'un est parti avec lui.

— Il s'avère qu'aucun garde n'est sorti avec lui. Mais cela ne suffit pas à affirmer qu'il n'est pas parti faire sa ronde. Hier, par exemple, il aurait pu remarquer quelque chose qui ne soit pas régulier. C'est pourquoi il se peut qu'aujourd'hui il ait voulu retourner sur les lieux, faire une visite-surprise, tout seul, pour moins attirer l'attention ; il se peut qu'il y soit allé pour ainsi dire incognito. » (Et il sourit, passer incognito étant par définition impossible à un homme de cette espèce, noir de peau et gigantesque.)

« Voyez-vous, cher Sigismondo, fit le prince en essayant d'adopter le ton de la plaisanterie. Ce n'est pas que j'aie des dons particuliers, mais quand il y a quelque chose d'anormal, je ne sais pas comment ça se fait... on dirait que j'ai un pressentiment. Voilà les faits, Aziz Maio est introuvable, il n'est pas parti faire sa ronde, personne ne sait...

— Pardonnez-moi, Votre Altesse. Je suis le premier à constater ce talent qui est le vôtre (et il sourit comme s'il laissait entendre qu'il en avait lui-même fait les frais). Parmi toutes les personnes que je connais, Son Altesse est certainement celle qui juge les hommes avec l'intuition la plus aiguë... Mais ne peut-il pas se produire, cependant, que parfois Son Altesse soit d'une certaine manière trahie par l'excès de cette perspicacité, qu'elle se fie trop aveuglément à ce que l'attitude des autres lui suggère ?

— Quelle phrase confuse, Sigismondo. On dirait que l'humidité nuit à votre éloquence. Je dirais même plus : je n'ai rien compris à ce que vous disiez.

— Si Votre Altesse me permettait de prendre une liberté...

— Avec plaisir, Sigismondo.

— Si Votre Altesse me le permettait, je dirais que pour cette fois nous ne pouvons pas encore nous avancer à dire que la procédure est irrégulière... Aziz Maio est introuvable, c'est vrai... Mais il y a certains cas particuliers, dans la vie sociale de vos sujets... (il paraissait quelque peu embarrassé, l'infaillible Sigismondo, il souriait avec difficulté et les autres, bien que trop éloignés pour comprendre ses paroles, le regardaient avec curiosité, soupçonnant une affaire difficile)... il y a des cas particuliers qui, inévitablement, échappent à la connaissance de celui qui détient le pouvoir, et c'est certes mieux ainsi... autrement Votre Altesse serait assaillie de trop de soucis inutiles...

— Mais qu'est-ce que vous me racontez, cher Sigismondo ? (Il sentait le malaise de tout à l'heure s'accroître, une sensation confuse mais de plus en plus profonde et tenace. « Il a flairé quelque chose, à l'évidence, pensait-il, il y a quelque chose derrière tout cela et il faut que j'en aie le cœur net. ») Pourquoi est-ce que vous me parlez de “cas particuliers” ? En quoi Aziz Maio est-il concerné ? Faites-moi le grand plaisir de vous exprimer de façon plus accessible. »

Sigismondo, chose nouvelle pour lui dans ses relations avec le prince, poussa un soupir, comme si le moment était venu de se décharger d’un poids déplaisant, qu’il portait injustement et depuis trop longtemps.

« En termes plus accessibles, Votre Altesse, il faudrait que je vous dise que ce matin, malheureusement, Aziz Maio (et à ce stade le sourire fit tout ce qu’il put pour devenir un éclat de rire), Aziz Maio a reçu l’avis... c’est comme ça, en tout cas, que disent les gens... »

Et don Sigismondo rit, comme rient les aristocrates lorsqu’ils emploient les mots des gens du peuple pour s’en moquer.

Le prince lut dans ses yeux une pensée déplaisante. Une chose qu’il ignorait, de nature encore indéfinissable mais très certainement hostile, se cachait donc derrière l’histoire d’Aziz. Il comprit aussi que le chef de la garde maure ne réapparaîtrait pas avant le départ, ni ce soir-là, ni le lendemain probablement, peut-être ne reviendrait-il jamais. Ce n’est pas que les mots prononcés par Sigismondo, et qui pour le moment lui étaient incompréhensibles, aient signifié cela ; mais c’est ce qu’il pressentait. Il se prépara alors à faire céder les résistances de Sigismondo, à le faire chanter, un petit jeu ma foi assez amusant. Non, il ne s’agissait pas d’une conjuration ; Sigismondo n’était pas capable de garder pour lui un pareil secret. Le prince regarda les masses denses et tourmentées des buis : ils atteignaient dans son parc des proportions extraordinaires qui les faisaient ressembler à des nuages. Il regarda le ciel pluvieux, il regarda l’un de ses chiens racés qui passait avec nonchalance devant le palais. Il se tourna vers le ministre et dit : « Si vous n’avez rien contre, Excellence, je crois qu’il vaudrait mieux repousser notre inspection à demain. Il n'est pas raisonnable de partir dans la forêt par ce temps. Vous aussi, cher duc, veuillez m'excuser... » Les hommes s'inclinèrent, avec des paroles d'obéissance, sûrement plus satisfaits que déçus. Sigismondo, au contraire, s'en trouva mal car il voyait ce départ comme une occasion pour changer de sujet.

« Et maintenant, fit le prince, sans laisser deviner le moins du monde ce qu'il ressentait, et maintenant, mon cher Sigismondo, c'est avec grand plaisir que je vais vous écouter...

— M'écouter, Votre Altesse ? » Et tout en parlant ils marchaient dans le palais au milieu des claquements secs que faisaient les hallebardiers en se mettant au garde-à-vous. « Moi-même je suis très embarrassé... Cette histoire de l'avis ne m'est pas familière... J'en ai entendu parler une fois ou deux... mais il y a tellement de rumeurs sans fondement qui nous viennent du peuple ! À chaque jour qui passe, ils en ont une nouvelle... Vous savez ce que l'on disait, tout à l'heure, sur le marché ? Le bruit courait que l'adjudication du sel avait été supprimée et que le gouvernement intervenait...

— Sigismondo, dit le prince, et l'hilarité semblait épanouir son visage. Sigismondo, ce matin, vous ne m'avez pas l'air très en forme, je vous le répète. L'adjudication du sel ? Mais c'est d'Aziz Maio que vous devez me parler, vous avez compris ça, j'espère ! » Il lui semblait jouer au chat et à la souris, il commençait à s'amuser vraiment.

« Veuillez m'excuser, Votre Altesse, mais comme avec ces on-dit à propos du sel, on finissait par remettre en question votre façon d'agir, il me semblait... »

Ils étaient arrivés à la salle où le prince tenait ses audiences. Tandis qu'ils entraient, un gentilhomme était en train de déposer un fascicule sur le bureau du souverain : puis il s'éclipsa comme une ombre.

« Aziz Maio a reçu l'avis, m'avez-vous dit ? Et qu'est-ce que cela veut dire ? L'avis venu de qui ? Et concernant quoi ?

— On ne sait pas ce que cela concerne. On dit que le motif n'est jamais mentionné lorsqu'on vous apporte l'avis, on dit qu'il n'y a pas besoin qu'il y ait un motif.

— Mais quel avis, au nom du Ciel ? Vous vous êtes promis de me faire perdre patience ?

— Ils appellent ainsi un papier qui vous est porté à domicile. Celui qui reçoit ce papier doit partir. Une espèce d'ordre. Mais, je vous le répète, Votre Altesse, je ne sais pas très bien.

— Vous ne le savez que trop bien, Sigismondo. Vous avez peur de me contrarier ? Vous avez à dire quelque chose de désagréable pour moi et vous vous esquivez. Mon Dieu, je ne vous en tiendrai pas rigueur, si vous n'y êtes pour rien. Au fond, vous avez bien peu d'estime pour moi, si vous raisonnez de cette manière...

— Oh, Votre Altesse, ne croyez pas cela... Le fait est que je pense qu'il vaudrait mieux que le prince ignore certains détails particuliers. Ce sont des bagatelles après tout... De petits événements incontournables auxquels elle-même, si vous permettez, ne pourrait remédier.

— Qui ça, elle ?

— Son Altesse, j'entendais dire.

— Mais de mieux en mieux, Sigismondo ! Vous êtes en train de me dire, avec votre air innocent, qu'il y a un problème et que je ne peux pas y remédier... Pourquoi ? C'est une chose révolue ? Ou conforme aux phénomènes naturels ?... Ou bien quelqu'un profite de mon indulgence ?... Mais, tout d'abord, qu'est-ce que c'est que cet avis ? » Pourquoi Sigismondo faisait-il cette tête, maintenant ? Il était si embarrassé que ça ?

Le prince, entre-temps, s'était assis à son bureau, et s'amusait distraitement avec des ciseaux d'or.

Don Sigismondo dit : « Je vous le répète, Votre Altesse : de ces avis, je ne me suis jamais occupé... Et je ne croyais pas, je l'avoue, qu'il était de mon devoir de le faire... Il faut se le dire, chez le peuple aussi, il y a des choses louches... Je ne sais pas ce qui se cache là-derrière... On dirait que personne ne le sait, à part celui qui reçoit l'avis... La seule chose de sûre, à ce qu'on dit, c'est ça : celui qui le reçoit doit partir aussitôt...

— Partir où ? ("Grâce à Dieu, il n'y avait rien d'inquiétant, pensa le prince rassuré, une des si nombreuses superstitions des gens de peu.")

— Qui sait ? Même cela, on l'ignore, Votre Altesse. Ils partent et on ne les revoit plus, ai-je entendu dire. »

Le prince éprouvait les pointes des ciseaux contre la paume de sa main ; et en même temps, il sentait qu'il avait un solide appétit, il se sentait bien, sûr de lui.

« Bon, Sigismondo, laissons tomber les légendes. Dites-moi un peu, plutôt : de quels bureaux partent ces avis ? Quel sac de nœuds est-ce là ? De quoi s'agit-il ? Des ordres de recrutement, j'imagine. L'inspection des armées a souvent de belles idées de ce genre : prendre des hommes ici, en ville, pour les envoyer au nord, à la frontière. On ne peut pas les établir autrement, ces convocations ?

— Je ne crois pas, dit Sigismondo, plissant les lèvres en une expression ambiguë, je ne crois pas qu'elles viennent de l'Inspection des armées.

— Mais alors, de quel bureau proviennent-elles ? On devrait bien arriver à le savoir, j'espère. Pour qu'on leur obéisse aussi rapidement, il faut croire qu'elles viennent d'un bureau d'État. On devrait bien arriver à l'identifier, ce bureau, aussi confuse que soit l'organisation des ministères ? » Il regarda vers la plus proche fenêtre : il pleuvait.

Sigismondo se tut. Il fixait le prince avec un air presque suppliant. On aurait dit qu'il voulait dire : mais pourquoi insistes-tu ? Pourquoi veux-tu savoir ? Tu ne comprends donc pas qu'il vaut mieux ne rien savoir ? Pourquoi ne me fais-tu pas confiance ?

« Bien, insista Sisto. Que s'est-il passé ? Vous ne voulez pas me répondre ? »

Sigismondo répondit : « Voilà, Votre Altesse, c'est justement l'aspect peut-être le plus curieux de la question. Aziz Maio serait déjà de retour s'il s'agissait d'un ordre ministériel. Peut-être que Son Altesse a un peu tendance à être pessimiste en ce qui concerne l'administration. Chez les fonctionnaires, il n'est pas rare d'observer une certaine torpeur – on peut l'appeler ainsi – dans le traitement des affaires... Pourtant...

— Allez, courage, Sigismondo, je vous écoute... fit le prince, se délectant malicieusement des efforts faits par son secrétaire pour éviter une explication claire.

— Je voulais dire, Votre Altesse, que les ministères ont leurs défauts, à commencer par un désordre certain. Mais quand même pas à ce point, je pense. S'il s'était agi d'un ordre ministériel, Aziz Maio, nous l'aurions retrouvé. Le fait est que certains types de phénomènes, certaines mesures particulières, comme je vous le disais, s'avèrent échapper en quelque sorte aux aptitudes de nos organismes, c'est du moins l'impression que cela me fait. »

Le prince secoua la tête : « Vous me tenez des discours pour le moins alambiqués, sans queue ni tête, cher Sigismondo, on dirait que vous avez peur... Je vais vous dire, moi, de quoi il retourne...

— Comment ? fit Sigismondo avec un sourire entendu. Comment, Votre Altesse, vous saviez déjà ?

— Je sais qu'un individu revêtu d'un étrange uniforme s'est présenté ce matin devant chez Aziz Maio, s'est entretenu avec lui, et l'a emmené. »

Le visage de Sigismondo exprima une certaine impatience, d'une manière quasi imperceptible, bien sûr. Le prince ne savait donc pas ; il était même à cent lieues de s'imaginer ; il fallait tout lui expliquer ; et ce n'était pas chose facile. C'est pourquoi il dit : « Cela, je l'ignorais, je l'avoue. Mais cela ne fait que confirmer l'hypothèse de l'avis... Nous ferons tout de suite identifier cet homme...

— Il avait un uniforme sombre qui ressemblait à celui des chevau-légers de la Fanfare, mais sans brandebourgs, plus près du corps, et qui comportait un étrange béret allongé : comme moi, en tout cas, je n'en avais jamais vu.

— C'est exactement cela. J'étais en train de dire que certaines conjonctures très spéciales échappent à l'autorité du gouvernement. Des affaires pas très nettes qui appartiennent aux pauvres gens, après tout, et dont il est bon que l'État ne se mêle pas...

— Et qu'est-ce qui peut bien échapper à l'autorité du Gouvernement ? Le Gouvernement devrait au moins en être informé... Depuis quand voit-on ce genre de nouveauté ?

— Ce n'est pas une nouveauté, à vrai dire, Votre Altesse. Il paraît que c'est une histoire très ancienne... Mais qui n'est pas digne de retenir votre attention... C'est pour cela que je n'en ai jamais référé à Votre Altesse...

— Référé ? Je dirais même qu'on me l'a cachée ! (Le soupçon initial d'un complot, d'un piège dissimulé, revint à l'esprit du prince.) Je ne supporte pas ces subterfuges, ces complots, j'aime mieux vous le dire carrément !

— Des complots, Votre Altesse, quel grand mot ! Si c'était un complot, je ne serais pas là, devant vous, pour vous en parler. Votre Altesse sait, et de longue date, combien je vous suis dévoué ; j'ai fait état, par le passé, d'un certain nombre de choses graves et désagréables, au risque même de vous déplaire. Cependant le zèle de ceux qui vous entourent n'est pas remis en question, je vous l'assure...

— Mais est-ce qu'au moins vous vous rendez compte que vous exagérez, Sigismondo ? Vous ne m'avez encore rien expliqué du tout. Vous ne faites que temporiser ! Allez-y, alors, crachez le morceau ! »

Sigismondo pâlit. Le prince ne lui avait jamais parlé de

cette manière. Il se mit aussitôt au garde-à-vous, avec une certaine raideur qui pouvait signifier qu'il se sentait offensé. Puis il dit, d'un ton froid et officiel :

« Votre Altesse daignera savoir que ces avis ne peuvent pas être contrôlés par le Gouvernement. Il s'agit d'une sorte d'immunité, que nous ne pouvons en aucun cas contourner. Ces avis proviennent de l'extérieur...

— De l'extérieur ? D'un autre État, vous voulez dire, d'un autre souverain ?

— Nous ne savons pas si c'est d'un autre État, Votre Altesse. En tout cas d'une autorité qui ne fait pas partie de l'État.

— Et vous avez attendu jusqu'à maintenant pour m'en parler ? On n'a pas pris les mesures qui s'imposaient ? On a laissé transgresser la loi ?... Je veux savoir ! »

Il se leva, le prince, le visage un peu altéré, s'appuyant des deux mains sur son bureau. Sur les vitres, la pluie ruisselait.

« Nous ne pouvons rien faire, Votre Altesse, dit Sigismondo. Ce sont des choses qui échappent à tout contrôle...

— Et qui en est l'auteur ? Qui se permet de me ravir mes sujets ? Parce que nous sommes plus faibles que lui, j'imagine, et que nous ne pouvons pas lui déclarer la guerre, c'est ça, la raison ? Dites-le-moi : c'est le roi de Prusse ? Dites ! Le roi des Flandres ? L'empereur ottoman ?

— On ne sait pas de qui ils proviennent, Votre Altesse. Déjà par le passé, je l'avoue, j'ai fait des recherches, mais cela n'a servi à rien...

— De quelqu'un de plus puissant que moi ? De quelqu'un qui pourrait, s'il le voulait, me déposséder de mon royaume ? C'est ça que vous voulez dire ?

— Je n'ai pas voulu dire ça, Votre Altesse. Comment pourrais-je le dire si je ne sais même pas qui il est ?

— Et qu'est-ce qu'il veut de mes sujets, celui-là ? Où les emmène-t-il ? Nous pendrons le premier qui se présentera avec un avis, sur le gibet, il faudra le voir... Les portes seront gardées, sur chacune des routes, des sentinelles...

— C'est-à-dire, Votre Altesse, permettez-moi de douter... Si jusqu'à maintenant les avis ont pu arriver à destination, si personne ne s'est rebellé, si personne n'a jamais demandé du secours, ne sommes-nous pas obligés d'admettre ?

— Admettre quoi ? Une complicité du peuple ? Une conjuration ?

— Ce n'est pas cela, Votre Altesse. Le peuple est fidèle. Il n'y a pas un homme qui ne donnerait sa vie pour Votre Altesse. Ils ont les larmes aux yeux quand la berline du prince passe devant leur maison et les femmes ne vous oublient pas dans leurs prières, le soir ; c'est un royaume heureux que le vôtre. Mais quiconque reçoit l'avis oublie tout le reste ; non seulement il oublie Votre Altesse, mais sa maison, sa famille, ses affaires, les biens auxquels il a consacré toute sa vie. Et il lui faut partir.

— Je les ferai arrêter aux frontières ! Je n'en laisserai plus sortir un seul !

— Ils ne passent pas les frontières. Par le passé, j'ai déjà fait surveiller toutes les routes. Pas un homme n'a pu sortir du royaume sans laissez-passer du Gouvernement.

— Il faut les chercher, alors ! À ce moment, on les retrouvera là où ils se sont cachés. À l'heure qu'il est, si ce que vous me dites est vrai, ils devraient être assez nombreux pour former un village entier, ceux qui ont reçu l'avis. Aziz aussi, nous le retrouverons...

— Nous avons fait chercher partout, Votre Altesse. Dans tous les coins de toutes les provinces, et l'on n'a trouvé personne. Même sur les monts de la Maccia, là où brûlent les volcans, dans les îles désertes, dans les grands marais du sud, mais il n'y avait pas l'ombre d'un homme. Il vaut mieux ne plus y penser, Votre Altesse... Moi aussi, fut un temps où j'ai pris très à cœur cette persécution. J'ai tout essayé, j'ai mis en œuvre tous les moyens dont l'État dispose... »

Le prince s'était assis, il ne ressentait plus de colère mais un sentiment obscur. Tout appétit avait disparu, et son corps était devenu lourd comme si le poids des années lui pesait.

« Mais les gens, que diront-ils du prince ? Qui pourra avoir confiance si je ne leur porte pas assistance ?

— Le peuple s'adapte. Celui qui voit son père ou son fils partir s'afflige surtout pour vous, Votre Altesse, il pense : voilà que mon père s'en va, qu'il ne se soumet plus aux ordres du souverain ; et personne n'en a jamais soufflé mot pour ne pas vous troubler.

— Mon peuple ! dit le prince. Quelle chose étrange. Quelquefois, j'ai cru que je le comprenais...

— Vous le comprenez, Votre Altesse ! Personne ne le connaît mieux que vous... Vous lisez dans le cœur des hommes comme dans un livre... Pourtant le peuple est fait d'hommes, d'hommes comme moi, comme...

— Doucement, Sigismondo, doucement. N'oublions pas les barrières que Dieu lui-même a mises. Vous-même, d'extraction noble, qu'avez-vous de commun avec ces hommes ?... Nous en avons justement un exemple, avec cette histoire des avis... Si vous raisonnez comme cela, vous finirez par admettre que l'avis pourrait bien vous parvenir, à vous aussi... À vous aussi, on apporte un papier et vous devez partir sur-le-champ...

— À moi aussi, en effet...

— Vous l'avez reçu vous aussi, c'est ce que vous voulez dire ? fit le prince mû par un soudain espoir. Vous l'avez reçu vous aussi, mais vous, vous avez su résister !

— Je ne l'ai pas reçu, Votre Altesse. Mais moi aussi, j'en ai bien peur, je peux le recevoir... Je me souviens du duc Gioacchino, de Planez, le ténor de la cour, et de la belle Aminta. Votre Altesse n'en a peut-être rien su, mais moi, je me souviens d'eux. Eux aussi, ils ont reçu l'avis, et on ne les a plus jamais revus...

— Oh, ça suffit !... Je les ferai jeter en prison, ces messagers ! Avec un uniforme pareil, on les reconnaîtra facilement, même au milieu de la foule. On va commencer par celui de tout à l'heure. Il ne peut pas être parti bien loin. Il suffit de ne pas perdre de temps... D'envoyer tout de suite des estafettes, les meilleurs cavaliers, dans toutes les directions ; avant que ne tombe le soir, je veux... »

Sigismondo secoua la tête : « C'est inutile, Votre Altesse. J'ai aussi essayé d'agir de cette façon. C'est se donner de la peine pour rien. Et puis ce n'est pas toujours un messager... Parfois on trouve l'avis comme ça, tout à coup, sur un meuble, sur l'oreiller, une enveloppe avec un nom... Parfois c'est un ami, un parent qui vous la remet, sans en connaître le contenu. Parfois il se trouve entre les pages d'un livre. Comment savoir ? »

Loin d'être sain, loin d'être épanoui, le visage de Sisto était livide.

« Mais de cette manière, demanda-t-il en s'efforçant de rire, de cette manière vous finiriez... Je parie que vous avez même pu penser... qu'à moi aussi... qu'au prince aussi ?... »

Sigismondo ne souffla mot. Il regardait le prince d'une façon étrange, peut-être avec haine ; comment donc Sisto pouvait-il se croire différent, il se prenait peut-être pour un dieu ?

« Ah, c'est ce que vous pensez ? reprit le prince, amer et déçu. Maudit Aziz Maio ! J'en ai assez de toutes ces histoires. (Il se reprenait, il retrouvait l'énergie qui le caractérisait.) Des histoires, des superstitions, des blagues... Nous avons assez parlé de cela pour aujourd'hui, il me semble. Je m'étonne seulement que vous, Sigismondo, vous y attachiez de l'importance... C'est cela qui m'étonne, et c'est tout... Mais il est tard... Qui dois-je recevoir ce matin ?

— Je vais voir de ce pas, Votre Altesse », répondit Sigismondo, claquant des talons, et il sortit de la pièce.

Les yeux de Sisto se précipitèrent vers le replat du

bureau, vers une table au milieu de la pièce, vers une commode dans le coin, comme pour chercher quelque chose. Il saisit avec angoisse le fascicule que le gentilhomme avait laissé quelques instants plus tôt, il feuilleta les documents, poussa un soupir. « Balivernes ! » murmura-t-il pour lui-même. Puis il leva les yeux, devant lui, vers une grande vitre qui donnait sur une longue perspective de salles désertes plongées dans la pénombre ; au fond resplendissait le vert du jardin. Alors, en regardant dans cette direction, son visage s'illumina. Car il lui sembla que, venue de la dernière salle, la plus jeune de ses filles venait vers lui.

La petite princesse avançait, ouvrant une à une les portes vitrées, toute seule, et les refermant soigneusement derrière elle. Elle s'approchait peu à peu, dans la pénombre son sourire luisait. Le prince se leva de son fauteuil, il s'apprêtait à aller à sa rencontre, lorsqu'il s'arrêta, et toute gaieté déserta son cœur : la petite fille portait un curieux chapeau, indéniablement charmant, mais insolite, allongé, en bec de corbeau ; il aperçut même, à travers la vitre, qu'elle tenait à la main un objet de couleur très claire, un petit paquet, un pli, dieu sait quoi, qu'il n'osait pas regarder.

Nouvelles extraites de
Esperimento di magia, Mondadori, 1968

Le mausolée

« Pardon ? » dit le gardu mausolée (abréviation tout à fait appropriée, il faut bien le reconnaître, plutôt que « gardien du » qui sonne mal). Or donc ils répondirent, ils devaient être dix ou douze, des hommes et des femmes, de toutes les couleurs, dont les habits évoquaient des pays très lointains : « Nous sommes des touristes et...

— Venus pour le voir ? demanda le gardien détachant de sa ceinture crasseuse un trousseau de clefs rouillées.

— Oui, répondirent-ils.

— Ça fera trois cents chacun », murmura l'homme avec un sourire abject.

Ils payèrent. Le gardien leur montra le chemin. Sous une immense porte cochère, puis le long d'un interminable couloir, pavé de pierres rouges, sombre, puis une petite porte sur la gauche – baissez la tête, s'il vous plaît – un couloir, une galerie, on arrive sous des arcades qui encadrent un jardin inconnu (personne ne savait à qui il appartenait, ni qui le cultivait, on n'y voyait jamais âme qui vive, jamais, mais il était toujours impeccable).

Donc, récapitulons. Porte cochère, couloir, couloir, galerie, arcades, puis une salle, une autre pièce, une grande salle (semblable aux grandes sacristies des cathédrales, le jour de la visite du prince, quand l'archevêque revêt les ornements brodés par les religieuses pour le jubilé sacerdotal. Ah ! Mon Dieu, tant d'années sont passées). Jusqu'au moment où, après avoir passé une autre porte, le gardien s'arrêta contre une balustrade, elliptique, et fit un signe en direction du bas, vers l'obscurité du sanctuaire : « Il est là. »

Immobiles, ils regardèrent. Silence.

« Il dort ? » demandèrent-ils. Le gardien approcha de ses lèvres son index tendu pour les inciter à parler à voix basse. « Il dort ? répétèrent-ils.

— Oui, il dort, acquiesça le gardien.

— Mais pourquoi tant de pierre ? Pourquoi, au-dessus de lui, ce terrible couvercle de porphyre qui doit peser huit cents tonnes ? Qui l'a couvert de ce suaire gigantesque ? Pourquoi ? Ils avaient peur, peut-être, qu'il se réveille et qu'il se lève en dégainant son épée ?

— Non, mesdames, messieurs, absolument pas. Le couvercle de porphyre est une chose tout à fait normale. Il s'agit d'une ancienne coutume, sans aucun autre but.

— Mais s'il se réveillait, avec ce poids qui pèse sur lui, vous croyez sincèrement qu'il pourrait se relever ?

— Bien sûr c'est difficile. Mais si l'on pense à la force qu'il avait ! »

Une femme se mit à crier : « Mais plus maintenant ! Maintenant il est petit, chétif, il n'a que la peau sur les os. Comment pourrait-il y arriver ? Jamais au grand jamais, il ne parviendrait à se lever.

— C'est vrai, c'est vrai ! hurlèrent les autres. C'est une attitude scandaleuse ! Ils ont peur même d'un mort.

— Messieurs dames, je vous en prie, ce n'est pas le moment, gardez votre calme ! supplia le gardien.

— Charognes, maudites charognes ! » hurlèrent-ils. Ils le repoussèrent sur le côté, à toute allure ils descendirent l'escalier en colimaçon qui conduisait au fond. Là ils saisirent le bord du couvercle extraordinairement lourd. Avec la force incroyable que donne le fait d'agir pour une bonne cause, ils réussirent à le faire glisser d'un côté. On distingua la niche de la sépulture.

Elle était vide.

En sortit un papillon pâle. La trajectoire désordonnée de son vol le fit monter entre les parois du puits, vers la lumière, il se perdit sous les voûtes silencieuses.

Les hommes d'armes

Le notaire Elio Attavanti, résidant 18, rue de Pise, dans le quartier Telamonio, juste après la Cavallerizza, se promenait depuis une demi-heure environ lorsqu'il vit la patrouille des hommes d'armes. Ils marchaient trois par trois, signe qu'ils étaient là pour l'exécution d'une sentence.

Il pensa : « Il y a toujours quelque malheureux qui fait des bêtises. Et qui se plaint ensuite quand il doit en assumer les conséquences ! Dieu seul sait de qui il peut bien s'agir, et quel peut être le délit commis. »

Intrigué, il pressa le pas pour suivre les agents, il n'avait jamais assisté à une arrestation, l'idée lui plaisait.

Par bonheur les hommes d'armes se dirigeaient – le hasard fait bien les choses – vers le quartier où il habitait. Si bien que, pour rentrer chez lui, il n'aurait pas besoin de faire un grand détour.

Encore mieux : une fois qu'elle fut entrée dans le quartier, la patrouille longea le rempart de Cavallerizza, le dépassa et s'engagea sans hésiter dans la rue de Pise, celle-là même où se trouvait la maison d'Attavanti.

« Sacrebleu, voilà qui est tout à fait intéressant, se dit le notaire lorsque les agents s'arrêtèrent devant le numéro 18, exactement l'immeuble où il logeait. L'un de mes colocataires, à l'évidence, a des comptes à rendre à la Loi. Qui cela peut-il bien être ? Je les connais tous, et tous me semblent être des gens bien. »

Il s'arrêta dans le passage d'entrée, cloué par la curiosité. Le chef des hommes d'armes entra, tandis que ses hommes l'attendaient à la porte ; il se dirigea vers les escaliers.

La concierge, depuis sa loge : « Excusez-moi, vous là-bas, qu'est-ce que vous cherchez ? »

Le chef des hommes d'armes redescendit, sortit un papier de sa poche, le remit à la concierge qui le lut.

La concierge lut le nom. Puis elle leva les yeux et fit un signe : « C'est ce monsieur là-bas. »

Le bruit

Alors qu'il filait à toute allure dans sa voiture pour la rejoindre, sur la route tortueuse qui longe le littoral, Antonio Izorni entendit derrière lui un long grincement sinistre. Il tourna la tête sans ralentir.

Du coin de l'œil, il vit la route derrière lui, déserte. Mais, de l'autre côté d'une crique, il vit aussi un autobus qui, après avoir défoncé le muret, tombait en chute libre, dans le vide, effleurant la falaise à pic. Sur la carrosserie argentée, le soleil mettait des reflets.

Il ne s'arrêta pas, ne ralentit pas. Il lui sembla entendre un chœur de hurlements atroce, le terrible bruit sourd de l'autobus qui s'enfonçait dans la mer. Pour ne pas quitter la route, il renonça à la terrifiante scène.

Arrivé à l'extrémité du promontoire, juste avant le virage, il réussit à jeter un autre coup d'œil ultrarapide. Sur la mer calme et bleue, une tache circulaire d'écume blanche s'agrandissait, et il lui sembla que quelque chose, comme des petits points noirs, flottait. Peut-être étaient-ils encore vivants.

Sur toute l'étendue de la riviera, il n'y avait pas d'autre témoin que lui. Personne, à part lui, n'aurait pu faire quelque chose pour les sauver.

Il continua. Il était pressé. Il n'avait rien vu, il ne savait absolument rien.

Lorsqu'il arriva, il trouva que Stefania n'était pas comme d'habitude.

« Qu'as-tu ? Pourquoi es-tu si pâle ? lui dit-elle.

— Moi, pâle ? Mais pas du tout. »

Elle demanda : « Dis-moi la vérité, tu ne te sens pas bien aujourd'hui ? »

Lui : « Mais si, parfaitement bien. »

Elle le regardait, elle le regardait comme si elle devinait sur son visage des choses étranges et qu'elle espérait comprendre ce qu'il en était.

Un instant après : « Écoute, Antonio, tu sais que tu es devenu un peu ennuyeux ? »

Et après une nouvelle pause : « Antonio, excuse-moi, tu veux ? mais il vaut peut-être mieux que je te le dise.

— Quoi ?

— Je ne t'aime plus.

— Quoi ? Qu'as-tu dit ? »

Elle fit un pas en arrière, épouvantée : « Laisse-moi, tu me fais horreur, misérable ! »

Leçon de poésie

« Allez, cher jeune poète, c'est le soir propice, il me semble : c'est le printemps, nous sommes au crépuscule, le ciel lui-même est favorable ; regarde ces grands nuages effilés, vas-y donc, si tu en es capable, parle.

— Voilà... par exemple, commença le poète en balbutiant, voilà... tu vois cette fenêtre allumée, là-haut, presque au sommet de ce grand édifice ?

— Cette fenêtre-là, tu veux dire ?

— Mais oui, pourquoi ? Elle n'est pas comme il faut, peut-être ?

— C'est inouï, mon enfant ! Il faut que tu parles justement de cette fenêtre au neuvième étage – si j'ai bien compté – la seule dans tout le bâtiment à être allumée ?

— Oui, précisément, celle-là.

— Ah, c'est incroyable ! Toi, le poète, toi que nous avons invité tout exprès, et payé même : tu as le toupet de parler de la fenêtre allumée la nuit et cætera. (Qui peut bien se trouver dans cette pièce ? Une mère qui veille son enfant malade ? Un faussaire qui travaille ? Un poète qui rêve ?) Mais c'est effroyable, tu comprends. C'est le summum de la banalité. Il n'y a pas une seule élève de l'école normale d'institutrices qui n'ait déjà écrit tout cela dans les pages de son journal.

— Et alors ? Qu'est-ce que cela veut dire ? Il faut

l'avoir, justement, ce courage-là. La fenêtre allumée dans la nuit, exactement, avec les rêveries qui s'y rattachent, tellement banales, spontanées, tellement faciles. Après les étudiantes, à mon tour. La différence c'est que leurs journaux intimes se dessécheront, à l'insu de tous, cachés au fond d'un tiroir. Alors qu'en ce qui me concerne, les gens se retourneront, tendant l'oreille, entrouvrant la bouche pour boire, boire ce qui est la vie. Et moi, je volerai au-dessus d'eux ! »

L'autre Venise

À Venise, il peut arriver cela :

Un touriste nouveau venu dans la ville sort seul de son hôtel. C'est une magnifique journée, avec un soleil triomphant, une atmosphère de bien-être, de vitalité, de jeunesse. Le touriste a déjà fait la moitié du tour du monde, c'est donc quelqu'un qui sait se débrouiller dans les situations difficiles, il parle également assez bien l'italien. Tenant à la main un plan, il veut aller, par exemple, de la place Saint-Marc au pont Rialto, un des itinéraires les plus fréquentés.

Mais à lui aussi, de temps en temps, il peut arriver d'être distrait ; cela a duré quelques secondes, à peine. Par la suite, quand il cherchera à reconstruire cet épisode et malgré tous ses efforts, il restera une zone d'ombre.

Cela s'est-il passé au moment où il a tourné la tête pour regarder une femme qui passait ? (Il n'est pas du genre à regarder les femmes dans la rue, mais cette fois-ci il n'a pas pu faire autrement : le visage fermé, impassible, mais à l'intérieur comme la vibration d'un sourire, elle marchait, décidée, avec une telle effronterie, autorité, douce harmonie de tous les membres, qu'une sorte de lumière émanait d'elle.) Ou alors est-ce quand il a levé les yeux pour regarder, comme un tableau, un raccourci d'*altane*[1] et de lucarnes, minuscule détail dans la multitude mais qui cependant resplendissait avec une intimité particulière ; et, bien que ce fussent des maisons pauvres et décrépites, on avait la certitude que tout là-haut on aurait pu vivre dans le bonheur ? Ou lorsqu'il s'est arrêté pour allumer une cigarette ? Ou quand un gamin courant derrière dieu sait qui l'a bousculé, manquant le faire tomber ?

Tout à coup – et autour de lui il y a toujours ce flot de gens et ce mélange continu et harmonieux de leurs voix, des voix de femmes surtout, venant des pays les plus variés, y compris celui dont il arrivait, lui, le touriste – au détour d'une rue, le regard se dirige vers la plaque où figure le nom de la rue : « *calle che non se sa*[2] », est-il écrit. Et même s'il ne comprend pas, ce nom-là lui fait un drôle d'effet. Il regarde le plan, mais sur le plan, ce nom n'est pas indiqué, la rue n'est pas représentée, *cet endroit ne correspond absolument à rien.* Il cherche le nom dans l'index alphabétique, mais dans l'index il ne le trouve pas non plus. Il regarde alors le nom d'une autre petite rue, sur le côté : « *Rio terrà del barba mato*[3] ». Ce nom ne figure pas sur le plan, lui non plus.

Se serait-il trompé de rue ? Il y a un petit vieux sur le seuil d'une étroite officine de barbier. « S'il vous plaît, le pont Rialto, c'est par là ?

— Par là, par là, monsieur », confirme le petit vieux avec un sourire compréhensif. Alors il continue.

---

1. L'*altana* est le nom que les Vénitiens donnent à une terrasse aménagée sur les toits et d'où ils peuvent voir leur ville.

Dans cette nouvelle, Buzzati emploie de nombreux termes propres à l'architecture vénitienne. Ces termes, signalés par des italiques, sont expliqués en note. (*N.d.T.*)

2. *Calle* (pl. : *calli*) : ruelle caractéristique de Venise dont le tracé est celui d'un ancien sentier. Le vénitien *calle che no se sa* pourrait se traduire par « ruelle qu'on ne connaît pas ».

3. *Rio terrà* (pl. : *rii*) : ancien canal (*rio*) maintenant comblé. *Rio terrà del barba matto* signifie « rio terrà de l'oncle fou ».

Peu après il s'arrête. Non, il doit y avoir une erreur quelque part. Est-il possible que toutes ces rues, ces *calli,* ces ruelles, ces *campi*[1], ces petites places, ces ponts ne soient pas marqués sur le plan ? Les gens à qui il demande des informations sont très gentils. Mais ce qu'ils disent ne lui est d'aucun secours. Et puis ils lui sourient tous, exactement de la même manière que le petit vieux, avec la même nuance de compassion, et peut-être aussi un brin d'ironie.

C'est étrange : à deux pas de la place Saint-Marc, en suivant l'itinéraire le plus fréquenté, est-il concevable qu'il se soit perdu comme dans une forêt vierge ? Et comment expliquer que le Baedeker[2] ait tout à coup des lacunes, qu'il ne donne pas la moindre information sur toutes ces rues, ces places, ces palais, ces églises, comme s'il parlait d'une autre ville ?

Et la singularité de la situation ne s'arrête pas là. Observez bien le comportement du touriste. On pourrait penser qu'il serait effrayé, ou inquiet, et qu'il perdrait son calme. Et en effet, au début, il sent l'inquiétude l'envahir. Mais cela dure peu. Le défi à relever pour trouver la bonne route le pousse à essayer. Le voilà qui s'engouffre dans un entrelacs de plus en plus confus et inattendu de recoins, de boyaux, de parvis, de *fondamente*[3] et de *rii*, où stagnent les ombres des siècles. (Il y a encore des gens qui vont et viennent, comme tout à l'heure, mais dans le contrepoint des voix, on n'entend plus de sonorités étrangères, c'est la seule différence.)

Plus il marche, et tourne à droite puis à gauche, reve-

1. Les *campi* (sing. : *campo*) sont les places de Venise, fort nombreuses.

2. Karl Baedeker (1801-1859) est l'éditeur allemand, créateur de l'autrefois très célèbre collection de guides de voyage. Freud, par exemple, a lui aussi visité Venise avec le guide Baedeker. Le terme est désormais entré dans le vocabulaire italien, au sens de « guide touristique de poche ». (*N.d.T.*)

3. *Fondamente :* voies qui bordent les canaux.

nant peut-être, sans le savoir, sur ses propres pas, plus Venise l'attire à l'intérieur d'elle : comme dans le sillage d'une interminable légende qui s'enfonce au cœur de l'Antiquité, ouvrant tout grands les noirs portails des palais (au-delà des gigantesques salles on aperçoit le vert des jardins) puis remonte, quelques mètres plus loin, vers la vie, quand s'ouvre à pic, au-dessus de l'eau, une fenêtre depuis laquelle une jeune fille appelle en riant ; fables de seigneuries occultes nichées derrière les nobles fenêtres trilobées ; d'amants en fuite le long des tortueux *rii* ; de commérages interminables que le vent de l'estuaire chargé d'odeurs terrestres charrie de toit en toit ; d'anges émaillés de sel qui, du haut des chaires blanches des cloîtres dispersent en battant des ailes, à contre-jour, le vol des pigeons ; de guet-apens, peut-être à l'abri des sombres absides, où luit l'éclat des miséricordes[1] et le ricanement des masques à la lueur des torches ; de promesses murmurées entre deux sourds clapotements de la rame somnolente ; de gloires perdues ; de l'heure qui sera là bientôt ; de présages, d'aventures, de péchés, d'enchantements ; où tout, absolument tout, peut se produire.

Mais pendant ce temps les heures passent ; et le touriste va toujours de l'avant, et ne sait plus lui-même s'il cherche encore la route qui le ramènera sur la place ou celle qui conduit toujours plus loin au cœur du labyrinthe au risque d'y demeurer prisonnier. Et la lumière se fait plus claire et languissante, les tintements des cloches plus cristallins, les ombres plus allongées, l'esprit plus enclin aux illusions, signe que le soir approche.

Tout à coup fatigué, l'homme commence alors à avoir peur et regarde autour de lui cherchant quelqu'un à qui demander de l'aide.

---

1. Au Moyen Âge, sorte de long poignard avec lequel un chevalier donnait le coup de grâce à son adversaire désarçonné.

Il a enfin compris : par erreur il est entré dans une partie du monde qui n'est pas faite pour lui, étrangère ; comme celui qui se trompe et entre dans une maison inconnue et après avoir fait le tour de toutes les pièces entend derrière son dos, tellement lointain, le bruit sourd que fait la porte en se refermant.

Ou bien on lui a tendu un piège ? Ou tout cela n'est qu'un rêve, et en réalité il est dans sa chambre d'hôtel, en train de dormir ?

Quand voilà qu'il se rend compte, en reconnaissant les vitrines d'un magasin, qu'il se trouve dans les *mercerie*[1], à une centaine de mètres de la place, et peut-être moins encore, revenu Dieu sait comment dans le cours normal de la vie. Sauvé ! Sauvé ou perdu ?

Et cette histoire, qu'est-ce qu'elle signifie ? C'est pure imagination ? Un symbole ? Une plaisanterie ?

Ce n'est qu'un exemple : elle explique comme on ne l'a jusqu'alors jamais expliqué pourquoi Venise se distingue de toute autre ville ; phénomène que les habituelles approches esthétiques, historiques et romantiques, ne sont pas en mesure d'expliquer. Elle illustre la vérité suivante, qu'on a trop longtemps cherché à cacher : au-delà de la Venise qu'on pourrait qualifier d'*officielle*, repérée sur les cartes géographiques, sur les registres du cadastre, *il y a une autre Venise, secrète et probablement interdite, imbriquée dans la première.*

Cette seconde ville est bien plus grande que la Venise ordinaire, on peut même la qualifier d'immense, et peut-être, je dis bien peut-être, n'a-t-elle pratiquement pas de limites. Elle présente une concentration extrême et impressionnante des choses qui font la célébrité de Venise, une fantaisie presque insensée, une grandeur spirituelle qui donne un cachet même aux masures, une beauté à la

1. Les *mercerie* sont des ruelles bordées de boutiques. Celle dont il s'agit ici, la plus connue, va de San Marco au Rialto.

limite de l'hallucination (comme il en va de certains nuages), un luxe et une magnificence faits de choses d'une banalité sans pareille : maisons invraisemblables, palais, canaux, petits canaux, étroites rues, ruelles, églises, lumières, odeurs, chats, sons, air, voix, habitants et leur vie !

Et maintenant quelques indications pratiques : y a-t-il un moyen pour y être admis ? Non, l'entrée est concédée sur arbitrage d'une puissance ignorée et sans aucun préavis. On peut se trouver à l'intérieur inopinément, mais l'on ne sait pas comment. Pareil pour les modalités de sortie : tout à coup on se retrouve dehors, dans le monde familier, et on ne peut pas en savoir plus. Parmi les peintres, qui plus que quiconque auraient intérêt à entrer dans cette ville, on ne se fait pas d'illusion. En admettant même qu'ils réussissent à passer, presque toujours, au moment où ils empoignent leurs pinceaux, tout s'évanouit : de façon inexplicable ils se retrouvent tout à coup dans la Venise habituelle, assis dans un des coins les plus anciens.

La question qui vient alors à l'esprit est celle-ci : combien de personnes sont entrées à ce jour ? Personnellement, celui qui écrit ces lignes a pu visiter ce monde-là à trois occasions seulement, bien qu'il ait vécu longtemps à Venise. La grande majorité des Vénitiens figurant dans les registres d'état civil ignore la coexistence, pour ainsi dire, d'une autre ville. (Une quantité incroyable d'imbéciles admis dans le fantomatique territoire ne s'en rendent même pas compte.) Les Vénitiens qui la connaissent n'en parlent jamais, comme si c'était un secret de famille.

Où commence et où finit la ville dont nous parlons ? C'est justement là que se trouve le mystère de Venise. D'aucuns, parmi ceux qui ont pu y accéder, soutiennent qu'il n'y a pas de ligne de démarcation visible et que même depuis la place Saint-Marc – bien que la chose semble absurde – on peut pénétrer directement dans la ville secrète : comme par un tour de magie, tout près de nous, s'ouvre l'embouchure d'une ruelle, ou se dévoile l'entrée d'un vestibule qu'on n'avait encore jamais remarqué. D'ailleurs je me souviens parfaitement d'un coucher de soleil sur le Grand Canal au mois d'octobre ; depuis le *vaporetto*[1] je vis apparaître à la surface des eaux un groupe de palais qui *n'étaient pas là quelques heures plus tôt :* de stupéfiantes architectures qui étaient à la fois petites et immenses, solennelles et fragiles, et l'espace d'un instant semblèrent élever leurs pinacles triomphants à une vertigineuse hauteur (tandis qu'en dessous flottaient des drapeaux rouge et or !). Personne, parmi ceux qui se trouvaient autour de moi, ne s'était aperçu de rien.

Maintenant, une toute dernière question : n'est-il pas invraisemblable que personne n'ait jamais parlé d'un tel prodige ? Comment se fait-il que ni les critiques d'art, ni les historiens, ni les journalistes, ni les cartes topographiques ni aucun texte – à propos d'un tel sujet qui mériterait non pas seulement un livre mais des bibliothèques entières de milliers et de milliers de volumes – n'y aient jamais fait la moindre allusion ?

Mais c'est tout simple. Ceux qui se sont rendus dans la seconde Venise n'ont aucun intérêt à le faire savoir ; bien qu'ils ne se connaissent pas les uns les autres, un pacte tacite et spontané les lie : et ils ne parleront jamais. En ce qui concerne le gouvernement, le préfet, le maire, les organismes publics, les agences de tourisme, les autorités constituées, il est tout à fait logique qu'elles fassent semblant de ne rien savoir ; elles démentiront toujours. Comment pourrait-on admettre l'existence d'une ville entière échappant à leur contrôle, dans laquelle elles ne

---

1. *Vaporetto* : bateau, autrefois à vapeur, qui est le moyen de transport en commun typique à Venise.

peuvent pas effectuer de relevés cadastraux, ni faire de recensement, ni exercer leurs pouvoirs ? Jamais de la vie elles ne pourront avouer une situation qui pour elles – disons-le franchement – est assez peu digne. Il y a, du reste, pour les y encourager, un argument apparemment imparable : il n'est pas très difficile, avec une barque ou un *motoscafo*[1], de faire le tour de la périphérie de Venise et de se rendre compte que la ville est toute petite. Et donc : comment pourrait se dissimuler, dans un espace aussi circonscrit, une ville surnuméraire ?

À ce stade et pour finir, quelqu'un me demandera : « Et toi ? Si tout ce que tu dis est vrai, pourquoi est-ce que tu l'écris, pourquoi est-ce que tu le mets sur la place publique ? Pourquoi trahis-tu la loi du silence ? »

Je réponds : depuis de nombreuses années maintenant, et bien que je sois revenu à Venise bien des fois, je n'ai jamais plus réussi à entrer dans le sanctuaire secret. Plus encore : au fil des ans, j'acquiers la certitude que cette grâce ne me sera jamais plus concédée. Voilà pourquoi aujourd'hui, poussé par l'amertume qu'on éprouve pour un bien définitivement perdu – et vous pouvez dire que je suis un salaud – ici, mû par la colère, je parle enfin, brisant ainsi l'un des secrets les plus poétiques qui aient jamais existé sur cette terre.

1. *Motoscafo* : bateau plus petit et plus bas sur l'eau que le *vaporetto*, plus rapide aussi. Le terme désigne également tout canot automobile en bois verni qui circule sur les canaux, qu'il appartienne à un organisme public, privé ou à un particulier.

Gens de l'angoisse

Tandis que les gens s'occupaient essentiellement de leurs affaires, travaillaient, dormaient, mangeaient, allaient se promener, faisaient l'amour et bavardaient, un petit groupe restreint, particulièrement doté de matière grise, restait dans son coin, sur un banc, avec des visages sérieux. C'étaient ceux qui ressentaient l'angoisse.

Un quelconque passant les saluait : « Bonsoir, messieurs, comment ça va ? »

Avec un sourire amer, ils répondaient : « Bah ! comment voulez-vous que ça aille ? On fait aller, voilà tout. »

Le passant, en faisant un clin d'œil : « Toujours l'angoisse ?

— Hé », faisaient les autres avec un geste de la main, comme pour dire : est-ce vraiment la peine de poser la question ?

Le passant, éventuellement, s'arrêtait : « Mais, excusez-moi, je suis un peu ignare, il y a certaines choses que je ne comprends pas bien. Somme toute, je voudrais un renseignement.

— Dites, dites donc.

— Voilà, je voudrais savoir : cette angoisse-là, d'où vous vient-elle donc ? »

Les autres rirent devant une telle candeur, sur un ton

pour le moins amer bien entendu, en échangeant des regards. Bienheureuse stupidité – semblaient-ils penser – bienheureuse ignorance. Puis ils répondirent : « Bah, l'angoisse n'est pas due à un motif unique. Il y a tellement de raisons.

— Mais par exemple ?

— Par exemple, cher monsieur, tous autant que nous sommes, nous devons mourir et cela peut se produire à n'importe quel moment, d'ici dix ans, un an, un mois, demain peut-être, aujourd'hui même, voire d'un seul coup. On ne peut pas le savoir à l'avance, bref, on vit en suspens avec cette menace perpétuelle au-dessus de nos têtes. Et cela vous paraît peu de chose ?

— Oh, je ne dis pas le contraire. C'est sûr, cette histoire de mort, c'est vraiment embêtant... Mais y a-t-il d'autres raisons ?

— Bah, puisque vous voulez vraiment savoir, il y a aussi le cauchemar du temps.

— Du temps ?

— Du temps qui passe, nous voulons dire, qui court, qui file, hier matin il nous semblait avoir tellement d'espace devant nous... hier matin ? il y a une demi-heure, oui ! Mais nous avons fait quelques pas, nous avons regardé autour de nous, juste le strict nécessaire, une fraction de seconde pas plus, et voilà que l'intervalle disponible est déjà entièrement consommé, nous sommes déjà vieux, et cette horrible petite plaisanterie, croyez-le bien, arrive fréquemment et à tout le monde sans exception : à nous, à eux, à vous aussi, monsieur... Et cela vous paraît peu de chose ?

— Non, non, je ne le nie pas. Le temps, on le sait bien, est un traître... Il y en a d'autres ?

— D'autres quoi ?

— D'autres motifs qui puissent provoquer l'angoisse ?

— Pensez donc, autant que vous en voulez, nous sommes dans le pétrin jusqu'au cou... Les maladies, pour n'évoquer que les sujets les plus banals... Les espoirs systématiquement déçus même quand on les a satisfaits... Et puis l'incapacité de profiter de son propre bonheur, en admettant que cela soit possible... La propension naturelle au mal... La solitude fatale qui nous enferme dans un cocon de fer de la naissance à la mort. Puis il y aurait les causes d'angoisse plus subtiles, moins faciles à identifier pour le commun des mortels, et d'autres encore, jusqu'aux prises de conscience les plus ténues que l'on existe... Ou bien préférez-vous que nous allions dans les détails ? Voulez-vous que nous énumérions ? Vous n'avez qu'à demander, monsieur. L'unique embarras, c'est celui du choix.

— Oh, non, je crois que ça suffit, je me suis fait une idée maintenant, même si certains petits détails ne sont pas encore très clairs. Ça suffit comme cela... Et merci, messieurs, vous avez été très aimables, vraiment merci de tout cœur.

— Allons donc. »

Le passant s'étant éloigné, le petit groupe resta silencieux pendant au moins un quart d'heure. Puis quelqu'un se leva : « Eh bien, mes amis, vous voulez vraiment que je vous dise ? Mais j'ai peur que vous vous mettiez en colère.

— Grands dieux, il ne manquerait plus que ça.

— Voilà, pour être tout à fait sincère, je ne l'éprouve plus.

— Tu n'éprouves plus quoi ?

— L'angoisse.

— Tu ne ressens plus d'angoisse ?

— Exactement.

— Tu veux rire, j'espère.

— Je ne plaisante pas.

— Et depuis quand ?

— Comme ça, tout d'un coup. Cela doit faire deux minutes. Avant je sentais ce maudit poids, et plus maintenant.

— Et alors ? lui demandèrent ses compagnons, visiblement embarrassés.

— Et alors, si vous le permettez, je m'en vais.

— Puisque c'est comme ça, bon vent.

— Au revoir, les amis, et merci pour votre compagnie.

— Il n'y a pas de quoi », ricanèrent-ils, goguenards

L'homme se mit en marche, d'un pas rapide en direction de la place.

« Que Dieu te vienne en aide ! » cria derrière lui le plus déçu de ceux qui étaient restés.

Une petite heure s'écoula et un deuxième se leva : « Moi aussi, cria-t-il joyeusement en s'étirant, et il bâilla à s'en décrocher la mâchoire.

— Toi aussi... tu veux dire que toi aussi... ?

— Bien sûr, moi aussi

— Toi aussi, plus la moindre trace d'angoisse ?

— Angoisse ? Mais qui s'en souvient encore ? J'ai une de ces faims ! »

Il les laissa en plan sans même les saluer.

L'exemple fut tout simplement catastrophique. Une folie contagieuse. L'un après l'autre, ils s'en allèrent, qui d'un côté, qui de l'autre.

Jusqu'au moment où, assis, en train de méditer sur l'angoisse, il n'en resta plus qu'un. Lequel aurait peut-être aimé faire comme ses compagnons mais lui ne pouvait vraiment pas car son esprit était terriblement oppressé C'est pourquoi il resta là. Dans le même temps, la conscience qu'il avait d'être le seul à comprendre la tragique réalité de l'existence, tandis que les autres s'abandonnaient stupidement aux vanités de ce monde, cette pensée le remplissait d'orgueil : « Moi je comprends et pas eux, je souffre mais je détiens la grande vérité, ils en profitent mais ce sont des idiots. Un beau jour ils réaliseront qui a raison ! »

Et il se mit à attendre ses ex-compagnons, persuadé

que, un par un, échaudés cruellement par la vie, ils reviendraient vers le banc, pour pleurer et souffrir avec lui.

Naturellement, comme il était resté seul, il finissait par ne plus attirer l'attention. Et le soir, au terme de leur journée de travail, après avoir dîné, les bourgeois allaient parfois le taquiner pour se distraire, ils lui faisaient également cadeau de nourriture, de cigares et d'argent. Ce qui, bien évidemment, adoucissait un peu son angoisse. « Et alors, lui demandaient-ils, en feignant par politesse d'avoir de très graves ennuis personnels, de mal en pis, c'est ça ?

— Exactement, répondait-il en forçant un peu le trait car à vrai dire il n'arrivait plus à ressentir l'angoisse avec la belle intensité d'autrefois. L'existence nous pèse, chers amis, de tout le poids d'un tragique qui s'accroît à vue d'œil.

— Grands dieux, commentaient les curieux, en secouant la tête avec respect.

— Et il y a quelque espoir de reprise ?

— Moins que jamais.

— Angoisse, somme toute, si nous avons bien compris.

— Sur toute la ligne, oui messieurs dames », et avec une infatigable patience, il expliquait les choses dans le détail.

Si bien que minuit sonnait et les bourgeois, après s'être amusés, rentraient rapidement chez eux. Et dans le tram, ils disaient : « Pourtant il est loin d'être sot, ce philosophe. À bien y réfléchir, c'est vraiment terrible, la vie. »

Sur ce point, ils étaient tous d'accord. Mais une fois rentrés chez eux et blottis sous leurs couvertures, ils s'endormaient comme autant de loirs.

Pendant ce temps, soutenu par l'estime des gens, il continuait à attendre que ses vieux amis reviennent. Si ce n'est que ses amis ne revenaient pas, et pour finir il se rendit compte que les années passaient avec une rapidité encore plus grande que prévu, et pourtant il ne s'en était jamais fait, des illusions. De plus les bourgeois s'étaient maintenant lassés de l'écouter et on ne les voyait plus.

Raison pour laquelle il devint terriblement vieux et un jour, qui vit-il s'approcher ? Madame la Mort, accompagnée d'un ange sur sa droite et d'un diable sur sa gauche, selon la bonne habitude. Elle dit : « Voilà, je suis venue te chercher.

— Hommes, dites-moi, s'exclama-t-il avec le souffle qui lui restait. J'avais raison ou pas ? Je viens juste de naître peut-on dire, et il faut déjà que je m'en aille. »

L'ange dit : « Admettons que le petit jeu ait duré trop peu. Mais qu'as-tu fait pendant tout ce temps ? »

Il répondit : « J'ai attendu ce qui est justement en train de m'arriver maintenant. Depuis maintenant quarante ans, je n'ai pas fait autre chose. J'ai médité sur cette damnation qui est la nôtre. Je n'ai pas cessé un seul instant d'y penser.

— Et tu n'as rien fait d'autre ?

— Non. Pourquoi ?

— Vraiment rien d'autre ?

— Pourquoi ? fit l'homme désarçonné, en voyant que le visage de l'ange était devenu sombre. Pourquoi ? Cela ne suff... »

Il ne put continuer. Le diable, après l'avoir attrapé par le fond de la culotte, l'entraînait en une chute vertigineuse dans un trou qui s'était ouvert tout à coup sous ses pieds, en direction du centre de la Terre.

Enchantement de la nuit

Lorsque la dernière automobile – c'est étrange cette chose qui n'existait pas autrefois et qui maintenant, alors que personne ne la tire, se déplace sur quatre roues avec bruit – lorsque la toute dernière, donc, se fut éloignée et eut disparu du côté de l'occident, il ne demeura que le pas d'un homme avançant dans la rue Amilcare-Gennari, économiste du XIXe siècle – un véritable raidillon – et qui semblait chercher quelque chose : jusqu'au moment où, s'étant approché, il reconnut à la modeste lumière d'un réverbère la maison marquée du numéro 28, il s'arrêta là et vérifia, sembla-t-il, dans un carnet.

Après quoi il resta apparemment indécis, immobile, sans même faire attention à sa propre ombre qui, justement à cause du lampadaire évoqué plus haut, s'étendait à ses pieds, se déroulant sur la pente de façon démesurée (puisque toute côte est aussi descente et vice versa et cela, pourrait-on peut-être dire, représente le destin de la très excellente espèce humaine).

Et la maison numéro 28, à qui appartenait-elle ? Écoutons un peu, mes amis, un avis venu de l'extérieur. Vous ne dites rien ? Vous ne savez que dire ? Alors je vais être obligé de prendre la parole moi-même : c'était votre maison, votre domicile, là où vous cherchiez à dormir, et rien d'autre ; c'était sa maison, la tienne, la mienne, la nôtre en somme, à l'intérieur de laquelle nous étions tous, simultanément, en attente depuis dieu sait combien de temps, sans imaginer que les autres aussi attendaient. À moins que...

Pour finir le passant inconnu – qui était-ce ? De quelles contrées lointaines venait-il ? Et de quoi avait-il besoin ? Avait-il faim, avait-il soif ? Ou des chagrins d'amour ? Ou l'avait-on chargé de porter un message ? – l'inconnu, tandis que les maisons alentour étaient sombres et fermées, impénétrables, endormies pour ainsi dire, renfermant la vie des gens, indiscutablement mystérieuse, emplie toutefois d'odeurs répugnantes, la vie de ces gens parmi lesquels nous travaillons toute la journée, nous mangeons, nous parlons et cætera sans jamais savoir qui ils sont, parce qu'ils vont, parce qu'ils viennent et que se passe-t-il à l'intérieur d'eux-mêmes,

tandis que les services publics étaient plongés dans le sommeil et que le presse-papier de fonte en forme d'aigle (souvenir de qui sait quelle cérémonie fasciste) pesait comme un bloc de porphyre sur le prospectus du docteur Valentiniani, un jeune homme de talent, à n'en pas douter, il suffit de regarder son visage tellement vif, intelligent, avide de succès,

tandis que l'horloge de l'église de San Geremia égrenait ses râles fatigués, mais en vain car personne, dans cette ville sans limites, ne l'entendait, même pas les habitants des maisons limitrophes,

tandis que, de surcroît, agités par le vent venu des prairies de la Maranza ou des vallées sombres qui s'enfoncent vers les grandes murailles des glaciers où nous pourrions être heureux (ou est-ce là aussi une illusion ?) les draps fraîchement lavés et oubliés sur la terrasse du septième étage oscillaient, réclamant avec une douce insistance l'intervention de la maîtresse de maison, laquelle, dans l'obscurité totale, est étendue sur son lit, vêtue de sa chemise de nuit avec des broderies de San Gallo, les bras abandonnés de part et d'autre et sourit d'une manière particulière – est-ce vraiment un sourire ou l'impression que donne un simple pli de ses lèvres ? nous demandons-nous – horizontale, affranchie des troubles de toutes sortes, âgée de cinquante-neuf ans, brave femme du reste, respectueuse des fêtes d'obligation et faisant partie de la Congrégation de bienfaisance de San Vicenzo, superstitieuse, terrienne, toujours joyeuse (jusqu'à il y a deux heures), débonnaire, morte instantanément sur le coup. Nous en dirons davantage ;

tandis que l'usurier Walter Fozza-Menari après avoir fait ses comptes s'allonge sur le canapé-lit de la pension où il loge depuis trente-six ans, fidélité ignoble dans un but lucratif de la part d'un être riche et servile, et cependant éphémère ni plus ni moins que nous tous, pauvres fils du Christ, n'est-ce pas ?

tandis que, tout là-bas, au cœur du palais Gengarini un téléphone sonne, sonne... sonne, mais personne ne se dérange pour répondre (et dans le vestibule les guerriers invisibles d'une époque révolue se tenaient droits dans leur armure, l'un à côté de l'autre sur leur piédestal sans dire un mot),

tandis qu'accrochés dans les vitrines du musée les clairons d'argent des grands condottieri restent muets et qu'une petite araignée y rentre et en ressort toussotant de temps à autre à cause de la poussière, une toux à peine audible bien entendu,

tandis que pendant ce temps Corrado Graziadei employé de qualité se tourne et retourne sur sa couche, avec le vague sentiment qu'en haut lieu on s'apprête à commettre un infâme abus de pouvoir à ses dépens,

tandis que (je vous demande encore un tout petit peu de patience, chers lecteurs, ne piaffez pas, ne jetez pas ce petit livre par d'autres aspects si méritant, ce qu'il m'incombe d'exposer je l'expose et, tout au plus, vous pouvez secouer la tête et vous apitoyer, n'est-ce pas ?, sur l'extrême complexité des choses, sans compter les caprices du sort car le passant nocturne, nous pouvons le dire maintenant, n'est autre que l'homme attendu par la petite femme dont il est interdit de prononcer le nom, ses pieds nus frissonnant sur les pavés glacés, sa bouche inquiète haletant contre le carreau de la fenêtre, mais de son petit corps émane par la vertu de l'amour souffert une pâle phosphorescence qui anoblit cette pauvre pièce ; auréole, miséricordieuse lumière pour un cœur affligé !) tandis que, dirons-nous pour résumer, ce mélange d'êtres humains, de murs, de pièces les unes sur les autres en guise de prison immense qui a pour nom ville, tandis que, en un mot, la métropole semblable à un rhinocéros démesuré qui charge, animé de la frénésie farouche et obtuse qui le caractérise, une ombre illusoire dans laquelle sa corne s'enfoncera silencieuse sans occasionner de blessure, sans obtenir rien de ce qu'il espérait (oh espérances, à propos, oh douces espérances qui luisent faiblement le matin au réveil, improbables, d'une beauté sans pareille, et qui ne se réaliseront jamais !), tandis que, disions-nous, la ville morte à cause du sommeil et de l'obscurité qui règne en dépit des réverbères allumés, obscurité de nos esprits s'entend, grandit tout autour, enfin seule et puissante, la ville, à cause de la charge de magie que nous lui prêtons, inconscients que nous sommes, mesquins sans le savoir, voués par le sort à cette contribution occulte, tandis que celle que nous appelons la ville domine tout, divine limace faite de pierre et d'âmes (le long de ses flancs coulant les infects reliquats de nos hontes corporelles),

tandis que, à l'insu de tous, les drapeaux sur le toit de la caserne « Général Fonz » flottent dans les ténèbres et dans les souterrains du transformateur numéro 70 des engins tournoient vertigineusement (pour nous, pour nous qui ne le savons pas ?) et par les soupiraux des établissements Impax & Strobele déferlent les résidus de fabrication qu'un canal servile évacue, tandis que, pour finir, la paix sublime pèse comme une condamnation sur le chef de chantier Giulio Fossombroni qui dort sur le côté gauche en poussant par intermittence un gémissement comparable à celui d'une vieille porte qui s'ouvre et se ferme,

tandis que l'agglomération urbaine dans tout son déshonneur se répand en largeur et en longueur comme une symphonie triomphale, et malgré les heures qui tournent le rictus de l'inconnu entre deux âges tiré des eaux du canal ne bouge pas d'un millimètre alors qu'il est étendu, tranquille, sur le marbre impartial de la Morgue,

tandis que les quelques insomniaques entendent, arrivée des continents inconnus, la sensationnelle nouvelle que tout, dans ce monde, est vanité, une course derrière le vent (même l'amour ? Tout pareil. Il n'est qu'éphémère saison, d'une extrême brièveté, un souffle, hélas, un soupir),

tandis que le poète quittait sa petite chambre nue et galopait haletant au-dessus des campagnes nocturnes à vingt-cinq - trente mètres d'altitude, et peut-être plus encore, soulevé par l'allégresse du génie et par la fureur surhumaine que lui a concédée Dieu,

alors le passant – elle derrière les vitres, pantelante, peut-être sentait-elle qu'on lui enfonçait quelque chose dans les entrailles au moyen d'un poignard denté planté en pleine chair et que l'on remuait lentement –, alors le piéton pensif reprit son chemin de son allure régulière, sans précipitation malgré l'heure plus que tardive, et ses pas s'éteignirent au loin dans le néant, petit à petit.

Un homme très sensible

À la revue pour la commémoration, le soldat Erberto Rok, grenadier modèle du régiment Position, alors qu'il marchait au deuxième rang de la huitième compagnie, se perdit pendant quelques instants dans une sorte de rêverie enchanteresse.

Était-ce le printemps, était-ce le bonheur que lui procurait à juste titre le son merveilleux des clairons, était-ce le soleil qui scintillait avec une bienveillance particulière sur les baïonnettes et sur les sabres dégainés (sans parler de ses reflets sur les arbres en fleurs et les décorations dorées des uniformes), était-ce le sourire de l'empereur adolescent qui du haut de son trône daignait saluer les troupes (à chacun de ses saluts, son plumet violet oscillait avec une élégance sans pareille !), était-ce le ciel d'un bleu tout à fait extraordinaire, étaient-ce les jolies femmes qui riaient et saluaient en agitant leurs bras nus, ou était-ce simplement la jeunesse qui battait dans ses veines, le fait est que le soldat Rok durant quelques instants s'égara, sa pensée s'échappant loin de lui dans le sillage de rêveries confuses, où se mêlaient l'amour et la gloire militaire. La conséquence fut qu'il perdit le contrôle de lui-même et ses jambes avancèrent de leur propre chef tant bien que mal ; oublieuses du mouvement réglementaire.

Cela dura quelques instants à peine. Lorsqu'il reprit ses esprits, Erberto se rendit compte avec horreur qu'il était à contre-pas. C'est-à-dire qu'alors que tous les autres soldats, les gradés, les sous-officiers et les officiers de l'armée mettaient en avant avec un synchronisme parfait le pied gauche, lui Erberto Rok mettait en avant le droit. Et justement au moment où son peloton était sur le point de se figer dans l'ultime crispation du « à droite droite, garde à vous », quelques mètres encore et le rang du soldat Rok se trouverait exactement à la hauteur de Sa Majesté l'empereur.

Du coin de l'œil, il vit, juste à côté de lui, le sergent Dario Caponardi qui le fixait, consterné. Le terrible sergent Caponardi, réputé dans tout le régiment pour sa sévérité, s'était immédiatement aperçu que le soldat Rok avait perdu le pas mais le premier mouvement de colère, jailli de ses pupilles avec la violence d'un coup de cravache, s'était transformé en une expression étrange d'intense supplication. Ces regards voulaient dire au grenadier Rok : « Malheureux, maintenant que tu as fait une bêtise, par pitié, n'aggrave pas ton cas. Continue à marcher comme ça, il suffit que tu gardes le rythme, ne t'inquiète pas du reste, Sa Majesté impériale – mis à part le fait qu'elle a à peine treize ans – observe les détachements perpendiculairement à la direction dans laquelle ils marchent, c'est-à-dire qu'elle voit les soldats de profil, voilà pourquoi il est probable qu'elle ne s'aperçoive pas qu'au milieu de toutes ces jambes gauches il y ait une jambe droite qui ne devrait pas se trouver là et qu'au milieu de toutes ces jambes droites, au pas suivant, il y en ait une gauche ; c'est du moins ce qu'il faut espérer. Ne fais rien, donc, qu'il ne te vienne surtout pas à l'esprit, le Ciel t'en garde, de te remettre au pas justement maintenant ! »

Mais le soldat Rok, pris de panique, ne comprit pas le message désespéré que les pupilles du sergent lui lançaient. Et à l'instant même où son rang passait devant le trône impérial, il exécuta un rapide entrechat pour changer de pied et se retrouver en phase avec sa compagnie. Et en effet, immédiatement après, tout était rentré parfaitement dans l'ordre, la jambe gauche d'Erberto Rok exécutait les mouvements en parfait synchronisme avec toutes les autres jambes gauches de l'armée et c'était la même chose pour la jambe droite.

Ce n'est qu'après avoir fait son rapide entrechat que le soldat mesura l'énormité de l'erreur commise. Car le remède avait été pire que le mal et dans l'uniformité géométrique des mouvements collectifs cet écart impromptu, quoique extrêmement rapide, n'avait pu échapper à l'œil des spectateurs, ni même à celui du monarque. De la même manière qu'un soupir, aussi léger soit-il, ne passe pas inaperçu dans une foule où règne un silence complet.

Le mépris flamboya alors plus que jamais dans les yeux du sergent Caponardi. Mais le temps des reproches n'était pas encore venu. Le peloton avança en ordre de parade comme s'il ne s'était rien passé et les compagnons du soldat Rok semblaient ne s'être aperçus de rien, tandis que les clairons des fanfares continuaient à enivrer les cœurs de leurs sonneries merveilleuses.

Une fois la revue terminée, le soldat s'attendait à ce que ses supérieurs lui passent un savon maison dont il ressortirait laminé. Au contraire le sergent Caponardi ne cilla pas, il le regarda seulement d'une manière particulière comme s'il voulait lui dire quelque chose mais qu'il préférait remettre cela à plus tard.

Quand il retourna à la caserne et que les rangs furent rompus, Erberto Rok courut à sa chambrée pour savoir de quelle sanction il était menacé. Mais sur le tableau « Récompenses et punitions », son nom manquait. Au contraire il était écrit que Sa Majesté l'empereur, satisfait du résultat de la revue, avait ordonné de distribuer une prime aux militaires qui y avaient participé. Prime que Rok perçut effectivement.

Puis les jours passèrent et le soldat Erberto Rok, grenadier modèle du régiment Position, partit à la guerre et fut si brave au combat qu'il gagna les galons de sergent. Il était très avantageux pour lui qu'en cette période de guerres il y eut pléthore de batailles, ce ne sont donc pas les occasions qui lui manquèrent de s'illustrer par ses extraordinaires qualités militaires. Chaque fois c'était une étape de plus : sergent, sergent-major, cadet, lieutenant, capitaine, plus haut, toujours plus haut, bataille après bataille, au son des fanfares ensanglantées.

Et le voilà finalement général, couvert de cicatrices et de médailles ; en tant que général il repart guerroyer, galopant de victoire en victoire. À qui doit-on par exemple l'annexion des provinces de Frankenburg et Oslanda au corps vénérable de l'empire, à qui d'autre qu'à lui, le général Erberto Rok, héros légendaire de la Patrie ? Son corps, à force de défier le plomb ennemi, est réduit à n'être plus qu'une expression verbale tant ses membres ont été lacérés, brisés. De la tête, du tronc, des bras et des jambes que reste-t-il encore ? Rien que le strict nécessaire pour rester droit sur sa selle et dégainer l'épée aux moments critiques.

Jusqu'au jour où le très grand général Rok devint fort vieux lui aussi et ne put plus partir en guerre, il fut même forcé de se retirer du service actif. À ce moment-là, comme le veut la coutume, il se rendit au palais pour prendre congé de Sa Majesté l'empereur.

Mais lorsqu'il se présenta en grand uniforme dans l'antichambre impériale, le général Erberto Rok (un petit vieillard tremblant !) vit s'avancer vers lui le grand maître de cérémonie qui lui dit : « Excellence, mon général, en reconnaissance de tes grands mérites Sa Majesté a décidé de te faire duc et voici donc la couronne qui correspond à ce titre (il lui remit un petit paquet), mais Elle est désolée de ne pouvoir te recevoir. Sa Majesté, comme tu dois t'en douter, est encore très peinée...

— Peinée par ma faute ? » balbutia dans un râle le vieillard glorieux.

Le grand chambellan, très embarrassé, se racla la gorge : « Eh oui, Excellence, malheureusement !... Sa Majesté souffre encore... c'est quelqu'un d'extrêmement sensible... elle souffre encore de ce qui s'est passé à la revue pour la commémoration, hum, hum... il y a maintenant cinquante-sept ans si je ne m'abuse... hum, hum, ce qui s'est passé lorsque toi, Excellence, tu as perdu le pas... Une inconsolable douleur... Pauvre homme ! Parfois, au cœur de la nuit, l'assaut de ce souvenir le réveille et nous l'entendons, derrière les tentures, qui sanglote... »

Table des matières

La photocomposition de cet ouvrage
a été réalisée par
GRAPHIC HAINAUT
59163 Condé-sur-l'Escaut

Cet ouvrage a été imprimé en France par

CPI
Bussière

à Saint-Amand-Montrond (Cher)
pour le compte des Éditions Robert Laffont
en décembre 2009

N° d'édition : 50420/02 — N° d'impression : 093440/4
Dépôt légal : mai 2009